L'enfant du bonheur

———

Au service de l'amour

JOSS WOOD

L'enfant du bonheur

Traduction française de
JULIA LOPEZ-ORTEGA

Collection : PASSIONS

Titre original :
LITTLE SECRETS : UNEXPECTEDLY PREGNANT

© 2018, Joss Wood.
© 2019, HarperCollins France pour la traduction française.

Ce livre est publié avec l'autorisation de HARLEQUIN BOOKS S.A.

Tous droits réservés, y compris le droit de reproduction de tout ou partie de l'ouvrage, sous quelque forme que ce soit.
Toute représentation ou reproduction, par quelque procédé que ce soit, constituerait une contrefaçon sanctionnée par les articles 425 et suivants du Code pénal.

Si vous achetez ce livre privé de tout ou partie de sa couverture, nous vous signalons qu'il est en vente irrégulière. Il est considéré comme « invendu » et l'éditeur comme l'auteur n'ont reçu aucun paiement pour ce livre « détérioré ».

Cette œuvre est une œuvre de fiction. Les noms propres, les personnages, les lieux, les intrigues, sont soit le fruit de l'imagination de l'auteur, soit utilisés dans le cadre d'une œuvre de fiction. Toute ressemblance avec des personnes réelles, vivantes ou décédées, des entreprises, des événements ou des lieux, serait une pure coïncidence.

Le visuel de couverture est reproduit avec l'autorisation de :
Enfant : © MASTERFILE (ROYALTY-FREE DIVISION)/
       MASTERFILE (ROYALTY-FREE DIV.)

Réalisation graphique couverture : E. COURTECUISSE (HarperCollins France)

Tous droits réservés.
HARPERCOLLINS FRANCE
83-85, boulevard Vincent-Auriol, 75646 PARIS CEDEX 13
Service Lectrices — Tél. : 01 45 82 47 47
www.harlequin.fr
ISBN 978-2-2804-1610-8 — ISSN 1950-2761

- 1 -

— Tu ne trouves pas que cette sculpture est d'un érotisme torride ?

Sage Ballantyne tourna les yeux vers celle qui deviendrait prochainement sa belle-sœur, mais ne releva pas sa remarque. Le travail de Tyce Latimore ne laissait jamais indifférent, qu'il s'agisse de peinture à l'huile ou de sculptures monumentales en bois et acier. Il était considéré comme l'un des artistes les plus talentueux de sa génération, et l'on aurait d'ailleurs largement pu élargir à plusieurs générations avant de trouver quelqu'un d'aussi créatif et inspiré.

Il faisait également partie des rares artistes qui refusaient toujours de participer aux soirées de vernissage et autres mondanités. Heureusement pour elle d'ailleurs, car s'il y avait eu le moindre risque de le croiser, Sage se serait abstenue.

Elle observa l'imposante sculpture abstraite qui culminait à plus d'un mètre quatre-vingts. Elle était très différente de ce que Tyce réalisait habituellement et qui s'appuyait sur des lignes courbes et fluides.

— Vraiment, tu n'y vois pas la passion dévorante, le désir impérieux ? insista Piper, amusée.

— Je ne vois pas la même chose que toi, non ! répliqua Sage en haussant un sourcil.

Piper l'attira de son côté.

— Essaie depuis cet angle, dans ce cas, suggéra-t-elle, un sourire malicieux aux lèvres.

Sage s'exécuta et dut reconnaître que sous cet angle, peut-être, la sculpture semblait figurer deux personnes l'une sur l'autre, enlacées et penchées vers l'avant, les mains prenant appui sur une table. En effet, la remarque de Piper n'était pas totalement hors de propos, lorsqu'on changeait de perspective. On y devinait certainement une étreinte amoureuse et la passion qui animait les deux silhouettes stylisées se dégageait bel et bien de la sculpture.

Sage ne connaissait que trop le rapport de Tyce à la passion et à l'érotisme, mais il lui était impossible d'en parler.

— Pourquoi cette grenouille, en revanche ? demanda Piper en se déplaçant d'un pas de côté.

Sage se raidit aussitôt.

Non, il n'avait pas fait cela !

Non, impossible, Tyce Latimore n'avait tout de même pas été capable de…

Elle observa la sculpture à nouveau et, en effet, sur le bureau se trouvait une petite grenouille sculptée dans l'acier. Sa surface avait été polie et traitée de façon à obtenir une nuance de vert. En un instant, Sage se retrouva propulsée trois ans en arrière.

Ils étaient arrivés séparément à la soirée, dans l'espoir d'éviter les rumeurs sur leur relation encore balbutiante. L'héritière célèbre et l'artiste sulfureux, ils auraient suscité toutes les spéculations et les rumeurs les plus folles, c'était couru d'avance. Ils avaient donc passé la soirée à prétendre qu'ils ne se connaissaient pas vraiment. La tension entre eux était pourtant palpable. Une sensualité à fleur de peau qui ne se dissipait pas.

Il avait suffi que Tyce vienne lui proposer un rendez-vous discret dans la bibliothèque pour qu'elle se sente frémir jusqu'au creux des reins d'un désir irrépressible.

À peine s'était-elle glissée dans la bibliothèque qu'il avait refermé le verrou derrière eux. D'un geste vif, il lui avait remonté la robe sur les hanches avant de l'inciter à prendre appui sur le bureau et c'était ainsi qu'il lui avait fait l'amour fiévreusement.

La petite grenouille de jade placée sur le bureau de leurs hôtes avait semblé les observer tout du long d'un œil circonspect.

Elle retint l'envie de crier sa rage. Comment osait-il se servir de leur intimité ainsi et afficher leur secret aux yeux de tous ?

Cela confirmait en tout cas qu'elle avait eu bien raison de s'éloigner de lui, trois ans plus tôt.

— C'est une sculpture qui m'a demandé énormément de travail, lança une voix grave et veloutée derrière elle. J'étais en permanence envahi par les souvenirs de cette nuit-là… Et des autres.

Une voix reconnaissable entre toutes. Il avait parlé assez doucement à son oreille pour qu'elle seule entende. Elle ne s'était pas retournée, mais elle avait ressenti la chaleur qui émanait de son corps et avait reconnu son odeur si masculine. Elle se souvenait de l'odeur de son savon sur sa peau. À cette pensée, un frisson de désir la parcourut. Comme chaque fois en sa présence, Sage avait l'impression de recevoir une décharge électrique. Elle tressaillait, vibrait et c'était comme si son cœur et son esprit s'étaient court-circuités l'un l'autre.

Trois années s'étaient écoulées et il avait toujours le pouvoir de lui faire perdre pied en un instant. Trois années et elle aurait presque été capable de le supplier de lui faire l'amour. Trois années et la colère ressentie en découvrant qu'il les avait représentés sur une sculpture exposée cédait le pas à l'envie de l'embrasser.

Ou de le gifler…

Il s'approcha encore d'un pas. Généralement, elle n'avait pas de difficulté à tenir les hommes à distance, même et surtout s'ils lui plaisaient ou l'intéressaient un tant soit peu. Inutile de risquer de souffrir en s'engageant dans une relation dont elle ne souhaitait pas.

Désireuse de se préserver, elle refusait de s'engager dans tout ce qui pouvait ressembler de près ou de loin à une relation suivie et lorsque cela arrivait, elle coupait court au bout d'une ou deux semaines. Avec Tyce, il lui avait fallu six semaines pour se convaincre de le quitter. Il était suprêmement dangereux.

Addictif, vénéneux…

Il était donc hors de question de l'embrasser, bien évidemment, dut-elle se rappeler. Alors elle fit volte-face, pivotant sur ses talons aiguilles, et sa main s'élança pour frapper Tyce en plein visage. Aussitôt mortifiée, et regrettant son geste, elle observa la façon dont son trop beau visage se durcissait instantanément, ses yeux d'obsidienne paraissant s'obscurcir encore davantage. Il entrouvrit la bouche pour dire quelque chose, mais au lieu de parler, ses mains empoignèrent les hanches de Sage et l'attirèrent à lui. Elle était plaquée contre son torse solide. Il posa sa bouche sur la sienne et elle sentit sa langue se glisser entre ses lèvres. Elle était perdue, projetée dans une dimension où seul Tyce savait l'emmener. Elle planta les ongles dans les biceps saillants qu'elle sentait sous le fin tissu noir de sa chemise de cocktail. Pourvu que cela ne s'arrête jamais ! Elle plaça les mains sur son torse qu'elle effleura de ses paumes, avant de descendre vers son abdomen à la musculature saillante.

Il décolla ses lèvres des siennes.

— Viens !

Elle baissa les yeux et croisa le regard de Piper, abasourdie, qui lui fit signe de prendre le large. Il ne fallait pas, pourtant, c'était vraiment une très mauvaise idée, mais au lieu de la refuser, elle saisit la main qu'il ouvrait et se laissa guider dans la galerie.

Tyce se leva du lit *king size* de l'appartement qu'on lui avait prêté et se dirigea vers la somptueuse salle de bains. Trois années s'étaient écoulées et faire l'amour avec Sage était toujours aussi fantastique. Jamais il n'avait connu mieux, songea-t-il. Le sexe n'avait pourtant jamais été quelque chose de compliqué pour lui. Tout le reste l'était, mais pas ça. Sauf que maintenant…

Il se pencha en avant, examinant sa joue gauche à la recherche d'éventuelles traces de la claque qu'elle lui avait assenée dix heures plus tôt. Ils étaient les seuls à être capables de passer d'une claque publique à une étreinte passionnée en l'espace d'une heure à peine.

Entre Sage Ballantyne et lui, ça avait tout de suite été une relation à haut risque, hautement inflammable. Ce n'était pas pour rien qu'ils s'étaient soigneusement évités au cours des trois dernières années : il leur suffisait de se retrouver ensemble pour que la foudre les frappe. Et dès qu'ils étaient seul à seule…

À en juger par son regard de biche prise au piège lorsqu'elle l'avait reconnu, elle ne s'était pas attendue à le voir ce soir-là, à l'exposition. Il fallait dire que sa présence était exceptionnelle. Il détestait parler de son travail, et voir le public tourner autour de ses œuvres en les commentant à tort et à travers était une torture. Pour lui, l'équation était simple : si vous aimiez son travail, vous l'achetiez. Sinon, ça lui était égal. À quoi bon commenter sans fin son inspiration, ses techniques, ses influences ? Heureusement, les amateurs d'art éclairés semblaient reconnaître son talent et ne s'offusquaient pas de son attitude taciturne face à la publicité ou aux critiques. D'ailleurs, sa vie de reclus ajoutait, selon son agent, à son aura quasi mystique.

La seule raison de sa présence était que Tom, son agent, avait insisté pour lui faire rencontrer un important P-DG qui voulait lui commander une sculpture pour le hall d'entrée de ses nouveaux quartiers généraux. La commande méritait d'être étudiée, étant donné l'état actuel catastrophique de ses finances.

Pourtant, cette perspective s'était instantanément évaporée de son esprit lorsqu'il avait revu Sage. C'était la première fois depuis trois ans… Il s'était aussitôt senti fébrile. Elle était toujours aussi incroyablement excitante. Dès qu'il croisait son regard, plus rien n'existait à ses yeux. Pas même le chef d'entreprise qui l'attendait et qui se trouvait être *une* chef, très entreprenante à son égard et très enthousiaste à l'idée de lui confier un gros projet. Il l'avait abandonnée sans ménagement avant de fendre la foule pour aller retrouver Sage.

On aurait pu dire qu'elle avait les cheveux noirs, mais ce n'était pas aussi simple. Sa chevelure affichait une nuance de brun profond aux reflets chauds et intenses, tandis que ses yeux évoquaient les carreaux bleus d'azulejos espagnols. Son corps avait été sculpté par les longues heures de danse classique pratiquées dans sa jeunesse. Elle avait au naturel une grâce à couper le souffle, tout en étant incroyablement sexy. Elle était la seule capable de faire battre ainsi son cœur, de lui couper le souffle tout en provoquant chez lui des bouffées de chaleur d'un simple regard. En s'approchant d'elle, il pensait à des draps frais sur un grand lit où elle s'étendrait. Évidemment qu'il avait des arrière-pensées sexuelles. Ce n'était pas son cas, visiblement, puisqu'elle lui avait répondu par cette gifle cinglante et furieuse. Mais il avait pourtant vite lu du désir dans ses yeux. Il avait entendu son soupir lorsque ses lèvres s'étaient posées sur les siennes au moment où il avait totalement abandonné toute velléité de contrôle. Une heure plus tard, ils étaient nus et le souffle court, et cela avait duré ainsi à peu près toute la nuit. Il se passa la main sur le visage. Cette nuit, leurs corps avaient pris le dessus sans leur demander leur avis, mais ce matin, le jour se levait et la réalité frappait à sa porte.

Littéralement.

Il ouvrit à Sage et planta son regard dans le sien. Elle avait les yeux des Ballantyne. Elle était merveilleusement belle, songea-t-il en ressentant aussitôt un frémissement sensuel. Ils avaient fait l'amour toute la nuit, avec une fougue jamais démentie et pourtant, il avait l'impression de ne pas en avoir eu assez. Ou simplement d'en vouloir encore. Toujours plus.

Il s'attendait à ce qu'elle lui demande quand ils pourraient se revoir, s'il l'appellerait plus tard ou préférait que ce soit elle. Il ne pouvait répondre à aucune de ces questions. Il y avait bien trop de non-dits entre eux pour que ce soit imaginable.

— Je devrais te faire payer cette sculpture, marmonna-t-elle, mais je n'ai pas d'énergie pour autre chose que du café à l'heure qu'il est. Quel dommage qu'il n'y en ait pas. J'ai vérifié, pas un gramme de café dans les placards. Tu vis vraiment ici, Latimore ?

Elle avait posé la question sur le ton de la plaisanterie, mais visé trop juste pour qu'il ne soit pas ébranlé. Quelle serait sa réaction s'il lui disait qu'il occupait occasionnellement cet appartement appartenant en fait à un client ? Il préférait voir Sage ici, à Chelsea, qu'avoir à lui expliquer, à elle ou à quiconque, que, malgré des sculptures et des peintures qui pouvaient se vendre jusqu'à cinq millions de dollars, il avait à peine assez d'argent pour continuer à créer, à acheter l'acier qui lui permettait de sculpter ses œuvres et à payer le crédit du hangar aménagé de Brooklyn où il vivait et travaillait.

Sage attendait sa réponse, mais, voyant qu'elle ne venait pas, elle haussa les épaules.

— Bien, sans cette caféine vitale, je vais donc devoir m'en aller sans plus attendre.

Il voulut protester, tout en sachant que c'était mieux ainsi, alors il hocha simplement la tête. En définitive, rien n'avait changé entre eux.

Elle glissa ses longues jambes dans son jean et agrafa son soutien-gorge mauve. Tyce, à l'aise avec la nudité, s'appuya contre le cadre de la porte pour observer sa délicate contorsion, les mains remontant dans son dos vers ses omoplates afin d'agrafer le fin sous-vêtement. Il aimait la tension dans son épaule, le long de son cou. Il savait ce qu'elle était en train de se dire : comment était-il possible qu'ils soient aussi synchronisés au lit et incapables de se parler en dehors ?

Ils avaient déjà connu cela autrefois... Passer un

moment de communion incroyable au lit et ne pas être capables de communiquer simplement ensuite. Habitué à vivre seul, il avait pourtant essayé de se montrer attentif et même attentionné. Mais l'art, il fallait le reconnaître, avait toujours gagné. Et puis il avait toujours besoin de garder une distance émotionnelle. Les relations humaines, que ce soit avec Sage ou qui que ce soit, lui demandaient beaucoup trop d'énergie. Ses maîtresses lui reprochaient son besoin de s'isoler en permanence, de passer des heures dans un atelier dont il n'émergeait que pour se nourrir, prendre une douche ou, oui, pour le sexe. Elles avaient besoin d'attention, d'affection tandis que lui préférait qu'on le laisse tranquille, se contentant de communiquer au moyen de ses peintures où les huiles sombres prenaient vie et de ses sculptures entremêlant le bois et l'acier.

Il n'était pas très doué en interactions humaines. Il avait la sensation d'avoir dépensé toute son énergie émotionnelle dans son enfance, pour soutenir une mère dépressive et élever sa petite sœur, alors un bébé. Plus jamais il ne voulait ressentir cette impression d'être à bord d'un radeau abandonné dans une mer tempétueuse. Il avait maintenu Sage à distance, émotionnellement parlant. Ne la délaissant pas trop tout en ayant conscience qu'elle méritait tellement plus que ce qu'il était en mesure de lui offrir. La mort du père adoptif de Sage avait été un moment fatidique pour eux. Comme Tyce ne voulait pas s'engager plus avant dans la relation, il s'était servi du décès de Connor Ballantyne pour prendre ses distances et Sage, de façon étonnante, n'avait pas protesté.

Il savait que s'il était resté auprès d'elle pour la soutenir dans ce moment difficile, leur relation aurait pris un autre tour. Lui qui surnageait à peine sur la mer émotionnelle agitée qui était la sienne avait craint de se retrouver englouti par le tsunami qui s'annonçait.

Il se frotta le visage. La situation familiale des Ballantyne était déjà complexe et, en outre, ils venaient d'apprendre que Connor Ballantyne avait une autre fille, illégitime, elle, en la personne de sa propre sœur, Lachlyn.

Évidemment, son attirance vers Sage n'avait rien pour simplifier la situation.

La seule chose qui était simple à ses yeux et faisait sens dans sa vie, c'était son art. En s'y adonnant, il savait exactement ce qu'il faisait et pourquoi.

Il saisit une serviette et la noua autour de sa taille, ne quittant pas Sage du regard tandis qu'elle enfilait ses talons aiguilles et passait la bandoulière de son sac en cuir autour de son épaule.

— Je vais y aller, annonça-t-elle.

Face à son regard brillant, il devina qu'elle contenait son émotion. La peiner, la blesser n'avait jamais été son intention, pas plus il y a trois ans que maintenant.

— Sage, je...

Il s'interrompit, ne sachant ce qu'il allait dire. *Je ne veux pas que tu partes encore ? Merci pour cette nuit ? Revoyons-nous ?*

La seconde proposition était franchement grossière et la dernière impossible, alors il fit un pas vers elle et déposa un baiser sur sa tempe.

— Prends soin de toi, murmura-t-il.

Elle le repoussa en lui plantant son index dans son sternum.

— Si jamais je vois la moindre référence à cette

nuit dans l'une de tes œuvres, je t'ouvrirai le ventre de mes mains, ne l'oublie pas !

Sans un regard, elle quitta la pièce.

De retour dans sa salle de bains, Tyce croisa son reflet dans le miroir et observa sans grande affection l'homme qui le regardait. Sa sœur, Lachlyn, méritait d'obtenir une part de la société que Connor Ballantyne avait créée. Il avait l'impression que son projet de rachat de Ballantyne International réparerait un tort et que cela en faisait une démarche honorable et juste. Mais coucher avec Sage, même épisodiquement, n'avait jamais fait partie du plan. Il avait simplement voulu faire sa connaissance pour obtenir des informations sur sa célèbre famille, dans l'espoir d'en tirer parti pour Lachlyn. Les choses n'étaient pas censées se passer ainsi et lui échapper à ce point.

Il n'avait pas anticipé leur attirance, le désir qui allait les emporter irrépressiblement. Il avait pensé qu'il ne serait pas si compliqué de la laisser derrière lui, ensuite. Mais la nuit qui venait de s'écouler avait tout remis en question. Il savait qu'il continuerait de désirer Sage Ballantyne, et probablement jusqu'à la fin de ses jours.

Avec la vitesse d'un serpent qui se jette sur sa proie, le poing de Tyce atterrit sur le miroir juste au-dessus de sa tête. Les éclats de verre brisé tombèrent en pluie dans le lavabo et sur le sol. Il observa son image fragmentée sur les quelques éclats restés au mur et hocha la tête, soulagé.

Cela ressemblait bien plus à la personne qu'il était en réalité.

- 2 -

Trois mois plus tard...

— Est-ce que tu vas me gifler à nouveau ?
— Difficile à dire pour l'instant, la soirée ne fait que commencer.

Tyce se hissa sur le tabouret voisin de celui de Sage et commanda un whisky. Il tourna la tête vers celle qui avait été sa maîtresse et nota qu'elle avait attaché ses longs cheveux naturellement bouclés, si bien que ses yeux semblaient plus grands encore. Ce soir, ils semblaient d'un bleu pervenche comme cerclé de marine. Ils étaient parfois plus sombres et parfois de ce bleu marocain si particulier, comme s'ils s'accordaient à son humeur.

Son regard avait toujours eu la faculté de l'achever. Mais tout son visage était proche de la perfection, avec ses hautes pommettes, sa bouche sensuelle et son ovale parfait. Et puis elle avait ce corps élancé et terriblement féminin...

Il aimait ses traits, son corps, ses formes et Dieu qu'il aimait lui faire l'amour !

Il aurait voulu ne jamais cesser d'embrasser sa bouche, de goûter sa chair, de laisser ses mains courir sur sa peau laiteuse, tiède et parfumée.

Le temps lui avait paru si long… Après trois années à errer dans une sorte de purgatoire, passer une nuit avec elle était un peu comme donner une goutte d'eau à un homme déshydraté. Il en voulait plus, il rêvait de ses jambes enroulées autour de ses hanches, d'entendre ses gémissements de plaisir au creux de son oreille, de glisser sa langue dans sa bouche fiévreuse.

Sage ne pouvait imaginer l'effet qu'elle lui faisait par sa simple présence. Elle porta son verre à ses lèvres et fronça le nez comme elle le faisait souvent, cette petite moue lui donnant un air absolument adorable.

— J'imagine que je devrais te présenter des excuses pour cette gifle, mais comme l'incident a fait la une de toutes les chroniques culturelles, cela t'a finalement fait une publicité supplémentaire. J'ai l'impression que tes tarifs déjà élevés ont encore flambé.

Il encaissa le coup et haussa les épaules. Il trouvait aussi que les prix fixés par son agent étaient proprement ridicules, comme s'il était le futur Picasso ou le nouveau Rembrandt… Alors qu'il ne faisait qu'assembler de l'acier et du bois ou étaler de la peinture sur des toiles au gré de son inspiration. Les critiques, agents et galeristes seraient choqués de découvrir la réalité de son « Art », comme ils l'appelaient pompeusement.

Tout le monde ignorait par exemple qu'il passait le plus clair de son temps à peindre des portraits que personne ne voyait. Des autoportraits intimes, honnêtes, et qui le laissaient exsangue une fois réalisés, mais lui permettaient de se retrouver ou de se perdre. Et parmi eux, de nombreux portraits de Sage, aussi.

Le silence s'éternisant, il parcourut la pièce du regard. Il avait été surpris de recevoir un message de Sage qui l'invitait à ce cocktail chez les Ballantyne, à l'occasion d'une exposition de bijoux. Pourtant, il avait aussitôt su qu'il s'y rendrait. Sans le moindre doute. D'abord parce que lorsque vous étiez invité à découvrir l'une des expositions les plus rares et déraisonnablement hors de prix, il était ridicule de s'en priver. Et puis c'était l'occasion de découvrir la nouvelle collection dessinée par Sage. Or il s'agissait d'une réussite. L'ensemble était original, moderne, féminin et solide à la fois. Et puis, au fond de lui, il avait l'espoir que l'invitation de Sage puisse se poursuivre un peu plus tard, dans l'intimité d'un lit.

Mais après tout, la meilleure façon de le savoir était de le lui demander.

— Est-ce que tu m'as invité pour qu'on se retrouve ensuite ?

Sage ouvrit de grands yeux.

— Quoi ?

— Tu avais besoin du prétexte de cette exposition pour me revoir ?

— Quelle arrogance ! lança-t-elle, ses yeux envoyant des éclairs furieux. Tu es vraiment malade...

Elle n'avait sans doute pas tort. Il était malade du manque de sa peau, de son corps contre le sien, de sa bouche si incroyablement sexy.

— Bien, tu ne souhaitais donc pas me revoir, dit-il d'une voix qui trahissait à peine sa déception alors qu'il se remémorait la façon dont il l'avait caressée, quelques semaines auparavant.

Il aurait aimé avoir la capacité de contrôler ses souvenirs, pour empêcher son esprit d'aller vagabonder dans ces territoires dangereux. Imaginer par exemple combien il serait bon de se réveiller près d'elle au matin, de l'entendre lui murmurer : « bonne nuit » avant de s'endormir. Il ne devait jamais s'autoriser trop longtemps à rêver de ce que serait une vie auprès de Sage.

Elle faisait partie d'une grande et célèbre famille et il ne s'agissait pas seulement de la réussite financière des Ballantyne. Sage et ses frères savaient ce que signifiait « faire partie d'une famille ».

Lui, en revanche, avait porté sa famille à bout de bras. Il avait été constamment sur le point de tout lâcher. Il avait fait de son mieux pour offrir à Lachlyn ce dont elle avait besoin, mais il avait été tellement débordé qu'il avait sans doute négligé sa sœur sur le plan émotionnel. Sage avait besoin d'un compagnon qui serait émotionnellement fonctionnel, capable de s'intégrer à ses côtés dans le clan des Ballantyne.

Tyce n'était pas cet homme-là. Il ne le serait jamais et il serait stupide de s'imaginer que les choses pouvaient changer à ce niveau-là.

En recevant son message il avait aussitôt pensé à elle sur le plan érotique. C'était sa façon à lui d'envisager une intimité avec elle. Alors qu'il était sous la douche, il avait fantasmé leurs retrouvailles. Seraient-elles fébriles ou sauraient-ils faire durer le plaisir ? Serait-elle sur lui ou lui sur elle ? La seule chose qu'il demandait, c'était de pouvoir observer le plaisir dans ses yeux. Voir combien elle le désirait, combien elle avait besoin de lui en cet instant.

Dans ces moments, ses yeux n'étaient plus aussi doux ou rêveur qu'à l'accoutumée, mais ils brûlaient d'une flamme ardente qui le rendait fou.

Lorsqu'il revint à la vraie Sage, son regard exprimait la colère la plus pure, en revanche.

— Non, Tyce, je ne t'ai pas appelé dans l'espoir de passer une nuit torride entre tes bras, ironisa-t-elle.

Il prit une gorgée de whisky.

— Il se trouve que j'avais quelque chose à te dire, reprit-elle. Ou plutôt, j'ai quelque chose à te dire.

Il détourna le regard, fixant la pièce en se disant que, quoi que ce fût, ce devait être important.

À vrai dire, il n'avait pas envie de le savoir. Il voulait simplement lui faire l'amour et rentrer peindre dans son atelier. S'ils ne devaient pas se retrouver au lit, alors il avait besoin de répandre sa peinture sur la toile, de chasser sa frustration à coups de pinceau et de truelle rageurs, mélangeant l'indigo, le magenta, le violet minéral et le rouge brique.

— Dans ce cas, vas-y et finissons-en, lança-t-il sèchement.

Sage inspira et ferma les paupières un instant. Lorsqu'elle rouvrit les yeux, il y lut sa détermination. Puis ce fut lui qui perdit pied.

— D'abord, sache que je n'attends rien de ta part, annonça-t-elle. Ni argent ni temps ou investissement quelconque, mais tu as le droit de savoir que je suis enceinte et que ce bébé est de toi.

Tandis qu'il se débattait avec cette annonce, Sage se leva et plaqua un baiser à la commissure de ses lèvres.

— Au revoir, Tyce. Nous avons passé du bon temps, malgré tout.

Ayant lancé sa bombe, Sage décida de tirer avantage de l'état de sidération de Tyce et se leva. Elle était sur le point de prendre son sac à main lorsqu'il lui saisit le poignet.

Dans son regard, elle eut l'impression de voir une flamme noire comme l'ébène.

— Assieds-toi.

Ses yeux, bon sang, ses yeux… Ils avaient toujours le pouvoir de lui couper les jambes. Des yeux de combattant. Parce qu'ils la déstabilisaient. Elle tenta de lui répondre par un regard glacial.

— Je ne suis pas un chien que tu as dressé. Je ne réponds pas à la commande.

Tyce se frotta nerveusement le visage.

— J'ai besoin d'une minute, Sage, OK ? Tu viens de m'apprendre que tu étais enceinte, j'ai besoin d'une petite minute. Donc, oui, cela ne me semble pas trop te demander : assieds-toi !

À entendre la note de panique qui teintait sa voix, elle décida de s'exécuter.

Il commanda un autre whisky au barman et elle le regarda reprendre doucement des couleurs tandis que le liquide coulait dans sa gorge.

— Il faut que nous…

Tyce secoua la tête en levant la main pour l'interrompre.

— J'ai besoin d'un autre verre et d'un peu plus de temps, déclara-t-il.

Elle acquiesça et recula sur son siège. Finalement, elle était soulagée de lui avoir parlé, comme libérée d'un poids. Il lui avait fallu puiser dans ses dernières onces de courage pour lui envoyer le message où elle l'invitait à la rejoindre. Elle s'était doutée qu'il prendrait cela comme une invitation à passer la nuit avec elle. Leur relation était purement sexuelle. Comment aurait-il pu en être autrement, après tout ?

Mais l'alchimie folle entre eux entraînait aussi une bien grande conséquence.

Elle étira ses cervicales, tâchant de libérer un peu de la tension de sa nuque. Elle pouvait rester ici quelques instants, lui laisser prendre le temps d'assimiler la nouvelle et cela leur permettrait peut-être d'aboutir à un échange rationnel et, surtout, sans drame avant qu'elle rentre.

Il ne lui resterait plus qu'à le ranger, lui et leur brève... Comment appeler ce qu'ils avaient partagé ? Une aventure ? Une folie ? Une passade ? Car bien que brefs, les moments passés ensemble avaient été terriblement intenses. Ils s'étaient rencontrés lors de l'ouverture d'une petite galerie, proche de l'appartement de Sage, et l'attirance avait été immédiate. Elle aurait pu penser qu'il s'agissait d'une simple attirance physique. Il était d'une beauté saisissante, en partie en raison de son héritage métissé, mélange de sang français et coréen, de ses yeux noirs et fins, de son sourire éblouissant et de son corps d'athlète. Mais elle connaissait tellement d'hommes avec des physiques avantageux qu'elle n'était pas du genre impressionnable. Non, c'était le feu sous la glace qui l'avait interpellée, ce self-control, cette aura insaisissable qui l'avait attirée.

Tyce avait été très clair dès le départ : il avait envie d'elle, mais ne serait pas le genre d'homme à lui offrir des fleurs ni même à s'engager dans une relation établie. Elle avait apprécié sa franchise. Il y avait en lui quelque chose qui lui rappelait son oncle Connor, en plus sombre, peut-être. Connor avait été totalement dévoué à ses enfants adoptifs, il avait travaillé dur, avait pris soin de son entreprise et du bien-être de ses employés, mais n'avait jamais considéré une relation monogame et de longue durée comme l'une de ses priorités. Les hommes comme Connor ou Tyce étaient de la fumée qu'on essaierait d'attraper avec un filet à papillons.

Et peut-être qu'elle avait été attirée par Tyce, justement, parce qu'elle savait qu'il n'était pas celui qui lui offrirait ce qu'elle redoutait le plus au monde, à savoir une relation intime. Elle qui avait été le plus précieux des trésors pour ses parents, qui avait grandi, petite fille entourée d'une famille aimante et protectrice, aimée et adorée jusqu'au jour où elle s'était réveillée pour apprendre qu'elle avait tout perdu et ne le retrouverait jamais plus.

Elle avait évité les relations en dehors de son univers familial : ses frères, Connor et Jo, la mère de Linc et la femme que Connor avait employée pour l'aider à élever les trois petits orphelins. Elle avait eu des camarades de classe, des copines qu'elle appréciait, mais maintenait à une certaine distance, pourtant. Et puis elle ne s'était jamais vraiment intéressée aux garçons ensuite.

Concernant Tyce, il avait été plus que compliqué de lui résister. Elle était fascinée par son art depuis des années. Son travail était précis et brut à la fois, plein de colère et d'émotion. Depuis leur première rencontre, l'admiration et l'attirance s'étaient entremêlées et elle avait tout de suite été enthousiaste à l'idée d'aller dîner avec lui lorsqu'il l'y avait invitée. Ils n'avaient pas même eu le temps d'atteindre le restaurant. Ils s'étaient retrouvés aussitôt au lit et Sage avait finalement compris le pouvoir de l'addiction. Elle désirait Tyce si fortement que cela l'effrayait.

Après six semaines passionnées, elle avait compris qu'elle était sur le point de tomber amoureuse de lui. Ce n'était pas possible, elle ne devait pas laisser cela arriver. Terrifiée, elle avait fait ce qu'elle savait faire le mieux : planifier sa fuite. Elle avait acheté des billets pour Hong Kong où elle avait prétexté un rendez-vous avec des clients. Et puis, la veille de son départ, Connor était décédé et tout ce qu'il restait de son monde s'était écroulé. Sa mort lui avait offert l'échappatoire espérée tout en lui rappelant pourquoi il valait mieux garder ses distances avec les gens et éviter les relations à enjeu émotionnel. C'était bien trop douloureux lorsque les gens que l'on aimait vous quittaient.

Elle avait assez de monde autour d'elle. Assez de personnes qu'elle aimait et pour qui s'inquiéter par conséquent.

Et puis maintenant, songea-t-elle en plaçant les mains sur son abdomen, elle portait un enfant. Un petit être qui allait devenir le centre de son univers. Son bébé, elle devait s'y résoudre, elle n'aurait d'autre choix que de l'aimer. Elle ne pourrait le maintenir à distance.

Bien joué, la vie…

Mais que pouvait représenter la paternité pour Tyce ? Elle aurait voulu le lui demander, mais il aurait refusé de lui répondre. Allait-il prendre la fuite ? Allait-il réclamer d'être impliqué ? S'il désirait voir son enfant, comment pourraient-ils faire ? Et s'il désirait s'impliquer davantage ? Lorsqu'elle lui avait annoncé la nouvelle, c'était en partie pour soulager sa conscience, mais elle n'avait pas réfléchi plus loin. Elle avait simplement compris que malgré toutes ses résolutions elle mourait d'envie de refaire l'amour avec lui.

Elle chassa ces pensées parasites de son esprit. D'autant que c'était à cause de ce genre de très mauvaises idées qu'elle se retrouvait dans l'impasse qui était la leur.

D'un bond, Tyce se leva, manquant de faire basculer son tabouret.

— Il faut que je sorte.

— Je comprends. Appelle-moi si tu veux qu'on reparle de tout cela.

Il tourna vers elle un regard glaçant.

— Oh non, on part ensemble !

Elle fronça les sourcils. Elle n'était pas prête à partir. Cette soirée de cocktail et l'exposition étaient le point culminant de sa campagne publicitaire. Sa famille s'était réunie pour la soutenir et on s'attendait à ce qu'elle soit sur le pont toute la soirée.

Mais, d'un autre côté, qui noterait vraiment son départ ? Ses frères Jaeger et Beck étaient en train de danser un slow dans les bras de leurs chères et tendres, Piper et Cady, et elle était le cadet de leurs soucis. L'aîné de ses frères, Linc, était venu avec Tate, la dernière baby-sitter de son fils, et n'était visible nulle part.

Sage pouvait quitter les lieux, mais partir avec Tyce n'était pas une option.

— Non, je ne pense pas.

— Viens avec moi, Sage Ballantyne, ou je t'assure que je vais te charger sur mon épaule et t'évacuer ainsi devant tout le monde.

Ce genre de remarque macho, qui n'était pas sans un certain attrait lorsqu'ils étaient au lit, la mettait hors d'elle quand ils n'y étaient pas. Et ils ne devaient plus jamais s'y retrouver. Elle ouvrit la bouche, s'apprêtant à rétorquer, mais la détermination dans le regard de Tyce l'arrêta. Elle ne voulait pas d'éclats, et surtout pas dans ce contexte. Avec un regard noir, elle saisit sa pochette et se leva, lui signifiant d'un signe de la tête qu'elle allait le suivre.

Les portes de l'ascenseur s'ouvrirent et elle lui emboîta le pas jusque dans la cabine où elle pressa sur le bouton du rez-de-chaussée. Les portes se refermèrent.

Tyce pressa aussitôt sur le bouton d'arrêt d'urgence de l'ascenseur.

— Comment est-ce possible, Sage ? Tu es sûre d'être enceinte ?

Visiblement il cherchait encore à assimiler la nouvelle. Elle fit la grimace en réaction à son agacement, nettement perceptible.

— Tout d'abord, Tyce, calme-toi.

C'était sans doute la dernière chose à dire à un homme qui perdait son calme. Tout comme il était absolument ridicule de penser à ce moment précis qu'il était vraiment d'une beauté à couper le souffle avec ses cheveux d'un noir d'encre, mi-longs sur les tempes et presque ras dans la nuque. Ses sourcils tout aussi noirs que ses yeux, lesquels lançaient pour l'heure des éclairs. Lorsqu'il souriait, ce qui était bien trop rare à son goût, il aurait été capable de charmer n'importe qui. Mais il y avait plus que la beauté de son visage. Il était grand, dépassant légèrement le mètre quatre-vingts et son corps, qu'elle avait tant aimé caresser, goûter, embrasser, était tout en muscle, grâce à une pratique assidue des arts martiaux. Taekwondo, judo, krav maga... Elle brûlait d'envie de poser les mains sur ce torse, sur cette peau. La pensée suffisait à lui donner la chair de poule. Elle sentait le frôlement presque abrasif de la soie de sa robe sur son corps, tant elle était à fleur de peau.

Concentre-toi, Sage.

Il plaça les mains sur ses hanches. Son regard ressemblait à un orage d'été.

— Qu'est-ce que tu cherches ? demanda-t-il, l'air mauvais.

Elle dut se retenir de lever les yeux au ciel.

— Tu me crois à ce point désespérée que, pour

recevoir un peu d'attention de ta part, je suis prête à inventer n'importe quoi ?

Face à son air toujours aussi sceptique, elle recula d'un pas et s'adossa à la paroi, en quête d'un support.

— Je suis enceinte et, comme tu es le seul homme avec qui j'aie couché dans les trois derniers mois...

Les trois dernières années, corrigea-t-elle mentalement.

— Mais nous avons utilisé des préservatifs ! s'exclama-t-il en se passant la main dans les cheveux.

Elle baissa le regard.

— Sauf cette toute première fois, où tu ne l'as pas mis immédiatement. Rappelle-toi, tu l'as mis assez rapidement après, mais j'ai pensé que peut-être...

Il la fixa en silence, les mains crochetées derrière la tête. Sur son visage, la peur le disputait à la panique.

— Je ne peux pas avoir un enfant, Sage. Je ne veux pas. Je ne veux pas être père.

Elle s'y était attendue.

Elle tendit la main à côté de lui pour débloquer l'ascenseur.

— Je te l'ai dit, ce n'est pas un problème. Je n'attends rien de toi, tu n'as pas besoin de changer quoi que ce soit à ta vie, Latimore.

— Mais tu ne peux pas l'élever toute seule !

Pour la première fois, la lueur qu'elle entrevit dans son regard à l'instant où il frappait du poing sur le bouton d'urgence, lui évoqua la folie.

— Je suis jeune, en bonne santé et j'ai une grande famille qui pourra m'aider à élever cet enfant, répliqua-t-elle. Je n'ai besoin de rien et surtout de rien qui vienne de toi.

Un peu de soutien aurait été le bienvenu, un mot

gentil, mais elle savait combien cette attente était illusoire. Tyce n'était pas le genre d'homme à la soutenir.

Un amant incroyablement sexy et passionné, oui, mais un homme rassurant et compatissant… Non, certainement pas.

— Mademoiselle Ballantyne ? Ici le PC de sécurité. Est-ce que tout va bien ?

Elle sursauta à la voix numérique qui sortit du plafond de la cabine d'ascenseur et tourna les yeux vers la caméra de vidéosurveillance placée dans l'angle.

— Oui, tout va bien, nous avions une petite discussion, merci.

Une « discussion » qui changerait sans doute le cours de leur vie à tous les deux.

— Très bien. On me demande si vous pourriez poursuivre cette « discussion » ailleurs, vu que plusieurs personnes attendent de pouvoir utiliser l'ascenseur.

Elle hocha la tête et fit un pas vers Tyce pour appuyer une fois encore sur le bouton rouge. Elle poussa un long soupir et chercha son regard, mais il fixait obstinément le sol.

— Tyce…

Il ne releva pas la tête. Elle l'appela encore et il finit par lever vers elle un regard où elle reconnut de la détresse.

— Je tiens pour acquis que ce que tu m'as dit il y a trois ans concernant ton refus de t'engager est toujours valable ?

— Oui.

Sa réponse était laconique, mais lourde de sens en même temps.

Elle hocha la tête.

— Je comprends. Je ne cherche pas moi-même

à trouver quelqu'un avec qui me mettre en ménage, sois rassuré. Je te fais une offre qui est à prendre ou à laisser. Cet enfant sera élevé comme un Ballantyne. Personne n'aura jamais à savoir qu'il est de toi, si tu ne le souhaites pas. Et je te libère de tout engagement.

Quelque chose alluma fugacement le regard de Tyce et elle fronça les sourcils. Avant qu'elle ait le temps d'ajouter un mot, les portes de l'ascenseur s'ouvraient et ils faisaient face à tous ceux qui attendaient l'ascenseur. Elle afficha son sourire le plus professionnel et fendit la foule, acquiesçant lorsque le concierge s'avançait à sa rencontre pour lui demander si elle avait besoin d'un taxi.

Ils avaient à peine traversé le hall de la réception et franchi les portes qu'un employé leur ouvrait la portière du taxi stationné devant l'hôtel.

Elle monta dans le véhicule et soupira en voyant Tyce s'intercaler entre la portière et elle.

— Il n'est pas question de cela, dit-il d'une voix menaçante.

— Bien sûr que si. N'essaie pas de me recontacter, c'est fini pour nous.

— C'est ce que tu penses, s'exclama-t-il en s'écartant. Mais tu te trompes !

Le bruit de la portière qui claquait fit office de point d'exclamation à sa phrase.

- 3 -

Dans son hangar aménagé de Brooklyn, Tyce avança vers les grandes fenêtres qui inondaient son atelier de lumière. Il s'immobilisa face à la vitre et y appuya son avant-bras. Il était rentré depuis une heure et se sentait fier d'avoir su résister à la tentation de raccompagner Sage jusque chez elle. Il avait réussi, malgré le choc, à éviter de se précipiter sur une tentative de réconfort immédiat pour se laisser un peu de temps afin de digérer la nouvelle. Il avait besoin d'accepter l'idée qu'il allait être père. Il allait avoir un enfant.

Il s'écarta de la fenêtre pour s'approcher d'une série de toiles empilées contre le mur. Il s'assit sur le sol maculé d'éclaboussures de peinture et tendit la main vers la plus récente de ses toiles. Un portrait de Sage à son bureau, les sourcils froncés par la concentration, un crayon à la main. Il avait peint ce portrait à partir d'une photo publiée dans un magazine d'art et il devait reconnaître qu'il semblait aussi vivant que la photographie elle-même. Il fixa intensément son visage, songeant qu'un bébé grandissait dans son ventre, que son ADN et le sien se mêlaient pour créer une nouvelle vie.

Bon sang, cette pensée était proprement terrifiante. Comment était-il possible que l'ironie du sort fasse de lui un père, lui qui était le plus émotionnellement inapte au monde ? Il avait été un enfant consumé par l'anxiété, le poids des responsabilités, dépassé par un monde qui lui en demandait trop, bien trop tôt. Le passage à l'âge adulte, pour Lachlyn et lui, ainsi que la mort de leur mère avaient été, malgré la douleur, une forme de soulagement. Ensuite, il s'était délibérément éloigné de tout investissement émotionnel qui risquait de le replonger dans cette sensation de vulnérabilité. Pour Tyce, l'équation était simple : la vulnérabilité était synonyme de souffrance et il ne voulait plus souffrir.

Il avait l'impression qu'aux yeux du monde il offrait les dehors d'une normalité relative. Personne, en dehors de Lachlyn, n'imaginait le gouffre sans fond qui menaçait de l'engloutir. Se défouler sur son *sparring-partner* au dojo ou en poussant son corps jusqu'aux limites de l'épuisement lui donnait l'impression d'être encore en vie, même si l'effet des endorphines s'évanouissait rapidement. L'art lui offrait une distraction et il ressentait parfois un pic d'adrénaline au moment où la peinture s'étalait sur la toile, en accord avec la vision mentale qu'il en avait ou bien en mêlant le bois et l'acier en une sculpture qui prenait vie sous ses yeux. Et puis surtout, il aimait l'exercice qui lui vidait la tête.

Tyce rejeta la tête en arrière. Tout à coup, il n'était plus dans son atelier au décor industriel, mais il se voyait dans le petit appartement avec deux chambres où il avait grandi. Il était assis sur le sol glacé, devant la chambre de sa mère, berçant Lachlyn qui pleurait, espérant que sa mère finirait par ouvrir la porte et lui dire qu'elle allait bien. Que tout irait bien. Il s'était toujours demandé ce qu'il faisait de travers, pourquoi sa mère avait besoin de se cacher de lui, de sa sœur. Il se rappelait les centaines de dessins qu'il avait faits pour elle, en espérant qu'une fois au moins elle finirait par reconnaître son effort, désespéré qu'il était d'obtenir un peu d'attention de sa part.

Son index suivit la courbe du menton de Sage. À une époque, il avait vendu des portraits, réalisés au fusain ou à l'encre de Chine, et cela leur avait permis de garder un toit au-dessus de leur tête et de remplir le frigo de temps à autre. Adolescent, il s'installait au coin d'une rue ou dans une allée de Central Park et vendait ses croquis. Il avait même posé nu dans une école des beaux-arts.

Il se rappelait son angoisse à l'idée de ne pas parvenir à payer le loyer suivant. Il avait fini par gérer cette anxiété, ce ressentiment amer et appris à lâcher prise. Ainsi détaché des choses, de ses besoins, de ses attentes et finalement du monde entier, il avait réussi à avancer. Sage avait mis son détachement en péril, l'avait soumis à la tentation de s'approcher, encore, plus près. Il ne devait plus y céder.

La tentation était trop grande avec elle, c'était pour cette raison qu'il l'avait laissée partir, quelques années plus tôt, pour cette raison qu'il l'avait laissée lui filer entre les doigts. Pour se protéger.

Il avait été adulte toute sa vie. Il avait dû faire face à toutes les situations dont on préserve les enfants, afin d'élever sa sœur. Il n'avait pas peur de grand-chose, mais l'idée que Sage puisse mettre au monde un enfant de lui le terrifiait. Il sentit la peur l'envahir, comme de la lave brûlante et acide à l'intérieur de son corps. Qu'il le veuille ou non, Sage et lui étaient maintenant unis à jamais, par leurs gènes mêmes. Elle ferait toujours partie de sa vie, elle avait réussi à fissurer son armure et cela la rendait désespérément dangereuse.

Il savait pourtant que la situation ne pouvait être changée et que tout ce qu'il pouvait faire, c'était d'essayer d'en limiter les risques. Comment y parvenir ? Il se leva et marcha jusqu'à son bureau dont il tira le vieux fauteuil défoncé avant de s'y laisser tomber. Avant toute chose, une évidence s'imposait : il était aussi définitivement lié aux Ballantyne et cela allait impliquer de dire toute la vérité, à Sage d'abord, puis à ses frères.

Rien que cela promettait d'être aussi sympathique que de s'élancer nu dans une nuit d'hiver sibérienne. Pourtant, il ne pourrait y couper, il le savait. Et sans tarder.

Mécontente d'avoir eu à quitter son plan de travail pour une réunion dans les quartiers généraux de Ballantyne International, Sage s'engagea dans l'ascenseur avant de rejoindre les équipes déjà réunies qu'elle salua d'un rapide geste de la main. Elle était suffisamment informée des affaires de l'entreprise pour pouvoir participer aux réunions, mais elle déléguait généralement à ses frères la gestion de l'entreprise, de la même façon qu'ils lui faisaient entière confiance pour transposer les fantaisies des riches clients en une pièce de joaillerie unique.

Occasionnellement pourtant, en tant qu'actionnaire de Ballantyne International, elle devait assister aux réunions qui l'obligeaient à retirer à contrecœur ses vêtements confortables du quotidien pour s'habiller de façon plus professionnelle, un tailleur remplaçant ses habituels T-shirts et pulls larges. Aujourd'hui, elle avait choisi un haut à motifs géométriques rouges et roses sur un pantalon *slim* noir qu'elle portait avec des bottes à hauts talons. Une légère touche de maquillage complétait l'ensemble et ses cheveux étaient attachés en une longue tresse.

Au bout du couloir, elle poussa la porte vitrée qui menait au bureau d'Amy.

— Pourquoi est-ce que ton téléphone est éteint ? demanda celle-ci en lui jetant un regard noir par-dessus les montures sophistiquées de ses lunettes. Tu sais que les signaux de fumée, ce n'est pas très fiable pour communiquer de nos jours !

Sous des dehors un peu moqueurs, Amy cachait un cœur d'or et Sage ne lui tint pas rigueur de cette entrée en matière un peu abrupte.

— Pardon si je t'ai inquiétée.

— J'ai failli venir directement chez toi. Je déteste quand tu ne réponds pas à ton téléphone. Bon, sinon, qu'est-ce que tu dis des fiançailles de Linc et Tate, n'est-ce pas une merveilleuse nouvelle ?

Même si sa vie était un véritable chaos ces derniers temps, Sage parvenait à se réjouir sincèrement pour ses frères. Linc et Tate n'étaient d'ailleurs pas les seuls à être porteurs de grandes nouvelles, car Piper et Jaeger venaient de leur annoncer qu'ils attendaient des jumeaux. Tate avait décidé d'adopter Shaw, le fils de Linc, et celui-ci adopterait Ellie, la pupille et nièce de Tate. Dans la famille Ballantyne, les liens du sang étaient un concept nébuleux.

L'amour triomphait toujours de l'ADN.

— Est-ce que tout va bien ? Tu as l'air tendue.

Comme à son habitude, Sage secoua la tête et chercha à faire diversion en humant le parfum de la rose qui se trouvait sur son bureau.

— Un cadeau de Julie ?

Amy et Julie allaient se marier sous peu. Amy sourit en soupirant.

— Oui, elle a bien plus le sens de la romance que moi, tu vois !

De son côté, Sage avait des problèmes bien plus importants que la romance. Elle était enceinte et seul Tyce était au courant. D'ailleurs, à propos du père de son enfant, elle ne pouvait continuer beaucoup plus longtemps à ignorer ses appels et ses messages. Il allait falloir qu'ils parlent. Et vite.

Avant que leur enfant soit en âge d'entrer à l'université, du moins.

Elle fit la moue à ses propres fadaises. Elle avait passé deux semaines la tête enfouie dans le sable et ne pouvait continuer beaucoup plus longtemps. Une fois cette réunion terminée, elle proposerait à Tyce de venir chez elle pour discuter. Non, pas chez elle, l'espace était trop intime, trop personnel. Elle passerait la soirée à fixer sa bouche en espérant qu'il finirait par la tirer de sa misère en l'embrassant enfin. La bouche de Tyce avait toujours été son faible, leurs lèvres se toucheraient et l'intégralité de ses barrières et résolutions s'évanouirait dans l'instant.

L'idée seule de cette scène était à la fois terriblement excitante et intensément dangereuse, c'était la raison pour laquelle elle devait le maintenir à distance, au moins des espaces personnels, comme son appartement. Son corps. Son cœur. Il fallait qu'elle lui donne rendez-vous dans un lieu public.

Une fois qu'ils auraient tiré au clair leurs positions mutuelles, elle pourrait annoncer sa grossesse à ses frères et au reste de sa famille.

C'était un plan constellé de pièges et de chausse-trappes, mais un plan tout de même.

Amy leva les yeux vers la grande horloge au mur.

— Tu ne devrais pas tarder, sinon tu seras en retard à ta réunion.

— Quel est son objet, d'ailleurs ?

— Je ne sais pas, répondit Amy. Je ne sais rien en dehors du fait qu'elle a lieu dans la salle de réunion de Connor.

Sage ouvrit de grands yeux. La salle en question, située au dernier étage du bâtiment Ballantyne, était assez peu usitée, voire méconnue. On n'y accédait que par l'ascenseur qui se trouvait dans la célèbre bijouterie Ballantyne sur la Cinquième Avenue, boutique qui elle-même n'était connue que des initiés, se cachant à l'arrière de l'immeuble derrière une immense porte en acier. C'était une salle qu'on réservait à quelques clients très haut de gamme réclamant l'anonymat.

Elle fronça les sourcils à l'idée de devoir redescendre, gagner la boutique, puis prendre l'ascenseur en question. Elle serait en retard, il n'y avait plus le moindre doute là-dessus.

Elle salua Amy et sortit rapidement pour gagner le bâtiment voisin. Lorsqu'elle se retourna une dernière fois sur le seuil du bureau, elle nota la mine préoccupée d'Amy. Préoccupée et peut-être blessée, aussi.

Leur assistante avait du mal avec la distance que conservait Sage, mais elle aussi ne laissait personne s'approcher. À part Linc, peut-être. Lorsqu'elle avait six ans, elle avait connu un double traumatisme : la mort de ses parents. Sans surprise, elle vivait dans la crainte de perdre un être cher. Alors elle tâchait autant que possible de garder ses distances avec le monde entier.

Sage avait accepté une bonne fois pour toutes que l'existence fût un perpétuel changement, où les gens allaient et venaient. La vie n'était que dérives émotionnelles. Les êtres aimés, tristement, disparaissaient un jour. Les amis s'éloignaient. Les relations se terminaient. Et tout cela était porteur de son lot de douleurs, mais elle savait aussi que, pour elle, il était plus facile de partir la première, plutôt que de rester à endurer une déroute sentimentale.

Elle inspira profondément. Son enfance l'avait façonnée. Elle prenait soin, autant qu'elle en était capable, des relations dont elle ne pouvait se détacher. Ses frères, ses partenaires de travail et Amy. Mais elle ne cherchait pas à faire des connaissances, ou à étendre le petit cercle de ceux qu'elle aimait. Elle avait des relations sans lendemain, s'interdisant de tomber amoureuse. Si jamais elle rencontrait quelqu'un qui lui plaisait, qui lui plaisait beaucoup, elle évitait de poursuivre la relation, car elle n'avait aucun moyen de savoir qui resterait et qui partirait. Il était donc plus simple de maintenir tout le monde à distance. Alors qu'elle avait entre six et sept ans, elle avait pris conscience du fait qu'il était plus simple d'éviter les gens et les situations à risques.

Maintenir des distances, c'était sa façon d'être.

Tyce était l'homme qu'elle avait eu le plus de facilité à maintenir à distance, tout en étant celui qu'elle avait eu le plus de mal à repousser. C'était facile, parce qu'elle savait qu'il n'attendait rien de sérieux de sa part. Et c'était difficile, parce qu'elle s'était sentie profondément attirée par lui. Au point d'être tentée de renoncer à toutes ses réserves habituelles. S'il l'y avait encouragée un tant soit peu, elle aurait sans doute basculé, mais il ne l'avait jamais fait et elle avait réussi à s'échapper.

Il l'avait laissée partir.

Elle chassa ces pensées dérangeantes. Elle ressassait le passé alors que ce n'était pas le projet. Tyce allait devenir le père de son enfant et, même si elle était terriblement, irrésistiblement, attirée par lui, il était essentiel qu'elle le maintienne à la périphérie de sa vie.

Pourtant, il lui faudrait trouver une autre façon d'interagir avec lui, parce que, à en juger par le nombre de ses appels auxquels elle n'avait pas répondu, il ne comptait pas prendre la fuite.

Elle avait enfin gagné le bâtiment et tapa le code qui permettait d'appeler l'ascenseur privé menant à la salle de réunion.

Une fois que les palabres seraient terminés, elle appellerait Tyce et lui fixerait rendez-vous pour s'enquérir de ce qu'il comptait faire. Elle s'efforcerait de rester calme et ne pas se mettre en colère ou, pire, le gifler. Voire se pendre à son cou.

En entrant dans la salle de réunion, son estomac se souleva à l'odeur du café et elle chercha désespérément une corbeille à papier du regard, de crainte que ce ne soit plus sévère qu'une simple nausée passagère.

Une main rassurante se posa sur son épaule et elle leva les yeux vers ce visage familier, les pommettes saillantes, la mâchoire masculine, les yeux noirs.

— Est-ce que ça va ? demanda Tyce en la soutenant d'une main ferme comme s'il craignait de la voir défaillir.

Cette pensée la rassura. Elle sentait ses genoux sur le point de flageoler. Non, elle ne tomberait pas.

— Qu'est-ce que tu fais ici ? demanda-t-elle à mi-voix,

alors qu'elle avait l'impression d'être en chute libre dans le terrier du lapin d'Alice au pays des merveilles.

Une lueur s'alluma dans le regard de Tyce.

— C'est une longue histoire, assieds-toi, nous sommes justement réunis pour en parler.

- 4 -

Tyce indiqua un siège à Sage et s'écarta délibérément de la table pour se placer à l'autre bout de la pièce et s'adosser au mur, croisant un pied devant l'autre dans une posture soigneusement insolente. Une façon choisie pour mettre mal à l'aise le clan Ballantyne. Il avait aussi calculé sa tenue. Il portait un jean usé, maculé de peinture avec des chaussures solides en cuir et une chemise noire plutôt élégante dont il avait retroussé les manches. Linc et Beck portaient des costumes complets, visiblement taillés sur mesure, et Jaeger était peut-être un peu moins formel avec un pantalon de costume et un pull beige.

Sage… Eh bien, Sage était éblouissante, vêtue de couleurs vives, mélange détonnant de rouge et de rose, les cheveux relevés en un chignon improvisé sur le dessus de la tête, dont des mèches lui tombaient négligemment dans le cou et sur le visage en délicates guirlandes. Il l'avait déjà vue remonter ses cheveux ainsi, d'un geste rapide et savait qu'elle était capable de se coiffer en trente secondes et de s'habiller en une minute. Elle n'était pas le genre de femme qui passait des heures devant son miroir.

Il détailla son visage et fronça les sourcils en notant des cernes bleuâtres et la pâleur de sa peau. Elle semblait avoir perdu du poids, ce qui n'était pas une bonne nouvelle chez elle. Elle se mordillait la lèvre inférieure en lui lançant des regards inquiets. Il garda donc le silence, sans rien trahir de ses pensées. Après tout, elle aurait pu ne pas venir à cette réunion et répondre à l'un de ses nombreux appels, ils auraient pu trouver une autre façon de procéder. Mais deux semaines à essayer de lui parler et à essuyer des refus ou un silence pur et simple l'avaient poussé à cet ultime recours : appeler Linc et le convaincre d'organiser cette réunion.

Tyce observa ce dernier qui posait les mains sur les épaules de Sage en un geste de soutien discret. Jaeger et Beck s'avancèrent aussi à ses côtés, les bras croisés. Ses frères étaient très protecteurs, cela ne faisait aucun doute. Pourvu que cette conversation ne tourne pas mal... Mais qui était déjà en mesure d'en imaginer l'issue ? Les histoires d'argent et de famille pouvaient mener à tout.

— Puisque tu es à l'origine de cette rencontre, Latimore, je te laisse commencer, suggéra Linc, froidement.

Tyce acquiesça et s'avança devant l'assemblée, prenant place en tête de table. Encore une fois, le geste était calculé. Il leur signifiait depuis le départ qu'il gardait la main, même s'il était seul contre tout un clan.

Il regarda Sage et imagina qu'ils se retrouvaient tête à tête, qu'il pouvait embrasser sa bouche charnue, tracer du doigt la ligne de son visage, embrasser son long cou racé, jusqu'à ses épaules. Retirer un à un les vêtements qui lui couvraient le corps.

Il soupira et se passa la main sur le visage, remarquant du même coup le regard de Sage sur lui.

Ignorant ses sourcils froncés, il sortit son dossier

de son attaché-case et l'ouvrit pour en tirer une liasse qu'il fit glisser vers Linc.

— Voici les certificats qui attestent que Lach-Ty possède 15 % de Ballantyne International.

Il les vit se tendre tous les quatre d'un même mouvement. Leurs mâchoires se crispèrent. Linc saisit les documents, les feuilleta et les examina l'un après l'autre.

— Pourrais-tu prendre la peine de t'expliquer ? demanda-t-il d'une voix caverneuse. Comment est-il possible que tu disposes de 15 % de notre entreprise familiale ?

— C'est assez simple, j'ai acheté les parts de la façon la plus légale qui soit, mais je n'en dispose pas personnellement, à l'heure qu'il est.

Linc attrapa le bord de la table. Ses doigts crispés semblaient exsangues.

— Qui en dispose, alors, et pourquoi diable as-tu acheté ces parts ?

— C'est ma sœur qui les possède, parce que j'ai estimé juste qu'elle détienne une partie de l'entreprise que son père vous a léguée, annonça-t-il avant de se décider à poursuivre. Et j'ai considéré que, comme votre sœur était enceinte de mon enfant, il était temps pour moi d'abattre mes cartes.

C'est ainsi qu'on fait éclater une bombe, songea-t-il en passant d'un visage décomposé à l'autre.

Le choc, la surprise, l'angoisse, la colère. Toutes les émotions qu'il avait attendues étaient là, les empêchant de répondre, de le questionner ou de lui crier leur colère. Tyce ignora les frères pour se concentrer sur Sage qui le fixait avec des flammes dans le regard.

Elle se redressa, les paumes sur la table.

— Comment oses-tu le leur annoncer sans m'en parler au préalable ?

Il soutint son regard et haussa les épaules.

— Parce que si je m'en remettais à toi, tu serais capable de partir accoucher sans que personne ici soit au courant de rien.

— Tu n'avais pas le droit !

Il pointa son ventre du doigt.

— C'est aussi mon enfant que tu portes, si tu permets que je te le rappelle. Si, au lieu de m'ignorer, tu avais accepté de me parler comme je te l'ai demandé, nous aurions pu résoudre le problème, voire plus encore.

— Comment cela, « plus encore » ? De quoi est-ce que tu parles ? demanda-t-elle d'une voix qui trahissait son inquiétude.

Linc l'incita d'un geste à se rasseoir.

— Il veut parler des parts liées à la fille de Connor.

— Quoi ? Mais Connor n'a jamais eu d'enfant ! s'exclama-t-elle. Tout cela est complètement fou !

— Mais toi, tu es vraiment enceinte ? interrogea Jaeger, les sourcils froncés.

— Maintenant, tout le monde se tait, ordonna Linc avant de tourner le regard vers Sage. Commençons par Latimore, pour nous débarrasser de lui et, ensuite, parler tranquillement de la nouvelle de ta grossesse.

— Ton optimisme est amusant, Linc, lança Tyce. C'est aussi mon bébé qu'elle porte et je suis navré de vous décevoir, mais je compte faire partie du paysage pendant un sacré bout de temps.

— Certainement pas ! répliqua Sage.

— Oh que si, ma chérie, mais nous en parlerons plus tard tous les deux, dit Tyce d'une voix calme, qui pourtant ne laissait pas de place au doute.

— Qu'est-ce qui te fait penser que ta sœur pourrait être la fille de Connor ? demanda Linc, les mâchoires toujours aussi crispées.

— Je ne pense pas qu'elle « pourrait » être la fille de Connor, je sais qu'elle l'est, répondit-il en levant la main pour couper court aux objections. Écoutez, laissez-moi reprendre tout ça depuis le commencement et vous y verrez plus clair.

Par où commencer ? Comme il l'avait dit : par le commencement. En tout cas, en ce qui concernait Lachlyn, car ils n'avaient pas besoin de connaître les détails de son enfance à lui, ces sombres et terribles années avant et après l'arrivée de Lachlyn dans sa vie. Aussi brièvement que possible, il annonça les faits. Sa mère travaillait de nuit comme agent d'entretien à Ballantyne International, dans le bâtiment où ils se trouvaient à cette heure, ce dont il n'avait aucune raison de se sentir honteux, puisqu'il s'agissait d'un travail honnête. Mais comme Connor travaillait tard dans la nuit, ils avaient fini par faire connaissance et se lier d'amitié. Sa mère et son beau-père étaient séparés et elle avait eu une aventure avec Connor, dont elle était tombée enceinte.

— Ma mère savait qu'elle n'avait pas d'avenir auprès de Connor et elle s'est tournée vers mon ex-beau-père dans l'espoir qu'il élève Lachlyn comme sa fille.

Le beau-père en question, d'origine jamaïcaine, n'avait eu qu'à jeter un regard à la fillette blonde aux yeux bleus pour comprendre qu'elle n'était pas de lui, et il avait refusé d'avoir quoi que ce soit à voir avec eux à l'avenir. Tyce avait compris qu'il disparaissait de sa vie à cet instant. Les mois suivant son départ avaient été très durs pour lui. Sa mère s'est enlisée dans ce qu'il avait compris être une dépression post-partum, qui avait été décuplée par son état dépressif naturel. S'occuper de son bébé avait été une lutte de chaque instant. Et elle n'avait ensuite plus la moindre énergie à offrir à son petit garçon de huit ans, terriblement perdu à l'époque.

— Est-ce que ta mère a parlé à Connor de ce bébé ? demanda Beck.

— Non, répondit Tyce. Comme le certificat de naissance de ma sœur a été établi au nom de mon beau-père, ma mère a pensé qu'elle n'avait aucune chance de pouvoir faire valoir quoi que ce soit auprès de Connor.

— C'est en effet le cas et ça le reste, trancha Linc, dont le regard bleu était devenu plus acéré.

Il réagissait exactement comme Tyce l'avait imaginé, ce qui lui épargnait toute surprise.

— Cela ne change rien à ce que je viens vous proposer, répliqua-t-il.

Il se massa la nuque, dans l'espoir de faire disparaître un mal de tête persistant et jeta un regard à Sage. Elle était encore plus pâle qu'avant et ses grands yeux semblaient s'être assombris d'une nuance de confusion. On aurait dit qu'il venait de lui assener un coup de poing dans le ventre. À cette pensée, il perdit toute sa combativité et tendit la main vers les siennes qu'il couvrit. Il aurait tant voulu la prendre dans ses bras, apaiser sa peine et lui promettre que tout irait pour le mieux.

Mais il savait que, dans la vie, le pire n'était jamais certain et que l'ordre naturel des choses était un concept bien nébuleux.

Sage retira vivement ses mains, comme s'il était porteur de quelque maladie contagieuse. Croisant les bras, elle lui jeta un regard assassin. Pourtant il ne put retenir un sourire.

— Depuis le temps, tu devrais savoir que ce regard hautain de princesse contrariée a tout pour me séduire !

Et par sa remarque, il se payait le luxe de mettre hors d'eux les frères de Sage, en prime. Coup double !

Elle leva les mains au ciel, les lèvres serrées.

— Ce rendez-vous est professionnel, alors restons-en là, d'accord ? Toi et moi n'avons plus rien à nous dire.

Oh que si.

— Nous avons au contraire des tas de choses à nous dire, et je tiens à ce que nous le fassions, répliqua-t-il.

— Tu ne doutes de rien ! s'insurgea-t-elle.

— Tu peux dire ce que tu veux, hurler ou te rouler par terre, mais toi, moi et cet enfant, nous allons devoir trouver un arrangement. J'aurais préféré qu'il en aille autrement et toi aussi, mais nous devrons nous y faire. Je ne vais aller nulle part, tu ferais mieux de commencer à t'habituer à cette idée.

Et parce qu'il mourait d'envie de prendre son visage entre ses mains, de poser ses lèvres sur les siennes, de les goûter, de la savourer, il s'écarta et enfouit les mains dans ses poches en soupirant.

— J'ai acheté assez de parts pour me payer un siège au conseil d'administration de Ballantyne, reprit-il en se tournant vers Linc. Je compte occuper ce siège et m'opposer à toutes vos décisions tant que vous n'aurez pas fait le nécessaire pour faire reconnaître la filiation entre Connor et Lachlyn. Ne sous-estimez pas mon pouvoir de nuisance.

Son interlocuteur pâlit mais, en bon stratège, il lui posa tout de même la question à laquelle il s'était préparé.

— Si Lachlyn est bien la fille de Connor, combien veux-tu ?

Les riches pensent toujours que tout est question d'argent.

— Je ne veux pas de votre argent, répliqua-t-il en savourant le choc sur leurs visages. Si les résultats des tests de paternité sont négatifs, alors je revendrai mes parts.

— Quel intérêt ? demanda Beck.

— Si Lachlyn est la fille de Connor, je veux que vous lui donniez une chance de vous connaître, de rencontrer sa famille. Elle n'en a pas eu et pourtant elle le mérite.

Lui non plus n'avait pas eu cette chance, mais il était là pour Lachlyn. Il posa les mains sur le dossier d'un siège sans quitter Linc du regard.

— Je ne comprends pas ce que tu veux, marmonna celui-ci, visiblement confus. Tu as dépensé des dizaines de millions pour acheter des parts parce que tu veux que nous laissions une chance à ta sœur de nous connaître ?

Tyce hocha la tête.

— Et vous avez de la chance : elle est beaucoup plus plaisante que moi.

Le visage de Linc marqua un léger amusement. Il s'assit et croisa les bras sur son torse solide.

— Cette histoire est complètement insensée, Latimore.

— Sans doute, concéda-t-il en lançant un regard à Sage qui semblait toujours aussi courroucée. J'ai encore une demande à formuler, cela dit.

Il serra les mâchoires et regarda très posément Linc, Jaeger puis Beckett.

— Vas-y, marmonna ce dernier.

— Ma dernière requête est que vous nous laissiez

tranquilles, Sage et moi. Nous allons devenir parents, avoir un bébé. C'est nouveau pour nous deux et nous n'avons pas besoin de trois frères protecteurs et en colère pour compliquer encore l'affaire.

Bon sang, il était éreinté par cet échange. Littéralement vidé. Il aurait donné n'importe quoi pour se blottir sous des draps avec Sage. La serrer contre lui. Il aurait même pu oublier le sexe pour la simple possibilité de dormir dans ses bras.

Elle leva une main, coupant la parole à Jaeger qui s'apprêtait à répondre de façon agressive. Il semblait avoir un problème pour contrôler ses réactions.

— Vous n'avez pas à mener ce qui est une bataille personnelle, déclara fermement Sage à ses frères. Tyce et moi allons gérer la situation nous-mêmes. Même s'il n'y a pas grand-chose à trancher.

— Tu en es sûre, frangine ? lança Jaeger.

— Tout à fait. J'en fais mon affaire, répondit-elle.

— S'il lève le petit doigt, en revanche, il aura affaire à nous, ajouta Beck d'une voix ferme.

— Tyce est particulier, je vous l'accorde, mais il n'est pas violent.

Qu'il était agréable d'avoir ainsi une petite idée de ce qu'elle pensait de lui !

— Nous allons avoir besoin d'une semaine ou deux, Latimore, reprit Linc, et de l'ADN de ta sœur, bien sûr, pour nous assurer que ce que tu prétends est bien réel. Si elle est la fille de Connor, alors nous la rencontrerons pour décider de la suite.

C'était là le genre d'arrangement que Tyce était venu chercher.

— Deux semaines et nous refaisons un point ? répéta-t-il en tendant une main vers Linc.

— Marché conclu, concéda ce dernier en saisissant sa paume. Je te contacterai pour les tests.

Il lui relâcha la main avant de se diriger rapidement vers la sortie pour appeler un ascenseur. Il n'y avait aucun doute : on lui indiquait qu'il était temps pour lui de quitter les lieux.

Tyce ignora l'expression d'impatience sur le visage de Linc et passa devant Jaeger pour aller se pencher vers Sage. Il attendit qu'elle lève le regard, ce qu'elle fit avec une nuance de défi qu'il aurait été difficile de ne pas remarquer.

— Une fois que tu auras parlé avec tes frères, rentre chez toi et repose-toi. Je passerai te voir ce soir et nous parlerons tous les deux.

— Inutile, je ne serai pas là.

Il résista à la tentation de lever les yeux au ciel.

— Nous devons parler, Sage. Nous pouvons le faire maintenant ou plus tard, demain, s'il le faut, mais nous devrons parler.

— Très bien. Tout à l'heure, vers 17 heures, c'est ma dernière offre.

Il acquiesça et se releva en déposant au passage un rapide baiser sur son front. Afin de ne pas voir sa réaction, il se redressa aussitôt et sortit de la salle de conférences pour entrer dans l'ascenseur. Quand il releva néanmoins le regard après avoir pressé le bouton du rez-de-chaussée, l'électricité parcourut son corps, comme à chaque fois. Elle pouvait la sentir aussi. Il en était certain. L'espace d'un instant, il eut la tentation de revenir sur ses pas et de la prendre dans ses bras, pour l'entraîner avec lui et s'enfuir. Oublier tout le reste, même Lachlyn et les frères Ballantyne. Oublier son art et le fait qu'elle était l'une des femmes les plus inaccessibles et les plus riches au monde.

Au diable tout cela.

Pourtant, songea-t-il alors que les portes se verrouillaient, fuir n'avait jamais rien résolu.

La réunion avait duré plus longtemps que prévu et Beck et Jaeger s'éclipsèrent peu après Tyce, non sans s'être engagés à attendre Latimore devant chez lui, si besoin était.

Une fois seule avec Linc, Sage fit quelques pas jusqu'à la petite fenêtre et plaça les mains sur la vitre.

Il avait plu et les gouttelettes d'eau s'écoulaient sur la surface transparente. D'épais nuages gris semblaient annoncer des chutes de neige. New York s'enfonçait dans l'hiver, constata-t-elle en réprimant un frisson.

— Comment te sens-tu, frangine ? demanda Linc.

Sage se retourna et s'adossa contre le mur.

— Tu veux dire physiquement ou mentalement ?

— L'un ou l'autre. Les deux.

Elle haussa une épaule. Linc ne la quittait pas du regard et il attendait sa réponse. À la différence de Beck ou Jaeger, Linc n'éludait pas les sujets délicats et il était devenu celui avec qui elle parlait le plus.

— Je suis dans ma douzième ou treizième semaine de grossesse. Je ne suis pas en couple avec Tyce, nous avons simplement eu une aventure, il y a quelque temps.

Linc ne manifesta aucune émotion.

— Et tu veux garder cet enfant ?

Voilà enfin une question à laquelle elle pouvait répondre sans la moindre hésitation.

— Oui, de tout mon cœur.

Linc inspira, comme soulagé.

— Dans ce cas, sache que tu pourras toujours compter sur nous, maintenant et avec le bébé. J'espère que tu le sais, n'est-ce pas ?

— Oui. Je suis surprise que Tyce semble souhaiter s'impliquer, je pensais qu'il saisirait au vol ma proposition de le libérer totalement de toute responsabilité.

Linc fronça les sourcils.

— Un certain nombre de choses m'ont surpris aujourd'hui, déclara-t-il en feuilletant le dossier laissé par Tyce, dont il sortit une photographie de Lachlyn qu'il plaça sur la table. On ne peut nier qu'elle ressemble à Connor. Elle a ses yeux.

— Et son nez, ajouta-t-elle.

Mis à part leur couleur de cheveux, on aurait pu penser que Lachlyn et elle étaient sœurs.

— Il nous a mis en difficulté à plusieurs reprises tout à l'heure, tu crois qu'il ira au bout ?

Cela ne faisait aucun doute. Tyce ne parlait jamais en l'air et elle le confirma à son frère.

— Les médias sont fascinés par son côté secret et mystérieux. Dès qu'il prend la parole, les gens l'écoutent religieusement. Si sa sœur est bien la fille de Connor, alors...

Sa voix trembla, mais elle sut que son frère comprenait ce qu'elle ne parvenait à formuler.

— Si Lachlyn est sa fille, est-ce qu'elle a droit à une partie de sa fortune ? C'est ce que tu te demandes ?

Elle baissa les yeux.

— Tu ne le penses pas ? insista-t-elle. Nous ne sommes pas ses enfants biologiques, il nous a adoptés, mais s'il avait su qu'elle était sa fille, il l'aurait sans nul doute intégrée à sa famille.

— Mais il ne nous aurait pas écartés pour autant. Connor était un homme au grand cœur.

— Ce qui ne veut pas dire qu'il l'aurait ignorée.

Linc hocha la tête, les traits graves.

— Tu as raison. Elle aurait hérité avec nous.

Elle observa le visage de Lachlyn en songeant que la sœur de Tyce était peut-être la sienne.

— Dans tous les cas, nous devons commencer par le test ADN, reprit Linc.

Elle avait une sœur. Connor avait eu une fille. Son monde vacillait et elle ferma les yeux. Cela faisait trop. La grossesse. Tyce. Lachlyn. Trop de changements…

Sans oublier la violence de l'annonce faite à sa famille tout à l'heure. Tyce avait orchestré cette petite réunion et, finalement, c'était sans doute ce qui lui faisait le plus mal et la faisait douter le plus. Quel sens accorder à ce qui s'était passé entre eux, après cela ? Étaient-ils simplement réunis par un même désir purement physique, comme ils le prétendaient ? Était-il attiré par elle autant qu'elle l'était par lui ? Avait-il tout simplement joué la comédie ?

La simple pensée que les six semaines partagées quelque trois ans auparavant auraient pu être à sens unique lui donnait l'impression qu'on lui ouvrait le ventre.

S'était-il purement et simplement moqué d'elle ? Était-elle assez crédule pour s'être laissé berner ? Elle devait en avoir le cœur net.

Au plus vite.

Elle sortit son téléphone et fit défiler ses contacts pour trouver son numéro qu'elle appela aussitôt. Tyce décrocha à la première sonnerie.

— Oui ?

— Où es-tu ?

— Dans la rue de la sortie de secours, pourquoi ?

— Attends-moi ! lui intima-t-elle en raccrochant aussitôt pour saisir son manteau.

Elle pouvait faire face à l'arrivée d'un enfant dans sa vie, s'imaginer l'élever seule, mais elle n'était pas en mesure d'affronter l'idée qu'elle avait été manipulée du début à la fin par Tyce.

Bon sang, elle se sentait totalement déstabilisée. Elle jeta un regard à son frère.

— Je dois y aller, je t'appelle plus tard.

Linc posa la main sur son épaule.

— Veux-tu que nous dînions ensemble ce soir pour que tu puisses annoncer la nouvelle aux autres ? Tu pourras peut-être expliquer les choses mieux que moi. On se retrouve à la maison ?

Elle acquiesça.

— Oui, bonne idée.

Linc la serra dans ses bras et effleura le dessus de sa tête du menton. Sa voix semblait teintée d'émotion.

— Notre petit bébé va avoir un bébé. Comment est-ce arrivé ?

Sentant ses yeux la brûler de toutes les larmes retenues depuis une éternité, elle sut qu'elle devait passer à l'action pour éviter de les voir se répandre.

— Eh bien, Latimore et moi nous sommes un jour retrouvés nus et…

Linc recula d'un pas en se bouchant les oreilles, l'air horrifié.

— Non, frangine, ne me raconte pas, c'était une façon de parler !

Sage était pétrifiée.

Elle avait la tentation de jouer les autruches, d'enfouir

la tête dans le sable ou de disparaître très loin tout en ayant besoin de savoir, de comprendre ce qui s'était passé entre eux.

Quitter Tyce trois ans plus tôt lui était apparu comme la plus sage des solutions, mais que serait-il advenu si elle n'avait pas fui ? Si elle avait été plus courageuse ?

Lorsqu'il lui avait affirmé ne rien ressentir, elle avait trouvé le courage de s'éloigner de lui.

Arrivée à la sortie de secours, elle tapa le code qui permettait d'ouvrir et poussa de toutes ses forces le lourd battant qui céda brusquement, l'entraînant derrière lui. Elle dévala les deux marches qui menaient à la ruelle étroite.

— Oh ! doucement ! dit Tyce en la retenant par le bras et lui évitant une mauvaise chute.

Elle repoussa ses mains et lui jeta un regard noir.

— Est-ce que tu as fait exprès de me rencontrer, il y a trois ans ?

Tyce fronça les sourcils un instant.

— Oui, je dois le reconnaître, au départ, c'était intentionnel.

— Et après ? demanda-t-elle en percevant la nuance inquiète de sa propre voix. Tu as continué à coucher avec moi pour obtenir des informations sur l'entreprise et sur ma famille ?

— Tu n'as jamais donné la moindre information, objecta-t-il.

— Ce n'est pas ce que je te demande ! Est-ce que tu t'es servi de moi pour tenter de les obtenir ? s'exclama-t-elle en lui frappant le torse. Est-ce que tu as continué à coucher avec moi dans cet espoir ? Est-ce que je t'ai intéressé ne serait-ce qu'un peu à un moment ?

Elle avait l'impression que sa cage thoracique

allait lui broyer les poumons et le cœur à force de les comprimer. Respirer, elle devait respirer. Elle pourrait alors affronter ce que Tyce avait à lui dire et cesser de penser à lui, de rêver de lui, d'être attirée par lui.

— C'est ce que tu en penses ? demanda-t-il en lui saisissant les poignets pour retenir ses mains contre son large torse.

Il n'en fallut pas davantage pour qu'elle se sente envahie par une bouffée de chaleur et que des frissons parcourent ses mains et ses bras. Elle avait envie de le toucher, de caresser sa peau. Elle sentait les battements du cœur de Tyce contre ses côtes et ses seins tendus.

Ils se touchaient et c'était tout ce qui comptait à cet instant.

— Tu me demandes sérieusement si j'ai fait semblant ?

Le ton cinglant de sa question lui rappela qu'ils étaient au beau milieu d'une ruelle, sous des bourrasques glaciales.

Il lui lâcha les mains pour la plaquer contre lui. Elle poussa un cri de surprise avant de comprendre que s'il la serrait ainsi, c'était parce qu'il voulait lui faire sentir son érection. Et malgré toute la colère qui bouillonnait en elle, bon sang, c'était si bon de le sentir ainsi.

Puis il la fit reculer de deux pas, jusqu'à ce que son dos rencontre le mur de béton derrière elle. La maintenant plaquée, il se plaqua contre elle. Son regard sombre chercha le sien tandis qu'il écartait les mèches de cheveux qui lui tombaient devant le visage. Elle retint son souffle alors qu'il avançait son visage, comme au ralenti, jusqu'à ce que ses lèvres se posent finalement sur les siennes. C'était terriblement excitant.

La bouche de Tyce effleura la sienne, se lançant dans une lente et douce exploration, tandis qu'il insinuait doucement la langue entre ses lèvres. Elle s'était attendue à un feu d'artifice, à un tourbillon sans retenue, mais pas à de la tendresse ni de la douceur. Elle n'avait pas prévu de ressentir ce genre de trouble. Elle voulait être capable de s'éloigner sans le moindre regret. Comment était-il capable de lui faire ressentir ce genre d'émoi ?

Elle dégagea sa bouche et lui adressa un regard qu'elle espérait assassin.

— Tu m'embrasses pour esquiver ma question ! lança-t-elle en espérant que son cœur retrouverait rapidement un rythme normal.

Puis elle inspira et sentit à nouveau le sexe de Tyce tendu contre son ventre. Il fallait qu'elle s'écarte de lui, mais il ne la laissait pas bouger et il lui releva le menton pour croiser son regard.

— Oui, je t'ai rencontrée délibérément, mais cette électricité insensée entre nous n'a rien à voir. C'est toi et moi, rien d'autre, dit-il en avançant le bassin avant de fermer les yeux. Il suffit que je te voie pour imaginer l'instant où je pourrai te déshabiller.

Sa voix profonde et grave lui donnait la chair de poule.

Il recula brusquement et lui relâcha les mains.

— Il fait froid et on nous regarde, constata-t-il en hochant la tête en direction d'une caméra de surveillance qui filmait la sortie de Ballantyne International. Nous parlerons plus tranquillement ce soir.

Elle hocha la tête, le souffle court et l'esprit troublé par tout ce qu'ils venaient d'échanger.

Elle était doublement perturbée : par l'ardeur du désir qu'elle éprouvait à son égard et par ce que cela signifiait : alors même qu'elle était folle de colère contre lui, il suffisait qu'il la serre dans ses bras pour que le désir balaie tout sur son passage.

- 5 -

Le regard aiguisé de Tyce repéra immédiatement les immenses fenêtres qui s'élevaient du sol au plafond dans son loft. L'appartement de Sage lui ressemblait en tout point, songea-t-il en regardant autour de lui. Lumineux, clair, subtilement décoré, avec des matériaux nobles et naturels, parfaitement mis en valeur par les couleurs claires et des espaces décloisonnés. Le séjour ouvrait sur une grande cuisine et à l'étage, en mezzanine, il entrevoyait sa chambre. Dans le séjour, il nota les deux canapés aux couleurs pastel, des coussins et des poufs sur le sol et un plan de travail dans un coin avec des croquis de son travail.

Il aimait le travail de Sage et se dirigea aussitôt vers son bureau pour jeter un coup d'œil à ses derniers croquis. Il découvrit un tour de cou finement travaillé, avec un diamant en son centre. Il y avait aussi un bracelet qui lui faisait penser à un serpent prêt à s'enrouler autour du poignet. Elle indiquait en face de chaque motif les pierres qu'elle prévoyait d'utiliser. Des émeraudes ici, un diamant de six carats, là. Elle ne faisait pas les choses à moitié, c'était le moins que l'on puisse dire.

Il leva la main vers une photographie punaisée sur le panneau qui bordait son bureau. Il s'agissait d'une bague avec une sublime pierre rouge vif en son cœur, comme entourée de pétales délicats en diamant. Même s'il n'était pas grand connaisseur de joaillerie, il sentit aussitôt que c'était une pièce majeure.

— Est-ce un rubis ?

— C'est un diamant rouge, répondit-elle en se plaçant derrière lui. Exceptionnellement rare, proche de la perfection absolue, il a..., commença-t-elle avant de s'interrompre, la main sur le cœur et les yeux brillants d'émotion. Il a la même composition chimique que le charbon, mais ce qui est stupéfiant, c'est que le temps et les changements de pression sont capables de transformer du charbon en cette merveille de pureté.

— Est-ce qu'il est vraiment aussi rouge que sur cette photo ?

Sage sourit.

— Le cliché ne lui rend même pas hommage. Sa couleur est extrêmement profonde, c'est un rouge d'une intensité qui défie l'imagination.

— Je devine que ce bijou est possédé par ta famille ?

Elle acquiesça.

— Pourquoi dans ce cas n'était-il pas présenté lors de l'exposition ?

— Après en avoir longuement débattu, nous avons décidé de ne pas le faire.

— Pourquoi donc ? Vous craigniez de vous le faire voler ?

Sage leva un regard étonné vers lui.

— Non, répondit-elle dans un soupir, alors que son regard semblait se teinter de tristesse. J'ai demandé à Linc de ne pas exposer la bague pour des raisons personnelles. N'essaie même pas de me demander des détails, tu n'en auras pas. Ni maintenant ni jamais.

Après tout, elle avait raison, ils avaient assez à faire

avec le bébé pour ne pas laisser d'autres histoires de famille interférer.

Elle gagna l'un des canapés et s'y assit. Elle avait les pieds nus et croisa les jambes pour s'asseoir en tailleur. Il prit place sur le canapé opposé, essayant ainsi de maintenir le plus de distance possible entre eux. Lorsqu'elle était à portée de main, il risquait à tout instant de craquer et de la prendre dans ses bras et il savait comment cela se terminait en général. Résister à Sage n'était pas son point fort, mais il avait conscience que refaire l'amour avec elle serait pire et finirait de rendre inextricable une situation déjà compliquée.

Sage semblait toujours choquée depuis son coup d'éclat. Fermée jusque dans sa posture. Rien n'était simple dans ce qu'ils vivaient et, bien qu'il ne soit pas un grand communicant, il avait la certitude qu'il leur faudrait parler pour désamorcer les écueils principaux.

— Tu es toujours en colère contre moi ? demanda-t-il doucement.

— Tu t'es servi de moi. Tu m'as rencontrée pour approcher ma famille.

C'était le cas… au départ ! Il l'avait invitée parce qu'elle était Sage Ballantyne et qu'il venait d'apprendre que Lachlyn était la fille de Connor. Dans sa colère, il avait décrété que Sage vivait la vie qu'aurait méritée sa sœur. Il n'avait pas imaginé éprouver autre chose que du mépris pour cette fille de bonne famille.

— J'ai vite compris que tu adorais ta famille et que je n'obtiendrais aucune information par ton intermédiaire et, pourtant, j'ai continué à te voir. J'ai acheté mes parts au juste prix, dans le seul but de vous obliger à prêter attention à Lachlyn. Apprendre que tu étais enceinte a changé un peu les lignes, mais je n'ai jamais manipulé personne.

— Tu nous fais chanter ! s'exclama-t-elle.

Pourtant il nota une lueur de doute dans son regard. Il comprenait qu'elle essayait de retomber sur ses pieds dans le chaos environnant.

— Je demande simplement qu'on effectue un test ADN et, si ce que je dis est confirmé, je demande simplement que vous rencontriez Lachlyn. Je ne veux pas un sou, pas plus que du temps ou des engagements.

Sage jouait avec une petite déchirure sur son jean, elle tira brusquement dessus et agrandit le trou. Elle semblait perdue et il reconnaissait cette émotion entre toutes. Ignorant les appels de sa raison, il se leva et se planta devant elle avant de s'accroupir, les mains jointes.

— J'ai voulu t'en parler, Sage, mais tu refusais tous mes appels.

Elle ouvrit la bouche comme pour répondre, puis la referma brusquement, détournant les yeux vers une toile au mur derrière lui. Il suivit son regard et tomba sur l'une de ses premières œuvres qui représentait une ballerine. À la différence des jolies danseuses de Degas, le tableau de Tyce était saturé de colère et traduisait le mélange de persévérance et de douleur qui devait mener à la perfection du mouvement. La danseuse, au tutu élimé, des cheveux s'échappant de son chignon, se massait les pieds, l'air épuisé et endolori. On pouvait ressentir l'émotion qui se dégageait de la toile. Elle était réussie, il lui semblait. À quel moment Sage l'avait-elle achetée ? Et pourquoi ? Il savait qu'elle aimait le ballet, mais après tout, elle avait sans doute les moyens pour acquérir un Degas.

— Parle-moi de ta sœur, dit-elle, plantant tout à coup son regard dans le sien.

— Qu'est-ce que tu veux savoir ? demanda-t-il en retour.

— Tu veux que nous fassions sa connaissance, alors dis-moi ce qu'elle fait dans la vie, quel genre de personne elle est.

Il réfléchit un instant. Il adorait Lachlyn, mais n'avait pas l'habitude de parler d'elle ni de sa famille en général.

— Elle a huit ans de moins que moi et travaille comme archiviste.

— Ah oui ? Elle aime son travail ?

— Elle l'adore. C'est une passionnée d'histoire et de livres.

Un peu tendu, il se mit à arpenter la pièce, s'arrêtant devant les cadres au mur. Il s'immobilisa face au portrait d'une très jeune Sage en tutu, en train de tenter une pirouette, une autre de Beckett sur un plongeoir, Jaeger et Linc en smoking à un mariage. Partout de par le monde, des milliers de murs affichaient le même genre de souvenirs.

Il n'y avait pas de photos souvenirs affichées chez lui. Chez Lachlyn non plus.

Comme la plupart des habitants de New York, il avait toujours entendu parler de la saga des Ballantyne. La presse était fascinée par ce clan qui était ce que la ville avait de plus proche d'une famille royale. Il se rappelait parfaitement le jour où un accident d'avion avait emporté les parents de Sage. Il avait lu tous les articles à ce sujet. Il avait su aussi que Connor avait volé au secours de ses neveux et nièce devenus orphelins. Les Ballantyne étaient une source constante de fascination pour toute la ville.

Il avait alors découvert que Connor avait adopté Linc, le fils de sa gouvernante, avec les trois enfants Ballantyne. Il s'était demandé quel genre d'homme était capable de faire cela. Pas son propre père, en tout cas, qui avait tiré un trait sur lui avant qu'il ait l'âge de s'en souvenir, ni son beau-père ensuite.

Sa mère avait réussi à se maintenir à peine assez à flot pour continuer à travailler, mais ses quelques heures de travail absorbaient toute son énergie. Et elle n'avait plus rien à offrir à son fils et sa fillette quand elle rentrait. Un mois après qu'il avait terminé le lycée, sa mère avait lâché prise et refusé de quitter sa chambre, de retourner au travail ou même de parler. Six semaines s'étaient écoulées et il avait compris qu'il avait la responsabilité totale du foyer, qu'elle ne s'en sortirait pas. Il avait renoncé à sa bourse d'études pour une école d'arts et trouvé un deuxième job afin de subvenir aux besoins de sa sœur de dix ans.

Comme il travaillait tout le temps et que leur mère dormait le plus clair de la journée, Lachlyn avait grandi toute seule. Elle rêvait d'une famille, de frères et sœurs, de rires et de jeux et se retrouvait face à une mère silencieuse et à un frère enfermé dans sa propre bulle de souffrance, ses pensées, ses inquiétudes et ses responsabilités.

Sage et lui n'auraient pas pu être plus différents. Ils provenaient de deux mondes opposés. Elle savait ce qu'était une vie de famille, elle savait comment aimer et être aimée, soutenir et recevoir du soutien. Il adorait Lachlyn, il l'avait toujours aimée, mais n'avait sans doute pas pu le lui montrer lorsqu'il luttait pour qu'ils ne se retrouvent pas à la rue.

— Quels souvenirs conserves-tu de l'époque où Connor a connu ta mère ?

Il enfouit les mains dans ses poches.

— Je te l'ai dit, elle faisait le ménage à Ballantyne International de nuit. Je me souviens qu'elle quittait la maison en fin d'après-midi et rentrait au matin quand je m'apprêtais à partir à l'école.

— Qui te gardait ?

— J'avais sept ans, je me gardais tout seul ! répondit-il en fronçant les sourcils, comme si sa question était incongrue.

Sage ouvrit de grands yeux.

— Elle te laissait seul ?

— Ce n'était pas comme si elle avait le choix, tu sais. On n'avait pas d'argent pour grand-chose et certainement pas pour une baby-sitter.

Sage eut un regard choqué et se plaça la main sur le cœur.

— Est-ce que ta mère a essayé de parler à Connor de ta sœur ?

— Non. Après sa mort, nous avons trouvé une lettre qu'elle avait écrite pour Lachlyn, où elle lui racontait son histoire. Elle savait, disait-elle, que son aventure avec Connor n'aurait mené nulle part et qu'il l'aurait quittée de toute façon.

— L'engagement n'était pas sa tasse de thé, en effet. Il ne s'est jamais marié.

Il pouvait comprendre, lui qui n'avait jamais eu de relation sérieuse, s'il exceptait son étrange histoire avec Sage. Il ne s'était pourtant jamais senti en danger, peut-être parce qu'ils s'étaient séparés avant que cela ne se complique. Il supposait qu'il aurait eu l'impression d'étouffer si cela avait dû durer.

— Lorsque j'ai appris pour Lachlyn, j'ai essayé de contacter Connor pour lui apprendre qu'il avait eu un enfant avec ma mère. Il m'a suggéré de l'assigner en justice pour obtenir un test ADN. J'ai abandonné. Mon beau-père était officiellement le père de Lachlyn, c'était trop compliqué.

— Et c'est là que tu as décidé de racheter des parts de Ballantyne. Bon sang, mais cela a dû te coûter une petite fortune.

À peu près tout ce qu'il avait.

— Oui, mais au moins Lachlyn n'est pas dépossédée de ce que Connor a créé, répliqua-t-il en se massant la nuque. Il semble clair qu'il a laissé ses biens à ses enfants adoptifs. Il n'était pas juste que Lachlyn soit laissée de côté. J'ai voulu réparer cette injustice en achetant ces parts. Cela suffit à ma sœur et à moi aussi.

— Sérieusement ?

— Oui.

Elle devait comprendre qu'il n'attendait rien de la part de sa famille, si ce n'était une chance pour Lachlyn de les rencontrer. Le reste dépendrait des astres.

Il entendait les gouttes d'eau sur le toit de son loft. L'appartement était baigné dans une lumière pâle, aux reflets pastel. Sage paraissait presque plus jeune dans ces teintes douces. Il sentait son cœur tambouriner contre sa cage thoracique et avait l'impression de sentir son sang brûlant propulsé dans ses veines. Cette simple pensée l'envahit d'un désir fulgurant. Il avait envie d'elle.

Comme à chaque fois.

Il la regarda et décela l'instant précis où elle prit conscience de la tension érotique entre eux. Elle sembla rosir, ses traits s'adoucirent et il eut l'impression de voir ses artères palpiter dans sa gorge, au niveau du V délicat à la base du cou. Elle caressa légèrement le bras du canapé et il fixa ses doigts qui glissaient sur le tissu. Il imagina la même caresse sur son sexe tendu. Elle ne s'en rendit probablement pas compte, mais à cet instant, elle gonfla sa poitrine et il remarqua les pointes de ses seins, saillantes sous les vêtements.

Il suffit alors d'un regard pour qu'un désir mutuel s'empare d'eux. Il devait l'embrasser, il ne pouvait pas s'en empêcher.

Il avança jusqu'à elle et plaça les deux mains de chaque côté de ses épaules, sur le dossier du canapé.

Sage redressa le menton et secoua la tête.

— Tu rêves, Latimore !

Pourtant, elle ne paraissait pas aussi catégorique. Il avait reconnu le désir dans ses yeux. Cela faisait si longtemps… Elle avait été la dernière femme avec qui il avait couché. C'était il y avait plusieurs mois, mais il n'avait pas désiré une autre femme depuis.

— Je préférerais marcher sur du verre pilé plutôt que coucher avec toi, murmura Sage en baissant les yeux vers ses pieds nus aux ongles peints en rose.

Il nota qu'elle portait un anneau à l'orteil du milieu. C'était terriblement sexy.

Il effleura la ligne de son visage du dos de la main.

— Je sais que tu m'en veux pour le moment. Tu es perdue et dépassée par tout ce qui est en train de changer dans nos vies, mais tu me désires toujours.

Tout en sachant que ce n'était pas une bonne idée, il s'inclina vers elle. Leur baiser précédent ne l'avait pas rassasié, il avait besoin de la goûter à nouveau, juste une fois, peut-être deux, et cela lui suffirait. Il posa ses lèvres sur les siennes et soupira en les sentant si parfaites contre sa bouche. Elle soupira elle aussi et il accueillit ce souffle imperceptible lorsqu'elle entrouvrit la bouche pour qu'il y glisse la langue à la recherche de la sienne. Elle sentait les épices, un goût de cannelle qu'il reconnaissait chaque fois. Délicatement, il saisit sa lèvre inférieure entre les dents et la mordilla avant d'apaiser sa morsure d'une caresse de la langue. Sage avait placé la main sur sa nuque et le maintenait contre elle, sa langue dansait avec la sienne tandis que de l'autre main, elle tirait sur sa chemise pour caresser sa peau nue.

Il savait qu'il devait arrêter ce baiser maintenant, mais il ne pouvait pas, il ne voulait pas. Il avait envie de plus, encore plus. C'était toujours le cas avec Sage, il n'en avait jamais assez. Encore un baiser, encore une étreinte. Elle était comme une drogue des plus addictives. La plus addictive qui soit, d'ailleurs. Était-il possible qu'il la voie un jour sans la désirer ? Ce désir compliquait tout. Il devait arrêter.

Il recula, releva le menton et s'éloigna, levant les mains. Le regard magnétique de Sage se posa sur lui et elle soupira en secouant lentement la tête.

— Nous avons un problème, tu ne crois pas ? souffla-t-elle.

— Oui, nous ne savons pas parler et puis l'intimité nous plonge toujours dans le désir, admit-il en se passant la main dans les cheveux. Il faut que nous trouvions une nouvelle façon de communiquer tous les deux.

Il se dirigea vers la fenêtre, la nuit était tombée et ils n'avaient pas avancé. Dans le reflet, il la vit remonter les genoux contre son torse, écartant les longues mèches de cheveux qui lui tombaient devant les yeux.

— Je ne sais pas si nous serions capables d'être amis, lâcha-t-elle. Je ne suis pas très douée en amitié.
— Comment ça ?
Elle regarda sa montre et sursauta.
— Oh non, je suis terriblement en retard, j'ai rendez-vous dans notre maison de famille avec Jo et tout le monde.
— Jo ?
— La mère de Linc. Elle travaillait pour Connor et elle est devenue notre seconde maman lorsqu'il nous a adoptés. Alors il a décidé de reconnaître Linc en retour. Les épouses de mes frères seront là, elles aussi.
Il haussa les sourcils.
— Cela ne me dit pas pourquoi tu penses ne pas être douée pour l'amitié.
— Je suis vraiment trop en retard pour t'expliquer ça maintenant, grommela-t-elle en se levant.
Il alla récupérer sa veste en cuir et son écharpe. Et alors qu'il était déchiré à l'idée de se séparer d'elle, une idée lui traversa l'esprit.
— Et si je venais avec toi pour l'annonce ?
Une chaussure à la main, elle lui adressa un regard de panique.
— Impossible, ils ne sont pas du tout prêts à te revoir. Non, il faut que je leur parle moi-même !
Il haussa les épaules.
— Il faudra bien qu'ils s'habituent à moi, et le plus tôt sera le mieux.
— Tyce, j'ai besoin d'un peu de temps. Tes révélations cet après-midi, la grossesse, ma famille… Nous avons tous besoin d'un peu de temps pour assimiler tout cela.
Il réfléchit un instant. Elle n'avait pas tort. Ils avaient tous besoin de ce temps.

— D'accord, je comprends, mais nous n'avons pas fini cette discussion, loin de là.

— Oui, admit-elle en enfilant un long manteau bleu marine et en enroulant une écharpe en cachemire autour de son cou. Mais je t'appelle, c'est promis.

Il eut la tentation de lui demander quand, mais sentit que plus il la mettrait sous pression, plus elle risquait de s'échapper. C'était exactement ce qu'il ferait lui-même.

— Oui, appelle-moi vite, dit-il en déposant un baiser sur sa tempe et en effleurant son abdomen du bout des doigts. Prends soin de toi, Sage, et appelle-moi si tu as besoin de quoi que ce soit.

La simple idée que son enfant était en train de se former dans son ventre était époustouflante.

Lorsqu'il croisa son regard, pourtant, il nota un trouble nouveau. Comme si elle semblait surprise qu'il puisse l'imaginer avoir besoin de lui. Après tout, elle avait trois frères, trois belles-sœurs et plus d'argent que la moitié de la ville réunie... Elle n'avait aucun besoin de lui, si ce n'était éventuellement pour le sexe. Or le sexe n'était pas au programme.

Il lui emboîta le pas et ils se dirigèrent vers l'ascenseur.

Dans le miroir, il regarda leur reflet. Elle avait glissé les mains dans ses cheveux et, en quelques secondes, dompté la masse de boucles volumineuses en un sage chignon. Elle sortit un tube de rouge à lèvres de son sac et en passa le bâton sur sa bouche délicieuse. De son sac, elle sortit aussi une écharpe multicolore qu'elle noua autour de son cou en un nœud compliqué. Et aussitôt, devant ses yeux ébahis, apparut Sage Ballantyne, héritière de Connor Ballantyne, prête à affronter le monde.

Il baissa les yeux vers son vieux jean troué, ses

bottes, son pull noir sous un blouson de cuir qu'il portait depuis toujours.

Il avait été son amant. Il était le père de son enfant et son demi-frère en quelque sorte. Il était aussi l'homme qui la désirait plus que tout au monde. Le besoin furieux de sentir son corps nu contre le sien, l'envie de la dévêtir à tout instant était sans doute une partie du problème, mais c'était plus compliqué que cela, il le savait.

Sage n'était jamais sortie de son univers. Elle était drôle, intelligente et généreuse, très simple et accessible, comme si elle n'avait pas idée de sa beauté transcendante, de son sourire inimitable, de ses jambes à pleurer d'émotion ou de ses yeux de chat. Elle était capable de lui couper le souffle chaque fois qu'il posait les yeux sur elle et tout cela l'obligeait à se tenir à distance, car elle pouvait l'entraîner dans quelque chose de beaucoup plus profond.

Il devait se tenir à distance, à en juger par sa respiration accélérée et les frissons qui parcouraient sa peau au simple fait d'être enfermé avec elle dans la cabine de l'ascenseur. Il prendrait son temps, laisserait un peu d'espace entre eux afin de déterminer comment interagir sur le long terme.

Le tout en se prémunissant à l'avenir contre ce désir ravageur. Ce qui impliquait, hélas, de ne plus jamais sentir son corps nu contre le sien.

- 6 -

Sage fronça les sourcils en découvrant le message que Linc venait de lui envoyer.

> Le test ADN confirme que Lachlyn Latimore est bien la fille biologique de Connor. Conseil de famille ?

Conseil de famille ? De quelle famille parlait-il, au juste, était-ce simplement ses frères et elle, ses frères et leurs compagnes ? Lachlyn, Tyce ?

Maintenant, ils étaient tous liés. C'était complètement dément, très compliqué à envisager. Elle se découvrait une sœur, en quelque sorte, qui serait aussi la tante de son bébé.

Pourtant, le fait que Lachlyn soit la fille de Connor n'était guère une surprise en soi. Depuis qu'elle l'avait vue en photo, elle n'avait plus guère de doutes. Comment se comporter vis-à-vis d'elle, comment l'approcher ? Ces questions avaient tourné dans sa tête durant ces dix derniers jours. Ainsi que celles qui concernaient Tyce et le bébé. Son désir d'implication envers leur enfant.

Elle laissa son crayon rouler sur sa table de travail et saisit le croquis sur lequel elle travaillait : un cabochon en diamant de huit carats. Brusquement, elle froissa le dessin et le jeta derrière elle. Elle n'arrivait pas à se concentrer, c'était une catastrophe.

Elle recula son siège et se leva pour faire quelques pas dans son appartement. Le message de Linc venait clôturer les hypothèses. Lachlyn était une Ballantyne. Il allait falloir intégrer ce changement et le processus était difficile pour elle depuis toujours. Dans sa vie, les changements avaient généralement été synonymes de déchirement et de tristesse. De deuil. Celui de ses parents, celui de Connor. Oui, les changements avaient toujours été accompagnés de larmes et elle avait assez pleuré à ce jour.

Faire entrer Lachlyn dans le cercle familial ne serait pas aisé. Elle avait seulement commencé à adopter ses belles-sœurs. Elle aimait beaucoup Piper, Cady ou Tate, mais elles étaient si différentes d'elle, ouvertes, optimistes. Elles n'avaient pas peur d'aller de l'avant, comme si leur vie ne risquait pas à tout moment de basculer. Ses parents avaient vécu ainsi, intrépides, aventuriers, audacieux, ils ne s'inquiétaient pas du lendemain. Elle avait découvert ce qu'il en coûtait à leur mort. Puis, une nouvelle fois, lorsque Connor était parti.

La peur était ce qui lui avait permis de ne pas devenir folle de chagrin, personne ne semblait capable de le comprendre. Garder ses distances avait été la seule façon de retrouver une sensation de contrôle face à ces êtres aimés qui mouraient, partaient, déménageaient, la quittaient d'une façon ou d'une autre.

Son téléphone sonna. Elle regarda l'écran et hésita. Elle ferait bien de prendre l'appel de Tyce, mais n'y parvint pas et reposa son téléphone en se frottant le visage dans un soupir. Elle avait peur, lui en voulait et se sentait coupable à la fois. Elle avait promis de l'appeler, mais elle était encore en train d'essayer de digérer le chamboulement de sa vie. Si au moins elle savait ce qu'elle attendait de lui, comment elle envisageait d'élever leur enfant, comment engager une conversation normale... Ce serait tellement plus simple.

Le problème était que chaque fois qu'elle posait les yeux sur lui, elle avait l'impression que son cerveau cessait de fonctionner pour laisser le contrôle à son corps, lui-même en état de surtension totale. Le désir l'envahissait et la seule chose qu'elle avait alors en tête, c'était cette envie impérieuse de refaire l'amour avec lui, de sentir sa peau, ses muscles sous ses doigts. De l'entendre soupirer à son oreille. Elle imaginait ses doigts sur elle, en elle, sa bouche parcourant son corps tout entier pour lui faire découvrir des sensations indescriptibles. Il la goûtait, la troublait, la comblait...

Elle se prit le front à deux mains. Il avait sur elle un effet immédiat. Il suffisait qu'elle pense à lui pour que son abdomen se mette à palpiter, que le désir envahisse le bas de son ventre. C'était insupportable : elle se consumait tout bonnement. Il devait y avoir une raison pour que cet homme lui fasse ce genre d'effet. Certes, il était bel homme, musclé, séduisant, talentueux, mais aussi macho, désagréable... Elle n'avait jamais éprouvé un désir d'une telle intensité. Sa libido était-elle tout simplement en train de changer ? Habituellement, en période de stress, comme c'était le cas en ce moment, elle n'avait pas le moindre désir sexuel.

Peut-être était-ce lié à sa grossesse et aux changements hormonaux ? C'était un prétexte. Il s'agissait de Tyce, et de Tyce uniquement, qui lui donnait l'impression d'avoir besoin de se réfugier sous une douche froide.

Elle jeta un coup d'œil par la fenêtre à la journée morose qui s'était levée. Peut-être malgré tout qu'un peu d'air frais lui ferait du bien. En dépit de la neige, elle s'éclaircirait sûrement les idées et se détendrait un peu. Elle se leva et enfila des bottes fourrées, un gros manteau, un bonnet sur ses cheveux en bataille et une écharpe épaisse autour de son cou. Puis, son portefeuille, son téléphone et ses clés en poche, elle sortit.

Il faisait plus froid qu'elle ne l'avait anticipé. Elle enfila ses gants et se mit en marche. En été, la végétation verdoyante et les terrasses de café sur les trottoirs rendaient le quartier plaisant, mais durant l'hiver, sous la neige, avec ce petit vent glacial et la plupart des habitants aisés partis se dorer au soleil de la Floride, il n'y avait plus grand monde pour arpenter ces ruelles. Elle ne s'attarderait pas, songea-t-elle en avançant entre des flaques gelées et glissantes. Ce n'était finalement pas une si bonne idée que cela.

Lorsqu'elle regagna son immeuble, au moment de traverser la rue, elle nota une silhouette familière devant l'Interphone. Tyce était en train de l'appeler. Elle pouvait voir son impatience à distance.

Elle remonta sur le trottoir, le regard toujours rivé sur lui, et ne vit pas qu'elle posait le pied sur une flaque gelée. Son pied glissa, elle tenta de se rétablir avec force mouvements de bras, songeant aussitôt qu'elle ne devait pas tomber pour le bébé. Elle tendit les mains en arrière et tomba assise par terre, dans un craquement inquiétant.

La douleur se fit d'abord ressentir à travers son coccyx avant de remonter le long de sa colonne. Puis vint la douleur au poignet, fulgurante au point de lui couper le souffle. Tout à coup, elle n'y voyait plus clair.

Elle n'avait pas appelé, pas crié lui semblait-il, mais en une seconde, Tyce était auprès d'elle, agenouillé.

— Bon sang, Sage, ça va ?

Elle avait toujours le souffle coupé par la douleur et ne put lui répondre. Il plaça une main sur sa joue, délicatement, et calma aussitôt le ton de sa voix, ce qui l'apaisa en retour.

— OK, ma belle, respire doucement, ça va aller. Tranquillement. Inspire. Expire.

Elle se concentra sur l'inspiration. Elle le vit sortir son téléphone et appeler. Elle entendit les mots « ambulance », « enceinte », « Urgence ». Elle essaya de lui dire que ce n'était pas nécessaire, qu'il lui fallait juste un peu de temps pour se relever.

Et peut-être un nouveau coccyx. Et un poignet.

— Sage, respire, par pitié !

Oui, elle inspira un peu plus, difficilement, et sentit la tête lui tourner. La douleur était de plus en plus forte. Elle était couchée maintenant, réalisa-t-elle. Elle avait froid, aussi. Elle était même transie jusqu'aux os. Sauf dans les endroits où la douleur semblait une coulée de lave.

Il lui caressa le front.

— Je veux m'asseoir, murmura-t-elle dans un souffle. J'ai froid !

— Tu ne dois pas bouger, dit Tyce en plaçant la main sur son ventre. Les secours vont arriver.

— Je suis gelée, Tyce, s'entendit-elle dire d'une voix qui lui paraissait lointaine.

Des sirènes retentissaient maintenant. Il leva les yeux dans leur direction.

— C'est pour moi ? demanda-t-elle.

— Oui.

— Ce n'était pas nécessaire !

— C'était sortir par ce temps qui n'était pas nécessaire ! répliqua-t-il.

— J'avais besoin d'air…

— Il suffisait d'ouvrir ta fenêtre !

Une jeune femme en uniforme approcha.

— Monsieur, merci de vous écarter, dit-elle.

Il se leva aussitôt et Sage nota son jean trempé. Elle devait donc être mouillée elle aussi.

— Madame, ressentez-vous des contractions ? Est-ce que vous saignez ? demanda la secouriste en observant ses pupilles à la lampe de poche.

— Non, répondit Sage, je suis tombée sur le coccyx. J'habite juste en face, si vous pouviez me raccompagner, tout ira bien.

La jeune femme échangea un regard avec Tyce et hocha la tête à son intention.

— Comme vous êtes enceinte et que votre poignet semble blessé, je suggère plutôt une hospitalisation.

Sage soupira et acquiesça à contrecœur.

— Ils ont fait une radio et j'ai une fracture de l'avant-bras, donc je dois porter un plâtre.

Sage parlait avec Linc au téléphone en mode haut-parleur. Tyce reconnut la voix de son frère au moment où il s'apprêtait à entrer dans la chambre d'hôpital dont la porte était restée entrouverte et tendit l'oreille. Il rapportait un sac avec quelques affaires et des chaussures qu'elle avait bien voulu le laisser aller chercher dans son appartement en lui confiant ses clés.

Elle avait une voix fatiguée. Il se passa la main sur le visage, revoyant pour la centième fois défiler dans son esprit le moment où le pied de Sage avait glissé sur la flaque et entendant encore le bruit sourd lorsqu'elle était tombée sur le trottoir. La première chose à laquelle il avait pensé en arrivant auprès d'elle, c'était de regarder son entrejambe pour voir si elle ne saignait pas.

Il sentit son estomac se nouer à cette pensée. Jusqu'à cet instant, il avait intégré intellectuellement la grossesse de Sage, mais en la voyant au sol, il avait senti la peur l'envahir. Était-elle gravement blessée ? Pouvait-il l'aider ? Comment ? Et si le bébé était en danger ? Comment allait-elle le vivre ?

Et comment allait-il le vivre, lui ?

Mal. Le bébé de Sage ? Leur bébé. Il ne souhaitait pas le voir disparaître, réalisa-t-il.

— Tu es sûre que tu ne veux pas que je vienne ? demanda la voix de Linc dans son téléphone.

— Non, Tyce devrait me raccompagner chez moi. Il était là lorsque je suis tombée.

— Il aurait pu t'éviter de tomber…

— Il était de l'autre côté de la rue, Linc, ce n'est pas Superman.

Le silence se fit et il s'apprêtait à frapper pour entrer lorsque Linc reprit la parole.

— Si tu es plâtrée, tu ne peux pas rester seule chez toi.

Il n'avait pas tort. Tyce songea que si quelqu'un devait prendre soin d'elle, c'était lui et personne d'autre. Même si vivre avec elle risquait de se transformer en véritable torture. Il avait aussi conscience de la nécessité d'apprendre à collaborer avec elle et c'était peut-être le moment d'y arriver. Avec de la chance, ils finiraient par se créer une forme de relation amicale qui serait parfaitement souhaitable pour accueillir leur enfant à venir.

Il se sentait parfaitement incapable d'être père, de son côté, mais en soutenant Sage, il était prêt à tenter l'aventure. Au moins pourrait-il se regarder dans une glace en se disant qu'il avait fait de son mieux.

- 7 -

— Sage, laisse-moi voir avec les autres comment nous organiser et nous pourrons nous relayer auprès de toi, j'en suis sûr.

— Je ne suis pas grabataire non plus, je n'ai pas besoin qu'on s'occupe de moi. Tu sais bien que je ne supporte pas qu'on envahisse mon espace.

Derrière la porte entrouverte, Tyce sourit. Lui non plus n'était pas très ouvert à la cohabitation, mais il s'agissait d'un cas de force majeure.

— Je resterai avec toi ce soir au moins…, insistait la voix au téléphone.

C'était à lui et à personne d'autre que revenait cette mission, songea Tyce en entrant dans la chambre et en se dirigeant tout droit vers Sage.

— Ce ne sera pas nécessaire, Linc, déclara-t-il dans le téléphone sans se soucier du regard courroucé de Sage. Je m'occupe d'elle !

— Latimore, soupira Linc, ce que j'ai besoin de savoir, c'est ce que souhaite Sage.

À en juger par ses sourcils froncés et sa mine contrariée, elle aurait préféré voir un cafard mutant s'installer chez elle, mais il s'en moquait. Il voulait s'occuper de la mère de son bébé.

— C'est adjugé, Sage est d'accord, déclara Tyce, avant de raccrocher.

Serrant les mâchoires à cause de la douleur, elle se redressa.

— Tu ne viens pas chez moi, c'est hors de question ! Je n'ai besoin de personne.

Il glissa les mains dans ses poches arrière, prêt à répliquer aussitôt, mais nota sa pâleur et son regard qui trahissait la douleur. Il détestait ce sentiment d'impuissance à l'idée qu'elle souffrait et qu'il n'y pouvait rien.

Débattre avec elle était voué à l'échec, il le savait. Il allait la raccompagner chez elle et resterait temporairement à ses côtés. Très temporairement.

— Je ne rigole pas, Sage, insista-t-il en plaçant les mains sur son oreiller, de chaque côté de son visage. Comment te sens-tu ?

Elle ouvrit la bouche, avant de s'arrêter pour soupirer. Il sentit son souffle effleurer son visage.

— Le bébé va bien. Il n'a pas été mis en danger, les médecins l'ont dit.

Elle ne semblait pas pouvoir imaginer qu'il se préoccupe d'elle aussi.

— Sage, reprit-il en lui effleurant le menton pour lui faire redresser la tête, je le sais, ce que je te demande c'est comment toi, tu te sens.

— J'ai mal au poignet, mais c'est supportable. Mon coccyx est plus douloureux, m'asseoir est très compliqué.

— Tu as un traitement contre la douleur ?

— Du paracétamol et une pommade pour limiter l'hématome.

Il déposa un baiser sur son front et lui caressa la joue. Une émotion brutale l'envahit, l'obligeant à se répéter qu'elle allait bien, que le bébé allait bien et à se concentrer à son tour sur sa respiration. Tout à coup, il prit conscience de ce qu'elle venait de suggérer et sourit.

— Tu ne vas pas pouvoir t'appliquer la crème avec ton poignet dans le plâtre, mais j'ai le bonheur d'aimer particulièrement ta chute de reins, donc s'il faut te masser, avec ou sans crème, je suis ton homme.

Comme il s'y était attendu, elle leva les yeux au ciel en réprimant un sourire.

— Tu veux vraiment faire ça ? Venir chez moi ? Ma famille est tout à fait disposée à m'aider. Cela semble plus simple, non ?

— Sans doute, mais ce serait l'occasion pour nous deux d'échanger, Sage, d'essayer de trouver un mode de communication qui nous convienne et de mieux nous comprendre. Finalement, nous n'avons jamais vraiment pris le temps de parler beaucoup tous les deux.

Elle rougit. Il savait qu'elle se remémorait leurs nuits sans sommeil et les longues heures fiévreuses passées à s'aimer.

— D'ici moins de six mois, ce bébé sera dans notre vie et il sera trop tard alors pour essayer de trouver un mode de fonctionnement satisfaisant.

— Et tu penses qu'emménager chez moi pour me masser les fesses est un bon moyen d'y parvenir ? lança-t-elle, sceptique.

Il sourit.

— Si je reste seulement quelques jours, nous pourrons prendre le temps de discuter de nos attentes respectives et essayer d'anticiper un peu l'arrivée du bébé, pour ne pas la gérer dans l'urgence.

Sa vie n'avait été qu'une gestion de crise perpétuelle et il ne voulait pas que cela se reproduise maintenant. S'il s'installait chez elle, au moins ne pourrait-elle l'éviter comme elle le faisait habituellement et ils pourraient essayer de définir ensemble le genre de relations qu'ils entretiendraient à l'avenir.

— Je dois admettre que tu as peut-être raison. Hélas ! conclut-elle.

— Ton enthousiasme fait plaisir à entendre.

Elle tenta de se lever du lit et poussa un gémissement.

— Bon sang, ça fait mal…

Il se pencha afin de glisser un bras autour de son dos et l'autre sous ses genoux. Le moyen le plus simple de la remettre d'aplomb était sans doute de la porter. Il releva les yeux vers elle.

— Tu es prête ?

— Oui, répondit-elle en passant un bras autour de sa nuque. Vas-y, pose-moi à terre.

— Je ne te lâche pas tout de suite, histoire que tu ne te fasses pas mal, dit-il.

Une fois Sage sur ses pieds, il la maintint par le coude et attendit qu'elle semble stable et que la douleur s'apaise pour la lâcher. La main qu'elle avait posée dans son cou lui envoyait des frissons dans toute la colonne, bien que ce ne soit absolument pas le moment de penser à cela. Leurs regards se croisèrent et, malgré la douleur et l'inquiétude, il sut qu'elle subissait aussi la tension du désir entre eux. Il y avait dans son regard quelque chose d'irrésistible et il lui fallut beaucoup d'aplomb pour résister à l'envie de l'embrasser. Elle était blessée. Hors de question d'imaginer quoi que ce soit entre eux.

— Ne me regarde pas comme ça, murmura-t-il.

— Comme quoi ? demanda-t-elle en rougissant.

— Comme si tu avais envie que je t'arrache tes vêtements, souffla-t-il. Tu es blessée et il faut que tu te changes, mais cela n'a rien à voir avec le genre de pensées qui nous occupe, je me trompe ?

Elle se mordit la lèvre inférieure.

— Tu crois que tu arriveras à faire abstraction, Tyce ?

— De mon désir pour toi ?

— Et du mien pour toi, ajouta-t-elle. C'est toujours là entre nous comme un éléphant dans la pièce, non ?

Bien vu.

Il saisit le sac contenant les vêtements de rechange qu'il avait rapportés pour elle.

— Nous avons beaucoup d'autres choses à gérer, alors je pense que nous devrions tenter de nous simplifier la vie au maximum. Le sexe complique toujours les choses.

— Oui, tu n'as probablement pas tort.

Pourtant, il regrettait d'avoir raison. Il avait tellement envie d'elle, malgré tout ce que cela impliquait.

— Inutile que je me change tout de suite, si tu es en voiture, dit-elle.

— Tu seras plus à l'aise, j'ai pris un pantalon de yoga et un sweat épais. Ce sera l'affaire de cinq minutes.

Tandis qu'elle sortait les affaires du sac, il l'observa et nota qu'elle avait légèrement rougi. Comment se faisait-il qu'elle soit intimidée maintenant ?

— Pourquoi est-ce que ça te gêne ? Je connais ton corps par cœur, Sage.

Elle haussa les épaules.

— C'était différent, nous couchions ensemble. Là, ici, maintenant, ce n'est pas la même chose…

Oui, il y avait un degré d'intimité différent. Et l'intimité n'était pas leur fort. Il comprit soudain combien elle devait se sentir embarrassée de s'exposer ainsi, diminuée et blessée, devant lui. Lui non plus n'aimait pas perdre le contrôle.

D'une main elle essaya de retirer son pantalon, mais elle dut vite renoncer, entre douleur et découragement.

Il se plaça devant elle et, portant les mains à sa taille, défit le bouton de son pantalon avant de le faire glisser le long de ses jambes interminables. Il essaya de chasser les souvenirs des moments où elle les avait enroulées autour de son bassin, de son dos ou même de son cou. Il passa le pantalon de rechange par chaque pied, précautionneusement, et le remonta. Il nota au passage que le bas de son dos était entièrement bleu, un hématome qui devait avoir la taille d'un ballon de football.

— Bon sang, Sage, tu ne t'es vraiment pas ratée, constata-t-il en saisissant une paire de chaussettes et des baskets dans le sac. Tu verrais cet hématome... Je ne suis pas surpris que tu aies du mal à t'asseoir.

Il sortit ensuite le sweat, qu'il l'aida à enfiler, en faisant attention à son plâtre. Il avait vaguement détourné le regard lorsqu'elle avait retiré son T-shirt, découvrant ses seins ronds et fermes à peine couverts par un soutien-gorge en dentelle rose pâle assorti à son string.

Il ne parvenait même plus à chasser les pensées licencieuses qui l'envahissaient et se contentait de se répéter que le sexe n'était qu'un gage de complication et rien d'autre.

— Est-ce que ça va ? finit par demander Sage, sans doute interloquée par son silence confus.

— Absolument pas, murmura-t-il en pointant son plâtre. Il faut qu'on s'occupe de décorer ce truc, ça manque de couleur ! Il est tout blanc et sans intérêt, nous devons le rendre un peu plus rebelle. Je pourrais le taguer !

Elle sourit.

— Si tu t'en charges, cela en fera le plâtre le plus cher de toute l'histoire. J'espère que tu accepteras de me le signer avant qu'on me l'enlève !

Il lui tendit son manteau et, lorsqu'elle fut prête, elle tenta d'effectuer quelques pas, en gémissant et serrant les dents. Il n'attendit pas davantage et la saisit dans ses bras, comme il l'avait fait plus tôt.

— C'est mieux ainsi ?

— Oui, murmura-t-elle alors qu'elle lui entourait le cou de son bras valide. Ils vont insister pour que nous prenions un fauteuil roulant, tu connais les protocoles hospitaliers.

— Ils pourront toujours insister, je ne vais pas te lâcher.

Je ne vais pas te lâcher.

Pourquoi ces mots résonnaient-ils ainsi en lui ? Il n'arrivait pas à savoir ce que cela évoquait. C'était le problème lorsqu'il était avec Sage, elle faisait naître tout un tas de pensées troublantes.

Car il devrait finir par la lâcher. Il était un solitaire dans l'âme, aimait par-dessus tout l'indépendance et la liberté qui étaient les siennes. Rien ne l'empêchait de préparer sa valise du jour au lendemain.

Et pourtant, songea-t-il en installant Sage dans le taxi qu'il avait réservé, elle lui manquerait. Il serait incapable de partir maintenant et ne plus la voir pendant le reste de la grossesse. Il voulait assister aux échographies, l'accompagner aux rendez-vous.

Bien sûr qu'il allait rester auprès d'elle. Et tout irait pour le mieux. Il n'avait pas besoin de partir à Delhi ou Djibouti dans l'immédiat, comme il lui était arrivé de le faire ces dernières années, lorsqu'il avait éprouvé le besoin de prendre le large du jour au lendemain. Il pouvait gérer cela quelque temps.

Bien plus tard dans la journée, Sage ouvrit les yeux pour se réveiller dans l'environnement familier de son appartement. Elle était chez elle. Dans son lit. Tout son corps était endolori. Elle avait l'impression de n'être que douleur depuis le sommet de la tête, en passant par les épaules, le bas du dos et jusqu'aux pieds. Son poignet la lançait violemment. Jetant un coup d'œil à son plâtre, elle sursauta. Il n'était plus blanc, mais recouvert de croquis et de portraits incroyablement précis. Linc, Jaeger, Beck, Jo et même Connor, qui semblait tellement vivant avec son visage patricien et son large sourire. Tyce avait dessiné ces visages d'un trait de crayon rapide, mais son talent s'exprimait, à n'en pas douter.

— Pardon, je m'ennuyais.

Elle leva les yeux vers lui, qui était adossé à la cloison de la chambre d'amis. Elle n'avait pas voulu qu'il la porte jusqu'à sa chambre en mezzanine, préférant rester en bas.

— Comment as-tu réussi à les dessiner aussi précisément ? demanda-t-elle en passant le doigt sur le visage de Connor.

— Tu as des photos d'eux partout !

— Ils sont vraiment magnifiques, Tyce. Cela t'a pris longtemps ?

— Non, mais si je n'avais pas été distrait par toi, j'aurais été encore plus rapide.

— Comment aurais-je pu te distraire alors que je dormais ? protesta-t-elle.

— Tu es toujours d'une grande beauté, mais je n'avais jamais pu t'observer endormie. Tu es sublime.

La tension sexuelle s'éveilla aussitôt et elle songea qu'il était étrange de se réveiller chez elle avec quelqu'un. C'était à la fois dérangeant et profondément réconfortant, elle devait le reconnaître. Rassurant.

Comment était-il possible que Tyce la rassure ? Elle ne s'était pas sentie en sécurité depuis des années. Peut-être était-ce une fausse impression après le chaos des derniers jours ?

Elle se mit sur le côté en serrant les dents. Aussitôt, Tyce fut auprès d'elle et ses bras l'aidaient à se mouvoir plus aisément et à s'installer confortablement. Il saisit le tube de paracétamol sur la table de chevet et lui tendit un verre d'eau.

— Merci, dit-elle en prenant les cachets. J'apprécie ton soutien et je te remercie, mais je crois que je vais m'en tirer. Tu peux retourner chez toi, maintenant que je suis bien rentrée.

Il haussa un sourcil narquois.

— Non.

— Tyce, je n'aime vraiment pas avoir quelqu'un chez moi, tu le sais.

— Moi non plus, mais la vérité, c'est que d'ici quelques mois nous aurons un bébé dans notre vie et qu'il faudrait peut-être essayer de collaborer en douceur.

Elle était décontenancée. Les choses ne se passaient pas du tout comme elle avait imaginé. Il était censé prendre ses jambes à son cou et non envisager de s'installer chez elle.

Mais Tyce, qui n'était jamais où on l'attendait, ne ressemblait à personne d'autre.

Comment le convaincre ?

— Je sais ce que tu es en train de penser, reprit-il. Mais fais-toi tout de suite à l'idée que je compte rester ici quelques jours.

« *Quelques jours* » ?

— D'ailleurs, il faut que je te dise, reprit-il, pendant que tu dormais, j'ai répondu à un demi-million d'appels de ta famille. Tu vois que tu as besoin de moi !

Il vint s'asseoir à côté d'elle, posant doucement la main sur sa cuisse. Aussitôt, elle dut faire un effort pour rester concentrée.

— Autant que tu le saches : je n'ai pas l'habitude de parler autant, ni à autant de gens en un mois entier. Alors en quelques heures…

Elle sentait la forme précise de sa main, sa chaleur au travers de la couverture. Elle avait déjà envie de la sentir bouger, caresser sa peau, remonter vers le creux de ses cuisses et…

Non !

— Je dois dire que ton personnage d'homme silencieux et mutique est assez réussi. Le mystère a un côté sexy, apparemment.

— En apparence seulement ? demanda-t-il en laissant planer son regard sur ses lèvres.

Elle retint son souffle alors qu'il approchait son visage du sien. Son cœur s'emballa aussitôt. Tyce semblait s'approcher imperceptiblement. Au ralenti. Et puis ses lèvres se posèrent sur les siennes et il l'embrassa, doucement, langoureusement. Un baiser tendre et chaud et doux. Un baiser charmeur, aussi.

Elle ne connaissait pas ce genre de baiser, qui ne

ressemblait pas à l'homme qu'elle avait fréquenté. Elle éprouva l'envie de l'approfondir, elle en voulait plus, désirait sentir la chaleur et l'ardeur de leur désir et en même temps, elle ne savait comment réagir, car elle n'avait pas envie d'interrompre ce moment si doux et si délicieux. Elle était sous le charme, comme ensorcelée. Puis il s'arrêta. Bien trop tôt. Il reposa la tête contre le montant du lit. Son regard noir brillait d'une lueur étrange dans la pénombre de la pièce. Elle eut l'impression que sa main tremblait légèrement, lorsqu'il la reposa sur sa cuisse.

— Lorsque je t'ai vue tomber, murmura-t-il, j'ai eu la peur de ma vie, Sage. Mon sang s'est glacé dans mes veines.

Elle hocha la tête, ne trouvant plus les mots tant son esprit était embrumé. Elle ne parvenait pas à le quitter des yeux. Le regard de Tyce semblait trahir une tempête intérieure. C'était un peu comme si les barrages, les fortifications derrière lesquelles il se retranchait toujours avaient disparu tout à coup.

Elle leva la main et lui effleura le visage. Elle avait envie de caresser sa peau, ses bras, de lui enlever sa chemise et de parcourir son torse. Non, la vérité c'était qu'elle aurait voulu se glisser en lui, découvrir les pensées qui peuplaient son esprit cadenassé, comprendre son fonctionnement, entrevoir son âme. Il arrivait à lui faire oublier ses réserves, ses résolutions. Il avait sur elle un effet qui la terrorisait et l'enflammait à la fois.

Il fallait pourtant qu'elle reprenne le contrôle et garde ses distances.

— Et ces coups de fil, alors ? demanda-t-elle.

Aussitôt, le regard de Tyce redevint impénétrable.

— Tout le monde voulait passer te voir, alors j'ai proposé à Linc de vous réunir ce soir pour dîner.

Elle hocha la tête. Ses frères devaient être inquiets pour elle et vouloir aussi s'assurer que tout se passait bien ici.

Elle se massa les tempes. Un mal de tête lancinant ne la quittait pas.

— Je n'ai pas grand-chose à dîner, il faudra commander à un traiteur.

— J'ai trouvé de quoi préparer un sauté au poulet dans ton congélateur, c'est en train de cuire. Je pense qu'il y aura de quoi nourrir tout le monde.

— Tu sais cuisiner ? Depuis quand ?

— Depuis que je suis gamin. C'était la seule façon pour moi d'avoir de quoi manger et surtout de nourrir Lachlyn, répliqua-t-il.

Elle sentit aussitôt qu'il regrettait cette confidence et qu'il ne souhaitait pas poursuivre la conversation. Mais maintenant que la porte était entrouverte, elle ne comptait pas le laisser s'en tirer à si bon compte. Elle voulait en savoir un peu plus sur le père de son bébé.

La vérité était que Tyce l'avait toujours fascinée, même si elle savait qu'elle s'aventurait en terrain dangereux.

— Mais ta mère ne s'occupait pas des repas ?

— Si, parfois, quand elle en était capable, répondit-il en se levant pour couper court à l'échange.

— Elle était… malade ?

Il fixa le tableau abstrait accroché au-dessus de son lit.

— Elle souffrait de dépression. Parfois, elle ne pouvait pas se lever le matin. Des jours durant. Parfois nous la retrouvions à même le sol en train de se balancer d'avant en arrière, les genoux contre la poitrine. La plupart du temps, elle parvenait à aller travailler, mais lorsqu'elle rentrait, elle s'effondrait et s'enfermait pendant des heures. Si je ne faisais pas moi-même le minimum vital pour ma sœur et moi, eh bien, personne ne le faisait. C'était une période très… difficile.

— Et maintenant, est-ce qu'elle…, commença-t-elle d'une voix hésitante. Est-elle toujours en vie ?

— Non, elle est décédée des complications d'une pneumonie, il y a longtemps.

— Je suis désolée, Tyce.

— C'est du passé, répliqua-t-il en haussant les épaules.

Elle le vit qui parcourait la chambre du regard, comme s'il cherchait à changer de sujet. Il lui en avait révélé plus en dix minutes que lorsqu'ils s'étaient fréquentés. Finalement, il revint s'asseoir auprès d'elle, effleurant du doigt une mèche de ses cheveux avant de la replacer derrière son oreille.

— C'est ton tour de me parler : je regardais la photo du diamant rouge. D'où vient-il ? Il est sublime.

C'était sans doute là le prix à payer pour avoir entrouvert la boîte de Pandore. Elle soupira et regarda au-delà de Tyce, fixant un point sur le mur.

— Tu connais un peu les diamants rouges ?

— Non, pas vraiment. Ils sont très rares ?

Elle acquiesça.

— Il n'y a pas plus de vingt à trente vrais diamants rouges de par le monde et la plupart font moins d'un demi-carat. Mon père était un chasseur de pierres, comme l'est Jaeger aujourd'hui, et ma mère l'accompagnait souvent dans ses expéditions. Il a rapporté ce diamant du Brésil. Un paysan l'avait découvert et il semblerait que ce soit à ce jour le plus gros diamant rouge du monde. Je me souviens combien ils étaient extatiques, mes parents et Connor. Mon père l'a offert à ma mère pour leur dixième anniversaire de mariage. C'est Connor qui a créé la bague et chaque pétale représentait un enfant.

Tyce fronça les sourcils.

— Mais pourquoi est-ce que je compte quatre pétales, dans ce cas ? Vous n'êtes que trois, pourtant.

— Ma mère était enceinte lorsqu'elle est morte, répondit-elle, soudain emplie de tristesse.

Tyce baissa les yeux et se frotta le visage.

— C'est mon tour de te dire que je suis désolé…

Elle sourit et, l'espace d'un bref instant, il appuya son front contre le sien.

— L'un des souvenirs les plus clairs que j'ai conservés d'elle, c'est de la voir contempler cette pierre, la placer dans un rayon de lumière, un léger sourire aux lèvres. Elle était fascinée par ce diamant. Elle aurait adoré la bague…

Son père savait bien évidemment que cette pierre valait des millions, mais il était prêt à en faire le sacrifice pour celle qu'il aimait par-dessus tout. C'était émouvant et douloureux à la fois. Elle ne connaîtrait jamais ce genre de relation que ses parents avaient eu la chance de vivre. Peut-être un jour se déferait-elle de la peur panique de perdre les gens qu'elle aimait et s'autoriserait-elle ainsi à aimer à nouveau.

Avec Tyce, c'était différent. Il n'était pas candidat à une histoire d'amour, de toute façon.

— Est-ce que le grand public connaît l'existence de cette bague ou bien vais-je devoir signer de mon sang un engagement à ne jamais en révéler l'existence ? demanda Tyce avec un sourire.

— Va chercher un couteau pointu et une feuille de papier, plaisanta-t-elle.

Elle n'était pas inquiète, à vrai dire, car elle avait confiance en lui. Il n'était pas du genre bavard.

— J'ai utilisé un autre diamant rouge pour l'exposition, je ne voulais pas présenter la bague parce que nous aurions eu droit à un déferlement de réactions.

— Je comprends. Je crois que tu le sais déjà, mais j'ai vraiment l'impression que tes parents étaient des gens bien.

Elle acquiesça et il essuya une larme qui roulait sur sa joue.

— Oui, ils l'étaient. Et Connor également. S'il avait su que Lachlyn était sa fille, crois-moi, il aurait...

— Chut, je sais, mon cœur, je sais. Tout va bien.

Ce n'était pas le cas, mais à cet instant, la tête contre son torse, elle se sentait aussi bien que possible. En sécurité. Elle ferma les yeux, apaisée.

Ce n'était pas une bonne idée pourtant, elle le savait.

Il aurait fallu s'éloigner, le repousser, le maintenir à distance, lui demander de partir, mais elle n'en avait ni la force ni l'envie. Elle ne désirait qu'une seule chose : rester là, blottie dans les bras de Tyce, dans sa chaleur et entourée de sa force rassurante. S'abandonner au sommeil auprès de lui.

- 8 -

Trois jours plus tard, Sage était toujours installée sur son canapé, les pieds sur un pouf tandis que Tyce débarrassait les restes du repas. Il était vraiment un cuisinier hors pair, bien plus doué qu'elle.

Peut-être même qu'il serait un meilleur parent aussi.

Ils avaient commencé à évoquer leurs rôles en tant que parents, imaginant comment ils pourraient prendre soin du bébé ensemble, tout en ayant deux domiciles différents.

— J'ai l'impression que tu seras un père organisé et responsable, alors que je me vois peut-être comme plus instinctive, détailla Sage.

— Qu'est-ce qui te fait croire cela ?

— Par exemple le fait que tu t'astreignes à du taï-chi tous les matins à l'aube, que tu ailles au dojo quatre fois par semaine et que tu coures dix kilomètres.

— Douze, rectifia-t-il en souriant, faisant apparaître des fossettes au coin de ses joues.

Il s'approcha pour lui tendre un verre de vin et un sac de petits pois surgelés.

— Glisse-les sous ton sacrum pour résorber l'hématome.

Elle essaya de se soulever pour placer le sachet, mais la douleur lui soutira une grimace.

Tyce saisit le sac.

— Penche-toi un peu en avant. Je vais t'aider.

Elle s'exécuta, grimaçant à nouveau lorsque le froid traversa son pantalon.

— Bon sang, je ne sais pas ce qui est pire : l'hématome ou le froid !

Il s'assit à côté d'elle, sa jambe musclée lui effleurant la cuisse et, aussitôt, elle sentit ce frémissement bien connu la parcourir.

— Le bleu est pire, fais-moi confiance ! Il est toujours aussi gros et a viré au bleu-gris… On dirait un ciel d'orage.

Elle sentait l'odeur d'agrumes qui se dégageait de la peau de Tyce. Cette simple sensation suffit à durcir ses tétons.

— Bon alors, quelle sera la répartition des tâches ? lança-t-il en reprenant la discussion au sujet du bébé. Les couches seront pour toi.

— Et si je ne suis pas là ?

— Le bébé devra attendre, plaisanta-t-il en lui adressant l'un de ses trop rares sourires.

Elle sentait le froid en bas de son dos et eut envie de retirer le sac, mais il maintint sa main.

— Encore cinq minutes !

Elle obtempéra dans un soupir.

— Quelles sont les deux qualités que tu aimerais transmettre à notre enfant ? demanda-t-elle.

Il n'hésita pas longtemps.

— La résilience et la détermination.

Elle hocha la tête et songea qu'en effet, sans ces qualités, il ne s'en serait sans doute pas sorti dans la vie.

— Et toi ?

— Je voudrais qu'il ou elle soit courageux et audacieux, je crois.

— Comme sa maman.

Elle tourna la tête vers lui avec l'envie de lui dire qu'elle n'était ni l'un ni l'autre, que tout la terrorisait, qu'elle redoutait l'amour autant que tout ce que la vie avait à lui réserver. Elle aurait aimé lui dire que chaque jour passé à ses côtés lui avait procuré la sensation d'être pleinement vivante, comme si elle était plongée dans un bain de jouvence ou une potion magique qui lui rendait la confiance perdue. Qu'elle avait un nœud à l'estomac à l'idée que rien de tout cela ne durerait puisque ses bleus s'estomperaient et que Tyce repartirait, satellite à la périphérie de sa vie, la laissant seule avec son vide intérieur.

Elle nota qu'il avait les traits tendus, tout à coup.

— Qu'est-ce qui ne va pas ? demanda-t-elle. Tu as peur de ne pas savoir t'occuper du bébé ?

Son visage redevint indéchiffrable et elle eut l'impression qu'il n'était pas prêt à s'engager dans cette conversation. Elle saisit le sac de petits pois et le laissa tomber sur le sol, avant de se tourner vers lui. La main sur son torse, elle perçut les palpitations de son cœur.

— Pourquoi as-tu peur ?

Il resta silencieux de longues secondes.

— Parce que j'ai eu une enfance calamiteuse ? Parce que je n'ai pas eu la chance d'avoir une enfance moi-même ? Parce que je ne sais pas comment je pourrais prendre soin d'un enfant alors que je supporte à peine le contact humain ?

— Tu sembles pourtant me tolérer ?

Il enfouit la main dans ses cheveux.

— Oui, bon, tu es peut-être une exception à la règle.

Elle eut la tentation de faire une plaisanterie pour détendre l'atmosphère, mais préféra s'abstenir. Elle passa la main sur sa joue.

— Tyce, tu as eu le courage de prendre tes responsabilités à bras-le-corps, tu raisonnes, évolues et réfléchis sans cesse. Tu es intelligent et talentueux, poursuivit-elle avant de s'interrompre un instant. En plus d'être très bel homme ! ajouta-t-elle en lui effleurant les lèvres avec un sourire. Notre enfant sera très heureux et tu t'en sortiras à merveille.

Ses mots eurent un effet apaisant sur Tyce. En quelques phrases, Sage avait presque réussi à le réconcilier avec lui-même. C'était la première fois qu'on adressait des compliments à l'homme qu'il était, lui qui avait déjà reçu de nombreux titres et gratifications pour son travail.

Difficile, maintenant, de garder ses distances avec celle qui lui faisait toujours autant d'effet. Il effleura sa joue des doigts et s'attarda sur ses lèvres. S'il l'embrassait, il ne serait pas capable de s'arrêter. Il n'aurait d'autre envie que de libérer ce corps spectaculaire de tous ses vêtements pour embrasser chaque centimètre carré de peau, en partant de ses lèvres pour finir à ses orteils. Il attendrait qu'elle soit pantelante de désir, qu'elle l'implore de lui faire l'amour, avant de se glisser en elle et de les emporter tous les deux vers le plaisir.

L'intensité de son désir était assez incroyable.

Sage se pencha alors vers lui, plaça la main sur sa nuque et reposa le front contre la tempe de Tyce. Il frissonna de la tête aux pieds.

— Fais-moi l'amour, Tyce, s'il te plaît. Juste une dernière fois.

Cet écho de ses propres pensées enflamma encore son désir. Il soupira.

— Ce n'est pas une bonne idée, Sage, tu le sais très bien.

— Je n'ai pas besoin de raisonner, murmura-t-elle. Tu es la seule personne à qui je peux demander cela.

— Tu es blessée et…

— Je vais bien et j'ai envie de toi. Je veux me rappeler à quel point nous sommes bien lorsque nous sommes tous les deux. Je veux oublier tout le reste, les complications. C'est le meilleur des remèdes.

Il craignait de le regretter plus tard.

— Faire l'amour avec toi me donne toujours la sensation d'être plus centrée, plus forte. Je voudrais ressentir cela, maintenant.

Difficile d'être aussi ferme qu'il l'aurait voulu en présence de Sage. Elle lui faisait éprouver des choses tellement intenses, l'obligeait à sortir de sa réserve. Il n'aurait pas dû, mais le désir était si volent, qui palpitait en lui, avec cette envie désespérée de la prendre, de la sentir, de la goûter, de se perdre en elle.

Juste une fois.

Il sentit tout contrôle l'abandonner à l'instant où il plaça ses lèvres sur les siennes. Il aurait pu l'embrasser et s'enivrer de sa bouche des heures durant.

Il fit glisser lentement la fermeture Éclair du sweat de Sage. Il devait rester extrêmement précautionneux, mais il remarqua aussitôt les pointes tendues de ses seins au travers de son T-shirt et ne put résister à l'envie d'en goûter une, après avoir tiré sur le tissu élastique. Prenant son téton entre ses lèvres, il l'effleura de la langue avant d'ouvrir la bouche plus largement afin d'englober toute la pointe de son sein. C'était si bon de sentir le goût de sa peau, à la fois familier et différent.

Elle gémit sourdement, ce qui augmenta encore son état d'excitation. Il lui retira son sweat et fit doucement passer son T-shirt au-dessus de sa tête. Il laissa tomber les deux vêtements sur le sol, avant de l'aider à s'allonger sur le canapé.

— Est-ce que ça va ? murmura-t-il doucement tout près de son visage. Tu es sûre ?

— Oui, je vais bien et je suis sûre.

— Dis-moi si tu veux que je m'arrête.

Elle lui sourit avec malice.

— Il n'y a aucun risque, répliqua-t-elle en lui tapotant le torse. Tu portes encore trop de vêtements, Latimore.

Il se redressa et retira son T-shirt. Elle retint son souffle et effleura son torse, son abdomen, avant de saisir la ceinture de son jean.

— Continue ! lui intima-t-elle.

— Non, toi d'abord.

Et il glissa un doigt sous la ceinture de son collant de yoga pour le faire glisser le long de ses jambes.

Il laissa son regard s'attarder sur le petit triangle de tissus qui recouvrait son intimité, avant de remonter vers son abdomen. Il soupira et embrassa doucement le petit renflement formé par leur bébé, avant de placer l'oreille contre son ventre.

Elle lui caressa les cheveux et il sut qu'elle aussi pensait à leur enfant, cet être à qui ils avaient donné vie en faisant ce qu'ils savaient faire le mieux : se donner du plaisir. S'aimer. Physiquement, du moins.

Il se releva doucement, craignant de lui faire mal. Il allait devoir faire preuve de créativité pour ne pas la faire souffrir en lui faisant l'amour. Cela tombait bien, la créativité était l'une de ses qualités premières.

Il retira doucement sa culotte. Son cœur battait à tout rompre. Une fois qu'elle fut nue, il la regarda un instant. Elle était plus belle que jamais.

Elle avait placé une main sur son ventre et il la vit descendre vers ses cuisses. Non, c'était à lui de lui donner du plaisir.

Il se déshabilla à son tour cherchant encore comment il pouvait lui faire l'amour sans la blesser. La position du missionnaire semblait exclue, de même qu'elle ne pourrait sans doute pas le chevaucher. Probablement devrait-il se concentrer sur son plaisir à elle, ce qui ne lui pesait guère, sa propre jouissance lui semblant soudain secondaire.

Il glissa les doigts entre ses jambes, émerveillé de la sentir chaude et humide, prête à l'accueillir. Il était tellement excitant de découvrir que leur désir était réciproque.

Elle l'aida à trouver son point sensible.

— Fais-moi jouir, Tyce, je t'en prie.

Ses mots murmurés à voix basse, presque grave, eurent sur lui un effet irrésistible. En même temps, elle tendit la main vers son sexe qu'elle saisit et caressa. Il sentit aussitôt que si elle poursuivait ainsi, il perdrait très vite le contrôle des opérations.

En même temps, à en juger par ses soupirs et la façon dont elle frémissait sous ses doigts, Sage n'était pas loin du sommet non plus. Il se redressa pour ne pas faire peser son poids sur elle et se plaça entre ses jambes. Pourtant, il ne la pénétra pas, préférant la caresser de son membre, en un lent mouvement de friction. Sage gémit de plaisir et il reprit le même va-et-vient, savourant lui aussi la sensation de frottement, sa chaleur et son contact. Être en elle était prodigieux, mais cette caresse était presque tout aussi irrésistible. D'une main, il lui écarta les cheveux. Il voulait voir le plaisir l'emporter. Leurs regards se croisèrent et elle se cambra contre lui.

— Non, ne bouge pas, murmura-t-il. Laisse-moi faire !

— Alors viens !

Il sourit, se rappelant combien elle était parfois exigeante lorsque le plaisir approchait et qu'il ne la satisfaisait pas pleinement. Il avait d'ailleurs joué de cela par le passé, s'interrompant et reprenant à son gré, jusqu'à ce qu'elle soit emportée par le plaisir entre ses bras.

Il la sentait toute proche, maintenant. Et il n'était plus très loin, lui non plus. Incapable de résister, il s'introduisit en elle, prenant soin de ne pas l'obliger à écarter les jambes pour ne pas risquer de lui faire mal. La sensation était incroyable, même s'il ne pouvait la prendre avec toute la fougue qu'il aurait voulu. Il était en elle et c'était divin.

Elle gémit et il poursuivit ses mouvements, lents, doux et bien plus érotiques qu'il ne l'aurait imaginé. Puis il se pencha vers elle et glissa la langue entre ses lèvres au même rythme que ses mouvements de va-et-vient.

Il sentit le souffle de Sage s'accélérer, elle tremblait tout à coup, et puis vint le moment de l'orgasme. Elle se contracta autour de son sexe dans un cri de plaisir étouffé. Il n'avait pas besoin de plus pour être emporté à son tour par la jouissance. Dans un soupir rauque, il s'abandonna en elle, tandis que le plaisir l'emportait sur des vagues irrépressibles.

Il l'embrassa doucement, buvant ses soupirs, caressant son cou, sa poitrine et son ventre, avant de poser la main sur son abdomen.

Son enfant. Cette pensée lui traversa l'esprit et prit corps en lui. C'était son bébé. Et il ressentait aussi cette tentation de possessivité à l'égard de Sage.

Le lendemain matin, elle prit une douche et constata qu'elle avait moins mal. Les courbatures de sa chute commençaient à s'estomper et son corps était plus détendu.

Ce n'était pas le cas de son esprit. Quelles étaient les implications de ce qui s'était passé avec Tyce ? Avait-ce été la dernière fois, comme elle l'avait suggéré ? Cela signifiait-il quelque chose ?

Elle ferma les yeux tandis que l'eau chaude ruisselait sur ses épaules. Qu'était-il arrivé à sa vie si organisée ? Trois mois plus tôt, elle était aux commandes de sa vie et une seule nuit avec Latimore avait suffi à tout bouleverser. Une seule nuit !

Tyce était un amant incroyable, mais il était aussi quelqu'un qui comptait pour elle, à qui elle tenait au-delà du lien qui était dorénavant le leur. C'était quelqu'un de bien, qui était prêt à emprunter un chemin plus difficile pour se montrer à la hauteur. Responsable, honorable et honnête.

Elle tenait à lui.

Elle soupira. C'était si bon d'avoir de la compagnie, elle devait bien l'admettre. Elle l'avait presque oublié. Au-delà de leur entente charnelle, échanger avec Tyce, qui n'était pourtant pas particulièrement bavard, était un vrai plaisir. Ils avaient parlé cinéma, politique, littérature et arts, bien entendu. D'ailleurs, ils avaient même des divergences en la matière, car s'il avait un faible pour l'âge d'or de la peinture hollandaise, avec des artistes comme Hals et van Baburen, elle-même était plus contemporaine et préférait le XXe siècle.

Elle s'était en tout cas sentie libre de parler avec lui de tout, avait ri, plaisanté ou échangé en profondeur selon les sujets. Elle ne s'était pas sentie jugée et avait eu la sensation d'une grande proximité dans leurs façons d'être. Ils étaient droits, volontaires et forts, malgré des failles profondes. Et ils avaient les mêmes réticences envers l'engagement et la vie de couple tous les deux.

Comme la première fois qu'elle l'avait rencontré, elle avait eu envie de se livrer, de lui donner plus, de baisser la garde, tout en ayant conscience du danger. Elle ne pouvait lui offrir son cœur, c'était trop risqué et ouvrait un chemin certain vers la douleur, la déception, la perte. Tyce détenait un pouvoir que personne d'autre n'avait sur sa vie. L'aimer et ensuite le perdre serait dévastateur.

La seule chose raisonnable à faire, c'était de le garder comme un ami, à distance raisonnable. Le remercier de tout ce qu'il avait fait pour elle tout en le renvoyant chez lui. Elle l'avait déjà fait avec d'autres hommes, après tout. Sauf qu'elle n'en avait pas envie. Elle avait envie de plus. Plus de conversations, plus de sexe et même plus de ses délicieux petits plats.

Pourrait-elle continuer à le voir une fois qu'ils seraient parents ? Profiter de bons moments, sans s'impliquer pour autant dans une relation trop figée et sans engager leurs sentiments, mais simplement pour le plaisir d'être ensemble ?

Après tout, les temps avaient changé, elle était une femme du XXIe siècle et elle savait que le sexe et l'amour pouvaient très bien être vécus séparément, que coucher avec quelqu'un n'était pas forcément une déclaration d'amour, d'engagement ou d'autre chose que le simple plaisir de donner et recevoir.

Restait à laisser son cœur hors de l'équation pour se protéger émotionnellement.

- 9 -

Tyce observa Sage lorsqu'elle sortit de la salle de bains. Elle semblait moins souffrir que la veille, même si sa démarche était toujours un peu raide. Adossé près d'une fenêtre, il la regarda se diriger vers la machine à café, le regard toujours embrumé de sommeil. Certaines choses n'avaient pas changé depuis l'époque où ils s'étaient fréquentés. Le sexe était toujours aussi parfait, elle pressait toujours le milieu du tube de dentifrice et ne commençait à prononcer une phrase complète qu'après sa troisième tasse de café, qui était maintenant décaféiné pour cause de grossesse.

Tyce observa sa montre. Il était 9 heures précises et il était levé depuis 5 heures du matin, s'était rendu à son atelier où il avait récupéré des vêtements avant de revenir à 6 heures. Il avait pratiqué une heure de taï-chi avant de sortir courir. Sage, quant à elle, était à peine debout.

Il avança en silence dans l'appartement, car ses pieds nus ne faisaient pas de bruit sur le parquet.

— Bonjour, lança-t-il.

Sage sursauta et porta la main à son cœur en fronçant les sourcils.

— Bon sang, Latimore ! s'exclama-t-elle. Tu m'as fait une de ces peurs !

— Désolé.

Il saisit une tasse qu'il plaça sous la cafetière avant de la mettre en marche. Un arôme de café se répandit dans l'appartement. Le bon café était son péché mignon.

Il y avait pourtant autre chose à quoi il avait du mal à résister : le sexe avec Sage. Il avait eu cette révélation la veille, alors qu'elle reprenait son souffle entre ses bras. D'ailleurs, cela faisait déjà de trop longues heures qu'il ne l'avait pas touchée ou embrassée, songea-t-il en s'avançant jusqu'à elle.

— Je suppose que nous devrions parler de ce qui s'est passé hier, dit-elle alors qu'il s'apprêtait à la prendre par la taille et à poser les lèvres sur les siennes.

Il n'avait vraiment pas envie d'en parler, en fait. Il la prit par le cou, ne résistant pas au besoin de la toucher. Du pouce, il lui effleura le visage pour l'obliger à relever le menton.

— J'ai toujours préféré les actes aux paroles.

Sage sourit à demi.

— Je te connais, mais je crois qu'une de nos erreurs, il y a trois ans, a été de beaucoup trop agir pour trop peu de paroles.

Il fronça les sourcils.

— Si tu veux tout savoir, je ne crois pas qu'il soit possible de trop agir sexuellement.

— J'en prends bonne note, répliqua-t-elle en le repoussant doucement, pourtant je suis désolée d'insister, j'ai des choses à te dire.

Bon sang, songea Tyce. Ils avaient peut-être fait l'amour pour la dernière fois.

— Voudrais-tu que nous continuions à coucher ensemble ?

C'était une vraie question ? Apparemment oui, à en juger par sa mine interrogative et sa voix peu assurée.

Oui, mille fois oui ! Il ferait n'importe quoi pour continuer à coucher avec elle. Aussi souvent qu'il était possible, d'ailleurs.

— Eh bien, oui, je crois…
— Tu as l'air d'hésiter ?
— Oh ! non ! Fais-moi confiance, j'en suis certain, répondit-il. Mais je ne vois pas où tu veux en venir, Sage ?

Elle plaça la main autour de sa tasse qu'elle fit pivoter doucement.

— Eh bien, je me disais que nous pourrions peut-être recommencer, si tu le souhaitais ?

Il n'en croyait pas ses oreilles.

— C'est ce que tu souhaites, Sage ?

Il avait besoin de l'entendre de sa bouche.

— Oui, mais…

Oui.

Le mot était bref, en revanche l'espoir qu'il faisait naître était immense. Ce n'était pas la fin de leurs étreintes comme il l'avait redouté. Ils allaient refaire l'amour. Il se voyait déjà lui retirer son fin pull en jersey et déboutonner son jean. Il la voulait nue contre lui pour retrouver ces sensations inouïes.

— En revanche, je ne pourrais rien te promettre de plus. Ce sera du sexe et rien d'autre. Nous ne sommes d'ailleurs pas très doués en dehors de cela… Mais je ne veux plus souffrir, Tyce, et je ne veux pas te faire de mal non plus.

— Je comprends et moi non plus, je ne veux pas te faire de mal. Toutefois, pourquoi définir notre relation ainsi ? Nous ne sommes pas obligés d'y apposer une étiquette, de restreindre notre champ d'action. Sans attente, pas de pression. Nous sommes deux personnes qui nous plaisons, nous allons avoir un bébé et il nous arrive de coucher ensemble.

Il nota aussitôt une expression de soulagement dans son regard, même si la touche d'inquiétude était encore présente. Elle était toujours aussi vulnérable et il devrait être attentif à elle, quoi qu'ils décident. Il ne fallait pas que la situation leur éclate entre les doigts. Ils avaient un bébé à élever et ne pourraient le faire efficacement s'ils éprouvaient de la rancœur ou du ressentiment l'un envers l'autre.

Il était important qu'il examine la situation attentivement. Il avait vécu seul si longtemps. Il avait presque toujours été seul, à vrai dire, et il était très peu doué pour les interactions sociales. La seule chose qui changeait aujourd'hui, c'était que le temps de l'enfance et de la peur était révolu. Il prenait conscience de ce qu'il avait vécu et il était capable de prendre du recul. Il pouvait accepter la proposition de Sage, qui était totalement irrésistible, il fallait le reconnaître, mais il en connaissait les risques : celui de perdre le contrôle et de se rendre profondément malheureux.

Pour le moment toutefois, il allait profiter avec elle du lien sensuel incroyable qui les unissait, parce que faire l'amour avec elle était tout bonnement prodigieux.

Il leva la main, mais elle recula. Elle n'avait pas fini de parler.

— Je sais aussi que nous sommes tous les deux responsables de cette grossesse, mais j'ai besoin de te présenter mes excuses : je suis désolée de compliquer ainsi ta vie avec l'arrivée de ce bébé.

C'était là ce qu'elle ressentait ? Il était amer vis-à-vis

de sa grossesse ? Elle ne se rendait pas compte, alors… Il regrettait de nombreuses choses, en particulier son inaptitude à être l'homme dont elle avait besoin, mais il n'avait aucun regret vis-à-vis de cet enfant.

Peut-être était-ce lié au fait qu'il arrivait à envisager ce bébé comme un pont vers la normalité, une façon de rectifier sa vision de la famille et de réparer quelque chose pour lui. Un peu comme une seconde chance qu'il recevait, en tant qu'adulte, de rejouer son enfance. Sage et lui ne vivraient pas ensemble, mais leur enfant aurait une mère et un père qui lui offriraient la possibilité de vivre pleinement sa vie d'enfant.

Et puis peut-être qu'avec cet enfant il parviendrait à se reconnecter émotionnellement. Ce petit être allait occuper une place prépondérante dans sa vie.

Tyce prit le visage de Sage entre ses mains, songeant au passage qu'elle avait la peau douce, qu'elle sentait bon… Ses yeux bleus rencontrèrent les siens et il avança d'un pas, jusqu'à sentir ses seins contre son torse. Il avait besoin de la sentir proche, de la serrer contre lui. Il avait besoin… Bon sang, il avait besoin d'elle ! Il fut saisi d'un vertige, mais il savait qu'il ne devait pas se laisser distraire. La réponse qu'elle attendait était trop importante pour qu'il fasse n'importe quoi.

— Nous avons raté des tas de choses, Sage, mais tu vas avoir notre bébé et cela, nous ne le raterons pas.

— Tu es sûr ? Cet enfant va bouleverser notre univers du tout au tout.

— Et alors ? Les bouleversements ne sont pas toujours mauvais, répliqua-t-il en l'embrassant. Et puis nous serons deux dans cette aventure. Ce bébé est un présent pour lequel je ne t'ai pas remerciée. Alors merci ! J'ai beaucoup de regrets dans la vie, Sage, mais cet enfant ne sera jamais l'un d'eux.

Il eut l'impression qu'elle se détendait un peu entre ses bras et embrassa tendrement le coin de sa bouche, inspirant son odeur enivrante. Cette fois-ci, il s'autorisa à placer la main dans le bas de son dos et l'attira contre lui. Son sexe se dressa dès qu'il sentit ses seins et son ventre contre lui. Sage soupira, suivant le contour de sa bouche du bout des doigts. Il aurait aimé s'abandonner, se laisser emporter par la passion, mais c'était la meilleure façon de la perdre.

Alors il l'embrassa délicatement. Un baiser qui était une promesse de tendresse, quelque chose de différent de tout ce qu'ils avaient partagé jusqu'à ce jour. Ce n'était pas le moment de la passion, mais ce moment viendrait bientôt. L'instant présent était trop important pour qu'ils le gâchent.

Tyce recula alors d'un pas. Il chercha le regard de Sage. Elle avait les yeux dans le vague. Elle porta un doigt à ses lèvres et il inspira en sentant une émotion intense l'envahir.

Il devait rester rationnel : s'il ne contrôlait pas ses émotions, il risquait de tout gâcher. Peut-être pourrait-il l'aimer, plus tard, lorsque les émotions ne seraient pas aussi intenses, lorsque son cœur ne tambourinerait plus aussi fort contre ses côtes. Oui, il devait se calmer un peu.

Ou beaucoup.

Sage n'avait plus de raisons valables de reporter la rencontre avec Lachlyn. Elle avait annulé un dîner en famille et reporté un café. Deux fois de suite. Mais faute de nouvelle excuse, elle décida de donner rendez-vous à Lachlyn dans la maison de famille. Linc et Tate étaient absents, aussi décida-t-elle de profiter du lieu pour faire connaissance avec sa « sœur ».

Tyce l'accompagnait, afin de faire les présentations. Ils entrèrent ensemble dans la grande demeure des Ballantyne et elle le vit détailler l'immense hall du regard.

Bien qu'elle meure d'envie de prendre ses jambes à son cou, Sage savait qu'elle ne pouvait pas reporter plus encore la rencontre avec Lachlyn. C'était la sœur de Tyce, la tante de son bébé, il fallait qu'elle accomplisse cet effort.

— Est-ce que ça va ? demanda-t-il.

Elle se tourna vers lui et haussa les épaules.

— Je me sens nerveuse, excitée, un peu nauséeuse, tout cela à la fois.

Il lui adressa un sourire plein d'affection.

— Elle ressent la même chose de son côté, tu sais. À part les nausées peut-être !

— C'est avec elle que tu devrais être. Les enjeux sont de son côté, répliqua-t-elle, se sentant coupable.

— Lachlyn est du genre nerveuse excitée, mais tu es plutôt nerveuse terrorisée, répondit-il. Tu es donc prioritaire. Et puis ma sœur ne risque pas de prendre la fuite, tandis que toi, je n'en suis pas si sûr !

Il n'avait pas forcément tort. Elle plaça la main sur son ventre.

Est-ce que je vais l'apprécier ? Est-ce qu'elle aura le sens de l'humour ? Est-ce qu'elle nous demandera de l'argent ?

Est-ce qu'elle m'appréciera ?

Elle se répétait ces questions en boucle en regardant sa montre. Il était l'heure.

— Respire, voyons.
— Je ne sais pas trop ce que je fais ici.
— J'imagine que c'est une question rhétorique ?
— Imagine que Lachlyn entre dans nos vies et n'y fasse qu'un passage fugace avant d'en ressortir aussitôt ?
— Pourquoi dis-tu cela ?
— Parce que c'est ce que font les gens, répliqua-t-elle en fronçant les sourcils. Et s'il lui arrivait quelque chose alors que nous avions déjà créé des liens ?
— Inutile de dramatiser, non ? En plus, elle travaille comme archiviste, pas comme cascadeuse. Même si l'on ne peut exclure qu'elle tombe d'une échelle en classant des documents, le risque reste limité.
— Tu te moques de moi.
— Juste un peu.

Bien entendu, il ne comprenait pas son raisonnement. Et il ne le comprendrait jamais. Il pensait qu'elle dramatisait, mais il ne savait pas combien sa vie avait été bouleversée. Elle avait touché du doigt la mort et la désolation. Elle savait que le pire pouvait arriver n'importe quand, surtout lorsqu'on s'y attendait le moins.

Elle changea d'avis. Elle n'avait pas besoin de nouveaux bouleversements dans sa vie. Elle saisit sa veste et commença à y glisser un bras. Si elle se dépêchait, elle pourrait filer avant que Lachlyn n'arrive.

La lourde porte s'ouvrit et, en jetant un coup d'œil aux grands miroirs de l'entrée, elle vit une petite blonde juste là, le menton enfoui dans une écharpe rose.

Lachlyn était là. Tout à coup, Sage ne savait plus que dire ni que faire. Elle se tourna vers Tyce et leva les mains.

— Tu peux rester ?
— Tu préfères ?

— Oui, s'il te plaît.

Il la serra dans ses bras et déposa un baiser sur son front, juste avant de se pencher à son oreille.

— Elle est aussi terrorisée que toi. Elle espère juste que vous l'apprécierez et voudrait en savoir un peu plus sur son père, sa famille. C'est elle qui est en terre inconnue. Tu n'as aucune raison d'être inquiète.

— C'est compliqué pour moi de rencontrer des gens, tu le sais, non ?

— Je le sais et ça l'est aussi pour moi, mais les choses évoluent. Nous devons changer et cela n'arrivera pas si nous nous enfermons et nous protégeons des autres. Il faut parfois autoriser de nouvelles personnes à entrer dans nos vies. C'est une chic fille, Sage, tu vas l'adorer.

Et c'était bien là le problème. Elle était capable d'aimer, elle le savait, mais que se passerait-il ensuite ?

— Allez, tu peux le faire, ma belle, murmura-t-il.

Elle secoua la tête, c'était au-dessus de ses forces.

Finalement, cette première rencontre avait pris fin et Sage se sentait soulagée.

Elle se remémora les nombreux repas de famille qui avaient eu lieu ici. Connor se tenait toujours à gauche de l'imposante porte d'entrée, c'était donc la dernière personne qu'ils voyaient en quittant la maison.

Les choses évoluaient. Et elle détestait cela.

— Comment te sens-tu ? demanda Tyce. Je t'ai devinée à fleur de peau toute la soirée.

Par quoi commencer ? Au lieu de lui répondre, elle leva les yeux vers la porte et le couloir, en tâchant de ravaler la boule d'émotion qui s'était logée dans sa gorge.

Elle avait à peine eu le temps de se remettre de sa rencontre avec Lachlyn que Linc l'avait appelée pour lui demander de participer à une nouvelle réunion de famille à laquelle, en prime, il avait invité Tyce. Mise devant le fait accompli, elle n'avait pas eu d'autre possibilité que d'accepter.

Elle ne l'aurait probablement pas invité, d'ailleurs, si elle avait eu le choix. Il avait été réconfortant de compter sur sa présence lorsque Lachlyn était là, mais elle ne voulait pas se reposer sur lui. Il était son amant, certes, mais elle ne pouvait courir le risque de tomber amoureuse. Elle ne devait rien attendre de plus que son soutien pour élever leur enfant.

Se retrouver à un repas de famille avec Tyce lui donnait l'impression de jouer la comédie devant ses frères et ses belles-sœurs. Oui, ils couchaient ensemble, mais ils n'étaient pas un couple pour autant. Or ce soir, Tyce lui avait pris la main, passé le bras autour des épaules et tout le monde l'avait vu.

Elle passa en revue les visages de ses proches. Beck tenait Cady par la taille, le menton appuyé sur son épaule. Jaeger portait Ty dans ses bras et tenait Piper contre lui. La main de Tate était posée sur la tête de Shaw et Ellie était endormie, son visage contre l'épaule de Tate. On pouvait lire l'amour que celle-ci éprouvait pour Linc dans chaque regard qu'elle lui adressait.

À chaque fois qu'elle retrouvait ses frères et sœurs, elle se disait qu'elle aimerait elle aussi connaître le genre de relation qu'ils avaient réussi à construire. Et c'était sans doute cela qui la touchait ce soir. L'idée qu'elle aurait pu partir en tenant la main de Tyce dans la sienne avant de retourner chez eux, heureux à l'idée que leur famille allait s'agrandir avec l'arrivée de leur bébé.

Mais, même si elle avait été prête à s'engager dans une relation amoureuse, Tyce ne voulait certainement pas de ce genre de vie. Une relation au quotidien, avec des échanges réguliers, des hauts et des bas, ce n'était pas pour lui. Il voulait être le père de leur enfant. Il était aussi disposé à être son amant à elle, mais aussitôt que la passion se tarirait, cela disparaîtrait sans doute aussi.

Plus elle passait de temps avec lui, plus elle courait le risque d'éprouver des sentiments. Plus elle risquait aussi de nourrir des attentes envers lui.

Ne pas baisser la garde. Toujours rester vigilante pour ne pas être déçue ou blessée.

Elle se tourna vers Lachlyn qui était assise à côté de Linc et nota qu'il avait posé la main sur son épaule. Son grand frère semblait avoir pris une nouvelle petite Ballantyne égarée sous son aile. Cela lui ressemblait tellement, mais pourquoi le vivait-elle aussi mal ? Pourquoi avait-elle l'impression qu'on la rejetait de sa propre famille ?

Elle se sentait comme une adolescente en pleine crise, désagréable ou malpolie, car peu sûre d'elle.

— Je veux rentrer, murmura-t-elle en se dirigeant vers la porte.

— Sage, attends ! s'exclama Linc avec de l'excitation dans la voix.

Elle se demanda avec un peu d'appréhension ce qu'il avait à lui annoncer et inspira profondément avant de se retourner. Linc se tenait sur la première marche de l'escalier, Lachlyn à côté de lui.

Le silence se fit et elle passa en revue le visage de ceux qu'elle aimait le plus au monde. Lorsque ses yeux s'arrêtèrent sur Tyce, elle nota que son regard noir d'obsidienne était légèrement froncé, comme s'il cherchait à la percer à jour et elle n'aima pas cette sensation. Il n'avait pas le droit. Avoir accès à son corps ne lui permettait pas d'essayer de la percer à jour pour autant.

Elle n'aimait rien de tout ce qui était en train de se passer, au bout du compte. Ce n'était pas uniquement parce que son monde changeait, c'était une métamorphose qui s'opérait sous ses yeux et sur laquelle elle n'avait aucun contrôle.

— Afin de t'accueillir parmi nous, Lachlyn, nous avons pensé te faire un présent et c'est pourquoi nous avons choisi de t'offrir l'une des bagues préférées de Connor.

« Nous » ? Mais qui donc ?

Elle n'avait pas été consultée un seul instant ! Sa bague, cette bague qu'elle avait passé des heures à concevoir avec Connor et qu'ils avaient montée à partir de pièces d'ambre, de minerais extraits d'une météorite et de platine ? Comment pouvaient-ils... ?

Et pourquoi faisaient-ils cela ?

— Il l'a dessinée et fabriquée lui-même et la portait tous les jours, ajouta Linc.

Pardon ?

Elle avait passé au moins autant d'heures que Connor sur cette bague, peut-être même plus ! Sage regarda Linc qui tendait la bague à Lachlyn et ravala ses larmes.

C'était cela qu'on lui demandait de partager ? Sa maison, ses frères, les souvenirs de son père ? Ce n'était pas du tout ce qu'elle avait espéré.

Elle avait eu son compte de cette journée.

Poussant la porte, elle sortit dans la pénombre après avoir lancé un « bonsoir » général plutôt froid, sans même se retourner. Elle avait à peine gagné le portail qu'elle sentit la main de Tyce qui saisissait la sienne. Elle retira ses doigts et les enfouit dans sa poche.

— Ce n'est pas moi qui ai proposé de lui offrir la bague, Sage.

— Mais c'est toi qui l'as fait entrer dans nos vies ! répliqua-t-elle.

Le coup était bas, elle en eut aussitôt conscience en notant d'un coup d'œil son regard brillant et sa soudaine pâleur.

Tyce détourna le regard. À l'évidence, il s'efforçait d'encaisser sa remarque.

— Je comprends que tu aies passé une dure journée, ce n'est pas facile de laisser quelqu'un entrer dans sa vie, dans sa famille et de la voir chamboulée du jour au lendemain.

— Tout ça, c'est ta faute, rétorqua Sage dont la colère grandissait. Tu es venu me chercher pour cela, il y a des années, afin d'entrer en douce dans la vie de ma famille.

— Je me suis expliqué là-dessus, protesta Tyce.

— Oui et puis tu as couché avec moi tout en achetant des parts de Ballantyne International pour des millions de dollars !

— Toi aussi, tu as couché avec moi.

Mais elle ne l'écoutait déjà plus, emportée par la fureur. Elle sentait bien qu'elle lui adressait des accusations sans les peser, alors que, dans le fond, le seul reproche qu'elle voulait lui adresser, c'était de ne pas être capable de lui offrir ce que ses frères offraient à leurs femmes.

Et pourtant, elle savait aussi qu'elle était incapable d'accepter son amour.

Elle était irrationnelle et elle s'en rendait compte, mais elle n'arrivait plus à refréner la peur et la colère qui se mêlaient en elle.

— Et puis tu m'as mise enceinte ! s'exclama-t-elle.

— N'oublie pas de me reprocher la misère dans le monde, le changement climatique et la hausse du baril de pétrole, lança-t-il en lui saisissant le bras. C'est Connor qui a conçu Lachlyn, c'est lui qu'il faut blâmer. Pour ta grossesse, nous sommes tous les deux responsables. Tout cela est nouveau et je comprends que tu aies peur, Sage. Nous avançons dans un champ de mines, mais se jeter des reproches à la figure ne va pas nous aider. Nous devons trouver une façon de gérer la situation ensemble.

Elle aurait tant voulu s'abandonner aux larmes qui menaçaient, poser la tête contre sa poitrine et pleurer, tandis qu'il l'aurait enlacée pour lui donner du courage. Elle aurait aimé l'embrasser, se laisser emporter loin d'ici, vers un endroit où elle n'aurait pas eu à penser au bébé, au fait qu'elle n'aurait jamais la stabilité émotionnelle qui allait de pair avec une relation stable. Elle n'était pas assez forte, pas assez courageuse, il fallait qu'elle l'admette et accepte qu'elle ne le serait sans doute jamais.

— Accorde une chance à Lachlyn, accorde-nous une chance. Attends de voir ce que la vie nous propose et garde confiance, nous saurons bien composer.

Elle se sentait fatiguée, nauséeuse et toujours aussi en colère, sans doute parce que la rage était beaucoup plus facile à accepter que la peur. Aussi pointa-t-elle un index accusateur sur Tyce.

— Sors de ma tête, Tyce, je ne t'ai jamais autorisé à lire dans mes pensées. Et puis je n'ai pas besoin de ton avis au sujet de ma famille. Tu ne nous connais pas assez pour comprendre ce qui est en jeu. Tu ne sais même pas ce que cela signifie d'avoir une famille.

Tyce rejeta la tête en arrière, comme si elle venait de le frapper en plein visage. Il était sous le choc, visiblement. Elle ne pouvait pas lui en vouloir, elle était au bord de l'hystérie, il fallait bien le reconnaître. Ses mots, qui avaient été prononcés pour blesser, étaient injustes. Elle ferma les yeux et leva une main, mais avant qu'elle ait le temps de s'excuser, il tournait les talons.

Elle tendit la main et lui saisit le bras. Il s'arrêta.

— Tyce…

Il se tourna et son expression glaçante l'empêcha de poursuivre.

— Tu as passé une dure journée et je comprends que tu sois bouleversée, mais cela ne te donne pas le droit de te servir de moi comme d'un punching-ball. J'ai grandi avec une mère qui était très douée pour me taper dessus, bien plus que tu ne l'es, mais en tant qu'adulte, je n'accepte plus de recevoir des coups.

Non seulement elle avait réussi à le mettre en colère, mais — pire que cela — elle l'avait blessé et se sentait horriblement mal.

Tyce se mit en marche, descendant la rue droit devant lui sans un regard.

— Je vais chercher un taxi au coin de la rue, lança-t-il finalement en hochant la tête en direction de celui qui était garé devant elle. Tu n'as qu'à prendre celui-là. Tu vas déjà beaucoup mieux et tu n'as pas besoin que je te raccompagne ce soir. Je pense que cela nous fera du bien à tous les deux d'avoir un peu d'espace vital. Rentre chez toi, Sage, nous parlerons de tout cela plus tard, conclut-il en lui ouvrant la portière de son taxi.

— Quand ça ?

Il sourit, mais il n'y avait pas la moindre chaleur dans ce sourire-là.

— Oh, d'ici la naissance du bébé. Parce que, tu sais, je ne suis que le type qui ne connaît rien à rien et qui ignore ce que c'est d'avoir une famille.

Il claqua la porte et elle le regarda s'éloigner par la fenêtre. Une larme roula sur sa joue et elle appuya sa tempe contre la vitre alors que le taxi démarrait.

Sa colère n'avait rien à voir avec Tyce. Sa colère était simplement le fruit de ses inquiétudes et de son insécurité. Sa tristesse, aussi. Elle lui reprochait tout ce qui n'allait pas. Était-ce une façon de le pousser encore hors de son existence ?

Dans tous les cas, en se montrant ainsi injuste et méchante, elle l'avait blessé.

Elle s'en voulait atrocement.

Et elle avait honte.

- 10 -

Il était plus de 22 heures, par une froide nuit de mars et Tyce travaillait en écoutant du rock dans son casque lorsque le flash de lumière qui lui servait de sonnette attira son attention. Comme très peu de gens connaissaient cette adresse, il ne voyait vraiment pas qui pouvait lui rendre visite à cette heure.

Il ouvrit la porte et fronça les sourcils devant la petite silhouette congelée qui dansait d'un pied sur l'autre sur son trottoir.

— Sage, mais qu'est-ce que tu fais ici ?

Il ouvrit la porte plus grand et elle entra aussitôt.

Avant qu'elle n'enlève son écharpe, il fit un signe de la tête vers le haut.

— Attends d'être à l'étage pour te découvrir, il fait bien meilleur qu'ici.

Sage saisit la main qu'il lui tendait et il la guida vers le premier étage du hangar qu'il avait transformé en appartement. Une fois là-haut, il lui dénoua son écharpe et l'aida à enlever son manteau. Elle ne le quittait pas des yeux et il se demanda si elle avait fait tout ce chemin pour reprendre leur dispute. Pourvu que ce ne soit pas le cas ! Il ne s'en sentait pas l'énergie.

Elle fit quelques pas pour se placer près de la cheminée et tendre les mains vers les flammes. Elle soupira, ses fines épaules se haussant vers ses oreilles avant de retomber. Lorsqu'elle se retourna vers lui, son regard était profondément triste.

Il se tendit, se préparant à une nouvelle attaque.

— Je suis désolée. Je me suis montrée minable et méchante. C'était complètement irrationnel de t'agresser ainsi et je comprendrais que tu sois furieux contre moi.

Tyce se frotta le menton, surpris. Il ne s'était pas attendu à recevoir des excuses.

— Les changements me terrifient. Rencontrer Lachlyn était compliqué pour moi et puis il y a eu ce dîner, ensuite…

— Tu réussis tout ce que tu entreprends, tu es belle et d'une grande famille, comment le fait de rencontrer Lachlyn peut-il te terrifier autant ?

— Je garde les gens à distance et, dès que je sens qu'ils risquent de devenir plus proches, cela m'inquiète, me stresse au plus haut point. Comme tu le vois, il m'arrive même de paniquer.

Cela expliquait en effet deux ou trois choses.

— Est-ce que tu essayais de me maintenir à distance, moi aussi ?

Elle haussa les épaules.

— C'est possible, je le fais très bien, hélas.

Pour la première fois, il avait l'impression de mieux saisir qui elle était vraiment. Elle n'était pas Sage Ballantyne, l'héritière d'un empire, la brillante joaillière. Elle était simplement Sage, une femme qui avait dû affronter des changements drastiques, dont la vie avait été bouleversée de fond en comble. Oui, elle s'était comportée un peu plus tôt comme une furie insupportable, mais son anxiété, ses peurs faisaient aussi jaillir sa véritable personnalité.

Touché par ses excuses, sa franchise, il avança et lui prit le visage entre ses deux mains avant de l'embrasser. Il sentit son hésitation, son envie de s'enfuir, puis son abandon entre ses bras et contre sa bouche. Lorsqu'il la serra contre lui et sentit ses seins, ce fut lui qui perdit le souffle. Il glissa la main sous son T-shirt, puis sous l'élastique de son pantalon, afin de lui effleurer les fesses.

Elle répondait à son baiser, sa langue s'insinuant entre ses lèvres, se mêlant à la sienne. Il avait du mal à croire qu'elle était de retour dans sa vie. La plaquant contre son corps, il glissa une main entre ses cuisses. Elle le désirait, découvrit-il aussitôt avec délice.

Elle le désirait autant que lui et cette idée, en le bouleversant, l'excita tout à la fois. Elle était sa perte et son salut, le plaisir et la douleur.

Il la désirait effroyablement.

Pourtant, il hésitait à recoucher avec elle. Ils avaient encore une telle montagne à gravir, un million de choses à se dire, autant de problèmes à régler. Leur dispute était derrière eux, il avait été touché par ses excuses qui semblaient sincères et franches...

Mais il avait aussi quelque chose à lui avouer. Il recula d'un pas. Il ne serait pas capable de lui parler s'il la touchait.

— Écoute, nous allons devoir composer ensemble pendant encore un bon moment, commença-t-il en songeant : « pour toujours ». Il faut que nous arrivions à être les meilleurs amis possibles. Ce qui implique d'être honnêtes sur tout. Lorsque ça ne va pas, je veux que tu me le dises et je te promets de rester ouvert. Mais je dois te dire encore quelque chose.

— Oui, je t'écoute ?

— Ce hangar que voilà, c'est tout ce que je possède. Je n'ai pas d'économies.

Sage ne sembla pas choquée.

— Comment cela se fait-il ? demanda-t-elle. Tu es l'un des artistes les mieux payés qui soit, non ?

— Les actions Ballantyne étaient très chères et j'ai moins vendu ces dernières années. Même l'appartement de Chelsea où je t'ai reçue m'était prêté par un client.

— Je comprends mieux pourquoi je ne l'ai jamais aimé. Il ne te ressemblait pas. Aucune œuvre aux murs, rien de personnel.

Il sourit. Elle avait vu juste. Le hangar lui ressemblait beaucoup plus, en briques et en acier, avec un matelas par terre, un sac de frappe pendu au plafond, des canapés confortables et de vieux tapis élimés. Le style était définitivement masculin, industriel. C'était Brooklyn.

Il songea à tout ce qui le différenciait de Sage, dont l'appartement était tout en pastel et canapés confortables, lumières douces et courbes féminines.

— En ce moment, je travaille sur deux pièces que j'espère vendre d'ici un mois ou deux. Je pourrais ainsi participer aux frais pour le bébé.

Il leva la main avant qu'elle n'objecte. Il savait bien qu'il ne pourrait jamais rivaliser avec la fortune des Ballantyne, mais il voulait payer sa part.

— Je sais bien que tu n'as pas besoin de mon argent, mais je veux participer, tu comprends ?

Elle acquiesça.

— Je comprends. Est-ce que tu me... pardonnes, alors ?

Il était au-delà du pardon, à cet instant. Il avait l'impression d'avoir abattu un certain nombre d'obstacles qui menaçaient de leur tomber dessus et leur dispute avait finalement assaini leur relation. À moins que ce ne soit le simple fait d'être près d'elle qui lui faisait cet effet ?

Il dut accomplir un effort pour redescendre sur terre. Ce tournant qu'ils venaient d'emprunter pouvait signer un nouveau départ dans leur relation, un premier pas vers quelque chose de plus grand, plus fort, plus beau…

Il sentit une brûlure sous ses côtes à mesure que cette pensée s'immisçait dans son esprit. L'angoisse, cette vieille compagne de son enfance s'insinuait, comme à son habitude accompagnée par le doute.

Serait-il un jour capable de lutter assez pour les terrasser ? Serait-il capable de devenir l'homme dont Sage avait besoin ? Selon ce qu'il adviendrait de leur relation, il courait le risque d'y perdre un peu de son indépendance, de sa liberté, et pourtant, cela lui faisait moins peur qu'une vie sans elle.

Il se sentit pris d'un vertige. La confusion lui tournait la tête.

Tout va trop vite. Tu es perdu et fatigué, emporté par des émotions que tu n'es pas prêt à affronter. Mais demain sera un autre jour et tu verras sans doute les choses d'un œil différent.

Il enfouit les mains dans ses poches de jean.

— Est-ce que tu voudrais un café ? J'ai du décaféiné.

Elle hocha la tête et lui emboîta le pas jusqu'à la cuisine qui se trouvait au fond de la salle et d'où on pouvait entrevoir son atelier. Il savait que Sage serait intéressée, qu'elle voudrait voir où il travaillait, mais ce n'était pas possible, car tous ses portraits y étaient entreposés.

Si elle découvrait les dessins, croquis, portraits qu'il

avait faits d'elle, elle prendrait ses jambes à son cou en pensant qu'elle avait affaire à un véritable psychopathe.

Sage suivit du regard les tuyauteries apparentes, les poutres massives qui contrastaient avec les briques rouges.

— J'aime beaucoup ton appartement, il te ressemble. Masculin et minimaliste. Brut.

Et si différent de ce qu'elle était. Comment seraient-ils capables de s'entendre si jamais ils devaient un jour…

Il était sans cesse obligé de se rappeler à l'ordre, arrêter de tirer des plans sur la comète. Redescendre d'un cran.

Respirer, pour commencer.

Il se concentra sur le café. En versant l'eau dans sa cafetière, il songea qu'il avait besoin de quelque chose de plus fort qu'un déca. Il sortit une tasse pour Sage et prit un verre pour lui, où il se versa une bonne rasade de whisky. À la première gorgée, il sentit une douce brûlure dans sa gorge, la chaleur lui envahit l'estomac et son cœur lui sembla s'apaiser. Il respirait à nouveau.

Sage balaya les lieux du regard.

— Et où se trouve ton atelier ?

Il savait depuis le début qu'elle allait lui poser la question, mais au lieu d'esquiver comme il l'avait prévu, il tendit la main vers une porte dans un coin de son loft.

— Il est à l'autre bout du bâtiment. On y accède par une passerelle.

— Est-ce que je peux le voir ?

Il voulait refuser, mais il songea à la nécessité d'être honnêtes l'un envers l'autre. Il hocha la tête et alla ouvrir la porte qui donnait sur un étroit couloir. S'emparant de sa tasse, il lui fit signe de passer la première. Elle avança jusqu'à la passerelle et s'arrêta pour regarder en contrebas ses plans de travail, quelques sculptures et des matériaux divers, entreposés sur le sol en béton brut.

— Qu'est-ce que ça va être ? demanda-t-elle en pointant un assemblage d'acier et de bois.

Tyce haussa les épaules.

— Je ne sais pas encore, j'attends la révélation.

Sage acquiesça. Elle était artiste, elle aussi, et n'avait pas de difficulté à comprendre le processus nécessaire à la création. Elle savait que s'il se laissait porter par l'inspiration, l'intuition qui était la sienne, il finirait toujours par arriver à bon port.

— Brrr, il fait froid ici, constata-t-elle en croisant les bras.

— Ce hangar est impossible à chauffer, mais comme j'y suis toujours en mouvement, je ne m'en rends pas vraiment compte. Je chauffe mon atelier, en revanche.

Ils avaient atteint la porte qui menait à la pièce la plus privée de son appartement. Il inspira profondément au moment où elle tourna la poignée.

— L'interrupteur est à droite.

Elle alluma et la lumière se répandit dans la pièce encombrée. Il lui tendit sa tasse de café et reprit une gorgée de whisky, se demandant ce qu'elle pensait, elle qui était la première personne à entrer dans son atelier. Il regarda autour de lui, tâchant de poser un regard aussi neuf que celui de Sage sur ce lieu familier. Les fenêtres étaient époustouflantes, espèces d'immenses vitraux sans couleur qui permettaient à la lumière d'entrer. Partout, des étagères débordaient de bocaux, de pots de peinture et de pinceaux de toutes tailles et formes. Des toiles blanches étaient empilées dans un coin et d'autres sur le sol, abandonnées à divers stades, dans différentes teintes. Des peintures abstraites, aux nuances de bleu, étaient étalées sur un mur. Sage fixa les huiles un long moment, prenant de petites gorgées de café, avant d'aller regarder les toiles retournées face au mur.

Bon sang.

Mais à quoi s'attendait-il, après tout ?

— Je peux ? demanda-t-elle.

Il acquiesça en retenant son souffle.

Elle retourna un premier petit format. Ouf, il s'agissait d'un portrait de Lachlyn en train de lire. Sage ne dit rien et en tourna une autre, qui représentait sa mère recroquevillée sur le sol, à côté de son lit, les genoux remontés contre sa poitrine, le regard dans le vide.

— On retrouve un peu Lachlyn dans ses traits. Est-ce que c'est ta mère ? demanda-t-elle.

Il acquiesça.

— Oui. Lorsqu'elle était au fond de la dépression. Elle pouvait rester ainsi des jours durant.

Sage ne dit rien. Elle continua à passer en revue les portraits, qui étaient d'elle, pour la plupart. Une fois le dernier retourné, elle leva les yeux vers Tyce.

— Pourquoi est-ce que tu ne les as jamais exposés ? Ils sont incroyables, tellement forts. Plus personnels encore que tes sculptures ou tes huiles. Il s'en dégage une telle émotion que j'ai du mal à regarder certains. Mais ils sont si réels !

Il tira sur son T-shirt.

— Je ne peux pas.

— Mais pourquoi ? s'écria-t-elle. Ils sont fantastiques, ces tableaux.

Même si ses sentiments pour Sage étaient confus, elle méritait de connaître toute la vérité. Il saisit une des toiles.

— J'ai découvert que je pouvais vendre mes portraits lorsque j'avais treize ans. J'allais m'installer à Central Park avec mon carnet à dessin et je tirais le portrait des passants. Je leur montrais mes croquis et ils me payaient. Je ne sais toujours pas s'ils payaient parce que les dessins étaient bons ou parce qu'ils avaient pitié du gamin trop maigre dans des vêtements élimés. J'ai fait ça pendant quelques années. J'ai terminé le lycée et j'ai décroché une bourse pour étudier, mais il fallait que je travaille.

Sage reprit une gorgée de café, l'encourageant à poursuivre par son silence.

— Le seul boulot que j'aie trouvé, ça a été dans la construction, et afin de gagner quelques sous de plus, j'ai accepté de poser nu pour des étudiants en art ou des particuliers, souvent des femmes riches qui voulaient apprendre à dessiner. Il est arrivé que je fasse des portraits de ces femmes qui m'ont alors demandé de les peindre nues à leur tour, pour leur mari ou leur amant.

— Et tu finissais par coucher avec elle, conclut Sage d'une voix neutre.

Il se gratta la nuque.

— J'ai vendu plusieurs portraits et couché avec un certain nombre de ces femmes, oui.

Sage l'interrogea du regard.

— Et alors ? Je ne vois toujours pas le lien entre le fait que tu aies couché avec qui que ce soit et ton incapacité à vendre ton travail ? objecta-t-elle avant de s'interrompre. Oh ! je comprends, tu voulais dire que d'une certaine façon elles utilisaient les portraits comme un prétexte pour te payer des prestations sexuelles ?

Il baissa les yeux, incapable de soutenir son regard plus longtemps.

Il l'entendit qui se levait et déposait son mug sur une étagère, puis sentit la main qu'elle posait dans son dos. Son cœur tambourinait dans sa poitrine en attendant qu'elle parle.

— Tu n'as toujours pas conscience de ton talent, n'est-ce pas ? C'est à cause de cela que tu ne viens pas à tes expositions et que tu refuses les interviews ? Tu n'as pas idée de la valeur de ton travail ?

Tyce pointa du doigt une huile.

— J'ai fait ce tableau en une demi-journée, Sage. J'ai mis de la peinture sur la toile et je n'ai jamais imaginé que quiconque serait prêt à payer parfois beaucoup d'argent pour ça. Mes sculptures me demandent plus de travail, mais jamais au point de mériter les sommes qu'elles atteignent. J'ai souvent pensé vendre mes portraits, mais je me sens toujours comme lorsque j'étais gamin et que j'essayais simplement de garder la tête hors de l'eau, incapable de savoir si l'on me faisait la charité, si l'on achetait mon corps, ou si j'avais du talent.

— Je comprends.

Il inspira profondément et trouva le courage de poursuivre :

— L'art… L'art, c'est là où je me réfugiais lorsque ma mère ne me parlait plus, lorsqu'elle ne voulait plus sortir de sa chambre. C'était là que je pouvais me retirer et prétendre que tout irait bien. Je passais du temps à dessiner car plus rien ne pouvait m'atteindre, alors.

Elle inspira à son tour.

— Tyce, tu as eu une enfance difficile. Tu t'es occupé de ta mère, de ta sœur et tu as sacrifié ta vie, tes études, ta fortune, ta jeunesse. Est-ce que tu n'as pas le droit de t'autoriser à mener une vie un peu plus facile, aujourd'hui ? Est-ce que tu ne crois pas que tu peux profiter de ce talent que la vie t'a donné ?

Il reposa son front contre le sien et chercha son regard. Les grands yeux de Sage le fixèrent. Il y lut… Quoi ? De la tendresse ? De la chaleur ? De l'affection ? De l'amour ?

Et si elle avait raison ? Était-il possible que tout ne soit pas un combat perdu d'avance dans cette vie ?

— Tu es si talentueux, Tyce. L'artiste le plus doué que je connaisse.

— Tu n'es pas objective, protesta-t-il malgré l'envie profonde de croire à ses mots.

— Tu te rappelles le jour où tu as peint *La Ballerine fatiguée* ?

La toile qu'elle avait accrochée chez elle. C'était au début de sa carrière, mais il ne s'en souvenait pas précisément.

— C'était il y a neuf ans, j'avais toujours été obnubilée par le monde du ballet, je rêvais d'avoir le talent d'une danseuse professionnelle. J'ai vu cette peinture et j'en suis tombée amoureuse. J'avais dix-neuf ou vingt ans. J'ai supplié Connor de me l'acheter, mais il refusait. Lorsque j'ai eu vingt et un ans, Connor a versé un peu d'argent sur mon compte en banque. J'ai dû rechercher l'acheteur original et lui proposer trois fois le prix qu'il avait payé pour racheter cette toile. Je ne te connaissais pas encore, mais il me fallait ce tableau à tout prix.

Touché, il s'apprêtait à répondre, mais ce fut au tour de Sage de lever la main pour l'interrompre.

— J'ai persuadé mes frères d'acheter une de tes sculptures à Jaeger pour son anniversaire et Connor a acheté trois autres toiles sur mon conseil, pour sa collection privée. L'une d'entre elles est sur le mur principal de la zone de réception de Ballantyne International. Connor n'a jamais aimé *La Ballerine fatiguée*, mais il appréciait beaucoup ton travail. Pour lui, tu allais devenir l'un des artistes les plus importants des années à venir. Et tu sais quoi ? C'est le cas ! Tu mérites chaque centime que tu reçois en échange de ton travail. Et s'il y a une chose pour laquelle tu peux me faire confiance, c'est bien ça !

Il ferma les yeux, pour éviter qu'elle ne décèle l'émotion qui l'habitait. Il se sentait à la fois épuisé et régénéré. Il plaça la main sur sa peau en espérant qu'elle ne sentirait pas le tremblement qui agitait ses doigts.

Elle venait de le libérer. Ses mots lui donnaient la sensation d'avoir repris la main sur sa vie, d'avoir dominé la peur. Il se sentait la force de vaincre n'importe quelle difficulté. Il avait tellement envie de lui dire ce que signifiaient ces mots pour lui, ce que cela représentait à ses yeux, mais il resta silencieux, des remerciements coincés dans la gorge. Peut-être que ses lèvres, ses mains seraient plus capables de lui signifier tout cela.

Mais elle prenait déjà les devants. Sur la pointe des pieds, elle posa ses lèvres sur les siennes, effleurant de la langue sa bouche tremblante pour l'inciter à s'entrouvrir. Il s'exécuta avec bonheur et la sentit qui s'insinuait entre ses lèvres. La température monta aussitôt d'un cran et il l'attira contre lui, en quête de sa peau nue. Il sortit la chemise de Sage de son pantalon pour glisser la main sur son dos et sentit la sienne s'insinuer sous son nombril, juste au niveau de la ceinture. Ils soupirèrent de concert et leur baiser redoubla d'ardeur.

Sage entreprit alors de déboutonner son pantalon. Il n'était pas habitué à ce qu'elle prenne ainsi l'initiative, glissant la main dans ses sous-vêtements pour se saisir de son sexe. Elle qui avait parfois été timide, n'osant lui avouer ce qui lui plaisait, semblait tout à coup savoir exactement ce dont elle avait envie. Elle soupira une nouvelle fois en sentant la vigueur de son érection sous ses doigts. Elle interrompit leur baiser et souleva son T-shirt pour le lui enlever puis embrassa son torse, léchant sa peau nue en descendant progressivement.

La sensation était incroyablement érotique et l'idée qu'elle allait continuer à descendre, terriblement excitante. Elle n'avait jamais osé pratiquer ce genre de caresses et ne pouvait se douter qu'il avait passé de nombreuses nuits sans sommeil à les fantasmer. Mais même si son imagination était puissante, ce qu'il avait éprouvé dans ses rêveries érotiques était bien loin de la réalité. La langue de Sage lui effleura le nombril et il saisit le rebord d'une étagère, craignant que ses genoux ne le soutiennent pas.

Elle fit glisser son pantalon jusqu'à ses pieds, puis introduisit les doigts sous l'élastique de son boxer. Il sentit l'instant où son sexe libéré se dressa devant elle. La fraîcheur de l'air contrastant avec la chaleur de sa bouche se posant sur sa peau. Il n'était pas sûr de pouvoir résister très longtemps, tant son cœur battait la chamade, son esprit troublé ne lui permettant plus de raisonner. Plus rien n'existait à part les lèvres de Sage sur son sexe.

Et lorsqu'elle le prit profondément dans sa bouche, il perdit le fil des dernières pensées qui traversaient son cerveau et s'agrippa à l'étagère des deux mains, la tête renversée en arrière. S'il l'avait regardée, il n'y aurait sans doute pas survécu. Le souffle court, il avait chaud et sentait la sueur perler sur sa peau. Ce qu'il était en train de vivre allait au-delà de tout ce qu'il avait connu.

Et il ne s'agissait pas seulement de ce qu'elle lui faisait, qui était incroyablement excitant, mais de tout le reste. Sage, ses mots, le fait qu'elle se trouve ici, dans son atelier et qu'elle lui ait dit ce qu'il avait tant besoin d'entendre sur son art. La façon dont elle avait analysé ce qu'il avait vécu, toutes ces choses lui ouvraient des perspectives inespérées. Il voulait tout cela. Il voulait qu'elle fasse partie de sa vie, et lui en retour, il voulait élever leur enfant avec elle. De cela, il était sûr. Inutile d'attendre le lendemain.

Il avait besoin d'elle. Il avait toujours eu besoin d'elle. Il lui saisit les épaules et l'incita à se relever pour l'embrasser fiévreusement. Entre deux baisers farouches, ils finirent de se déshabiller l'un l'autre. Une fois qu'ils furent nus, Tyce plaça les mains sous ses fesses et la souleva, soupirant lorsqu'elle l'entoura de ses jambes. Incapable de patienter, il l'attira à lui et la pénétra. Elle était chaude, humide et merveilleuse, comme chaque fois.

Sage gémit de plaisir et il ferma les yeux, tout à ses sensations. Il n'était pas certain de pouvoir la porter ainsi, aussi s'approcha-t-il du mur et elle prit appui sur une de ses toiles, renversant la tête en arrière. Ses longs cheveux se répandirent sur sa toile bleue à la peinture encore fraîche.

— Sage, murmura-t-il, ouvre les yeux ! Je veux te voir lorsque le plaisir t'emportera.

Le regard profondément troublé de son amante finit de lui ravir le cœur. Elle se cambra contre lui, introduisant plus profondément encore son sexe en elle et, dans un gémissement, il la sentit se contracter tout entière autour de lui. Alors il se laissa emporter à son tour, fermant les yeux tandis qu'un feu d'artifice aux milliers de nuances de bleu explosait derrière ses paupières.

Le lendemain matin, Tyce la raccompagna jusqu'à son taxi. Alors qu'elle ajustait une casquette sur sa tête, elle nota une pointe d'amusement dans son regard.

— Qu'est-ce qu'il y a ? demanda-t-elle avec un sourire, en songeant qu'il était incroyablement sexy malgré ses traits tirés après leur nuit d'amour.

— Je pensais aux traces de peinture turquoise sur tes fesses, répondit-il en se retenant de rire.

Elle se mordit les lèvres.

— Je suis bien plus ennuyée d'avoir ruiné ton travail que pour quelques traces de peinture sur mes fesses !

S'il y avait de la peinture sur son corps, ses formes s'étaient aussi imprimées sur sa toile, notamment ses fesses devenues deux empreintes bleu turquoise. Loin d'être préoccupé pour son travail, Tyce avait eu du mal à ne pas pleurer de rire.

— Je vais trouver comment en faire quelque chose, déclara-t-il en lui prenant les joues entre ses paumes. Ou bien je vais simplement garder cette toile en souvenir de la plus belle nuit d'amour de toute ma vie. Et de l'échange le plus parfait.

— N'oublie jamais qu'à mes yeux tu es extraordinaire.

Il arbora un regard volontairement arrogant, un sourcil relevé.

— Extraordinaire en tant qu'artiste ?

— Extraordinaire tout court.

Il sourit et l'embrassa doucement. Son baiser contenait de la passion, mais elle y sentait autre chose, une promesse. Celle d'un avenir commun. L'espoir que cette fois, cela pourrait marcher, qu'ils seraient meilleurs et plus forts.

— Qu'est-ce que tu as de prévu aujourd'hui ? demanda Tyce.

— J'ai rendez-vous avec un client à Ballantyne et puis je dois terminer un modèle de bague pour une princesse saoudienne. Et toi ?

— Quand tu t'es endormie cette nuit, j'ai eu une inspiration incroyable. Je vais peut-être me remettre au travail en espérant que l'inspiration me rattrapera.

Elle sourit. Encore une fois, elle savait ce qu'il voulait dire.

— Je vois. Donc je peux m'attendre à ce que tu ne répondes plus au téléphone, c'est ça ?

— Tu ne vas pas paniquer ?

Elle sourit.

— Cela me va, je n'ai rien de prévu d'ici à jeudi matin : un rendez-vous à 10 heures avec mon obstétricien, le Dr Charles.

— Après-demain à 10 heures. C'est noté. Mais je pense que tu auras de mes nouvelles avant. Je ne saurais me passer de toi aussi longtemps.

Elle l'embrassa avant d'ouvrir la portière de son taxi.

— J'ai hâte ! Travaille bien en attendant.

Tyce se pencha pour l'embrasser une dernière fois, une lueur malicieuse dans le regard.

— Ah, et sache que tu as des mèches bleues derrière !

Il referma la portière. Elle pouvait encore entendre son rire résonner alors qu'elle retirait sa casquette pour inspecter ses cheveux. Elle repéra aussitôt les longues mèches aux nuances outremer.

Quelques secondes plus tard, son téléphone bipa pour annoncer l'arrivée d'un message.

> Tu ne voudrais pas revenir ? J'ai pensé à un concept : je répands de la peinture sur une toile et nous nous roulons ensemble dedans. Ce serait pour ma collection privée.

Elle sourit, soupira du manque qui se faisait déjà ressentir et se retourna aussitôt, mais Tyce n'était déjà plus en vue. Elle tapa donc une réponse.

> C'est terriblement tentant, mais je crains que ma princesse saoudienne ou mon patron de frère n'aient du mal à accepter que j'annule un rendez-vous important pour jouer à la peinture avec toi. On remet ça à plus tard ?

- 11 -

— Tu veux qu'on aille boire un café ? demanda Tyce à Lachlyn en quittant le petit atelier pour s'engager dans la ruelle battue par un vent glacial.

— Oui, bonne idée, il y a un café juste au coin de la rue.

Elle lui avait proposé d'aller visiter cette nouvelle galerie qu'elle avait découverte, pensant qu'il serait séduit par les œuvres venant du monde entier.

— L'appartement de Sage est tout près. Elle a un rendez-vous, mais son café est très bon.

Lachlyn acquiesça.

— Comment va-t-elle ?

— Bien, pourquoi ?

— Parce que lorsque tu m'as dit que tu allais t'installer chez elle après sa chute, tu parlais de quelques jours simplement et cela fait maintenant plusieurs semaines. Est-ce qu'elle souffre toujours ?

Il sourit.

— Je te vois venir avec tes gros sabots, tu sais ! lança-t-il en lui adressant un clin d'œil.

Pourtant, la question se posait bel et bien. Pourquoi revenait-il dormir chez elle chaque nuit ? Parce qu'elle était comme une drogue hautement addictive et que lui faire l'amour était intolérablement bon. Il ne parvenait plus à imaginer une journée sans la voir, sans se réveiller à côté d'elle, sans caresser son corps la nuit. Bon sang, à croire qu'il était…

Non.

Ne pas le formuler. Ne pas y penser. Son besoin d'être auprès d'elle n'était rien d'autre qu'un besoin et il était toujours l'artiste taciturne et solitaire qu'il avait toujours été, même si sa façon de réagir contredisait parfois ce constat.

— Au fait, qu'as-tu pensé de la soirée avec les Ballantyne ? demanda-t-il pour changer de sujet.

Ils n'avaient pas eu l'occasion d'évoquer la réunion de famille.

— Quelle maison… Tu as vu qu'ils ont un petit Picasso dans l'une des pièces ? commença-t-elle avant de poursuivre la description des espaces qu'elle avait eu l'occasion de visiter.

— Et Sage ? demanda Tyce, le cœur battant. Qu'est-ce que tu as pensé d'elle ?

Sage et Lachlyn étaient les deux seules femmes à faire partie de sa vie et il était important à ses yeux qu'elles s'apprécient. Sans oublier qu'elles faisaient maintenant partie de la même famille.

— Je l'ai trouvée un peu tendue. Je suppose qu'elle était stressée par la rencontre et puis elle doit être vulnérable en ce moment.

— Mais cela ne me dit pas si tu l'as appréciée.

— Oui, je pense, répondit Lachlyn en baissant les yeux. Nous devions dîner ensemble cette semaine, mais elle a annulé et, lorsque je lui ai proposé d'autres dates, cela ne correspondait jamais.

Il fronça les sourcils en notant l'inquiétude dans

la voix de Lachlyn. Il lui passa un bras autour des épaules en souriant.

— J'ai entendu parler d'une princesse saoudienne qui lui donnait beaucoup de travail en ce moment.

Ils s'engagèrent dans la rue où se trouvait l'immeuble de Sage et il remarqua une fine silhouette vêtue d'un manteau rouge sombre. C'était elle, le nez sur son téléphone. Elle ne les avait pas vus.

Il hocha la tête pour la désigner à sa sœur.

— Elle a dû sortir plus tôt de son rendez-vous, on va aller la retrouver.

Lachlyn eut l'air préoccupé.

— Prévenons-la d'abord de ma présence !

— Non, allons-y, il fait trop froid pour attendre sa réponse ! répondit-il.

Mais Lachlyn secoua la tête et sortit son téléphone pour appeler aussitôt. Il vit Sage regarder son écran. Elle eut une étrange moue et, au lieu de répondre, rempocha son appareil.

Il se tourna vers Lachlyn dont il nota la mine contrite et cela lui noua l'estomac.

— Oui, je suppose que le problème, c'est moi et pas la princesse saoudienne, balbutia-t-elle en ravalant ses larmes. C'est ainsi…

— Lachlyn, dit-il, sans savoir quoi ajouter.

Sa sœur affichait l'expression qu'elle avait, enfant, lorsque leur mère les rejetait.

Qu'est-ce que j'ai fait pour que tu ne m'aimes pas ? Tu es triste à cause de moi ?

Elle se hissa vers sa joue pour y déposer une bise.

— Ce n'est pas grave, Tyce, je suppose qu'elle n'est pas encore prête. On s'appelle bientôt ?

Il la regarda s'éloigner. La colère et la déception se

mêlaient en lui et il tourna la tête vers Sage, de l'autre côté de la rue. Il sortit son téléphone et l'appela à son tour.

Sage sortit son téléphone et jeta un coup d'œil avant de décrocher en découvrant le nom de Tyce sur l'écran.

— Allô, dit-elle.

— Allô, répondit-il d'une voix un peu étrange, à laquelle pourtant elle ne prêta pas attention. Je suis avec Lachlyn et j'ai pensé que nous aurions pu passer chez toi prendre un café. Est-ce que tu vas rentrer bientôt ?

Il avait pourtant une voix étrange. Elle se frotta le front, tendue. Sa princesse saoudienne était arrivée avec dix minutes de retard, avait décrété que les croquis de Sage étaient bons pour la poubelle et quitté précipitamment la salle de conférences.

Elle se sentait éreintée et n'avait d'autre ambition que de prendre un bon bain chaud avant de se glisser sous la couette. Elle n'avait pas franchement envie de parler, pas même avec Tyce, et préférait rester seule, au calme.

— Sage ?

— Oui, pardon, je suis toujours au travail, mentit-elle pour éviter de s'engager dans des palabres sans fin au sujet de sa sœur. J'en aurais pour un moment. Je préfère que tu restes chez toi, ce soir.

— Bien, c'est compris.

Elle baissa les yeux. Elle détestait mentir et regrettait de l'avoir fait, alors qu'elle aurait pu lui avouer qu'elle avait simplement besoin d'un peu de temps pour elle, sans lui ni personne d'autre. Tyce était en mesure de le comprendre, d'ailleurs. Elle pouvait lui expliquer qu'elle n'avait pas envie de parler, sans que ce soit un problème. Il était inutile de mentir et, pourtant, c'était ce qu'elle avait fait. Elle se sentit honteuse.

Si elle confessait ce mensonge, elle devrait l'assumer face à Tyce et ce ne serait pas une partie de plaisir.

Mais elle était une grande fille, elle aussi, et si elle avait effectivement commis une erreur, elle devait en accepter les conséquences.

Elle baissa les yeux vers son téléphone. Il y avait là le symbole de l'« appel manqué » de Lachlyn. Son remords s'amplifia.

Non, le timing n'était pas idéal pour rencontrer la jeune femme, entre son travail et ce début de grossesse, sans oublier les bouleversements avec Tyce. Et puis l'hiver était si rude et…

Elle n'allait pas non plus se cacher derrière la phase du calendrier lunaire ?

La vérité, c'était qu'elle était terrorisée. Effrayée de ce qu'elle éprouvait pour Tyce, effrayée de ce qu'elle pourrait ressentir pour Lachlyn. Terrorisée à l'idée d'être blessée ou abandonnée un jour ou l'autre.

Et par-dessus tout, elle était paralysée à l'idée de vivre sa vie, d'aimer.

Elle enroula les bras autour d'elle-même, le temps de parcourir les derniers mètres qui la séparaient de son immeuble. Des images s'imposèrent à elle, des souvenirs de ses dernières vacances avec ses parents. Ils avaient pris un avion pour Hawaï et elle avait appris à faire du surf. Ses frères avaient tout de suite saisi le mouvement, mais son père et elle avaient eu beaucoup de mal à trouver leur équilibre sur la planche. Elle se remémorait sa mère, qui était californienne, filant vers ce qui lui paraissait être une vague gigantesque. Ses cheveux ondulaient dans le vent et elle avait aux lèvres un sourire immense.

Son père la regardait, réjoui.

— C'est bien ta mère, Sage. Libre et intrépide. Elle aime tellement la vie !

Elle essuya une larme qui roulait sur sa joue. Elle avait beau ressembler à sa mère, elle en était très différente dans les faits. Elle était prudente et fermée. Esclave de ses angoisses. Bien sûr, elle avait connu des deuils douloureux, terribles, mais elle avait survécu et si cela devait arriver à nouveau, elle survivrait encore. On pouvait avoir le cœur brisé, broyé, mais on ne mourait pas de chagrin.

Elle aurait aussi pu passer le reste de sa vie dans une cage à l'abri. Un refuge ennuyeux. Mais rien ne lui interdisait non plus d'essayer d'explorer le monde. Elle était jeune, riche, intelligente. Elle pouvait mener une belle vie, si seulement elle parvenait à s'inspirer un peu de sa mère, de son courage et de sa force.

Un jour. Pas tout de suite, mais un jour, elle essaierait. Elle devait cela à la mémoire de ses parents. À Connor.

— Je vois que tu travailles tard, en effet…

Elle sursauta et poussa un cri lorsque Tyce apparut devant elle. Elle porta les mains à son cœur battant, le souffle court.

— Bon sang, Tyce, je déteste qu'on me fasse peur comme ça !

— Ah oui, lâcha-t-il, le regard froid et dur. C'est drôle, parce que de mon côté je déteste que l'on me mente. À moi, ou à Lachlyn ou à nous deux, d'ailleurs.

Elle enfouit ses mains tremblantes dans ses poches. Avant d'être en mesure de répondre, son téléphone se mit à sonner. *Sauvée par le gong*, songea-t-elle en voyant que Linc l'appelait, ce qui lui laisserait un peu de temps pour élaborer une excuse décente. Son frère avait besoin de quelqu'un pour garder ses enfants, Shaw et Ellie, afin de sortir avec Tate un soir.

— Désolée, Linc, mais pas ce soir, je suis fatiguée et j'ai mal à la tête. Ma seule ambition, c'est de me traîner d'un bain chaud à mon lit. J'ai envie d'être un peu seule.

Elle leva les yeux vers Tyce, soupirant en découvrant son expression toujours aussi fermée. Pourquoi ne lui avait-elle pas avoué cela au lieu de lui mentir ?

Elle raccrocha.

— Tu avais besoin d'espace, c'est ça ? Ce n'est pas un problème, lança-t-il avant de tourner les talons.

Elle le retint par la manche. Tout à coup, elle n'avait plus du tout envie d'être seule. Elle désirait seulement se blottir dans ses bras, dans l'espoir que sa force et sa solidité la libèrent de ses tensions. Dans ses bras, c'était là qu'elle se sentait en sécurité.

— Tyce…

Il soupira, le regard toujours aussi glacial.

— Je t'en veux beaucoup, Sage. Tu m'as menti et ce n'est pas rien à mes yeux, car je ne supporte pas le mensonge. Mais le pire pour moi, c'est que tu as blessé ma sœur. Je ne sais pas à quel jeu tu joues, elle essaie simplement de te connaître, elle n'attend rien de ta part. Nous étions dans la rue tout à l'heure. Lachlyn t'a appelée et nous t'avons vue faire la grimace avant de rempocher ton téléphone.

Elle reçut cette révélation comme un coup de couteau en plein cœur.

— Elle pleurait lorsqu'elle est partie tout à l'heure. Et maintenant tu continues à mentir ?

— Tu m'as piégée, répliqua Sage.

— C'est ta ligne de défense ? s'exclama-t-il en lui saisissant le bras, avant de se pencher vers elle pour la regarder droit dans les yeux. Dommage pour toi, Lachlyn et moi avons passé notre enfance auprès d'une mère qui ne nous aimait pas assez pour essayer de changer, elle ne voulait pas de nous et le manifestait au quotidien. Nous savons lorsque nous sommes indésirables, nous le sentons tout de suite.

Le ton de sa voix, calme et posé, lui serra le cœur. Elle sentit des larmes brûlantes rouler sur ses joues.

— Tyce, je suis désolée, je ne voulais certainement pas vous faire éprouver cela.

Il la lâcha et recula d'un pas.

— Je te l'ai dit, si tu as besoin d'espace, prends-le, prends-en autant que tu veux.

Elle porta une main à sa bouche en le regardant s'éloigner. Elle l'appela une fois, en vain, car il ne se retourna même pas. Il accéléra le pas et tourna au coin de la rue, la laissant seule dans le vent glacé.

Honteuse et malheureuse, elle hésita un instant à monter chez elle où elle pourrait prendre son bain et se coucher tôt, même si elle doutait de parvenir à trouver le sommeil dans cet état. Elle était éreintée, mais faute d'être parvenue à faire la paix avec Tyce, elle ne pourrait trouver le repos. Elle songea à lui téléphoner, mais elle savait que c'était lâche. C'était se cacher derrière son appareil. Elle devait le regarder dans les yeux et affronter la honte comme la grande fille qu'elle était.

Où avait-il bien pu aller par cette froide soirée d'hiver ? Dans l'appartement de Chelsea, son atelier de Brooklyn ? Elle opta pour son atelier. S'il était aussi énervé qu'il en avait l'air, il aurait besoin de créer, de se défouler au moyen de sa peinture et d'échapper à la désillusion qu'elle lui avait imposée.

Mais avant de retrouver Tyce, elle devait s'amender. Elle composa donc un numéro et retint son souffle en espérant que l'on prendrait son appel, ce qui était loin d'être gagné dans ce contexte.

— Allô ?

— Lachlyn ? demanda-t-elle en entendant sa voix se briser. Je suis désolée, j'ai vraiment été minable. Je suis navrée d'avoir ignoré ton appel, je ne suis pas très douée dans les interactions sociales et j'ai pris peur. Je n'ai pas su comment faire avec toi. Je suis terriblement désolée.

— D'accord, je comprends, marmonna Lachlyn qui semblait pourtant circonspecte.

— Tu ressembles tellement à Connor, tu sais. Il me faut du temps pour m'y faire.

— Je comprends, mais je ne peux pas grand-chose contre cela, répondit Lachlyn, toujours sur la réserve.

— Je le sais. Je t'en prie, laisse-moi un peu de temps, je me sens dépassée par tout cela.

— Moi aussi, Sage.

En effet, elle n'avait jamais considéré les choses du point de vue de Lachlyn. Elle n'avait jamais pensé à quel point il devait être complexe d'arriver dans une famille aussi unie que la sienne en se demandant si l'on y serait considéré, accepté et même peut-être aimé, un jour. Elle comprenait qu'elle s'était montrée totalement égoïste.

Les Latimore avaient décidément le don de lui ouvrir les yeux.

— Je peux te pardonner de m'avoir blessée, Sage,

mais si tu fais du mal à mon frère, je t'en voudrai toujours. Tyce sera toujours ma priorité, tu sais.

Elle comprenait la loyauté de Lachlyn envers son frère et la respectait.

— Je compte aller à son atelier pour lui présenter des excuses.

— Je ne sais pas si c'est une très bonne idée, Sage. J'ai peur qu'il n'apprécie guère ton initiative. Il doit avoir besoin d'un peu de temps et d'espace pour digérer sa colère.

— D'accord, je comprends, répondit-elle. Je suis vraiment désolée, Lachlyn. Mais sache que je n'ai jamais souhaité peiner Tyce.

— Vraiment ? répliqua son interlocutrice, sceptique. Si c'était involontaire, tu es vraiment très douée.

Le lendemain matin, Sage se rendit à la maison familiale. À peine arrivée, Linc lui mettait Ellie dans les bras au motif que Shaw venait de vider un flacon entier de bain moussant dans l'eau de son bain. Sage caressa les cheveux de la fillette et alla rejoindre le reste de la famille au salon. Elle y trouva Piper et Cady, assises avec Amy et Tate sur le grand canapé de cuir, occupées à passer en revue des échantillons de tissu.

— Qu'est-ce que vous faites ? demanda Sage, amenant les quatre têtes à pivoter d'un même mouvement.

Ellie alla retrouver sa mère et Sage embrassa ses belles-sœurs.

— Vous choisissez un tissu ? Je peux vous aider ? demanda-t-elle.

— Nous essayons de déterminer la bonne nuance de beige pour les nappes de la salle de réception.

Derrière Amy, Cady leva les yeux au ciel à l'intention

de Sage. Amy était particulièrement intraitable quant à ses noces, ne laissant absolument rien au hasard, au point de tyranniser son monde.

Sage jeta un coup d'œil avant de sourire.

— Je crois que tu te fais beaucoup de souci pour rien, ces beiges sont vraiment très proches, prends-en un et cesse de te tourmenter !

— Bon, je vois que tout le monde me soutient, plaisanta Amy. Comment vas-tu, sinon ?

Sage haussa les épaules. Inutile de tenter de leur mentir.

— Mal. Vraiment très mal. J'ai fait n'importe quoi.

Tout le monde tourna vers elle un regard étonné et elle leur raconta l'incident qui avait eu lieu la veille avec Tyce et Lachlyn.

— Je me suis excusée auprès de Lachlyn et j'ai essayé d'appeler Tyce à plusieurs reprises, mais il refuse de me répondre.

Les regards compatissants lui serrèrent la gorge. Elle leva la main.

— Ne me regardez pas ainsi, tout cela est ma faute. Chaque fois que je laisse quelqu'un s'approcher de moi, je finis par souffrir, dit-elle, les larmes aux yeux. Je l'aime, en fait. Vraiment. Je crois que je l'ai toujours aimé, mais dès qu'il devient trop proche, je le repousse.

Tate lui posa la main sur l'épaule.

— Oh ! ma chérie, qu'est-ce que tu vas faire ?

Elle haussa les épaules. C'était la première fois qu'elle admettait ouvertement son amour pour Tyce. Elle n'avait pas réfléchi beaucoup plus loin que cela.

— Je ne sais pas. Ma seule certitude, c'est que je dois m'excuser, mais il faudrait déjà que je puisse lui parler. Je voudrais lui avouer mes sentiments, mais je suppose que cela le fera fuir à son tour. Et ça, je ne suis pas prête à l'accepter...

— Tu es sûre que tu l'aimes ? demanda Tate.

— Oui, je l'aime. Je l'ai toujours aimé.

— Alors fais-le, il n'est plus temps d'hésiter, affirma Tate d'une voix assurée.

Sage fronça les sourcils.

— Faire quoi ?

— Tu as peur qu'il prenne la fuite, alors tu n'as rien à perdre. On pense souvent que l'on doit se débarrasser de la peur pour agir, mais c'est l'inverse, il faut agir pour se débarrasser de la peur.

Cady acquiesça.

— La seule façon de ne plus avoir peur d'aimer quelqu'un, c'est de l'aimer.

— Et s'il me quitte ? Ou s'il lui arrivait quelque chose ?

— Eh bien, il te quittera ou il lui arrivera quelque chose, répliqua Piper. On n'est pas responsable de ce qui arrive aux gens, ma chérie. Nous n'avons de pouvoir que sur nos actions. On ne peut s'inquiéter que de ce qui est en notre pouvoir.

Sage avança vers Piper qui la prit dans ses bras. Elle avait les yeux emplis de larmes. Il était bon de se sentir soutenue par cette tribu de femmes. Les femmes Ballantyne étaient unies et solidaires, de vraies sœurs, songea-t-elle.

Leur conseil était sensé. Elle ne savait pas si elle était capable de le mettre en pratique, mais elle allait y réfléchir.

— Et si on se servait un verre de vin ? suggéra Amy. Je crois que Linc a acheté une caisse de romanée-conti.

Il ne se rendra pas compte de la disparition d'une ou deux bouteilles, non ?

Tate soupira.

— Tu veux rire, il va nous tuer ! C'est l'un des meilleurs crus au monde.

— Si vous touchez à mon vin, vous êtes mortes ! lâcha Linc en passant le seuil du salon avant de venir déposer un baiser sur le front de Tate.

Aussitôt, sa fille se jeta dans ses bras et il l'accueillit avec un large sourire.

Sage ravala les larmes qui lui montaient aux yeux à l'idée que peut-être, un jour, leur enfant regarderait Tyce avec ce genre de regard. Elle en rêvait, à vrai dire. Et si cela ne devait pas arriver, elle savait qu'elle le regretterait.

Elle devait le lui dire.

C'était une évidence, elle devait se confier à Tyce sinon elle le regretterait pour le restant de ses jours.

Elle devait être courageuse, aussi, sinon comment apprendre à son enfant à l'être à son tour ? Comment transmettre ce en quoi elle croyait si elle ne le mettait pas en application ?

Oui, c'était effrayant, mais au fond elle savait que Tyce méritait qu'elle dépasse ses peurs.

Le regard fixé sur le tapis, elle se répéta qu'elle était capable de le faire. Puis elle se redressa, sourit et se dirigea d'un pas décidé vers la porte. La dernière chose qu'elle entendit en sortant fut la voix de Tate :

— Nous sommes avec toi, Sage ! Amy, la caisse de vin est toujours dans le couloir, personne n'a pris le temps de la descendre à la cave. Je crois que tu peux aller nous chercher une ou deux bouteilles !

- 12 -

Il faut que nous parlions.

Tyce soupira en lisant le SMS. C'était pourtant une nécessité, en effet.

Où es-tu ?

Il attendit la réponse. Elle était dans sa maison familiale, évidemment. Lorsqu'elle était bouleversée, elle avait un refuge. Quelque part où se retrancher. Ce n'était pas son cas, ni celui de Lachlyn.

Je peux te rejoindre maintenant ? Est-ce que tu es dans ton atelier ?

Il secoua la tête, ce qui ne servait pas à grand-chose, attendu qu'elle ne pouvait pas le voir.

Je viens de finir de dîner avec mon agent. Je vais te rejoindre.

Très bien, je t'attends.

Une fois dans la rue, il guetta un taxi et jura lorsque la voiture ignora son bras tendu pour continuer droit devant, comme s'il n'existait pas. Il enfouit ses mains nues dans les poches de son blouson de cuir.

Un autre taxi jaune descendait la rue et il leva la

main, se disant qu'il abandonnerait si celui-ci passait sa route. Mais il s'arrêta et Tyce lui indiqua l'adresse. Reposant la tête contre la vitre, il regarda défiler les rues mouillées de la ville. Il avait mal à la tête depuis un moment déjà, mais il s'en rendait compte seulement maintenant.

Il était fatigué de tout cela. Ce qui s'était passé avec Sage lui laissait un goût amer dans la bouche, avec l'impression que chaque fois qu'ils avançaient elle finissait par prendre peur et le repousser.

Il avait un nœud au creux de l'estomac, lié à la certitude que Sage allait lui proposer de réduire leurs contacts au strict minimum : les interactions liées à leur enfant.

Il le comprenait, pourtant. Comment vivre en faisant un pas en avant et deux en arrière ?

Cela faisait un mois qu'ils se revoyaient, Sage devait en avoir assez. Et il fallait l'accepter. Rompre n'était pas forcément une mauvaise chose, car il aimait sa solitude et qu'il se savait infiniment mieux fonctionner en solitaire qu'en couple. Seul, il ne se sentait pas aussi désorienté. La solitude lui pesait, certes, mais il ne se sentait pas aussi éreinté émotionnellement.

Il avait oublié ce que c'était que de souffrir à cause de quelqu'un. Il ne l'avait plus ressenti depuis la mort de sa mère. Et il n'aimait pas cette sensation. Il avait l'impression de marcher en équilibre sur un fil tendu au-dessus d'un précipice. Un faux pas et il s'écraserait en contrebas.

Il avait réussi à sauver sa peau d'un désastre annoncé, il avait évité les relations qui lui donnaient en permanence l'impression d'être pillé émotionnellement. Jamais personne ne lui rendait ce qu'il pensait donner.

Ces combats, le fait de devoir gérer sa relation avec Sage, par exemple, le vidaient de toute énergie. Ses pensées étaient à des années-lumière de son travail, de sa propre vie et il n'avait pas le droit de s'en laisser distraire maintenant. Il devait travailler pour remplir son compte en banque et avait besoin de toute son énergie pour cela. Il allait être père, et il espérait être le meilleur possible.

Alors quand Sage mettrait un terme à la relation, il ne s'y opposerait pas. Il l'embrasserait sur la joue et reprendrait sa route, parce que, au fond, il était bien mieux seul. Cela ne l'effrayait pas, il resterait dans sa zone de confort.

Sage, leur relation en forme de montagnes russes, tout cela lui demandait plus qu'il n'avait. Le plus grand risque était d'attendre de sa part quelque chose qu'elle ne pourrait jamais lui donner.

Cette idée le terrorisait. Il avait cessé d'attendre quelque chose des gens depuis bien longtemps, pourtant.

Ils allaient mettre un terme à cette relation complexe et cela leur laisserait à tous les deux quatre ou cinq mois pour retomber sur leurs pattes et s'habituer à nouveau à leurs vies solitaires. Ils ne partageraient plus leur lit. Ni leur vie. Ils seraient capables de se comporter en adultes en déterminant ensemble comment élever leur enfant.

Bien sûr, il la désirait…

Il ne devait plus y penser. Emprunter ce chemin avait toujours été risqué et l'avait mené à sa perte. Il en allait de sa survie.

Il avait pris sa décision. Ils devaient mettre un terme à tout cela, quoi qu'il leur en coûte.

Et puis il y avait autre chose. Avant la fin de la

semaine, une nouvelle tempête se préparait pour eux tous. Lui, Sage, Lachlyn et la famille Ballantyne au grand complet.

Lachlyn l'avait appelé un peu plus tôt, au bord des larmes, après avoir été approchée par un journaliste qui l'avait assaillie de questions au sujet de sa filiation avec Connor et ses liens avec les Ballantyne, les achats des parts de la société par Lach-Ty. Tyce s'était aussitôt rendu chez sa sœur pour essayer de déterminer qui la harcelait ainsi et ce qu'il savait précisément.

Or le journaliste en savait bien plus long que prévu.

Il avait de surcroît décidé de camper devant chez Lachlyn. Tyce l'avait saisi sans ménagement par le col et exigé de connaître ses sources. Le jeune reporter, un freluquet, avait pourtant refusé de divulguer l'origine de ses informations. Tyce avait enduré à son tour un flot ininterrompu de questions et, s'il n'avait rien lâché, il n'avait rien obtenu non plus, si ce n'était une sacrée migraine.

Une fois le journaliste reparti, il avait passé une heure auprès de Lachlyn, en plein doute quant à sa relation avec les Ballantyne. L'intervention du journaliste l'avait ébranlée.

Qu'il le veuille ou non, il savait qu'il n'avait pas le choix. Le journaliste allait sortir sans tarder les informations dans la presse et il faudrait faire avec le bruit que cela engendrerait. Peut-être devraient-ils annoncer la grossesse de Sage en même temps. Bon sang, comment la presse people pouvait-elle se regarder dans les yeux ? Ne pouvaient-ils laisser les gens affronter le chaos de leur vie sans en rajouter ?

Réalisant qu'il était arrivé à destination, Tyce régla sa

course au chauffeur du taxi et entra dans la propriété. Lorsqu'il ressortirait, sa vie aurait changé.

Mais il savait qu'il prenait la bonne décision, dans le fond. Il ne devait simplement pas l'oublier. Il posa la main sur la porte. Mieux valait souffrir d'une griffure au sang maintenant plutôt que devoir affronter une intervention à cœur ouvert plus tard.

Il n'avait pas besoin d'elle. Il n'avait besoin de personne. Il était seul depuis toujours.

Linc alla ouvrir la porte à Tyce et Sage le regarda entrer dans la maison de son enfance.

C'était le moment fatidique.

Quitte ou double.

Si elle ne demandait pas ce qu'elle voulait, elle n'avait aucune chance de l'obtenir et, si elle ne se mettait pas en marche, elle resterait toujours recroquevillée au même endroit.

C'était assez simple à concevoir, en revanche, se mettre en action demandait un tout autre effort.

Bon sang, elle acceptait enfin de mettre en jeu son cœur, et sa fierté pour annoncer à Tyce qu'elle en voulait plus. Qu'elle avait besoin de davantage.

Et si c'était une erreur ?

Est-ce qu'elle agissait en dépit du bon sens ?

Fais-le. Fais-le quand même, lui répétait une petite voix. *Que ce soit fou ou risqué ou n'importe quoi d'autre, tu dois le faire.*

Elle se leva et Tyce croisa aussitôt son regard. Elle y lut de la colère, encore, et puis il y avait autre chose.

De la peur ?

Elle vint à sa rencontre, la main sur son ventre. En

approchant, elle remarqua les cernes violets sous les yeux de Tyce.

Elle non plus ne dormait pas très bien, ces derniers temps.

— Salut, dit-elle.

— Salut.

— Merci d'avoir fait le déplacement.

Il enfouit les mains dans les poches de son jean et haussa les épaules.

— C'est normal.

Elle leva la tête vers l'escalier en entendant des bruits de pas. Bon sang, la famille au grand complet descendait. La curiosité les aurait-elle poussés à venir voir comment ça allait ? Ils ne s'attendaient tout de même pas à ce qu'elle parle à Tyce en leur présence ?

— Nous sortons, annonça Amy.

— Laissez-nous cinq minutes pour attraper nos manteaux et vous serez tranquilles, ajouta Piper en les regardant à tour de rôle.

Mais Tyce leur fit signe de venir les rejoindre dans le séjour.

— Inutile de sortir, les prévint-il. Depuis quand est-ce que vous n'avez pas votre place dans ce que nous décidons, Sage et moi ?

Elle sentait la tension dans tout son corps, la colère dans son regard, même s'il parlait d'un ton calme.

— Non, c'est injuste de dire ça ! s'exclama-t-elle.

Pourtant, elle ne voulait pas s'engager dans une dispute maintenant, car ensuite, elle ne serait plus capable de lui avouer ce qu'elle avait sur le cœur.

Ignorant ses frères et sœurs, elle se concentra sur Tyce, lui plaçant la main sur le torse, au niveau du cœur.

— Je suis désolée, Tyce. J'ai fait n'importe quoi, je

vous ai blessés, toi et Lachlyn, et je veux te demander pardon.

Il recula d'un pas, évitant le contact de sa main tendue. Il la fixait, l'air dubitatif.

— C'est tout ce que tu as à me dire ? demanda-t-il en désignant la porte. Dans ce cas, je vais rentrer chez moi, parce qu'à vrai dire je suis fatigué de tout cela.

Elle tâcha d'ignorer le sursaut dans l'assistance en entendant sa réaction.

— Non, Tyce, ce n'est pas tout ce que j'ai à dire. Je ne peux plus continuer ainsi, reprit-elle en choisissant ses mots précautionneusement.

Il inspira.

— Oui, tu as raison, et moi non plus. Tu as raison, il est temps d'arrêter cette relation avant qu'elle ne nous explose à la figure.

Non.

Non, ce n'était pas possible. Elle plaça les deux mains sur son ventre alors que ses mots résonnaient en elle. Il la quittait ? Tyce mettait un terme à leur relation ?

Qu'allait-elle devenir ?

Elle refoula la tentation de prendre la fuite, d'aller dans son sens en confirmant la rupture. Il aurait été plus simple de se forcer à sourire, d'acquiescer et de lui dire qu'elle pensait la même chose que lui. Accepter qu'il reprenne sa route. Mais ce n'était pas ce qu'elle voulait. Elle voulait un amant, un partenaire, elle voulait vivre avec lui, partager le quotidien et l'exceptionnel.

Elle voulait qu'il fasse partie de sa vie au jour le jour.

Alors elle secoua la tête.

— Je suis navrée que tu penses ainsi, car ce n'était pas ce que je voulais te dire.

Il fonça les sourcils.

— Ah oui ? Et quoi donc ?

— Je ne veux pas rompre. Je veux être avec toi de façon permanente.

Tyce la fixa en silence, le choc se lisait sur son visage. Elle ignorait ce qu'elle aurait pu ajouter. Comment lui avouer ce qu'elle avait sur le cœur ? Comment lui demander ce dont elle avait besoin ? Est-ce qu'il pouvait comprendre qu'elle était capable de risquer sa sécurité, son confort, sa vie telle qu'elle était pour vivre la passion, l'incertitude et le risque, si c'était avec lui ? N'avait-il pas idée de ce qu'il lui en coûtait de faire cela ? De se risquer à lui offrir son amour et à le voir rejeté ? Et pourtant, rien ne sortait de sa gorge, elle restait face à lui avec la peur au ventre.

Pourtant, si elle ne lui disait pas tout ce qu'elle avait sur le cœur, si elle le laissait passer cette porte maintenant, elle le perdrait pour toujours.

Il recula d'un pas et elle le retint par sa veste, sans savoir comment continuer. Il s'apprêtait à détacher ses mains, mais elle s'agrippa et secoua la tête.

— Je te demande simplement de rester ici et de m'écouter. Juste une minute. Peut-être deux. Je sais que tu es en colère, mais il faut que tu m'entendes. Tu dois m'écouter.

— Deux minutes, pas une de plus, répondit-il d'une voix glaçante.

— Très bien, je vais faire court.

Elle inspira et prit son courage à deux mains. Elle n'avait pas le droit de passer à côté et pourtant sa langue semblait refuser de l'aider. D'une voix hésitante, elle se lança pourtant et formula sa première phrase.

— Je t'aime. Je crois que je suis tombée amoureuse de toi la première fois que je t'ai vu. Je n'ai jamais été amoureuse. Jamais. Je te veux. Je nous veux. Toi, moi, notre bébé. Une famille.

Il ne réagit pas. Il restait comme une statue.

— Sois ma famille, Tyce. Entre dans ma vie. Entre dans ma famille. Même si mes frères sont pénibles, tu sauras les amadouer.

Toujours pas de réponse, pas un sourire. Elle soupira et lâcha enfin la veste à laquelle elle avait continué de s'agripper.

— Si mon amour ne te suffit pas, alors, tu as raison, prends la porte et nous échangerons uniquement au sujet de notre enfant, par l'entremise d'avocats, s'il le faut.

Elle avait conscience qu'il y avait une forme d'ultimatum dans ses propos, mais elle devait savoir, elle ne pouvait vivre sur des hypothèses. Il l'aimait ou pas, il voulait vivre sa vie auprès d'elle ou pas. C'était assez simple, finalement.

Il inspira, puis il se décida à répondre. Ses mots lui semblèrent des jets d'acide sur son âme.

— Cela ne marchera pas, Sage. Je suis désolé.

— C'est toi qui me repousses, cette fois ?

Tyce hocha la tête.

— Il est plus simple d'être seul, nous le savons tous les deux.

Du coin de l'œil, elle vit que Tate saisissait le bras de Linc pour l'empêcher d'aller affronter Tyce. Son frère pensait-il vraiment qu'il aurait pu l'intimider ou le forcer à rester ?

Sous le choc, elle regarda Tyce se diriger vers la porte qui grinça en s'ouvrant, comme pour souligner l'ironie du moment. Puis il se figea et elle reprit espoir un instant.

Et s'il changeait d'avis ? Peut-être était-il prêt à leur laisser une chance ?

Mais il ne s'adressa pas à elle. Il se tourna vers Linc.

— Il faut que tu le saches : la presse a obtenu des informations au sujet de Lachlyn et des actions que j'ai achetées au nom de Lach-Ty. Ils savent qu'elle est la fille de Connor. Je te fais confiance pour gérer cela au mieux, l'information ne devrait pas tarder à sortir.

— Tyce…

Linc fit un pas en avant mais Tyce lui indiqua de la tête que ce n'était pas nécessaire, avant de sortir dans la nuit sombre et glaciale.

Sage garda le regard fixé sur la porte pendant un long moment avant de se tourner vers ses frères et sœurs. Elle essaya de sourire, mais sentit son menton trembler, des larmes lui coulèrent sur les joues.

— Eh bien, dit-elle, cherchant en vain un peu de ressource pour plaisanter, quelqu'un sait-il où je peux m'adresser pour une greffe de cœur ?

Une fois dans son atelier, Tyce jura avant d'envoyer valser sa palette à travers la pièce.

Il devait sortir d'ici, sortir de chez lui. Il ne pouvait pas réfléchir, ici. Il ne parviendrait pas à créer, à peindre. Les portraits de Sage étaient tous là, face au mur, mais il savait qu'elle était partout et il avait la tentation permanente de les retourner, de passer de longues minutes à les contempler, à songer à sa beauté, à se rappeler combien ils s'aimaient.

C'est ton choix, imbécile.

Deux semaines s'étaient écoulées depuis qu'ils s'étaient vus. Elle lui avait manqué à chaque instant. La presse avait annoncé que Lachlyn était une Ballantyne et l'emballement avait été aussi massif que prévu. Étonnamment, on n'avait pas évoqué la grossesse de Sage et, d'une certaine façon, il en était soulagé.

Il avait appelé Lachlyn, pour s'assurer qu'elle allait bien et lui demander si elle avait besoin d'aide face aux assauts des journalistes. Elle lui avait appris à cette occasion que Linc avait fait appel à un garde du corps pour elle et qu'elle était donc protégée de l'insistance des importuns.

Il avait vu des photographes établir un campement devant son hangar, mais un temps sinistre et une petite pluie fine et glaciale avaient eu raison de leur ténacité.

Il fallait qu'il sorte, qu'il prenne l'air. En s'engageant sur la passerelle qui menait à son séjour, il entendit des voix en contrebas.

— Les gars, vous avez conscience que c'est une effraction ? On pourrait nous arrêter pour cela, dit une voix que Tyce identifia aussitôt comme celle de Beckett.

Accoudé sur la balustrade, il attendit de les distinguer pour observer leur petit jeu. Une autre voix qu'il n'avait jamais entendue s'éleva.

— C'est moi qui serais arrêté, et j'y perdrais ma licence de détective privé, vu que j'ai forcé la serrure.

Linc, suivi de Jaeger et Beckett, puis de l'homme qui venait de parler, avança dans l'entrée. Ce dernier observait chaque recoin du loft et ses yeux, en se levant bientôt, repérèrent Tyce. L'homme devait être un ancien militaire, cela se voyait tout de suite.

— La situation n'a que trop duré, il faut qu'il nous écoute et si l'un d'entre nous doit en venir aux mains, eh bien, je me moque de toutes ses ceintures noires, affirma Linc.

— Reame devrait pouvoir le maîtriser, dit Beck.

— Je ne savais pas qu'il était ceinture noire, intervint le fameux Reame qui semblait s'amuser de la situation et leva les yeux à nouveau vers Tyce. C'est vrai, ça ?

Tyce sourit lorsque les trois têtes se levèrent à leur tour vers lui.

— J'en ai deux, en taekwondo et krav maga.

Reame leva les mains.

— Bon, ben, je vous le laisse, les gars, dit-il.

Tyce savait pourtant que l'homme ne serait pas de son côté si la situation venait à s'envenimer. Il était seul, comme toujours.

— Qu'est-ce que vous me voulez ? lança-t-il. Qu'est-ce qu'il y a de si important pour que vous vous introduisiez chez moi par effraction ?

Il avait enfin identifié l'homme qui les accompagnait. Reame Jepson était le plus vieil ami de Linc. Il en avait déjà entendu parler, car ils se connaissaient depuis toujours. L'homme était responsable de la sécurité pour Ballantyne International.

— Nous sommes venus pour te parler de Sage. Il faut que tu saches qu'elle t'aime.

Elle avait dit cela, effectivement, et peut-être même qu'elle y croyait, mais cela ne suffisait pas. L'amour, le sexe, l'attirance ne suffisaient pas.

— Et alors ? Si c'est tout ce que vous avez à me dire, vous pouvez rentrer chez vous.

— Nous sommes venus parce que notre sœur est très malheureuse.

— Je ne vois pas ce que je peux y faire.

— Vous ne m'aviez pas dit qu'il était intelligent ? demanda Reame, l'air toujours amusé.

— C'était une erreur, en effet. Il est totalement stupide, constata Jaeger.

— Est-ce que nous pourrions nous concentrer ? s'emporta Linc en se pinçant l'arête du nez. Ce que tu pourrais faire, c'est aller la voir et lui dire que tu l'aimes aussi et annoncer au monde entier combien tu es heureux d'être le père de son enfant. De mon côté, j'annoncerais à mon tour le bonheur des Ballantyne à accueillir deux nouveaux membres au sein de la famille, autrement dit, Lachlyn et toi. La seule chose qui m'importe, c'est de voir Sage heureuse.

Il avait du mal à comprendre de quoi il retournait. Il avait entendu les paroles de Linc et savait que ce dernier était prêt à accueillir Lachlyn, mais il n'avait jamais pensé que cela puisse être le cas pour lui aussi.

— Il ne s'agit pas seulement de Sage et toi, reprit Jaeger. Il s'agit de son enfant, de notre neveu ou nièce, de notre sœur, de la tienne, de notre famille tout entière. Est-ce que tu as réfléchi à tout cela ?

Tyce fixait maintenant le deuxième frère de Sage, sous le sourire moqueur de Reame.

— C'est du sérieux, si c'est une affaire de famille, lança l'homme, sarcastique.

Tyce essayait de réfléchir aux paroles de Jaeger. Celui-ci n'avait pas tort et sans doute lui-même n'avait-il jamais réfléchi en ces termes. En termes de famille. Il ne pouvait nier qu'il avait toujours rêvé de faire partie d'une famille, toujours espéré rencontrer un jour des gens sur qui il pourrait se reposer, avec qui il aurait une réelle relation de confiance et d'entraide. Des gens prêts à se battre pour lui.

Il avait pris l'habitude de mener ses propres luttes en solitaire, or lorsque Sage lui avait proposé quelque chose de plus vaste, quelque chose dont il ignorait tout, il avait pris peur et l'avait repoussée.

En fait, il n'était pas prêt. Pas comme il l'avait pensé un temps. Et pourtant, lui tourner le dos lui avait déchiré le cœur.

— Tu te rends compte du courage qu'il a fallu à Sage pour se déclarer ainsi ? demanda Linc.

— Mais elle est la première à tenir les gens à distance ou les rejeter quand elle prend peur ! protesta-t-il.

— C'est vrai, sauf que là, elle t'a demandé d'embarquer avec elle. Tu n'as toujours pas compris que lorsqu'elle prend peur, c'est que les enjeux sont majeurs à ses yeux ?

— Je sais que je ne suis pas très objectif au sujet de ma sœur, mais lui tourner le dos est digne du pire des imbéciles, Latimore ! ajouta Jaeger, un sourire aux lèvres.

Linc donna une claque sur l'épaule de son frère.

— Tu ne nous aides pas, là !

Tyce ne prêtait déjà plus attention aux échanges entre les deux frères. Il avait l'impression que Linc venait de lui offrir un éclairage nouveau qui lui permettait enfin d'entrevoir une logique au comportement de Sage.

Oui, elle s'était mise en danger en lui avouant ses sentiments et en lui proposant de monter dans sa barque. Maintenant, il s'en rendait compte et il avait l'impression que les pièces qui manquaient au puzzle se mettaient enfin en place. Il comprenait mieux qui était la femme qu'il aimait.

Elle seule pouvait le compléter, le rendre meilleur qu'il n'était en accédant à son âme. Il devait le lui dire.

Il fallait qu'il lui parle, mais…

Bon sang, il était capable de tout anéantir. Peut-être qu'il était déjà trop tard, qu'elle ne le laisserait pas ouvrir la bouche. Il se redressa, releva les épaules.

Tant pis. Il l'aimait. C'était une certitude et Sage

pourrait comprendre son cheminement. Il n'y avait qu'elle qui puisse interpréter son attitude.

Pour une fois, Jaeger n'avait pas totalement tort. Il était un imbécile de première.

Traversant la passerelle, il rejoignit les frères Ballantyne en contrebas.

— Je crois que j'entends ce que tu veux me dire, annonça-t-il à Linc.

— L'entendre est une chose, mais que vas-tu faire, Latimore ?

Il hocha la tête.

— Fais-moi confiance.

Beck se racla la gorge.

— Tant mieux, mais il reste une chose que nous devons tirer au clair.

— Quoi donc ?

Jaeger lui adressa un regard de défi.

— Tu as fait pleurer Sage, déclara-t-il en hochant la tête d'un air entendu.

Oh non ! Il se rappela que ses frères avaient promis de lui fracasser le crâne s'il faisait pleurer leur sœur et, à en juger par leur expression grave, elle avait dû beaucoup pleurer. Mais après tout, il l'avait sans doute mérité et s'ils voulaient se défouler sur lui, il encaisserait les coups et serait capable d'aller de l'avant ensuite.

Il avança vers les frères Ballantyne sans baisser le regard et attendit.

— Allez-y, dit-il. Faites ce que vous avez à faire, je comprends.

Jaeger et Beck échangèrent un regard et Reame sourit largement. Jaeger haussa les sourcils, le regard sombre et froid.

— Tu vas rectifier le tir avec Sage ? demanda-t-il, soupçonneux.

Tyce hocha la tête.

— Oui, je vous l'ai déjà dit, non ? Je vais lui parler.

Bon sang, attendre un coup était bien pire que le coup lui-même !

— Si jamais tu la fais souffrir à nouveau, c'est Reame qui s'occupera de toi et il y aura des dégâts, lança Beck d'un ton menaçant.

— C'est compris.

Il se tourna vers Linc, soulagé de ne pas avoir à encaisser de coups de la part des frères de Sage. Finalement, ils se montraient sans doute plus raisonnables que lui ne l'aurait été si quelqu'un avait fait du mal à Lachlyn. Linc était comme à son habitude : calme et mesuré.

Bon, il avait eu chaud.

Il soupira et sortit les mains de ses poches, se demandant s'il devait les faire monter chez lui. À cet instant, sorti de nulle part, un poing énorme lui atterrit en pleine mâchoire et il tomba à la renverse. Il sentit le contact dur et froid du sol en béton.

Bon sang, on n'y avait pas été de main morte ! Se frottant la mâchoire, Tyce leva les yeux vers Linc qui arborait un sourire satisfait.

Il ne l'avait pas vu venir, il fallait bien le reconnaître.

— Bon sang, ça fait un mal de chien, gémit-il.

— Tant mieux, dit Linc en lui tendant la main pour le relever. Tu as du café ? Parce que nous avons encore des choses à discuter avant que tu ailles ramper devant Sage.

— Je ramperai, promit-il. De quoi devons-nous discuter ?

— Nous allons te rembourser les parts que tu as

achetées pour Lachlyn. Nous avons hérité de Connor et il n'est pas juste que vous ayez à acheter ce qui revenait de droit à ta sœur. Elle va aussi être nommée au conseil de Ballantyne, dont elle deviendra l'une des propriétaires au même titre que nous, et cela concerne l'intégralité du patrimoine Ballantyne, incluant les propriétés, la collection d'art et les joyaux.

Bon sang, cette fois-ci, il commençait à avoir la tête qui tournait. Il leur fit signe de le suivre vers l'escalier, sans lâcher sa mâchoire endolorie.

Lorsque son pied toucha la première marche, une idée germa dans son esprit.

— Est-ce que vous pensez que vous seriez en mesure d'accompagner Sage quelque part pour moi ? demanda-t-il, prudemment.

— C'est possible, répondit Linc.

— Et au lieu de me rembourser les parts, j'ai un marché à vous proposer.

— Quel genre de marché ? demanda Jaeger.

— Sage m'a parlé d'une bague avec un diamant rouge qui fait partie de votre collection familiale. J'aurais aimé pouvoir vous l'acheter pour proposer à votre sœur de la lui passer au doigt.

Linc le fixa avant de se tourner vers ses frères et ils échangèrent des regards sans un mot.

— Je pense que c'est envisageable.

Reame fermait la marche et Tyce l'entendit rire.

— Il faut bien admettre que la vie est rarement ennuyeuse avec vous, les Ballantyne.

Tyce était en accord complet avec Reame.

- 13 -

Sage n'avait pas la moindre envie de se rendre à une exposition. Comment ses belles-sœurs avaient-elles pu imaginer que cela lui ferait du bien et l'envoyer *manu militari* sous la douche ? Amy s'était toujours montrée autoritaire, il n'y avait donc là rien de nouveau. Une exposition, un cocktail et une soirée en boîte de nuit, voilà ce à quoi elles la conviaient ce soir à Manhattan.

Pourtant, c'était bien la dernière chose dont elle avait envie. Une soirée entre filles, dont l'intérêt résidait habituellement dans le plaisir de boire un ou deux verres de plus qu'à l'accoutumée pour oublier l'homme qu'elle devait oublier et accepter une danse et peut-être un baiser avec un inconnu. Mais elle était enceinte et l'idée d'embrasser quiconque qui ne serait pas Tyce lui donnait la nausée. La seule chose qu'elle ambitionnait, c'était de se rendre chez lui pour le supplier de reconsidérer son offre et l'implorer de l'aimer.

Son cœur était pourtant bien ridicule. À vouloir ce qu'elle ne pouvait avoir, elle se rendait irrémédiablement malheureuse.

Et comme elle n'avait pas trouvé d'excuse valable, puisque être enceinte et malheureuse ne suffisait pas pour ses belles-sœurs, voilà qu'elle se préparait à sortir, accoutrée d'une robe décolletée qui mettait bien trop en valeur sa poitrine aux proportions nouvelles.

— Laissez-moi rentrer chez moi, supplia-t-elle lorsque le taxi s'arrêta devant la galerie d'art où elle avait retrouvé Tyce quelques mois plus tôt. Pourquoi est-ce que nous allons dans cette galerie ? Les lumières sont éteintes par-dessus le marché, elle est fermée.

Piper lui prit le bras.

— C'est une exhibition norvégienne en lien avec la bioluminescence, expliqua sa belle-sœur. Cela se passe dans le noir.

— Je n'ai pas envie d'y aller, protesta-t-elle. J'ai mal aux jambes et ces talons aiguilles m'empêchent de marcher normalement. En plus, j'ai mal au dos.

Oui, elle se plaignait et gémissait, mais elle n'imaginait pas assister à la moindre exposition dans son état. C'était trop lui demander. Ne pouvait-on la laisser panser son cœur en paix ? Elle avait besoin de pleurer son chagrin. Son esprit était encore obnubilé par Tyce, les souvenirs de ce qu'ils avaient vécu ensemble. Revenir dans cette galerie était trop douloureux pour elle, c'était trop tôt. Elle avait l'impression que chaque moment avec lui se rejouait sans fin sur le grand écran de son esprit.

Il lui manquait tellement qu'elle avait l'impression de ne plus avoir de cœur.

— Tu n'es pas encore assez enceinte pour avoir le droit de te plaindre de maux de dos ou de jambes enflées, répliqua Cady en riant, avant de la prendre par la taille pour la guider jusqu'à la porte de la galerie qu'elle poussa.

— Et ce ne sont même pas des jumeaux, alors je n'ai pas la moindre compassion, ajouta Piper, dont le ventre impressionnant la précédait.

— Quinze minutes, Sage, et nous t'emmènerons où tu voudras, promit Tate.

Elle lui jeta un regard en coin.

— Chez moi, par exemple ?

— Si c'est toujours ce que tu veux, OK, consentit Tate en s'engageant dans l'escalier à l'entrée de la galerie.

Elle soupira en découvrant que la galerie tout entière était plongée dans la pénombre la plus totale. Ces événements étaient franchement un peu ridicules parfois, à vouloir créer un précédent à tout prix. Il fallait constamment innover, renchérir, créer la surprise au prix, parfois, de dispositifs abracadabrants et absolument contre-productifs. Comment imaginait-on voir quoi que ce soit dans cette obscurité totale ? On risquait de se cogner, de tomber, de renverser une installation.

À ce propos, pourquoi n'entendait-on pas le moindre bruit dans les locaux ? Pas de rires, de voix, de bruits de pas...

Puis la lumière se ralluma. Elle cligna des yeux, aveuglée. Tant pis pour la bioluminescence, tout l'effet allait être gâché.

De façon réflexe, elle tourna la tête vers l'angle de la galerie où elle avait vu Tyce la toute première fois et fronça les sourcils en découvrant une immense toile abstraite dans les tons de bleu. Elle distingua le contour de ce qui lui évoquait un dos de femme, des fesses et, là où sa tête aurait dû se trouver, un trou de la taille d'un poing.

Elle retint son souffle, reconnaissant la toile contre laquelle ils avaient fait l'amour dans son atelier. Le souffle court, elle commença à examiner les toiles exposées tout autour d'elle et fut saisie d'un vertige.

Il avait exposé tous ses portraits.

Une grande partie la représentait, mais il y en avait aussi de Lachlyn ou de sa mère et puis des anonymes, croqués dans les rues de New York. Ces toiles étaient incroyables. Sur la plupart d'entre elles — les portraits la représentant ainsi que Lachlyn ou sa mère —, une inscription « Collection privée » précisait que la toile n'était pas à vendre.

Elle porta les mains à son visage, saisie comme chaque fois par son talent. Cette exposition avait été improvisée, c'était flagrant, mais elle n'en était que plus forte et frappante. Elle ne respectait pas les usages policés des galeries d'art, c'était le talent de Tyce à l'état brut qui était exhibé ainsi. Tyce qui découvrait pour la première fois son intimité.

Ce genre de mise à nu avait dû lui demander un effort considérable. Il avait fallu qu'il accepte de se montrer dans toute sa vulnérabilité. Il offrait son cœur à la vue de tous et elle se sentait dévastée de songer qu'elle n'y avait pas sa place.

Elle perçut alors des pas derrière elle et se retourna. Tyce avançait à sa rencontre, les mains dans les poches d'un smoking noir. Il était si beau, si élégant et si masculin, avec sa grande stature soulignée par son costume, son regard énigmatique et son visage aux traits aigus.

Elle eut d'abord envie de se jeter dans ses bras, de le questionner, de lui demander ce qu'il faisait, pourquoi cette exposition, pourquoi maintenant, ici, dans ce lieu porteur de tant de souvenirs pour eux. Et puis lui revint à l'esprit le moment où il lui avait annoncé leur rupture, où il avait tourné le dos à son amour, à sa déclaration qui lui avait tant coûté. Que faisait-elle ici ? Pourquoi l'avait-on attirée dans ce guet-apens ?

Ses belles-sœurs allaient entendre parler du pays, dès qu'elle les retrouverait.

Elle chercha une échappatoire du regard, en proie à la panique et à une irrésistible envie de fuir, de pleurer, de disparaître.

— Je t'en prie, ne pleure pas, ne t'en va pas, murmura Tyce alors qu'elle se détournait.

Elle eut l'impression que sa voix était un baume, du velours sur ses plaies à vif. Une trace de doute filtrait pourtant. Elle se figea, mais continua de lui tourner le dos, essuyant les larmes qui lui perlaient aux paupières.

Elle sentit la paume de Tyce se poser sur son épaule, puis, lentement, il caressa ses bras et la prit par la taille pour l'attirer doucement contre lui.

— S'il te plaît, ne pars pas, soupira-t-il, la bouche contre sa tempe.

— Pourquoi resterais-je ?

— Il faut que tu restes, murmura-t-il encore, de sa voix chaude à son oreille. Je suis le plus grand des imbéciles que cette terre ait portés. Un imbécile qui t'a laissée partir, cette fois-ci et par le passé. Il faut que tu restes parce que tu rends mes jours plus beaux, que tu m'aides à penser plus clairement, que tu fais tourner mon univers. Il faut que tu restes parce que nous allons avoir un bébé et que je voudrais que nous l'élevions ensemble.

Elle ressentit les étincelles de l'espoir en elle et les éteignit tant bien que mal. Elle repoussa son bras et il la lâcha aussitôt. Elle le regarda, il avait l'air fatigué, les traits tirés, le visage plus pâle qu'à l'accoutumée. Dans ses yeux, elle vit briller l'incertitude et, oui, la peur. Une autre émotion teintait son regard. Était-ce ce qu'elle n'osait imaginer ? Pouvait-il ressentir ce genre d'émois ? Était-il imaginable qu'il soit… amoureux ?

— Je regrette de n'avoir pas été assez courageux, dit-il en lui prenant le visage. Je voudrais tant que nous cessions de rêver ou d'espérer et que nous vivions vraiment.

Il avança ses lèvres vers les siennes et l'embrassa délicatement, tendrement. Elle aurait voulu que cela continue, qu'il l'embrasse encore, mais il recula et leurs bouches se séparèrent.

Elle le fixa, incrédule.

— Je te veux dans ma vie, dans mon lit chaque jour. Je veux que tu sois la première personne que je verrai en m'éveillant et la dernière lorsque je m'endormirai. Et je veux cela pour le restant de mes jours. Je veux que notre enfant, ou nos enfants, nous rejoignent dans notre chambre en sautant sur le lit et dans nos bras. Je veux cette vie-là pour nous, Sage. Toi et moi. Ensemble. J'ai besoin de toi.

Elle était touchée en plein cœur par sa déclaration et par son courage, car elle savait combien il en fallait pour oser se déclarer ainsi, se mettre à nu devant elle.

— Je sais que ton premier instinct sera de me repousser, Sage, mais je t'en prie, essaie d'y résister. Et de mon côté, je te fais la promesse de ne plus fuir dès que tu essaieras de me maintenir à distance. Au contraire, je ne te lâcherai plus la main, je te serrerai plus fort et t'aimerai encore davantage quand tu auras peur, déclara-t-il en écartant les cheveux de son visage avant de placer son front contre le sien. Encore une fois, je t'en prie, sois courageuse pour nous deux, fais-moi confiance juste une fois, une dernière fois !

— Tyce, murmura-t-elle en saisissant sa main, prise d'un vertige tout à coup.

— Est-ce que c'est un « non » ? demanda-t-il avec angoisse.

— Non, bien au contraire.

Bon sang, elle n'arrivait pas à construire une phrase cohérente.

— Je ne suis pas certain de comprendre ce que tu essaies de me dire.

Se raccrochant à ses bras pour retrouver un équilibre, elle plongea ses yeux dans les siens, détailla son visage qui lui avait tant manqué.

— Je vais être courageuse, tu sais, je te promets de ne pas te repousser. Je te le promets, Tyce.

— Je sais que tu peux le faire, murmura-t-il, une étincelle d'espoir dans le regard.

— Je te promets de t'aimer, pour six semaines comme pour six ans.

— Je pensais plutôt à soixante ans, répliqua-t-il.

Elle l'enlaça et se serra contre lui tandis qu'il lui embrassait les tempes, le front, les joues, les lèvres.

— Je t'aime, murmurait-il. Tu m'as tellement manqué. Je suis désolé, tellement désolé de t'avoir fait souffrir.

Leurs baisers étaient plus doux, plus apaisés, comme s'ils apprenaient à savourer ce nouveau départ, à découvrir l'amour au grand jour, lumineux, plutôt que celui des ombres. La passion couvait, mais ils la maintinrent à distance. La passion serait pour plus tard, ils vivaient quelque chose de nouveau, quelque chose qui méritait un peu de patience et d'attention.

Est-ce que cinq, dix ou vingt minutes s'étaient écoulées lorsque Tyce retira les mains de son visage et écarta ses lèvres des siennes ? Leurs corps restèrent cependant plaqués l'un contre l'autre. Elle reposa la tête contre lui et soupira. Elle se sentait vraiment à sa place.

Il lui passa une main dans les cheveux.

— Il faut toujours que nous parlions, ajouta-t-il dans un souffle.

Elle fronça le nez en levant les yeux vers lui.

— Vraiment ? Je commençais à trouver que c'était plutôt pas mal comme ça.

Il sourit et ce fut comme un rayon de soleil dans son regard. Oui, à croire que les ombres avaient fini par lever le camp.

Il était temps.

— C'est vrai, mais je crois que nous avons un certain nombre de gens qui nous attendent dans la pièce d'à-côté et qui doivent commencer à s'impatienter.

— Vraiment ? Qui ça, Carol et ses assistants ? demanda-t-elle en pensant à la directrice de la galerie. Mais c'est une vraie exposition ? Tu comptes vendre tes portraits ?

Il jeta un coup d'œil aux toiles autour de lui.

— Oui, je pense essayer de les vendre. Tu crois qu'une petite galerie confidentielle comme celle-ci conviendrait ? Je devrais peut-être voir plus grand.

— J'aime l'affichage tel qu'il est, constata-t-elle en déambulant dans la salle sans lui lâcher la main avant de s'arrêter face au tableau détruit par un coup de poing. Il me semble que les portraits ont besoin d'un espace plutôt intime. Quant à cette toile-ci, tu devrais l'enlever. Nous avions convenu que rien de trop personnel ne pouvait être exposé.

Tyce l'enlaça.

— Non, elle reste, elle me plaît !

— Tyce, ce n'est pas possible, voyons, protesta-t-elle.

— Les gens se perdront en conjectures de toutes sortes et toi et moi serons les seuls à savoir de quoi il retourne.

Sans doute était-ce aussi pour lui une façon de dire à Sage et au monde qu'il se sentait finalement assez sûr de son talent d'artiste et de sa place dans le monde pour assumer jusqu'à cette œuvre déroutante.

— Mais pourquoi est-elle percée ? demanda-t-elle en désignant la déchirure.

— J'étais devant cette toile à penser à toi, je me sentais tellement malheureux que j'ai craqué, j'ai frappé et mon poing a traversé la toile.

— Je vois. En parlant de coup de poing, qu'est-ce qui est arrivé à ta mâchoire ? Tu as un bleu ! remarqua-t-elle en pointant son menton du doigt.

— Oh ça ! C'est un tribut de ton frère, répondit Tyce, un demi-sourire aux lèvres.

— Jaeger t'a frappé ? s'exclama Sage.

— Non, Linc, et c'est arrivé cinq minutes avant qu'il m'annonce que vous aviez décidé de me rembourser les parts de Ballantyne pour Lachlyn. C'était ton idée ?

— Si Connor avait su pour Lachlyn, c'est ce qu'il aurait voulu pour elle. Tu devrais recevoir les fonds d'ici un mois ou deux. Est-ce que Linc te l'a expliqué ?

Il plaça la main dans le bas de son dos.

— Une partie en effet, mais pas tout. Ce sera toujours mieux que ce que j'ai actuellement sur mon compte en banque.

Elle plaça une main sur sa hanche et recula, les sourcils froncés.

— Comment cela ? De quoi est-ce que tu parles ? Nous avons signé les autorisations de transfert pour l'intégralité des parts.

Tyce glissa les mains dans ses poches.

— C'est vrai, mais j'ai conclu une opération avec Ballantyne qui m'amène à reverser une partie de cet argent à ta famille. Même si Linc et moi sommes toujours en cours de discussion, car il refuse de me vendre quelque chose qui t'appartient alors que je voudrais te l'offrir. Moi, je trouve juste de te payer cela afin que tu puisses le posséder pleinement.

De quoi parlait-il donc ? Tyce tendit la main vers elle, lui présentant un petit carré de tissu blanc.

— Acheter une bague pour une joaillière, c'est vraiment trop compliqué, alors j'ai décidé d'essayer quelque chose d'autre.

— Comment ça, une bague ? demanda-t-elle, incapable de comprendre où il voulait en venir.

Tyce déplia le tissu et la bague au diamant rouge apparut, étincelant de mille feux.

— Comme cette pierre, tu es si rare et si précieuse que j'en ai le souffle coupé. Est-ce que tu accepterais de me faire le grand honneur de devenir ma femme ?

— Oh, Tyce, la bague de ma mère ! s'exclama-t-elle, les larmes aux yeux.

Elle tendit une main tremblante vers le bijou, mais Tyce referma le poing.

— Tu es bien une Ballantyne : aussitôt que tu vois une pierre précieuse, tu oublies tout le reste. Je veux ma réponse d'abord !

— C'est du chantage ? lança-t-elle, un sourire aux lèvres.

— D'une certaine façon, répliqua-t-il, amusé. Alors est-ce que tu m'épouserais en échange de la bague de ta mère ?

— Je vais t'épouser, parce que je suis amoureuse

de toi, imbécile ! Et je compte bien le rester jusqu'à la fin de ma vie. Je n'imagine pas être avec qui que ce soit d'autre, ajouta-t-elle avec un sourire.

Il l'embrassa en souriant, elle sentit ses lèvres se plisser sous les siennes dans un soupir.

— Tant mieux, parce que je t'aime !

— Enfin ! Il était temps !

Elle se retourna en entendant des pas derrière elle. Ses frères et leurs femmes ainsi qu'Amy, Reame et Lachlyn arrivaient de l'atelier du fond, les hommes portant des bouteilles de champagne et les femmes, des coupes.

Elle embrassa tout le monde et, en arrivant à Lachlyn, se tourna vers Tyce.

— Pourquoi sont-ils tous réunis ?

— J'avais besoin de leur aide pour tout installer et te faire venir ici, expliqua-t-il sur un haussement d'épaules. Il semblerait qu'ils puissent finalement servir à quelque chose !

Sage perçut l'affection derrière le sarcasme et sentit qu'il arriverait sans encombre à se faire adopter par ses frères. En revanche, elle avait encore quelque chose à régler. Elle se dirigea droit vers Linc et lui planta un index accusateur sur la poitrine.

— Qu'est-ce qui t'a pris de frapper Tyce ? Tu as un sérieux problème !

Linc prit sa main.

— Il l'avait mérité, répliqua-t-il avant de l'embrasser sur la joue.

Lorsqu'elle recula, elle nota le regard interrogateur de son frère sur la toile déchirée.

— Qu'est-ce que c'est que ça ? demanda-t-il.

Jaeger pencha la tête pour inspecter le tableau à son tour et adressa un regard circonspect à Linc.

— Je ne comprends pas non plus. Latimore, on te paye pour ce genre de truc ?

Tyce et Sage échangèrent un long regard et un sourire passionné. Leurs yeux se disaient déjà ce qu'ils se répéteraient pendant le restant de leurs jours, puis Tyce se mit à rire et avança vers la toile en question.

— Eh oui, on me paye aussi pour ça. C'est fou, non ?

— Comment s'appelle-t-elle ? demanda Jaeger, en avançant vers le tableau.

Sage ne quitta pas Tyce du regard.

— Cette toile s'intitule *Amour, perdu et retrouvé*, répondit-elle à la place de Tyce.

Il se tourna vers elle et son regard s'attendrit à cette réponse. Son amour était si profond et si chaud qu'il la recouvrait comme un manteau.

— Vous êtes vraiment bizarres, les Ballantyne, déclara Reame en ouvrant une bouteille de champagne alors qu'il se tournait vers Lachlyn. Vous devriez fuir pendant qu'il est encore temps !

Tyce sourit à Reame.

— Ce n'est pas de la folie, c'est de l'amour, et rien d'autre, expliqua-t-il en regardant Reame et Lachlyn tour à tour. Vous devriez essayer tous les deux, ce n'est vraiment pas si mal.

Les deux intéressés se regardèrent, également surpris l'un et l'autre, et Sage sourit de leur réaction. Ce n'était pas idiot, car, à y regarder de plus près, ils allaient très bien ensemble, et Reame était déjà presque de la famille, lui aussi…

JUDY DUARTE

Au service de l'amour

Traduction française de
PEGGY SASTRE

Titre original :
THE LAWMAN'S CONVENIENT FAMILY

© 2018, Judy Duarte.
© 2019, HarperCollins France pour la traduction française.

- 1 -

L'inspecteur Adam Santiago n'avait jamais porté de costume — à moins que ses tenues lorsqu'il était sous couverture ou lors d'une opération de surveillance ne comptent pour un déguisement. Et pourtant, voilà qu'il était vêtu en Zorro et participait au gala d'automne, une soirée de charité locale.

Le vendeur du magasin de costumes d'Halloween avait essayé de le convaincre de prendre une fausse rapière, mais il avait refusé. Le costume était déjà assez kitsch — pas besoin d'ajouter des accessoires pour aggraver les choses.

Bien sûr, il était parti avec le masque noir qui reposait désormais sur le siège passager. Sans le signe distinctif de Zorro, les gens penseraient peut-être qu'il portait simplement une chemise à volants pour le plaisir. Ou qu'il était venu en torero.

Et en parlant de gens, ils allaient sans doute être nombreux à être surpris de le voir ce soir. En effet, son idée de la fête était plutôt minimaliste — quelques bières avec deux ou trois amis dans son bar préféré devant le match d'une de ses équipes favorites… Ou mieux encore, un dîner romantique qui se termine par un petit déjeuner. Mais le gala de ce soir était une exception. Il était même allé jusqu'à payer cent dollars pour assister à l'événement dont les bénéfices iraient à deux œuvres caritatives de Brighton Valley : le Rocking Chair Ranch, un établissement pour personnes âgées, et Kidville, un foyer pour enfants.

Lorsqu'il avait eu vent du gala, il avait prévu de faire un généreux don et d'indiquer aux organisateurs qu'il allait devoir malheureusement rester en service ce soir. Mais il avait changé d'avis quand il avait entendu dire que Lisa Dawson serait là. Son ami Stan lui avait montré une photo d'elle, bien que l'image ait été un peu floue.

Il n'avait pas besoin d'aide pour rencontrer des femmes, mais Stan s'était montré très convaincant.

— Lisa est parfaite pour toi ! Elle est hôtesse de l'air, gardienne de maison et promeneuse de chiens à temps partiel, ce qui signifie qu'elle n'est pas souvent chez elle. Elle n'attend donc pas d'un homme qu'il passe chaque instant à ses côtés. Elle est également brillante et drôle. Et comme toi, elle est une grande fan de *Star Wars* ! Plus important encore, son but dans la vie n'est pas de se marier et d'arpenter la ville dans un monoplace rempli d'enfants.

Comme il hésitait, Stan lui avait donné le coup de grâce :

« Elle est blonde et je sais comme tu les aimes. »

C'est là qu'il avait capitulé. Et accepté de rencontrer Lisa. Ces derniers temps, la vie de célibataire endurci commençait à le fatiguer. Il n'était pas contre l'idée de se calmer un peu, mais il savait aussi qu'il ne ferait jamais de grandes promesses à quiconque. Il aimait trop sa liberté, sans parler de sa vie privée.

Mais de ce qu'il avait compris, Lisa était la femme parfaite pour prendre du bon temps avec des limites bien définies. Il avait donc décidé de l'approcher au gala. Il n'avait aucune idée de son déguisement, mais il finirait bien par la retrouver et se présenter à ce moment-là.

Et qui sait ? Peut-être que le courant allait immédiatement passer entre eux et qu'ils pourraient finir plus tôt la soirée. Ensemble.

Il gara sa Ford Bronco de 1973 sous l'un des réverbères et se dirigea vers l'entrée principale, tirant sur sa chemise. Pourquoi ces maudites manches devaient-elles être aussi bouffantes ? En approchant de l'entrée principale du Wexler Grange Hall, dont l'extérieur était orné de ballots de paille, d'épouvantails et des décorations traditionnelles d'Halloween, il enfila son masque. Puis il entra et scruta la foule. Même en costume, il reconnut beaucoup de ses concitoyens, mais c'était une certaine petite blonde qui l'intéressait.

Et elle était là, portant un faux sabre laser sur la hanche et vêtue d'une tenue moulante digne d'une princesse intergalactique. Les bandes noires de tissu qui composaient sa jupe courte révélaient des jambes à tomber. Ses cheveux étaient coiffés en une sage tresse couronne, un contraste intéressant avec son déguisement sexy.

Elle lui tournait le dos, mais ce devait être Lisa. Il le pressentait. Elle était la seule petite blonde de l'assistance. Et, apparemment, la seule fan de Star Wars.

Avant de pouvoir traverser la pièce et de fondre sur sa proie, il aperçut Donna Hoffman. Avec son mari, Jim, Donna était responsable de Kidville, un foyer qui accueillait des enfants maltraités et abandonnés de cinq à douze ans. Il avait rencontré le couple quand il avait proposé de prendre sous son aile certains des garçons les plus âgés. Après leur avoir exposé son parcours, ainsi que les raisons pour lesquelles il souhaitait travailler avec des jeunes en difficulté, il avait ajouté :

« Qui mieux qu'un gars ayant grandi dans une situation similaire peut montrer à ces gosses qu'il est toujours possible de s'en sortir ? »

Les Hoffman avaient accepté, et depuis, il faisait du bénévolat. C'était motivant de savoir qu'il avait quelque chose à offrir à ces enfants. Sans rien espérer en retour. Il sourit à Donna, habillée en Mère Noël.

— Salut, Donna. Ou peut-être devrais-je t'appeler Maman Noël ?

Elle le prit quelques secondes dans ses bras, puis passa un moment à étudier son costume.

— Et toi, Zorro, tu as perdu ton épée ?

— Je n'ai pas le bon permis de port d'arme, plaisanta-t-il. En outre, cela ressemble à une jolie fête. Je ne pense pas que j'en aurai besoin.

Donna éclata de rire et lui tendit une canne en bonbon qu'elle dénicha dans le tablier à frou-frou qu'elle portait par-dessus une jupe en flanelle rouge.

— Jim et moi avons acheté nos costumes pour la fête de Noël de Kidville. Je sais qu'ils ne sont pas très adaptés pour Halloween, mais plutôt que d'investir dans autre chose pour ce soir, nous avons décidé de les rentabiliser.

— Bonne idée.

Son regard se posa sur la pièce et chercha Lisa. Il la repéra près de la table du buffet. Elle lui tournait toujours le dos, les mains vissées sur ses hanches. Que faisait-elle ?

Et quand allait-elle se retourner pour qu'il puisse avoir un aperçu de son visage ?

La fête avait à peine commencé et, pourtant, il n'en

pouvait déjà plus d'impatience. Il se demanda ce que Lisa avait prévu pour le reste de la soirée.

— Tu veux passer à Kidville, lundi ? demanda Donna, le tirant de ses pensées.

— Compte sur moi. Je fais de super progrès avec Tommy.

— Nous avons remarqué. Et son professeur aussi. Nous apprécions tous ce que tu as fait pour lui : la visite privée du quartier général de la police, le trajet en voiture de patrouille et la crème glacée pour finir la journée. Tommy n'a jamais eu personne qui s'intéressait comme cela à lui.

— Parfois, il n'en faut pas plus, dit-il dans un soupir.

Du moins, c'est ainsi que les choses s'étaient passées pour lui. Stan, l'homme qui avait été comme un père pour lui, l'homme qui resterait à jamais son meilleur ami, avait également été flic. Un policier qui l'avait trouvé à traîner dans un parc de la ville à des heures indues pour un ado. Il jeta de nouveau un coup d'œil vers la table du buffet où il avait vu Lisa pour la dernière fois, quand Donna tira sur sa manche.

— Qu'est-ce qui se passe par là-bas ? Tu n'arrêtes pas de scruter la salle...

Donna était heureuse en mariage depuis plus de trente-cinq ans et elle pensait que tout le monde devait suivre la même voie, y compris lui-même.

— J'aime regarder tous les costumes, mentit-il.

— Il y en a des géniaux, n'est-ce pas ? C'est incroyable de voir comment certaines personnes se donnent à fond pour un événement comme celui-ci !

Bien sûr. Même si c'était un costume bien particulier qui avait attiré son attention. Il était sur le point de s'excuser et de se diriger vers la table du buffet quand il jeta un nouveau coup d'œil et se rendit compte que Lisa n'était plus là. Il examina de nouveau la salle et la piste de danse, mais elle semblait avoir disparu.

Peut-être était-elle allée se poudrer le nez — ou quoi que ce soit d'autre que pouvaient faire les princesses intergalactiques sexy.

Bon sang, qu'était-il en train de lui arriver ? La soirée avait à peine commencé qu'il était déjà obsédé par une femme qu'il ne connaissait que grâce à une photo floue… La rencontrer en personne était devenu sa priorité numéro un.

La nourriture n'avait pas encore été apportée, mais Julie Chapman n'aimait pas la manière dont la table du buffet avait été dressée dans le Grange Hall. Avant de changer les choses, elle était retournée à la cuisine et avait demandé à Ralph Graystone, son patron et le propriétaire de Silver Spoon Catering, si elle en avait la permission.

— Oui, allez-y, lui dit Ralph alors qu'il remplissait un plateau d'apéritifs. Vous avez fait un excellent travail pour les décorations lors du mariage que nous avons organisé le week-end dernier, alors je me fie à votre jugement.

Elle le remercia, puis retourna à la soirée, s'arrêtant sur le seuil assez longtemps pour tirer sur l'une des minces bandes noires qui composaient sa jupe.

Lorsque Ralph avait demandé à l'équipe de venir en costume pour la soirée, elle avait tout d'abord résisté, expliquant qu'elle n'avait rien à se mettre.

« Louez quelque chose, lui avait-il dit. C'est une fête d'Halloween. Nous serons tous déguisés. Je vais porter ma toque de chef, mais je me peindrai le visage comme le Joker. Et n'oubliez pas que c'est un événement caritatif ! »

Et c'était la seule raison pour laquelle elle avait décidé d'être un bon petit soldat. Sauf qu'elle n'était pas du tout heureuse de la tenue Star Wars que Carlene, sa collègue, lui avait prêtée en lui disant :

« Tu seras une princesse de l'espace. Une guerrière sexy. »

Elle s'attendait à un costume de science-fiction, d'accord ; pas à un truc qui la laissait quasiment nue aux yeux de tous ! Malheureusement, elle avait attendu la dernière minute pour le récupérer et, au moment où elle l'avait essayé, il était trop tard pour trouver autre chose. Les magasins de la région avaient été dévalisés.

Carlene, déguisée en serveuse de taverne avec le décolleté pigeonnant d'usage, semblait parfaitement à l'aise. Mais contrairement à elle, Carlene était une fille délurée.

Néanmoins, quand elle était entrée dans la cuisine du Grange Hall plus tôt dans la soirée, elle avait dit à Carlene qu'elle avait emporté son uniforme normal, avec le T-shirt Silver Spoon Catering et un pantalon noir. Elle avait toujours cette option qui lui semblait bien plus appropriée.

Son amie avait fait claquer sa langue. « Ne fais pas l'enfant, Julie ! Nous serons tous déguisés ce soir. Détends-toi et amuse-toi un peu ! »

Ce qu'elle essayait de faire de toutes ses forces... Mais cela ne lui permettait pas de se sentir mieux dans son costume.

Reste qu'elle adorait les enfants, ainsi que les personnes âgées. En fait, si elle n'avait pas travaillé pour ce gala, elle aurait volontiers payé pour y assister.

Alors qu'elle ajoutait la touche finale à la seconde des tables du buffet, elle parcourut le Grange Hall des yeux. La salle des fêtes avait été décorée de fantômes, de chauves-souris et de toiles d'araignées. Elle passa ensuite aux tables.

Silver Spoon Catering avait fourni la nourriture à un prix très avantageux. Le généreux don à la cause avait en fait été, pour son patron, un moyen de promouvoir sa nouvelle entreprise et d'impressionner certaines des personnes les plus riches de la région. Et sa stratégie avait toutes les chances de fonctionner.

Les convives semblaient s'amuser et, grâce à leurs rires et à la bonne ambiance générale, elle commença à se détendre. Elle prit un moment pour admirer les costumes, dont certains étaient vraiment géniaux.

Un homme en particulier, qui semblait avoir tout juste une trentaine d'années, retint son attention. Le beau ténébreux aux cheveux noirs et à la peau dorée portait un pantalon noir, une chemise blanche impeccable, ouverte au col, et un masque. Zorro. Une tenue qui mettait en valeur son corps divinement sexy.

Elle l'avait tout de suite remarqué lorsqu'il était entré dans le Grange Hall d'un pas confiant. Cet homme était manifestement sûr de lui. Ensuite, elle l'avait étudié subrepticement de temps en temps. Qui pouvait-il bien être ? Il semblait connaître la plupart des gens présents.

Il y avait quelque chose d'électrique chez lui, de magnétique. À tel point qu'elle avait continué à le regarder du coin de l'œil à chaque fois qu'elle en avait eu l'occasion.

Sauf qu'il fallait qu'elle se ressaisisse. Elle avait du travail à faire et un boulot à préserver, même si elle le considérait comme temporaire.

Mais lorsqu'elle vit le Père Noël, elle ne put qu'abandonner son poste. Elle le reconnut instantanément. Il s'agissait de Jim Hoffman, le directeur de Kidville, un homme qu'elle rêvait de rencontrer depuis des mois. Sa chance était là et elle devait la saisir. C'était maintenant ou jamais. Elle s'approcha.

— Excusez-moi, monsieur Hoffman. Je m'appelle Julie Chapman et je suis musicothérapeute. Je voudrais prendre rendez-vous avec vous car j'adorerais travailler chez Kidville.

Il leva vers elle des yeux pétillants comme du champagne.

— C'est une excellente idée. Avec ma femme, nous aimerions incorporer de la musique dans notre programme, mais notre budget est actuellement limité, alors je crains que nous ne puissions pas vous offrir de poste rémunéré.

Elle avait besoin d'un salaire régulier, raison pour laquelle elle avait postulé pour la société de restauration. Mais elle pouvait aussi mettre à profit son expérience pour compléter son CV… Sans compter qu'avoir l'opportunité de travailler à Kidville, même bénévolement, ne pouvait pas se refuser.

— Pas de souci, je suis prête à faire du bénévolat pour le moment, dit-elle.

— C'est une proposition intéressante. Quelle est votre formation ?

— J'ai récemment obtenu mon diplôme et, à part pendant mon stage, je n'ai pas encore occupé de poste rémunéré. Mais je me suis spécialisée en musique, j'ai joué de plusieurs instruments et chanté dans ma chorale d'église pendant de très longues années.

— Très bien, j'aimerais en discuter davantage, mais

ce soir n'est pas le meilleur moment. Pouvez-vous venir à Kidville lundi matin ? Je vous ferai visiter l'établissement et nous aurons plus de temps pour parler.

— C'est parfait. Je serai là à la première heure.

Alors que M. Hoffman s'éloignait, elle tira à nouveau sur sa jupe. Apparemment, sa tenue n'avait pas dérangé le responsable de Kidville, ce qui était un soulagement. Un autre patron potentiel ou certains de ses amis plus conservateurs n'auraient peut-être pas été aussi tolérants.

Dommage qu'elle n'ait pas pensé à se maquiller en clown avant de sortir de sa voiture. Cela aurait camouflé son visage et la rougeur sur ses joues... Il ne lui restait plus qu'à faire profil bas et à trouver un masque.

Alors qu'elle retournait vers la cuisine, une rousse coiffée d'une tiare et vêtue d'une longue robe turquoise se dirigea vers un pirate et laissa échapper un juron qui la fit davantage ressembler à un marin ivre qu'à la princesse qu'elle était supposée être. Elle leva son index et frappa la poitrine du pirate.

— Je savais que tu étais un séducteur, Derek, mais pourquoi est-ce que tu as dû jouer avec moi ? J'ai eu ma dose, c'est fini pour de bon cette fois !

Puis elle ôta son masque blanc froufrouté ainsi que son faux diadème, les jeta par terre et se dirigea vers l'entrée, furieuse, laissant le pirate dans son sillage.

Elle supposa qu'il allait lui courir après. Mais au lieu de cela, il revint à la fête, tout joyeux.

Vous avez clairement pris une sage décision, Votre Majesté. Et vous auriez d'ailleurs dû la prendre plus tôt, pensa-t-elle.

Elle attrapa alors le masque blanc jeté au sol, le glissa sur son visage et murmura :

— Où sont les hommes bien ?

Au moment où elle se dirigeait vers la piste de danse, son cœur fit un bond dans sa poitrine. Zorro était de retour !

Il était vraiment beau, avec son allure de matamore sexy. Un délicieux frisson cascada le long de son dos. Qui était-il ? Avait-il un lien avec Kidville ou avec le Rocking Chair Ranch ?

Quelle importance… Elle poursuivit son chemin en direction de la cuisine. Il fallait qu'elle se débarrasse de son attirance, mais avant qu'elle n'ait parcouru plus que quelques mètres, une main se posa sur son épaule. Elle en fut comme réchauffée de l'intérieur.

Elle se retourna pour voir Zorro, son regard fixé sur le sien. Quand il lui offrit un sourire éclatant, elle en perdit le souffle.

— Lisa ! dit-il, j'avais entendu dire que tu serais dans le coin.

Oh ! il la confondait manifestement avec quelqu'un d'autre. Que devait-elle faire ? Probablement dire quelque chose, sauf que le magnifique *bandito* semblait avoir volé ses pensées et ses paroles.

— C'est un plaisir que de te rencontrer enfin.

Sa voix était saupoudrée d'un léger accent hispanique qui la faisait vibrer.

— En réalité, ajouta-t-il, je n'ai jamais vraiment aimé les rendez-vous à l'aveugle.

Quelle parfaite mascarade… Mais avant qu'elle ne puisse objecter quoi que ce soit, il lui prit la main et y déposa un doux baiser. Son souffle chaud s'attarda sur sa peau, déclenchant l'envol d'une multitude de papillons dans son ventre.

— Danse avec moi, dit-il.

Elle ouvrit la bouche pour parler mais aucun son n'en sortit.

Zorro l'entraîna alors sur la piste de danse. Pourquoi ne lui disait-elle pas qui elle était vraiment ? Cet homme l'avait ensorcelée. Et quand il ouvrit les bras, elle s'y précipita et se laissa conduire.

L'odeur de son après-rasage, si virile, l'enivrait et dans la chaleur de ses bras musclés elle sentit son pouls s'accélérer. Elle appuya la tête sur son épaule alors qu'ils se balançaient sensuellement, leurs mouvements s'accordant parfaitement, comme s'ils avaient dansé ensemble, une, cent, mille fois auparavant.

Une fois encore, elle songea à révéler l'erreur et à lui donner son vrai nom, mais elle aurait bien tout le temps de le faire après la chanson. Ensuite, elle se glisserait dans la cuisine comme Cendrillon… Au lieu d'une pantoufle de vair, elle laisserait à son cavalier un beau souvenir.

Mais quelques secondes plus tard, un cow-boy tapa sur l'épaule de Zorro.

— Pancho, j'ai besoin que tu viennes à l'extérieur !

Zorro le regarda et fronça les sourcils.

— Tu ne vois pas que je suis occupé ?

Le cow-boy roula des yeux.

— Qu'est-ce qui se passe ?

Le cow-boy croisa les bras sur sa poitrine et déplaça son poids sur une hanche.

— Quelqu'un vient de forcer mon pick-up.

Zorro se raidit.

— Quand ? Et où ?

— Ici, dans le parking. J'avais une enveloppe remplie de dons en espèces pour Kidville sous le siège !

Son cœur se mit à battre à tout rompre. Quelqu'un

avait volé de l'argent destiné aux enfants des Hoffman ? Qui était capable d'une telle ignominie ?

— Est-ce que l'argent est encore là ? demanda Zorro au cow-boy.

— Je ne sais pas. Je n'ai pas encore vérifié.

— Des témoins ?

— Un chien errant. Mais il ne parle pas.

— Très drôle.

Le regard de Zorro revint vers elle.

— Je suis désolé, Lisa. Je vais devoir remettre mon uniforme de flic.

À présent, ce fut à son tour de se crisper. Il était en fait un policier dans la vraie vie ? Un léger malaise s'installa en elle.

Lorsque Zorro ôta son masque, révélant le reste de son visage, elle vit qu'il était encore plus beau qu'elle ne l'avait imaginé. Elle était fascinée. L'homme avait l'allure et la personnalité d'une star de cinéma.

Un sourire lui étira soudain les lèvres, allumant dans ses yeux bruns si profonds des paillettes dorées. Il lui tendit alors son masque.

— Tiens-moi ça, Lisa, s'il te plaît. Je reviendrai.

Une dernière fois, elle voulut lui dire qu'il se trompait mais elle en fut encore incapable.

Alors qu'il suivait le cow-boy à travers la porte latérale de la salle des fêtes, elle serra le masque contre elle. Son cœur allait-il un jour recouvrer un rythme normal ?

- 2 -

Tandis qu'Adam suivait son vieil ami du lycée Matt Grimes, surnommé Duck, loin de la piste de danse, il jeta un dernier coup d'œil par-dessus son épaule vers Lisa, regrettant de devoir reporter leurs présentations en bonne et due forme. Au moins, il avait eu la chance de la rencontrer.

— Je suis désolé d'avoir interrompu ta danse, dit Matt en se glissant par une porte latérale et en se dirigeant vers le parking.

— Moi aussi. Je tenais enfin cette jolie femme dans mes bras... Oh ! son parfum citronné, elle sentait si bon... Si je tarde, elle va me filer sous le nez.

— Espérons que cette histoire de voiture fracturée soit vite réglée.

— Si je ne peux pas rester, j'appellerai le QG et je ferai venir une personne en service.

Il devait retourner à ce gala. Et à Lisa.

Ils traversèrent le parking, leurs pas crissant sur le gravier. Contrairement à lui, Matt ne s'était pas déguisé ce soir. Il portait cependant une paire de nouvelles bottes et un nouveau Stetson. Mais ce n'était pas surprenant. Les soirées costumées n'étaient pas le style de Matt.

Et, normalement, elles n'étaient pas non plus le sien. Il avait prévu de rentrer tôt, mais après avoir dansé avec Lisa, il avait changé d'avis. Quand il l'avait serrée contre lui pour danser, il avait éprouvé une sensation de bien-être incroyable. Et elle sentait incroyablement bon aussi. Son parfum lui rappelait les fleurs de citronnier.

Matt s'arrêta et désigna une Dodge Ram noire et brillante.

— Elle est là.

La portière du conducteur était ouverte et la fenêtre brisée. Sur le siège, parmi des éclats de verre, avait atterri une pierre de bonne taille.

Il se tourna vers Matt, agacé.

— Il aurait été assez facile de vérifier si l'enveloppe était toujours là, non ? Pourquoi tu ne l'as pas fait ?

— Parce que je sais à quel point les flics peuvent être tatillons avec une scène de crime. Mais il manque quand même quelque chose.

— Quoi ?

— Ma nourriture. Comme je n'avais pas mangé depuis l'aube, j'ai acheté quelque chose au Bubba's Burger Barn. Le sac était sur le siège passager et maintenant il n'est plus là.

Il fronça les sourcils.

— Quelqu'un a pris tes restes ?

Matt pouffa.

— Bon Dieu, non, ce n'était pas des restes. C'était un cheeseburger double bacon avec une grosse portion de frites et je n'avais encore rien touché. J'allais le manger une fois arrivé, mais dès que je suis sorti du véhicule, mon téléphone portable a sonné. Et à la fin de l'appel, j'étais déjà arrivé à la fête. Alors j'ai préféré jeter un œil au buffet raffiné.

Il scruta la zone autour du véhicule. Le sol était encore humide et un peu boueux à cause de la pluie de la nuit dernière, révélant de petites empreintes de chaussures — visiblement de deux personnes, avec aussi des traces de pattes de chien. Toutes étaient fraîches.

— Ce sont des amateurs, souffla-t-il. Des gosses, probablement. Tu m'as parlé d'un chien, ce pourrait être le leur.

— Je suis à peu près sûr que c'était un chien errant. Il était tout maigre. Noir, marron et gris, enfin peut-être blanc une fois lavé. Je l'ai vu quand je me garais.

— Tu as aussi vu quelqu'un traîner ou entendu quelque chose ?

— Non, mais si les voleurs se trouvaient à proximité, ils auraient entendu ma réaction. Je viens d'acheter cette camionnette la semaine dernière. Alors quand j'ai vu la vitre brisée, j'ai juré tellement fort que le chien a déguerpi.

Il tendit la main sous le siège, récupéra l'enveloppe jaune en papier kraft et la tendit à Matt.

— Mieux vaut peut-être recompter, conseilla-t-il.

Matt jaugea l'épaisseur.

— Je pense que tout y est.

Puis il regarda à l'intérieur et compta les billets.

— Visiblement, les bébés cambrioleurs ne voulaient que de la nourriture. Ou alors, ils ont eu peur et sont partis avant de pouvoir trouver quelque chose de valeur.

Il repensa à son propre passé. Ces enfants avaient probablement des problèmes et il ferait mieux de les trouver. Et pas seulement pour leur flanquer une bonne frousse avec son badge de policier.

— Tu as une assurance ? demanda-t-il.

— Oui, mais avec une grosse franchise.

Matt jura dans un souffle.

— Pourquoi ces satanés gamins ont fait ça, à ton avis ?

— Je crois qu'ils avaient faim.

Matt sembla prendre un moment pour réfléchir.

— Et qu'est-ce que tu vas faire à ce sujet ?

— Je vais les chercher. Et rapidement.

Il voulait retourner à la fête avant que Lisa, la déesse intergalactique sexy, ne se décide à partir.

Tandis que Matt restait près de sa voiture, ramassant les éclats de verre et les plaçant dans un sac de jute qu'il avait trouvé derrière le siège du conducteur, il remonta les petites empreintes de pas jusqu'à une zone boisée à proximité de la salle des fêtes et continua le long d'un chemin jusqu'à ce qu'il atteigne ce qui ressemblait à un vieux camion rouillé et abandonné.

Il n'avait pas son arme sur lui, mais son instinct lui dit qu'il n'allait pas en avoir besoin. Ses pas ralentirent lorsqu'il s'approcha du véhicule. Quand il fut assez près, il jeta un coup d'œil par la vitre conducteur crasseuse et repéra un jeune garçon, une petite fille et un cabot hirsute… qui se partageaient le hamburger et les frites de Matt. Les enfants ne semblaient pas plus propres ni mieux nourris que le chien.

Quand il ouvrit la porte, le chien aboya et les yeux des enfants s'écarquillèrent d'appréhension. Le garçon aux cheveux noirs, qui devait avoir environ six ou sept ans, passa un bras maigre autour de sa petite compagne blonde.

Soudain, il remarqua la joue meurtrie et la lèvre fendue et enflée de la petite fille. Pauvre petite… Il leur offrit alors son sourire le plus amical.

— Salut, les enfants. Qu'est-ce qu'on raconte ?

Silence. Le chien à la fourrure emmêlée se contenta de relever la tête.

Il scruta l'intérieur du véhicule poussiéreux et misérable.

— C'est un château super cool que vous avez là, dites-moi.

Les petits restèrent silencieux, les yeux emplis de méfiance. Quelque chose les avait effrayés et il se doutait que ce n'était pas lui.

— Je sais que je ne porte pas d'uniforme, déclara-t-il, mais je suis un agent de police. Et je voudrais vous aider.

Le garçon se mordit la lèvre inférieure et le dévisagea pendant un long moment, puis il releva le menton.

— On ne rentrera pas à la maison. Et je ne vous dirai pas non plus où on habite.

Les enfants difficiles fuguaient souvent de leurs foyers, mais étant donné leur aspect et la peur qu'il lisait dans leurs yeux, sans compter la blessure de la fillette, ils ne devaient pas être dans ce genre de situation.

— Je suppose que vous avez une bonne raison d'être là.

Une nouvelle fois, il n'obtint qu'un silence pesant en réponse, alors il poursuivit ses interrogations, essayant de se montrer gentil et patient.

— Est-ce que quelqu'un chez vous vous a fait du mal ?

— Oui, dit le garçon l'air indigné. Il a blessé ma sœur simplement parce qu'elle a fait pipi dans son pantalon. C'était un accident et je l'ai nettoyé. Mais il s'en fichait. Il lui a encore donné une fessée. Et ce n'est même pas notre père !

Que l'on croie ou non aux vertus de la fessée,

frapper un enfant en pleine figure était un cas flagrant de maltraitance. Et frapper assez fort pour laisser une telle marque était un crime.

— De qui tu parles ? De ton beau-père ?

— Non, c'est juste un gars. Il vivait avec nous et maman, mais maman est partie et n'est pas revenue. Mais même avant, ce n'est pas comme s'il prenait soin de nous de toute façon.

Ses entrailles se crispèrent alors que des souvenirs douloureux remontaient à la surface de son esprit. Il fit de son mieux pour les balayer, mais son cœur se fendait, comme à chaque fois qu'il rencontrait des enfants maltraités et abusés.

Il se fit alors une promesse à lui-même : lorsque ces deux-là rentreraient chez eux, ce serait auprès d'un tuteur légal qui s'assurerait qu'ils aient à manger à leur faim, des vêtements chauds et des lits douillets pour dormir.

— Quel est le nom de ce gars ? demanda-t-il.

— Brady.

Il acquiesça, le notant mentalement.

— Et toi, comment tu t'appelles ?

Encore une fois, le garçon se mordit la lèvre, s'évertuant manifestant à rester fort pour deux. Comme s'il voulait s'accrocher à son secret.

Mais après quelques minutes de silence, il finit par lever les yeux et froncer les sourcils.

— Si je vous le dis, vous promettez de nous laisser tranquilles et de ne pas nous ramener chez nous ?

— Non, je ne vous ramènerai pas. Mais je ne vais pas vous laisser seuls, par contre. Il va faire froid et il pourrait pleuvoir à nouveau ce soir. Sans compter que demain matin, vous aurez faim.

Un agent de police lambda aurait confié ces malheureux à des services de protection de l'enfance et aurait continué sa vie. Mais il n'était pas comme les autres. Voir des enfants qui avaient été battus et maltraités lui rappelait de trop mauvais souvenirs.

Il savait ce qu'être effrayé et envoyé dans le foyer du comté voulait dire, là où les enfants attendraient d'être placés en famille d'accueil. La plupart des assistantes sociales étaient gentilles et prévenantes, mais pas toutes. Il détestait l'idée de confier le frère et la sœur aux autorités et de les laisser entre les mains du hasard.

— Je m'appelle Adam, leur dit-il, mais mes amis me surnomment parfois Pancho.

Le garçon plissa les yeux.

— Pourquoi ils vous appellent comme ça ?

— Pour se moquer de moi, je suppose.

Le gamin sembla perdu dans ses pensées pendant une minute puis dit :

— Je m'appelle Eddie. Et elle, c'est ma sœur, Cassie. Vous allez vraiment nous aider ?

— Oui, et tu peux même me tutoyer, tu sais.

C'était une de ces occasions où il allait devoir faire les choses à sa manière, ce qui signifiait tirer quelques ficelles.

Au son des pas qui approchaient, il se tourna pour voir Matt se diriger vers eux.

— C'est super que tu nous aies trouvés, Matt. Je te présente mes nouveaux amis, Eddie et Cassie.

Matt fronça les sourcils tout en restant silencieux.

— J'ai quelques appels à passer, dit-il, mais j'ai besoin que tu me rendes un service. Tu veux bien retourner à la fête et aller me chercher Jim et Donna Hoffman ?

— D'accord, mais qu'est-ce que je suis censé leur dire ?

Il était sur le point de dire qu'Eddie et Cassie avaient besoin d'un endroit spécial où dormir, mais il eut soudainement une épiphanie.

— J'ai une meilleure idée. Pourquoi ne vas-tu pas me chercher le Père et la Mère Noël ? Ils sauront quoi faire. Et je pense que les enfants se sentiront beaucoup mieux de s'installer chez eux.

Matt acquiesça puis s'en retourna vers la salle des fêtes.

Il prit alors une profonde inspiration et fixa les enfants.

— Tu connais vraiment le Père Noël ? demanda Eddie.

— Oui, bien sûr.

Eddie soupira.

— Il ne m'aime pas et il n'aime pas Cassie non plus. Il ne vient jamais chez nous.

Il tendit une main et la posa sur la petite épaule d'Eddie.

— Non, il vous aime, c'est juste que personne ne lui a jamais donné votre adresse.

Le gamin avait l'air sceptique.

— Ah bon, et comment tu sais ça ?

— Parce qu'il n'est pas venu chez moi jusqu'à ce que je sois quasiment adulte. Et donc un jour, quand je l'ai rencontré, je lui ai tout simplement demandé pourquoi il m'avait oublié. Et c'est ce qu'il m'a dit.

Eddie sembla réfléchir à cette explication.

— Vous vivez loin d'ici ? demanda-t-il, espérant avoir une idée de l'endroit où pouvait se trouver le fameux Brady.

Le garçon se raidit.

— Non, tu as promis que tu ne nous ramènerais pas là-bas.

— Je ne le ferai pas. Mais j'aimerais faire savoir à Brady qu'il est interdit par la loi de frapper des personnes au visage, surtout quand il s'agit d'enfants.

— Peut-être que si on s'était enfuis plus tôt et que tu nous avais trouvés avant le départ de notre mère, elle n'aurait pas eu à fuir Brady non plus.

La mère avait-elle laissé ses enfants à un homme violent ? Cela semblait peu probable, mais Adam garda ses pensées pour lui. Le temps de l'enquête arriverait bien assez tôt.

Et quand il aurait trouvé ce sale type, ils allaient avoir une petite conversation d'homme à homme qui se finirait avec un Brady menotté et assis à l'arrière d'une voiture de patrouille.

Il prit une profonde inspiration, remplissant ses poumons de l'air frais du soir. Il voulait leur dire que la vie allait bientôt s'améliorer pour eux, mais il savait qu'il ne devait pas faire de promesse qu'il était incapable de tenir.

— Je connais un endroit parfait où vous pourrez attendre que les choses s'arrangent, d'accord ?

— Et pour notre chien ?

Eddie caressa les poils emmêlés de la bestiole.

— Il n'a personne pour s'occuper de lui.

— Ne t'inquiète pas pour ça.

Il étudia le cabot maigre et timide. Il allait devoir appeler la fourrière, mais il était tard et le vagabond allait sans doute déguerpir en entendant le camion.

— Je vais m'assurer qu'il prend un bon bain, avale un bol de nourriture et dorme au chaud. Comme vous !

Les yeux d'Eddie révélèrent un espoir prudent.

— Tu promets ?

— Croix de bois, croix de fer.

Certes, il ne savait pas exactement comment il allait réaliser cette promesse, mais il trouverait bien un moyen. Et une fois assuré que ces enfants seraient en sécurité, bien au chaud et nourris, il reviendrait au gala. Avec un peu de chance, Lisa serait encore dans les parages…

Zorro n'avait jamais récupéré son masque. En réalité, après que le cow-boy était revenu chercher les Hoffman, ils avaient quitté la soirée et aucun des trois n'était revenu. Julie ne savait pas ce qui leur était arrivé ni où ils étaient allés terminer leur samedi soir, mais comme elle l'avait promis à Jim, elle s'était levée tôt le lundi matin pour se rendre à Kidville.

Elle avait regardé des photos sur leur site web. Le foyer collectif avait été aménagé comme une petite ville du Far West avec des trottoirs en bois. Elle avait hâte de voir le résultat de ses yeux.

Sur Internet, elle avait également fait des recherches sur les Hoffman. De ce qu'elle avait appris, le couple avait toujours rêvé de créer un endroit dans la région pour offrir un environnement sûr et bienveillant aux enfants maltraités. Après avoir pris leur retraite au milieu de la cinquantaine, ils avaient mis leur plan à exécution et leur projet avait vu le jour deux ans après. Les financements avaient été leur principal obstacle — et apparemment, ils l'étaient parfois encore. Mais grâce à l'aide de l'Église, du club de femmes de Wexler et du Rotary de Brighton Valley, ils avaient pu acheter et réaménager à leur goût un vieux ranch.

Elle suivit la route départementale pendant environ cinq kilomètres après la sortie de la ville et s'engagea sur un chemin privé bordé d'arbres. Lorsqu'elle atteignit un grand portail en fer forgé noir, elle s'arrêta et appuya sur le bouton de l'Interphone.

La voix de l'homme qui lui répondit ressemblait à celle de Jim Hoffman.

— Entrez, dit-il. Le bureau est situé dans l'hôtel de Kidville.

Une fois que le portail fut ouvert, elle redémarra et accéda à la propriété, puis alla se garer sur le parking. Elle prit alors son sac sur le siège passager, puis ouvrit son coffre d'où elle retira sa guitare et un sac rempli de foulards colorés, kazoos, maracas, tambourins miniatures et autres instruments de percussion.

Puis elle verrouilla sa voiture et se dirigea vers l'entrée d'un bâtiment en briques. Un panneau en bois annonçait la couleur :

« Bienvenue à Kidville, Texas. Population 134 »

Devant elle, elle repéra une école aux murs rouges. Derrière, il y avait un terrain de jeux avec des balançoires, des toboggans et une structure d'escalade colorée. À droite et à gauche se trouvaient des zones herbeuses avec un terrain de volley-ball d'un côté et un terrain de base-ball de l'autre. Kidville était un lieu encore plus attrayant qu'elle ne le pensait. C'était un cadre unique, exceptionnel. Elle espérait tellement faire bientôt partie de cet univers.

Elle monta les quelques marches qui menaient à l'entrée et poussa la porte. M. Hoffman, qui n'était peut-être pas habillé en Père Noël aujourd'hui mais affichait un sourire toujours aussi joyeux et débonnaire, l'accueillit chaleureusement.

— Merci d'être venue, Julie.

Il fit une pause.

— C'est bien Julie, n'est-ce pas ?
— Oui, tout à fait.
— Habituellement, je me rappelle bien les noms, mais je crains que les choses n'aient été un peu trop mouvementées pour moi samedi soir.

Elle ne pouvait pas dire le contraire. Les Hoffman avaient disparu à peu près au même moment que Zorro, ce qui l'incita à poser quelques questions.

— J'ai été étonnée de vous voir partir si tôt, dit-elle. J'avais prévu de me présenter aussi à votre femme.
— Nous avons eu un petit…

Il jeta un coup d'œil par-dessus son épaule vers une porte fermée, puis baissa la voix.

— Un de nos mentors qui assistait au gala a trouvé deux petits fugueurs ce soir-là. Qui avaient désespérément besoin d'un endroit sûr où dormir. Avec ma femme, on les a donc installés ici. Ils étaient très effrayés et inquiets, alors on n'a pas voulu les confier à notre personnel du soir. Donna et moi sommes donc restés avec eux jusqu'à ce qu'ils s'endorment.

Zorro était-il le mentor qui avait trouvé les enfants ?

Elle était tentée de le demander, mais elle préférait ne pas être trop directe dans ses questions, espérant que M. Hoffman lui fournisse davantage d'informations par lui-même.

— On dirait que vous étiez au bon endroit au bon moment avec votre femme et ce fameux mentor, monsieur Hoffman.
— S'il vous plaît, appelez-moi Jim. Et vous avez raison. Ces enfants ont beaucoup souffert, mais Adam ne les laissera pas tomber.
— Adam ?

Jim acquiesça.

— Adam Santiago, oui. C'est un policier du commissariat de Wexler. Il a trouvé les enfants et a compris qu'il ne fallait pas qu'ils rentrent chez eux.

Zorro avait effectivement indiqué qu'il faisait partie de la police, mais le cow-boy ne l'avait-il pas appelé Pancho ? De ses cours d'espagnol au collège, elle se souvenait que Pancho était le diminutif de Francisco.

Malgré sa confusion, elle poursuivit :

— Je suis contente de savoir que ces enfants sont ici avec vous. Et qu'ils sont en sécurité.

— Moi aussi. En fait, ma femme est en train de s'entretenir avec eux.

Il se dirigea vers la réception, qui ressemblait à un coquet salon rempli de canapés dodus et accueillants.

— Je vous en prie, asseyez-vous.

Elle posa son étui à guitare sur le sol et, après avoir pris place sur un canapé, l'installa sur l'accoudoir.

M. Hoffman s'assit sur l'un des fauteuils. Il jeta de nouveau un coup d'œil à la porte fermée, puis baissa la voix.

— Les enfants ont semblé tout de suite former un lien avec Adam samedi soir. En fait, ils ne voulaient pas qu'il parte. Il est resté avec eux quasiment jusqu'à 10 heures et leur a promis de revenir ce matin.

— Il ne pouvait pas venir dimanche ? demanda-t-elle.

C'est ce qu'elle aurait fait si elle avait été celle qui les avait trouvés.

Jim hocha la tête.

— Il voulait d'abord enquêter sur leurs conditions de vie et même s'il m'a confié qu'il essayerait de repasser dans le courant du week-end, il n'a rien dit aux enfants. Il a comme principe de ne jamais faire de promesse s'il n'est pas sûr de pouvoir la tenir. Du moins, à aucun de nos enfants.

— C'est un bon principe.

— Je le pense aussi. Adam a lui-même grandi en famille d'accueil, alors il sait ce que beaucoup de nos enfants ont vécu. Il a encadré certains de nos pensionnaires les plus âgés ces six derniers mois.

— Et comment vont les deux petits nouveaux aujourd'hui ? Ils s'adaptent bien ?

— Cassie, la plus jeune, n'a pas prononcé un mot depuis son arrivée. Et elle n'a pas non plus lâché la main de son frère. Eddie est très protecteur avec elle, mais il est un peu nerveux avec les adultes.

Son cœur se serra.

— Pauvres enfants.

C'est alors que la porte s'ouvrit. Ils se retournèrent pour voir une femme sortir de la pièce. Elle portait un chemisier blanc strict, un pantalon noir et des chaussures de randonnée. Deux petites barrettes noires maintenaient ses cheveux poivre et sel en place.

Deux enfants, un petit garçon aux cheveux noirs et une petite fille blonde plus jeune qui s'accrochait à sa main, la suivaient de près, accompagnés d'une grande rousse mince semblant avoir une cinquantaine d'années.

Elle se leva et Jim lui présenta sa femme Donna, la jolie rousse. La femme plus austère s'appelait Lyla Kincaid, elle était l'assistante sociale chargée du dossier des enfants.

Elles se serrèrent la main.

— Enchantée de faire votre connaissance, madame Hoffman.

— De même.

Mme Kincaid sourit, puis se tourna vers les enfants.

— Je vous verrai dans quelques jours. En attendant, je suis heureuse que vous vous sentiez en sécurité et à l'aise ici.

Jim raccompagna l'assistante sociale à la porte, tandis que Donna la présentait aux enfants.

— Voici Eddie, qui a six ans, et sa sœur, Cassie. Elle a cinq ans.

Ils avaient l'air si maigres et pâles. Cassie avait un bleu sur le front et sa lèvre supérieure était fendue. Pas étonnant qu'Adam les ait sauvés. Qu'il s'agisse d'un Apollon déguisé en Zorro ou non, il s'était comporté en véritable héros.

— M. Adam n'est pas encore là, dit Jim aux enfants. Mais je suis sûr qu'il ne va pas tarder.

Donna posa une main sur l'épaule du garçon et l'autre sur celle de sa sœur.

— Eddie et Cassie sont un peu nerveux de rencontrer leur professeur pour la première fois ce matin. J'ai donc pensé que le mieux serait d'attendre que M. Adam arrive. Cela leur facilitera sans doute leur premier jour d'école.

Si Adam était celui qui les avait trouvés et les avait sauvés, cela n'avait rien d'étonnant.

— Quand M. Adam vient-il ? demanda Eddie. Je veux lui parler. Pour voir s'il a fait ce qu'il m'a promis.

— Il sera bientôt là, confirma Donna. Et je suis sûr qu'il a fait exactement ce qu'il t'a dit qu'il ferait. Il tient toujours parole.

Si Adam et Zorro ne faisaient qu'un, comme elle commençait à le comprendre, alors elle avait peut-être eu tort de le prendre pour un simple séducteur.

Elle ne savait pas ce qu'il avait promis aux enfants, ni pourquoi Eddie semblait si impatient de lui parler.

Mais peut-être qu'en attendant son arrivée, elle allait pouvoir l'aider.

— Si vous voulez approcher et vous asseoir avec moi, dit-elle aux enfants en reprenant place sur le canapé, j'ai quelque chose à vous montrer.

Aucun des deux enfants ne dit le moindre mot, mais ils se dirigèrent vers le canapé et s'assirent à côté d'elle. Ils ouvrirent grands leurs yeux lorsqu'elle ouvrit la housse de sa guitare, sortit l'instrument et gratta quelques accords.

Elle avait laissé ses cheveux lâchés ce matin, alors elle coinça derrière ses oreilles les mèches qui encadraient son visage. Puis elle se mit à chanter une chanson folklorique qu'elle savait douce et distrayante.

Alors qu'elle s'évertuait à bercer les enfants comme elle le faisait pour calmer son père à chaque fois qu'il était stressé ou anxieux, elle ne put s'empêcher de jeter quelques coups d'œil furtifs vers la grande porte d'entrée, attendant la venue d'Adam.

Histoire de voir si le type magnifique qui l'avait attirée sur la piste de danse samedi soir avant de la laisser en plan était vraiment du genre à tenir ses promesses…

Adam arriva au portail de Kidville environ quinze minutes plus tard que prévu et utilisa le code que Jim lui avait donné lorsqu'il avait commencé à faire du bénévolat. Après avoir garé sa Bronco, il se dirigea vers l'hôtel. Il aimait l'ambiance Far West du lieu, mais ce qu'il préférait par-dessus tout, c'était les voix joyeuses des enfants en train de jouer. Apparemment, l'école avait déjà commencé.

Mais lorsqu'il s'approcha du bâtiment administratif, il entendit un autre son : de la musique. À chaque pas, une voix douce et mélodieuse accompagnée d'une guitare sèche devenait de plus en plus forte.

Une fois entré à l'intérieur, il fut abasourdi par le spectacle et se figea. Une blonde d'une vingtaine d'années vêtue d'une longue jupe colorée et d'un chemisier vert tendre était assise sur un canapé aux côtés d'Eddie et Cassie. Les enfants souriaient tandis qu'elle chantait.

Il avait déjà vu cette jolie blonde quelque part, il en était certain. Mais il fut incapable de mettre un nom sur son visage. Il resta dans l'embrasure de la porte, bercé par le son de l'instrument et la voix de cet ange.

Mais Jim Hoffman le ramena sur terre.

— Adam, enfin !

Oh. En effet. Il avait une mission précise, qui ne consistait pas seulement à admirer une jolie musicienne.

— Je suis en retard ? demanda-t-il.

— Non, pas vraiment. Mais les enfants t'attendent depuis le petit déjeuner. Je leur ai dit que tu ne les laisserais pas tomber. Sauf en cas d'urgence.

Il resta près de la réception, regardant Eddie et Cassie. Ils semblaient tellement passionnés par la chanson qu'ils n'avaient visiblement pas remarqué son arrivée. Et la belle chanteuse non plus.

Il hocha la tête en direction de la femme à la voix d'or.

— Qui est-ce ?

— Julie Chapman. Une nouvelle bénévole. Elle est aussi musicothérapeute, et une bonne, apparemment. Les enfants sont captivés !

Tout comme lui. À l'époque, quand il avait été placé en famille d'accueil et avait eu plus de problèmes qu'à son tour, une de ses assistantes sociales avait voulu lui faire suivre une thérapie, mais il avait résisté. Il ne voulait laisser personne entrer dans sa tête, dans ses souvenirs, dans ses rêves — et il n'avait pas tellement changé depuis à cet égard. Mais peut-être que s'il avait su qu'une thérapie pouvait prendre la forme de musique, il se serait laissé tenter...

— Julie fera des merveilles dans notre programme, déclara Jim. Tu ne crois pas ?

Il acquiesça. Une chose était certaine : il était impressionné par la façon dont elle avait enchanté les enfants.

— Julie joue de plusieurs instruments, ajouta Jim, y compris le piano. Elle a étudié la musique à l'université et fait partie de la chorale de son église.

Voilà qui changeait tout. Il tenait à éviter ce genre de fille sage et bien rangée, car il savait qu'avec les hommes elles finissaient souvent par attendre davantage que du bon temps. Mais cela ne voulait pas dire qu'il ne pouvait pas les regarder de loin. Et les trouver séduisantes. Julie avait quelque chose de magnétique. En réalité, elle lui rappelait Lisa, l'hôtesse de l'air avec laquelle il avait dansé au gala. Deux femmes qui n'auraient pas pu être plus différentes l'une que l'autre et qui, pourtant, se ressemblaient.

Le téléphone du bureau sonna et Jim s'excusa.

— Il faut que je réponde. Donna est occupée, elle a rendez-vous avec une personne du service technique.

Alors que Jim traversait la pièce pour rejoindre son bureau, Julie leva les yeux et leurs regards se croisèrent. Elle avait l'air surpris. À tel point qu'elle manqua quelques mesures de guitare et cessa momentanément de chanter. Mais elle reprit vite sa ritournelle et focalisa de nouveau son attention sur les enfants.

Il n'en pensa rien. Les femmes, même celles qui n'étaient pas son genre, le trouvaient souvent sexy, il le savait, ce qui facilitait sa vie amoureuse. Ce qui lui permettait aussi de s'occuper. Mais il avait pour règle, dès le premier rendez-vous, d'annoncer la couleur. Il était très clair dans ses intentions et faisait en sorte qu'elles ne se fassent pas d'illusion : il n'allait pas s'engager.

Quand la mélodie entraînante s'arrêta, Cassie tendit la main et toucha la guitare de Julie avec son index. C'était le premier geste qu'il l'avait vue faire sans que son frère ne l'y invite. Quelqu'un d'autre ne l'aurait probablement pas remarqué, mais il savait interpréter ce que cela voulait dire : que la timide petite fille n'était plus aussi effrayée que samedi soir, lorsqu'il l'avait amenée ici avec les Hoffman.

Quand il avait dit aux enfants qu'il devait partir et qu'ils resteraient à Kidville, elle avait fondu en larmes. C'est pourquoi il avait hâte de revenir ce matin et de faire savoir aux deux gamins qu'il ne les avait pas abandonnés. Bon sang, même le chien avait eu peur et s'était échappé avant que les Hoffman soient arrivés !

Il attendit un moment avant de traverser la pièce et de s'adresser aux petits.

— Salut, Eddie, salut Cassie. Vous voyez, je suis de retour, comme je vous l'avais promis.

Le garçon sauta pratiquement de son fauteuil, les yeux écarquillés.

— Cool. Et ton autre promesse, alors ? Qu'est-il arrivé à mon chien ? Tu l'as trouvé ?

— Oui. Elle est un peu nerveuse, mais elle va bien.

— Elle ?

Eddie fronça les sourcils.

— Tu es sûr que c'est une chienne ?

— Oui. Je l'ai compris quand je lui ai donné un bain. Mais ce n'est pas un problème, n'est-ce pas ?

— Non, sauf que je l'ai appelée Spike. Il faut que je lui trouve un autre nom.

Il jeta un coup d'œil à Cassie, qui ne fit aucune suggestion. De fait, il n'avait pas souvenir d'avoir déjà entendu le son de sa voix.

— Alors où est-elle maintenant ? s'inquiéta Eddie.

Il sourit et secoua lentement la tête.

— Chez moi, pour le moment.

Il aurait vraiment été tenté de la garder s'il passait plus de temps chez lui.

— Mais ne vous inquiétez pas. Je vais trouver l'endroit idéal pour elle. Et qui sait, peut-être que lorsque vous aurez une maison avec une cour, vous pourrez la reprendre avec vous ?

Le petit garçon se crispa, son sourire disparut et ses yeux traduisirent de la panique.

— Tu ne vas pas nous ramener à Brady ?

— Jamais. Vous êtes bien mieux ici, tu ne crois pas ?

L'expression d'Eddie s'adoucit et il jeta un coup d'œil à sa sœur.

— Oui, Cassie est bien mieux ici.

Il observa la petite fille qui avait laissé son frère parler depuis samedi soir. Quelque chose lui disait qu'elle allait bientôt sortir de son silence. Au moins, Julie et sa musique semblaient avoir un effet positif sur elle.

D'ailleurs, en parlant de Julie, le temps était venu de se présenter.

— Bonjour, dit-il en s'avançant vers elle. Je m'appelle Adam Santiago, moi aussi je fais du bénévolat ici.

— C'est…

Elle humecta ses lèvres roses et pulpeuses.

— Ravie de vous rencontrer.

Avant qu'il ne puisse rien dire d'autre, Jim mit fin à son appel et les rejoignit.

— Pourquoi ne pas aller faire une promenade avec les enfants ? suggéra Jim. Après nous pourrons les emmener à l'école et leur présenter leur professeur.

— Puis-je vous accompagner ? demanda Julie.

— Volontiers. Je suis sûr que ça fera très plaisir aux enfants.

Eddie leur jeta un coup d'œil inquiet.

— Est-ce que Cassie peut venir avec moi et rester avec moi ? Elle n'aime pas être seule.

— Bien sûr. D'ailleurs, dit Jim, nous n'avons actuellement qu'une seule classe et un seul enseignant, même si nous prévoyons de bientôt nous agrandir. Notre école est donc un peu différente de celle où vous avez eu vos habitudes.

— Une fois j'ai été à l'école et j'ai eu aussi un instituteur, mais c'était il y a longtemps, dit Eddie. Et Cassie n'y est jamais allée.

Ce qui n'était pas surprenant. D'après les informations qu'il avait commencé à recueillir dans son enquête, Brady Thatcher n'avait joué aucun rôle parental auprès des enfants, les négligeant complètement. Pour preuve, il n'avait même pas remarqué leur départ jusqu'à ce qu'il se présente à sa porte et le mette au courant de la situation.

Et c'était vraiment dommage, car si les enfants avaient été scolarisés, un enseignant aurait pu s'apercevoir qu'ils n'étaient pas traités correctement chez eux.

Le téléphone sonna de nouveau et Jim se redressa.

— Oh ! pour l'amour de Dieu, je ne vais jamais réussir à accompagner ces enfants à l'école !

— Vas-y, réponds à cet appel, l'encouragea-t-il. Je

vais me charger de les accompagner en classe et les présenter à leur professeur.

Julie, qui venait de mettre sa guitare dans son étui, leva les yeux et sourit.

— Je peux vous accompagner, je suis prête.

Quand ils sortirent du bâtiment administratif et se mirent à marcher le long du trottoir de bois en direction de l'école, une légère brise se leva. Quelques mèches des longs cheveux blonds de Julie dansèrent dans l'air et une bouffée de parfum aux notes acidulées flotta jusqu'à lui. Comme des fleurs d'agrumes... Il l'avait déjà senti quelque part. Mais où, et quand ?

Il nota son joli profil. Ses cils longs et épais. Un subtil saupoudrage de taches de rousseur sur un nez légèrement retroussé. Des lèvres charnues qui invitaient au baiser. Une fois encore, son parfum lui vint aux narines. Voilà, cela lui revenait à l'esprit : c'était le même que portait Lisa. Apparemment, il devait être à la mode...

Tellement absorbé par elle, il faillit trébucher quand ils quittèrent le trottoir de bois. Il valait mieux qu'il reprenne ses esprits avant qu'elle ne le surprenne en train de la dévisager. Ou pire, avant qu'il ne fasse un vol plané et atterrisse le nez dans la boue.

— J'aimais beaucoup l'école, dit Julie à Eddie et Cassie. Je n'avais pas de frère ni de sœur, alors être sur le terrain de jeux à la récréation m'a donné l'occasion de m'amuser avec les autres enfants.

Une fille unique, songea-t-il. La prunelle des yeux de son papa, sans aucun doute. Et la fierté et la joie de sa maman. Oui, il connaissait les filles comme elle. Des filles qui évitaient les garçons comme lui, ce qui était tout aussi bien. Il préférait des relations simples et nettes qui duraient jusqu'à ce que l'un ou l'autre s'ennuie et passe à quelqu'un d'autre.

Quand ils atteignirent l'école, il ralentit le pas.

— On y est.

Il ouvrit la porte et ils entrèrent dans une grande pièce qui sentait les copeaux de bois, les crayons de couleur et la pâte à modeler.

Et l'instituteur était une institutrice. Mme Wright, une blonde d'une trentaine d'années, déambulait parmi les enfants et leur distribuait des feuilles. Lorsque Jesse Cosgrove, un des enfants qu'il suivait, remarqua sa présence, son visage s'éclaira et il leva la main.

— Hey ! monsieur Adam, qu'est-ce que vous faites là ? On n'est pas mercredi !

Il plaça son index sur ses lèvres et lui fit un clin d'œil pour lui signifier qu'il lui parlerait plus tard.

Jesse sembla saisir le message, car il se retourna immédiatement pour poursuivre ses exercices. Alors qu'il étudiait la feuille de calcul sur son bureau, il fronça les sourcils, planta son crayon dans la bouche et mordit le reste de sa gomme. Jesse était le garçon le plus âgé de Kidville, mais il souffrait de quelques années de retard sur le plan scolaire.

— C'est ce qu'ils appellent une classe mixte, expliqua-t-il à Julie et aux enfants, répétant ce que Jim lui avait dit lors de sa première visite des lieux. Pour l'instant, cette école n'est pas autorisée à emmener les enfants plus loin qu'en CE2. Et d'après ce que j'ai entendu, Cassie sera la seule de maternelle.

Mme Wright distribua sa dernière feuille de travail, puis s'approcha de la porte. Elle se baissa pour saluer Eddie et Cassie.

— Deux nouveaux amis en classe, c'est génial !

Nous étions très impatients de vous rencontrer. Dès que les autres enfants auront fini leurs calculs, il sera l'heure du goûter et de la récréation du matin.

Eddie et Cassie semblaient tous les deux nerveux, mais Mme Wright était une championne lorsqu'il s'agissait de mettre les enfants à l'aise. Il ne fallut pas attendre longtemps pour que le frère et la sœur se sentent les bienvenus. Lorsqu'elle les accompagna à son bureau, Julie et lui purent s'en retourner au bâtiment administratif.

À l'extérieur, il perçut encore la fragrance des fleurs de citronnier.

Il se racla la gorge.

— Puis-je vous demander quel est votre parfum ? osa-t-il.

Les pas de Julie ralentirent et ses lèvres s'entrouvrirent.

— Je vous demande pardon ?

— Votre parfum. Il sent très bon et il m'est familier.

— Je vous remercie, mais je ne porte pas de parfum. C'est mon shampooing, je pense.

Elle reprit son rythme, ce qui l'obligea également à accélérer ses pas.

— Quoi que ce soit, dit-il, c'est vraiment très agréable et cela me rappelle quelqu'un que je connais.

Lisa. Sa fugace partenaire de danse du gala. Les deux femmes avaient beaucoup de choses en commun. Leur couleur de cheveux, leur petite taille. Sauf que Lisa était déguisée en princesse sexy de l'espace et Julie portait un chemisier à manches longues et une longue jupe. À l'évidence, elle n'aurait jamais osé un costume dévoilant ses jambes.

Une intuition le frappa. Pouvait-il s'agir de la même

femme ? Non, on lui avait dit que Lisa aimait s'amuser. Qu'elle prenait des risques, comme lui.

Il lui jeta un autre coup d'œil furtif, sans pouvoir s'empêcher de l'imaginer dans ce costume sexy. Un sourire étira ses lèvres. Qu'est-ce qui se cachait sous l'apparence si sage de cette jolie blonde ?

Ce qui aurait peut-être été amusant à découvrir, s'il ne s'était pas juré de fuir les gentilles filles…

- 3 -

Julie était plongée dans ses pensées. Visiblement, ses efforts pour porter un masque et faire profil bas lors du gala d'automne avaient payé encore mieux qu'elle ne l'espérait. Adam n'avait pas la moindre idée qu'il l'avait croisée samedi soir, ni qu'ils avaient dansé ensemble. Mais elle avait bien vu *son* visage à lui.

Il y a quelques minutes à peine, lorsqu'elle l'avait repéré dans le bureau de Kidville, son cœur avait fait un bond dans sa poitrine. Difficile alors de rester concentrée et de se souvenir des paroles de la chanson qu'elle avait choisie pour les enfants. Heureusement, elle avait vite retrouvé ses marques. Et voilà qu'elle était à accompagner l'un des meilleurs représentants du commissariat de Wexler. Et sans doute l'un des plus sexy…

Dommage qu'il lui soit interdit. Elle tenait à éviter les hommes qui avaient des emplois dangereux et stressants. Elle avait vu de près l'effet que cela produisait sur eux. Et l'expérience avait été si pénible qu'elle avait rompu avec son petit ami à la fac quand il lui avait annoncé son intention de rejoindre l'armée.

Pourtant, elle était terriblement attirée par Adam. Et intriguée aussi.

— Jim m'a dit que c'est vous qui avez trouvé les enfants.

— Oh ! je t'en prie, on se tutoie. Oui, c'est cela, ils avaient fracturé la voiture d'un pote et volé un sac de nourriture qu'il avait laissé sur le siège passager. Mais je ne peux pas leur en vouloir. Brady Thatcher, le gars qui était censé les surveiller, est un sale type. Il se moquait bien d'eux, et les pauvres gamins mouraient de faim.

— Oui, ils sont plutôt maigres, commenta-t-elle. Je ne suis pas pédiatre, mais ils semblent souffrir de malnutrition.

— Je suis sûr que tu as raison. Qui sait quand ils ont vu un médecin ou un dentiste pour la dernière fois ?

— Tu es allé chez eux ?

Il hocha la tête alors qu'ils revenaient sur le perron de l'hôtel.

— Une fois qu'Eddie s'est ouvert, il m'a donné suffisamment de détails pour que je trouve la maison. C'était un véritable taudis. J'ai arrêté Brady pour maltraitance et pour violation de sa conditionnelle. Il était dans nos fichiers pour possession de stupéfiants.

— Combien de temps va-t-il rester en prison ?

— J'espère un bon bout de temps. Son casier est une longue liste de condamnations pour agression, ivresse et violences sur la voie publique.

— Je suppose que cela signifie qu'il devra renoncer à ses droits de garde.

— Il s'avère qu'il n'en a jamais eu. Quand leur mère a disparu, les enfants sont restés avec lui. C'est triste à crever.

— Tout à fait.

Tandis qu'ils marchaient lentement, son épaule effleura

celle d'Adam. Elle ressentit un drôle de picotement, mais il continua comme si de rien n'était.

Elle lui jeta un coup d'œil. Si seulement elle ne le trouvait pas aussi séduisant… Et si courageux.

Un sourire lui chatouilla les lèvres. Même s'il n'avait pas révélé son visage, elle l'aurait quand même reconnu. Impossible d'oublier ces grands yeux bruns, ce sourire éclatant. Sa voix, aussi, avec un léger accent espagnol. Ce qui la rendait d'autant plus irrésistible et virile.

En plus de cela, il y avait quelque chose dans sa façon de marcher, de se comporter. Comme un air un peu fanfaron qu'une femme ne pouvait pas ignorer.

Alors qu'ils s'approchaient du bureau, il lui raconta une partie de ce qu'Eddie lui avait raconté samedi soir.

— Selon lui, sa mère était gentille quand elle ne buvait pas, mais elle s'était mise à beaucoup boire après l'arrivée de Brady chez eux. J'ai fait une vérification des antécédents avant d'aller à leur maison et j'ai appris que c'est un sale type, même sobre. Avec une tendance à frapper tous ceux qui ont la malchance de croiser sa route.

— Eddie t'a dit ce qui est arrivé à leur mère ?

— Un jour, probablement pendant les vacances scolaires, Eddie les a entendus se disputer dans la chambre à coucher et, quand elle en est sortie, sa mère avait le nez en sang. Elle a fait semblant d'être tombée en glissant dans la salle de bains. Puis elle lui a dit de s'occuper de Cassie pendant qu'elle et Brady passaient la soirée dehors.

— Il est bien trop jeune pour faire du baby-sitting, protesta-t-elle.

— Je sais, mais apparemment, il s'occupe de Cassie depuis longtemps. Quoi qu'il en soit, Brady est revenu seul cette nuit-là. Il a dit à Eddie que sa mère allait devenir une star de cinéma. Soi-disant elle avait rencontré une personnalité influente de Hollywood au Rusty Wagon.

— Qu'est-ce que c'est ?

— C'est un bar miteux où ils avaient l'habitude de traîner. Selon ce que Brady a dit à Eddie, le gars avait trouvé sa mère jolie et l'avait emmenée en Californie.

Ce qui sonnait faux.

— Tu crois à cette histoire ?

— Sûrement pas ! C'est mon métier de repérer les mensonges et celui-là n'était pas piqué des hannetons.

— Je peux être crédule de temps en temps, admit-elle, mais je suis d'accord avec toi. Les producteurs hollywoodiens ne fréquentent pas les bars miteux du Texas.

— Exactement.

Il ralentit son rythme déjà décontracté, puis s'arrêta.

— Samedi soir, quand j'ai dit aux enfants que je devais rentrer à la maison et que je les laissais avec les Hoffman, ils m'ont supplié de rester.

— Ce n'est pas surprenant. Tu es leur héros, l'homme qui les a sauvés.

Il haussa les épaules.

— J'ai fait ce que tout autre agent de la force publique aurait fait. Mais en voyant les larmes qui montaient à leurs yeux, je me suis presque laissé convaincre.

— J'aurais été dans le même état.

— Eh bien, en général, j'essaye de ne pas me faire guider par les émotions, mais je ne sais pas pourquoi, Eddic et Cassie ont touché une corde sensible chez moi. Et, peu importe ce qu'il m'en coûte, je saurai ce qui est vraiment arrivé à leur mère.

Elle ne voulait pas lui poser autant de questions, mais sa curiosité la harcelait. Elle voulait en savoir beaucoup plus. Ces enfants avaient touché une corde sensible chez elle aussi, avec leurs yeux paniqués et leurs sourires timides.

— Tu leur as dit que tu allais enquêter sur leur mère ?

— Oui, et j'ai rempli un dossier de personne disparue. Mais je n'ai pas envie de leur donner de faux espoirs. Je n'ai pas un bon pressentiment concernant cette disparition.

— Qu'en est-il de leur père ? Où est-il ?

— Pour reprendre les mots d'Eddie, il est mort quand Cassie était un minuscule bébé.

— C'est tellement triste. Ont-ils des grands-parents ou d'autres membres de leur famille ?

— Cette recherche est sur ma liste de choses à faire. Si quelqu'un est prêt à s'en occuper, ils n'auront pas à rester sous la tutelle de l'État. J'aurais pu appeler les services sociaux ce soir-là, mais je savais que Kidville était un meilleur endroit pour eux.

— Oui, je me suis demandé pourquoi tu étais parti si vite samedi soir.

À ces mots, il sembla se raidir et la dévisagea, le front légèrement plissé.

— Tu étais au gala ?

Il venait de lui donner l'occasion parfaite de mettre fin à la mascarade.

— Oui, je travaille pour le traiteur, j'étais de service.

Son regard ne la lâcha pas.

— Bon sang, tu étais la princesse de l'espace ! J'ai bien remarqué des ressemblances, mais comme on m'avait dit qu'une femme nommée Lisa serait là... Je suis désolé, je vous ai confondues. Et aujourd'hui, je ne t'ai pas reconnue sans ton… euh… costume.

Elle baissa les yeux sur ses chaussures — une paire de ballerines toutes simples — puis les remonta vers lui.

— Je suppose que tu n'as pas non plus reconnu Lisa.

À cela, il se mit à rire.

— Exact ! Mais il faut dire que je ne l'avais jamais rencontrée auparavant. On m'avait seulement donné une vague description d'elle.

— Donc ça allait être un rendez-vous à l'aveugle ?

— Un truc dans le genre, oui. Il faut dire que Stan…

Il s'arrêta quelques secondes puis poursuivit :

— Un de nos amis communs essayait de nous arranger le coup depuis un moment. Et je me suis dit que ça allait détendre l'atmosphère si je l'abordais directement.

Ils restèrent silencieux un moment. Sans doute à essayer de trouver un sens à cette histoire. Étaient-ils prédestinés l'un à l'autre ? Ou était-ce juste une étrange coïncidence ?

— En même temps, tu n'as pas corrigé mon erreur ce soir-là, remarqua-t-il. Pourquoi ?

Elle détourna le regard un instant, avant de le fixer dans les yeux avec un sourire.

— Parce que j'aime la musique et que j'ai eu envie de danser avant de devoir servir des amuse-gueules. Et j'avais bien l'intention de me présenter, mais tu es parti avant que j'en aie eu l'occasion.

— Désolé pour ça. Je ne voulais pas te laisser sur la piste de danse. Ce n'est pas mon style.

Elle en était persuadée.

— Mais c'était drôle le temps que ça a duré, n'est-ce pas ? ajouta-t-il.

Elle ne pouvait pas le nier : elle avait follement apprécié le peu de temps qu'ils avaient passé ensemble.

— Je te dois une autre danse, dit-il.

— Oh ! non, tu étais là pour t'amuser et moi pour travailler. Et pour info, être tire-au-flanc n'est pas *mon* style.

Sur ce, elle descendit du trottoir et traversa la rue terreuse en direction de l'hôtel. Il fit de même, mais ils restèrent silencieux. Chacun perdu dans ses pensées, supposa-t-elle.

Il fut le premier à rompre le silence.

— Alors comme ça, tu es musicothérapeute, dit-il lorsqu'ils atteignirent la porte. C'est un métier intéressant.

— Oui, confirma-t-elle. La musique a un effet puissant sur les gens, sur leur humeur ou sur leur rééducation physique. Et cela permet un exutoire pour l'expression des sentiments. J'ai fait deux stages, un dans une maison de retraite et un autre avec des enfants autistes, alors j'ai vu de mes yeux comment cela fonctionne.

Mais elle ne lui dit pas qu'elle avait découvert les effets apaisants de la musique sur son père, qui souffrait de stress post-traumatique.

— Tu viens d'une famille de musiciens ? demanda-t-il.

— Ma mère faisait partie d'un groupe de country, mais elle a cessé quand elle est tombée enceinte de moi. Elle me chantait tout le temps des chansons et quand elle a remarqué mon intérêt et mon talent, elle m'a donné elle-même des leçons de piano. Ensuite, au lycée, j'ai suivi des cours de guitare.

— C'est plutôt cool.

Il la gratifia d'un sourire qui fut comme une caresse.

— Et maintenant, tu te sers de ce que tu as appris auprès d'enfants ?

— En réalité, commenta-t-elle, je joue depuis un moment.

Elle glissa une mèche de cheveux derrière son oreille.

— Chaque fois que mon père était déployé, surtout pendant les vacances, ma mère et moi rendions visite à plusieurs établissements de convalescence ou des foyers pour anciens combattants.

Toujours devant l'hôtel, ils semblaient s'évaluer mutuellement. Ou alors réévaluaient-ils leurs premières impressions ? Il n'était pas seulement agréable à regarder — il était aussi très facile de parler avec lui.

— Tu sais, ajouta-t-il, la Chambre de commerce de Wexler organise une soirée dansante samedi prochain. Pourquoi tu ne viendrais pas avec moi ? Je ne reste jamais très longtemps à ce genre d'événements, mais je peux te promettre une ou deux danses si tu veux.

— C'est une invitation galante ?

— Oui, c'est exactement ça si tu me dis oui. Mais si tu me dis non, alors je cherchais simplement à rembourser une dette.

Il fallait qu'elle refuse… Mais au moment où leurs yeux se croisèrent, son cœur se mit à battre la chamade, libérant une envie à laquelle elle ne put résister.

— D'accord, dit-elle. Je t'accompagnerai. C'est une soirée guindée ou décontractée ? Pour que je sache comment m'habiller.

Il lui lança un clin d'œil espiègle.

— Je suppose que tu n'accepteras pas de porter à nouveau ton costume intergalactique.

Elle roula des yeux.

— Absolument pas !

Reste que cette suggestion la complimenta de

manière inattendue et elle ne put s'empêcher d'adoucir sa réponse avec un sourire.

— Cette fille à moitié nue n'était pas moi.
— J'avais bien peur que tu me dises ça.

Si elle l'avait mieux connu, elle lui aurait peut-être donné un petit coup de coude dans les côtes. Au lieu de cela, elle secoua la tête, attrapa la poignée de porte et entra dans le bureau de Kidville.

Alors qu'il la suivait à l'intérieur, un sentiment d'appréhension sur leur rendez-vous imminent la saisit. Avait-elle commis une erreur en acceptant ?

Il n'était pas un ancien combattant hanté par des souvenirs traumatiques de la guerre, mais il était quand même un policier. Et même si les policiers et les militaires étaient généralement considérés comme des héros, elle avait vu de près à quoi pouvait ressembler le revers de la médaille.

Qui plus est, elle pouvait mettre sa main à couper qu'il était un coureur de jupons. Raison de plus de garder la tête froide.

Le bon sens l'incitait à faire machine arrière, à lui dire qu'elle s'était souvenue d'une autre obligation qu'elle avait prévue pour samedi soir. Et que cette fois, c'était à elle de reporter l'invitation — elle trouverait bien un moyen de ne jamais l'honorer.

Sauf que lorsqu'elle jeta un coup d'œil par-dessus son épaule et vit la lueur dans ses magnifiques yeux bruns, elle sut qu'elle ne le ferait pas. En réalité, chaque fois que leurs regards se croisaient ou que ses narines captaient son parfum boisé, elle se rappelait sa brève rencontre avec Zorro. Et elle était emportée par le souvenir de sa force alors qu'il cherchait sa main et la guidait vers la piste de danse.

Elle se rappelait encore la chaleur de son corps lorsqu'elle avait posé sa joue sur son épaule, son pouls qui avait piqué un sprint, l'excitation fulgurante qu'elle avait ressentie au plus profond d'elle-même. Comme ce qui s'était produit voici encore quelques instants.

Alors, pourquoi laisser passer l'occasion d'en faire l'expérience une fois de plus ?

Le mercredi après-midi, Adam se rendit à Kidville pour conseiller Jesse Cosgrove, le garçon de dix ans qui avait donné du fil à retordre aux Hoffman et à son institutrice.

Le frère cadet de Jesse vivait dans une bonne famille d'accueil, une maison dans laquelle il semblait être très heureux. Les parents étaient parmi les meilleurs qu'il ait jamais vus. Mais s'ils étaient d'accord pour s'occuper d'un autre enfant, ils étaient réticents à accepter un fauteur de troubles sous leur toit.

Après s'être garé, il se dirigea vers la cour de récréation où se trouvaient tous les enfants à cette heure de la journée. En plus de Jesse, il avait hâte de voir comment allaient Eddie et Cassie. S'ils avaient bien pris leurs marques… Avant d'avoir embrassé du regard toute l'aire de jeu, il remarqua que Julie poussait Cassie sur une balançoire.

Il cherchait la petite fille, mais c'est Julie qui focalisa toute son attention. Elle portait un jean noir et un chemisier blanc à volants. Elle avait tiré ses cheveux en arrière en queue-de-cheval, ce qui la rendait particulièrement belle aujourd'hui.

En dépit du fait qu'elle n'était pas son type — ce que sa libido avait du mal à accepter —, il s'approcha d'elle et lui sourit.

— Je vois que tu as d'autres talents que le chant et la guitare.

— C'est vrai, dit-elle, un joli sourire s'étirant sur son visage et révélant l'éclat de ses yeux vert émeraude. Je suis aussi experte en balançoire à temps partiel.

Il scruta le bac à sable, ainsi que la pelouse environnante, et remarqua qu'elle était la seule adulte à l'extérieur. Habituellement, il y en avait deux — Karen Wright, l'institutrice, et l'un des Hoffman.

— Tu es aussi surveillante d'école ?

— C'est ce que je suis aujourd'hui.

Elle continua à enseigner à Cassie l'art de pousser sur ses pieds pour propulser la balançoire toute seule.

— Comme ça, ma chérie, tu as tout compris !

Cela lui faisait plaisir de voir Cassie jouer sans serrer nerveusement la main de son frère. Il ne l'avait encore jamais vue aussi joyeuse, aussi détendue. Elle semblait même s'être déjà fait des amis de son âge.

Alors que Julie s'éloignait de la petite fille et se rapprochait de lui, il ajouta :

— J'en déduis que tu fais du bénévolat ici les lundis et mercredis.

— Oui, pour le moment.

Elle leva une main afin de se protéger de la lumière du soleil de l'après-midi qui l'éblouissait.

— En fait, lorsque je ne travaillerai pas pour Silver Spoon Catering, je prévois de passer la plupart de mon temps libre ici.

— Donc, en plus d'être musicothérapeute, tu es un véritable couteau suisse humain !

Elle fronça les sourcils, inclina légèrement la tête et lui lança un regard confus qu'il trouva particulièrement adorable.

— C'était une blague, dit-il, mais je suppose qu'elle est tombée à plat. En général, les gens disent que je suis assez drôle, mais j'admets volontiers que certaines de mes plaisanteries sont meilleures que d'autres.

Elle s'esclaffa, d'un rire comme celui d'une cantatrice, large et profond. Et terriblement séduisant.

— Tu sais, dit-elle, son sourire creusant les fossettes de ses joues, j'ai bien vu que tu étais un charmeur.

— C'est ce que j'essaye d'être, en tout cas. Mais pour ne rien te cacher, cela ne marche pas à chaque fois.

Elle rit de nouveau. Il voulut alors lui offrir ses meilleures plaisanteries, juste pour entendre ce merveilleux son cristallin qui sortait de sa gorge.

Mais il n'était pas là pour flirter avec cette jolie musicothérapeute. Il continua donc de surveiller les environs pour apercevoir Eddie sur le terrain de handball. Jesse n'était pas visible par contre. Il se dit qu'il devait sans doute être près de la structure d'escalade, et qu'il finirait bien par se montrer, car il attendait avec impatience leurs mercredis après-midi ensemble, il le savait.

Malgré tout, il était étrange que Julie soit la seule à s'occuper du terrain de jeux cet après-midi, même si le ratio adultes/enfants était conforme à la réglementation en vigueur dans l'État.

— On dirait que l'institutrice et les administrateurs vous ont laissée tomber, dit-il. Où est passé tout le monde ?

— Jim est parti en ville chercher des fournitures et Donna travaille au bureau. Je remplis simplement mes fonctions pendant que Karen surveille deux garçons qui ont été privés de récréation parce qu'ils se sont battus.

— Ne me dis rien, pesta-t-il. L'un d'entre eux est Jesse Cosgrove.

— Oui, confirma-t-elle en s'approchant. Comment tu le sais ?

— Jesse est un gosse que je parraine. Ce n'est pas un mauvais bougre, mais il a un gros poil dans la main et préfère les bagarres aux devoirs. Karen et Jim m'ont dit qu'il allait de mieux en mieux, mais je n'ai pas voulu crier victoire trop tôt. J'avais visiblement raison.

Elle le gratifia d'un joli sourire et d'un clin d'œil.

— Deux pas en avant, un pas en arrière.

— C'est à peu près ça. Mais Jesse a un bon cœur. Et il se sent toujours mal après avoir perdu ses nerfs. Il a juste besoin que quelqu'un s'occupe de lui.

Une douce brise réchauffa alors l'atmosphère et fit virevolter une mèche de ses longs cheveux blonds qui s'était échappée de sa queue-de-cheval. Elle la repoussa du bout des doigts aux ongles non vernis mais parfaitement manucurés.

Comme d'habitude, il la trouva jolie et séduisante. Et si sexy. En dépit de son esprit qui lui hurlait de passer son chemin…

Avant qu'il puisse trouver quelque chose de banal à dire, Eddie quitta son match de handball et vint trotter jusqu'à la balançoire.

— Hey ! Monsieur Adam ! Comment va mon chien ? Je veux dire, ma chienne. Vous lui avez trouvé une maison ?

— Pas encore.

À voir l'attachement de l'enfant pour le cabot, personne n'aurait pu dire qu'ils ne se connaissaient que depuis moins d'une semaine. Mais sans doute que les deux avaient autant besoin d'un ami l'un que l'autre…

— Ne t'inquiète pas, Eddie. J'y travaille !

Pour tout dire, il n'avait en réalité pas du tout avancé

sur ce dossier, car la timide petite bête n'était pas prête à vivre avec une famille, elle avait besoin de temps.

— Est-ce que ça va être difficile de lui trouver un bon foyer ? demanda le garçon. Je veux dire, elle est une chienne assez spéciale.

— Oui, tu as raison. Mais pour le moment elle est surtout trop maigre, alors je me suis dit que j'allais passer un peu de temps à la remplumer. Mais ne t'inquiète pas, elle va bien. Tu aurais dû la voir dimanche matin quand je l'ai retrouvée, ramenée chez moi et que je lui ai donné un bon bain et une bonne écuelle de saucisses. Je parie que tu ne la reconnaîtrais pas aujourd'hui. Sa fourrure beige est désormais blanche comme neige.

Le visage d'Eddie s'éclaira.

— Tu peux lui dire qu'elle me manque et qu'on aimerait qu'elle vienne vivre à Kidville avec nous ?

— Compte là-dessus, je lui dirai. En attendant, jusqu'à ce qu'on vous trouve une maison avec un jardin ou que je lui trouve une bonne famille, elle peut rester avec moi.

Il n'était vraiment pas pressé d'abandonner la chienne. C'était une petite chose douce mais très craintive. En aucun cas elle n'était prête à rejoindre une famille avec des enfants qui lui feraient probablement peur.

Car même s'il lui avait parlé doucement et s'était déplacé très lentement, il lui avait fallu presque une journée pour la faire sortir de derrière l'armoire où elle s'était cachée. Aujourd'hui, si elle semblait prendre confiance, sa queue était en permanence coincée entre ses pattes arrière.

Et il devait bien l'admettre : l'animal l'attendrissait. C'était sympa de revenir à la maison et d'y trouver un colocataire, même si celui-ci avait quatre pattes et une truffe humide.

— J'espère vraiment pouvoir la voir bientôt, dit Eddie avec un air nostalgique.

— Ce que je te propose, dit-il, c'est de l'amener ici une fois qu'elle cessera d'avoir visiblement peur de tout et de n'importe quoi.

Eddie battit des mains.

— Ce serait génial !

Son sourire révéla les trous laissés par ses dents de lait. Il le regarda, attendri, alors qu'en sautillant il retournait sur le terrain de handball, le laissant seul avec Julie.

— Je ne voudrais pas m'interposer, commenta-t-elle, mais si la chienne est craintive, peut-être que Kidville sera trop effrayant pour elle. Je suis sûre que Jim et Donna te laisseront emmener Eddie chez toi.

Il avait pensé à la même chose.

— Oui, mais je préfère ne pas l'inviter chez moi pour le moment. Je travaille toujours avec Jesse et je ne voudrais pas qu'il se sente abandonné. Il faut vraiment que je lui offre toute mon attention. Il pourrait même devenir jaloux d'Eddie, ce qui n'augurerait vraiment rien de bon.

Il la surprit en train de le regarder. La brise se leva à nouveau, libérant une autre mèche de cheveux et conduisant son parfum citronné à ses narines. Ses pensées dérivèrent vers la danse qu'ils avaient partagée lors du gala, ainsi que celle à venir samedi soir.

— Tu voudrais manger un morceau avant le bal de la Chambre de commerce ? demanda-t-il.

Elle se mordit la lèvre inférieure recouverte d'une fine couche de gloss nacré.

— Oui, pourquoi pas, qu'avais-tu en tête ?
— Oh ! rien d'extraordinaire.

Mais alors qu'il scrutait son visage, l'image d'un restaurant chic surgit à son esprit. Il aurait rêvé la voir dans un fourreau rouge avec des talons aiguilles…

Inutile de tenter le diable, cette femme n'était pas pour lui.

— Je n'avais pas vraiment pensé à un restaurant particulier, mentit-il. On pourrait commander des pizzas. Ou des hamburgers. Il y a aussi ce nouveau restaurant de grillades en ville. J'ai voulu le tester, mais je n'ai pas encore eu l'occasion de le faire.

— Tu décides et je m'adapterai. Il faut juste que je sache comment m'habiller.

— D'ailleurs, à ce propos, j'ai besoin de ton numéro de téléphone.

Elle sortit alors son iPhone de sa poche.

— Donne-moi le tien et je t'appellerai. Comme ça, tu l'auras.

Il lui donna son numéro et ajouta :

— Je vais aussi te donner celui de chez moi.

— Tu as toujours une ligne fixe ? s'étonna-t-elle.

— Oui et j'ai même un répondeur téléphonique, figure-toi. Mon ancien colocataire était un type plus âgé et c'est lui qui avait fait toute l'installation. Je n'ai jamais pris le temps de résilier l'abonnement, car c'est parfois utile quand Internet saute.

Elle inclina légèrement la tête sur le côté et le scepticisme emplit ses yeux.

— Sérieusement ?

— Absolument. Tiens, appelle maintenant chez moi et attends que le répondeur se mette en marche.

Elle s'exécuta. Il la regarda composer le numéro.

Quelques instants plus tard, après trois sonneries exactement, le répondeur s'alluma. Il n'avait pas besoin d'entendre le message de Stan. Il le connaissait par cœur depuis longtemps.

« Bonjour, vous êtes bien chez Stan et Adam. Nous ne sommes pas joignables pour le moment, mais si vous laissez un message, l'un d'entre nous vous répondra dès que possible. Gardez simplement à l'esprit qu'avec nos emplois du temps cela pourrait prendre quelques jours. »

Elle laissa son numéro, puis raccrocha.

— Qui est Stan ? Ton colocataire ?
— Il l'était, oui.
— Est-ce qu'il a déménagé ?

Il hésita.

— Pas exactement. Il est décédé il y a six semaines environ.
— Oh ! Adam, je suis sincèrement désolée.
— Ouais, moi aussi. C'est l'une des raisons pour lesquelles je conserve cette vieille ligne et ce répondeur. Juste avant sa mort, Stan a appelé chez moi et m'a laissé un message. Et de temps en temps, j'aime bien écouter sa voix.
— Il devait être un bon ami.
— Le meilleur. C'était un gars sur qui je pouvais vraiment compter.

Un type qu'un enfant troublé a essayé de son mieux d'imiter. Le genre d'homme qu'il ne pourra jamais devenir.

— Pourquoi ? Que veux-tu dire par là ? Qu'est-ce qui s'est passé ?

L'émotion prit possession de sa gorge et il s'éclaircit la voix pour tenter de la déloger.

— Un banal accident de voiture. Le conducteur en face était ivre.

Quand il jeta un coup d'œil à Julie, ses yeux semblèrent un peu humides. Avant que l'émotion qu'il avait appris à maîtriser ne revienne de plus belle et ne l'étouffe complètement, il ajouta :

— En outre, il n'y a rien de mal à être un peu vieux jeu. Je suis certain que tu apprécieras mon système téléphonique à l'ancienne. Tu me fais l'effet d'une fille qui aime les traditions.

— Oui, je suppose que tu peux le dire comme ça.

Il soupçonnait aussi qu'elle était du genre calme, plus encline à passer des soirées lecture à la maison qu'à faire les tournées des bars.

Même s'il adorait la regarder dans les yeux et étudier son profil quand elle ne le regardait pas et ne lui parlait pas, il savait qu'il était en train de commettre une grave erreur. Certes, les opposés peuvent s'attirer un moment, mais bien vite, ils se mettent à faire des étincelles.

Et quelque chose lui disait que, entre Julie et lui, le choc risquait d'être violent.

- 4 -

Samedi après-midi, Adam n'avait pas encore appelé pour dire à Julie où ils allaient dîner. Mais ce n'était pas grave. Elle avait déjà pris une douche et lavé ses cheveux. Tout ce qu'elle avait à encore à faire, c'était choisir pour de bon l'une des deux tenues qu'elle avait placées sur son lit. Et l'enfiler.

Elle avait opté pour une petite robe noire classique et des talons, qu'elle porterait s'il avait réservé au nouveau restaurant de viande. Par contre, s'il préférait la pizza ou les hamburgers, elle choisirait une robe de couleur vive, mi-mollet, un boléro pour ne pas prendre froid et une nouvelle paire de ballerines.

Elle jeta un coup d'œil par la fenêtre et remarqua le soleil couchant, la lumière tamisée faisant jouer des ombres dans sa chambre. Puis elle regarda l'horloge sur le bureau, l'aiguille des minutes se dirigeant vers l'heure du dîner.

« Je t'appellerai samedi », lui avait-il dit.

En attendant, autant trouver quelque chose à faire à part se demander quelle tenue porter. Elle était en train de se détourner du lit quand son téléphone portable sonna. Au son tant attendu, son pouls piqua un sprint et elle sursauta. Elle chercha son téléphone et quand elle le trouva et aperçut le nom d'Adam s'affichant sur l'écran, son cœur bondit dans sa poitrine.

Mais calme-toi, ma fille.

Elle prit une profonde inspiration, puis expira lentement avant de répondre. Sauf que son « bonjour » essoufflé lui parut bien plus enthousiaste qu'elle ne l'aurait voulu.

— Salut, Julie. Je suis désolé de te faire ça à la dernière minute, mais un gros dossier m'a été confié plus tôt dans la journée et je vais devoir travailler tard. Je ne peux donc pas sortir ce soir. Pouvons-nous reporter ?

Une boule de déception gonfla dans sa gorge et il lui fallut un moment pour la ravaler avant qu'elle puisse se risquer à une réponse.

— Pas de problème, dit-elle. Je comprends. Ce genre de choses arrivent.

Et souvent pour une bonne raison. Le destin était-il intervenu pour l'empêcher de commettre une erreur en sortant avec un homme qui n'était pas pour elle ?

— Oui. Ce genre de choses semblent m'arriver de plus en plus souvent, en réalité. Mon travail exige que je fasse des heures supplémentaires, ce qui chamboule mes projets personnels.

N'était-ce pas là une autre raison pour laquelle elle devait garder ses distances avec lui ?

— Je me rattraperai, je te promets, ajouta-t-il.

— C'est bon. C'est probablement pour le mieux de toute façon.

Ces mots sortirent de sa bouche avant qu'elle ne puisse les retenir. Un peu trop brusques. Elle les adoucit avec un petit mensonge.

— En fait, j'ai pas mal de choses à faire ce soir et j'avais même pensé à t'appeler pour annuler. Mais tu as été plus rapide que moi.

Elle jeta un coup d'œil aux tenues couchées sur son lit. La seule chose qu'il lui restait à faire ce soir était de les ranger dans son placard.

— Je te verrai à Kidville, dit-il.

— Oui, probablement.

Elle y avait effectivement passé beaucoup de temps la semaine passée, ce qui lui avait permis de s'occuper en attendant une offre d'emploi. Idéalement, elle espérait obtenir un poste à Kidville. Elle aimait les enfants et les personnes qui y travaillaient.

— À plus tard, alors. Peut-être mercredi.

— Je serai là lundi. Comme je l'ai dit, mes plans personnels ont tendance à changer souvent en ce moment. Et comme je travaille ce week-end, ils m'ont donné un jour de congé. Je prévois donc d'emmener Jesse manger une pizza. Il faut que nous ayons une petite discussion entre hommes lui et moi.

— Bonne idée. À plus.

Mais elle savait déjà ce qu'elle allait lui répondre s'il lui proposait un autre rendez-vous. *Je suis désolée, Adam. J'ai déjà d'autres projets.* Des projets imaginaires, bien sûr. Il ne lui restait plus qu'à imaginer une excuse crédible.

D'ici là, elle aurait aussi appris sa leçon. Elle n'avait rien à faire avec Adam. Toute femme sortant avec lui allait forcément comprendre un jour ou l'autre qu'elle occuperait toujours la deuxième place après son travail. Et ce n'était qu'un avertissement supplémentaire, une bonne raison de plus de l'éviter du mieux qu'elle pouvait. En outre, les policiers n'étaient-ils pas enclins à divorcer ? Peut-être pas tous, mais elle avait lu cela quelque part. Et elle était déterminée à vivre dans un foyer serein, contrairement à ce qu'elle avait connu avec son père.

Après avoir raccroché, elle remit sa robe noire dans le placard. Alors que la déception menaçait de la submerger, elle fit de son mieux pour reprendre ses esprits.

Finalement, elle l'avait échappé belle ce soir. Même s'il était charmant et beau à se pâmer, une sortie, et peut-être une aventure avec lui n'aurait mené à rien de sérieux. Ce qu'elle ferait mieux de ne jamais oublier.

Mais en rangeant sa robe jaune, sa détermination faiblit. Car Adam Santiago éveillait en elle des émotions délicieusement troublantes.

Pour la première fois de sa vie, Adam se sentait coupable d'avoir annulé un rendez-vous avec une femme à la dernière minute. Reste qu'avant aujourd'hui il n'avait jamais eu de raison de le faire. Mais plus se rapprochait l'heure du dîner du samedi soir, plus il regrettait d'avoir demandé à Julie de dîner avec lui.

Pas qu'il ne soit pas attiré par elle, non. En réalité, elle semblait devenir plus jolie et plus attrayante chaque fois qu'il la voyait. Mais elle n'était pas son genre. Il aimait les femmes qui prenaient des risques, celles qui voulaient s'amuser et ne s'attendaient à rien de durable. Et quand il avait ramené Jesse à Kidville mercredi soir, Jim Hoffman avait à peu près confirmé ses craintes.

« J'ai remarqué que Julie semble t'intéresser, avait dit Jim. Et je ne t'en veux pas. Elle est super — c'est le genre de femme qu'un homme ramène chez sa mère pour le déjeuner du dimanche. »

Il n'avait pas de maman. Plus maintenant, en tout cas. Mais il avait compris ce que Jim voulait dire. Julie était une femme à vouloir un mari, une maison, des enfants et un chien — et le mariage ne faisait pas partie de ses projets.

Donc, même s'ils sortaient ce soir et s'amusaient bien — ce qui ne faisait aucun doute — il savait qu'à long terme, d'une manière ou d'une autre, il finirait par la décevoir. Il avait donc pensé qu'en tirant la carte « Je dois faire des heures supplémentaires » il leur épargnerait beaucoup de chagrin à tous les deux.

Après avoir raccroché, il tenta de se convaincre qu'il avait fait le bon choix. Le plus responsable, en tout cas. Mais quelque chose ne tournait pas rond... car il se sentait plus troublé par sa décision qu'il ne l'aurait espéré.

Comme si elle devinait les pensées contradictoires qui se bousculaient en lui, sa colocataire temporaire laissa échapper un petit jappement.

Adam jeta un coup d'œil à la chienne qui était assise à côté du fauteuil en cuir brun et l'étudiait de ses yeux timides.

Au moins, elle ne se cachait plus derrière le fauteuil. Il s'approcha d'elle, se mit à genoux et lui tendit la main pour qu'elle puisse la renifler.

— Hé, mon toutou.

Il attendit quelques secondes, se demandant si elle allait enfin s'approcher de lui. Comme elle resta à distance, il alla dans la cuisine et attrapa une boîte de friandises.

— Hé, ma fifille. Que dirais-tu d'un biscuit pour chien ?

À sa surprise, la chienne commença à se rapprocher prudemment, une patte à la fois, le bout de sa queue balayant le sol.

— Tu vois ? Je ne vais pas te faire de mal !

Elle renifla sa main, puis osa un timide coup de langue. Le premier signe des progrès. Il la récompensa avec le biscuit qu'elle croqua avec enthousiasme.

— Tu n'es pas au courant, mais j'avais prévu de t'emmener au refuge pour animaux juste après t'avoir trouvée. Quelqu'un aurait pu te prendre chez lui et j'aurais pu dire à Eddie que tu allais bien. Mais je n'ai pas eu le courage de le faire.

Il y avait pourtant longuement réfléchi. Si elle avait une puce électronique, l'agent de contrôle des animaux aurait peut-être pu retrouver son propriétaire. Mais quand il avait posé les yeux sur cette petite créature maigrelette et négligée, il l'avait prise en pitié. Et il en était le premier étonné.

La vie n'avait décidément pas son pareil pour vous faire de drôles de tours... Il était même allé faire du shopping dans une animalerie dimanche après-midi et avait acheté des jouets avec lesquels elle ne jouait pas et un lit moelleux qu'elle avait à peine reniflé. Ce n'est pas qu'il ait pour autant prévu de la garder. Il donnerait toutes ces choses à ses nouveaux propriétaires.

Il secoua la tête et marmonna :

« Oh oui ? Qu'en est-il de la porte pour chien que tu as installée ? »

Il gratta le chien derrière l'oreille et s'esclaffa.

Qui cherchait-il à berner ? Cette chienne méritait bien plus qu'il n'était capable de lui offrir. Elle avait besoin d'une maison avec une famille, d'enfants avec qui jouer. Mais avant de pouvoir éventuellement être accueillie, elle avait besoin de quelqu'un qui l'aide à reprendre confiance jusqu'à ce qu'elle soit prête à intégrer un véritable foyer.

Non, sa décision était prise. Jamais il ne pourrait

la garder. Ce ne serait juste ni pour lui ni pour elle. Il devrait la laisser partir.

Un peu comme il venait de faire avec Julie... Il allait sortir doucement de sa vie et lui permettre de trouver l'homme qu'elle méritait.

Il donna une dernière caresse à la chienne, puis se releva. Il se déplaça prudemment afin qu'elle ne déguerpisse pas une nouvelle fois derrière le fauteuil inclinable.

Ce qu'elle ne fit pas. Il se sentit alors soulagé, quoique toujours perdu.

Si Stan était encore en vie, il aurait tellement aimé discuter avec lui. Il jeta un coup d'œil au vieux téléphone et au répondeur qui se trouvait à côté. S'il ne pouvait pas parler à Stan, il pouvait écouter sa voix et peut-être imaginer ce qu'il aurait pu lui dire.

Alors il traversa la pièce et se dirigea vers le répondeur. Il appuya ensuite sur le bouton de lecture du répondeur pour entendre le message enregistré.

— Salut, Adam. Je ne serai pas à la maison ce soir. Je vais emmener Darlene en ville. Cette fille est peut-être la seule au monde à pouvoir faire changer d'avis le vieux célibataire endurci que je suis. Oh ! oui, je sais, tu penses que je me ramollis, mais moi qui ne me suis jamais marié, après avoir rencontré Darlene, j'ai envie de passer le reste de ma vie avec elle. Peut-être que le moment est venu pour toi de trouver ta Darlene.

Sans doute que Stan ne savait pas à quel point ses dernières paroles avaient été prophétiques. Car il avait bel et bien passé le reste de sa vie avec Darlene. Après le dîner ce soir-là, alors qu'ils se rendaient chez elle, un conducteur ivre avait grillé un feu rouge et avait percuté leur voiture, les tuant tous les deux sur le coup.

Il n'avait toujours pas fait le deuil de son ami et si écouter son dernier message lui serrait toujours le cœur, cela lui permettait aussi étrangement de se recentrer. Sauf que cela ne fonctionnait pas ce soir. Au contraire, les mots de Stan eurent un autre impact. Un effet inédit. Ils provoquèrent en lui un profond sentiment de solitude et de désir pour quelque chose. Quelque chose qu'il n'arrivait pas à déterminer.

Bon sang… Même s'il devait en venir à désirer, un jour, de s'installer avec une femme, comme Stan l'espérait avec Darlene, il ne se voyait pas tomber amoureux de qui que ce soit. Au fil des ans, il avait construit trop de barrières autour de son cœur. Comme celle qui lui avait fait annuler un rendez-vous avec une fille géniale à la dernière minute.

Il jeta un coup d'œil au chien, qui n'avait pas bougé de son poste d'observation près du fauteuil inclinable. Elle avait la tête légèrement penchée et le regardait de ses yeux encore méfiants, comme si elle pouvait lire dans ses pensées.

— C'est vrai, lui dit-il. Comment puis-je donner à une femme ce dont elle a besoin, alors que je ne peux même pas te garder avec moi et t'offrir l'essentiel, comme de la nourriture, de l'eau et un abri ? Sachant que tu as toi aussi besoin de plus que cela. Tu mérites de vivre avec quelqu'un qui peut t'offrir de la compagnie et de l'amour.

Et il n'avait pas cela en lui. Il ne l'avait jamais eu, et ne l'aurait jamais.

Julie n'avait pas eu de nouvelles d'Adam depuis six jours. Ce qui n'avait rien d'étonnant. Elle avait évité Kidville mercredi, sa journée habituelle de bénévolat.

Pourtant, il avait son numéro et aurait pu appeler s'il en avait eu envie.

Au début de la semaine, elle était contente qu'il ne l'ait pas fait, mais le vendredi, elle se retrouva à son corps défendant à vérifier son téléphone portable dès qu'elle en avait l'occasion. Une habitude agaçante, mais elle ne réussit pas à s'en départir même en sortant de sa voiture avant de se diriger vers la salle de classe où elle s'apprêtait à dispenser une séance de musicothérapie.

Trente minutes plus tard, alors qu'elle rangeait sa guitare, ses tambourins, ses maracas et ses kazoos, elle décida de rester un moment. Sans parents impliqués dans les affaires de l'établissement, il y avait toujours une liste de choses à faire assez monumentale de toute façon.

Avant qu'elle n'ait pu se mettre à la tâche, l'institutrice s'approcha d'elle.

— Tu es incroyable, Julie. Les enfants t'aiment et moi aussi !

— Merci, j'en suis très heureuse. C'est amusant de voir les enfants s'ouvrir comme des fleurs à la musique. Et j'aime travailler avec eux, même lorsque je ne joue pas de la guitare ou ne chante pas.

Elle glissa une mèche de cheveux derrière son oreille.

— Pour tout vous dire, je n'ai rien de prévu cet après-midi, alors si je peux t'aider, fais-le-moi savoir.

— Cela tombe bien, dit Mme Wright. Je suis censée rencontrer Donna et Mme Kincaid, l'assistante sociale d'Eddie et Cassie. Jim va me remplacer, mais il serait peut-être préférable de séparer les enfants pendant l'enseignement artistique. Tu pourras surveiller les plus jeunes pendant leur atelier peinture ?

— Aucun problème. Mais…

Elle se mordit la lèvre inférieure avant de poursuivre.

— Ce n'est probablement pas mes oignons, mais à quoi sert cette réunion ?

— Mme Kincaid pense que les enfants auraient intérêt à vivre dans une famille plutôt que dans un foyer collectif. Et avec les Hoffman, nous ne sommes pas d'accord.

— Je suis de votre avis. Ils se débrouillent très bien ici.

Sans compter que s'ils partaient dans une famille, elle perdrait le contact avec eux.

— Je suis sûre que Mme Kincaid appréciera votre opinion.

— Je n'en suis pas si persuadée, dit Karen. Elle est assez stricte et un peu cynique pour une femme qui est supposée veiller à l'intérêt supérieur de l'enfant.

— Que veux-tu dire ?

— Ce n'est pas une mauvaise personne, mais elle a des idées bien arrêtées sur ce dont les enfants ont besoin. Et à mon avis, ce sont des idées obsolètes. J'espère qu'elle prendra sa retraite bientôt.

— Mais peut-être pas assez vite.

— En réalité, ajouta Karen, de ce que j'ai entendu dire, le moment approche à grands pas et je crains qu'elle ne veuille partir sur un coup d'éclat.

— Si elle insiste ou persiste dans l'idée de placer Eddie et Cassie dans une vraie famille, je pourrais proposer de les prendre avec moi.

Les mots sortirent de sa bouche plus vite qu'il ne lui fallut de temps pour y réfléchir. Son cœur avait parlé. Mais cela promettait de changer radicalement sa vie.

Dix minutes plus tard, elle était assise sur une chaise

miniature et surveillait cinq enfants dans la salle d'arts plastiques.

Cassie était à sa droite et Mason, un espiègle garçon de six ans aux cheveux roux, à sa gauche, les mains barbouillées de vert.

— Il me faut encore de la peinture, dit Mason.

Il en avait déjà manifestement beaucoup, mais comme il semblait s'amuser et puiser dans son inspiration, elle prit le récipient en plastique contenant la peinture et en versa davantage sur son papier cartonné.

Contrairement à Mason, Cassie hésitait visiblement à se salir les mains.

— Ne t'inquiète pas, Cassie, lui dit-elle alors, la peinture s'enlève facilement. Et cela ne tachera pas tes vêtements. Regarde, il suffit de la faire glisser avec les doigts.

Elle observa un instant Cassie utiliser son index et faire une traînée bleue.

Elle la félicita :

— Tu vois ma chérie, c'est facile !

Pendant que les enfants s'amusaient, elle fouilla dans son sac à main qu'elle avait rangé sous la table, retira son iPhone et vérifia ses appels manqués.

Toujours rien.

Elle jeta rageusement le téléphone dans son sac. Mais qu'elle était son problème, à la fin ? Elle savait qu'Adam n'était pas fait pour elle. Alors pourquoi se mettait-elle dans tous ses états ? Il devait sans doute avoir tout un cercle de femmes plus séduisantes qui entraient et sortaient de sa vie comme dans un moulin. Et elle n'était pas prête pour une aventure sans lendemain.

Le bruit de la porte la tira de ses pensées. Elle leva alors les yeux, s'attendant à voir Karen ou l'un des

Hoffman. Sauf que c'était Adam. Beau à se damner dans une chemise à manches longues bleu clair et un jean noir.

Quand il lui sourit, elle eut l'impression que son cœur allait manquer un battement et qu'elle n'allait plus jamais pouvoir respirer normalement.

Il traversa la pièce et s'approcha de la table, la fixant de ses magnifiques yeux bruns.

— Quelle… surprise, bredouilla-t-elle.

Elle fit de son mieux pour sourire nonchalamment. Il regarda la table en désordre et ses mains gluantes.

— C'est magnifique, toutes ces couleurs !

Cassie, dont les mains étaient à présent bleues, utilisa son avant-bras pour dégager une mèche de cheveux qui lui barrait le visage. La petite n'avait encore parlé à personne, mais elle arrivait désormais à se séparer temporairement de son frère. Et pendant les sessions de musique, elle souriait chaque fois que les autres enfants chantaient des chansons.

Il s'agenouilla près de Cassie, s'intéressant à elle et à ses œuvres.

— J'aime ton dessin, Cassie, dit-il.

— Alors tu devrais voir le mien ! s'exclama Mason. Le papier de Cassie est encore quasiment tout propre et blanc, mais regarde tout le vert que j'ai utilisé !

— C'est très joli, dit Julie. Tout le monde a fait un excellent travail.

Le garçon avait pour sa part réussi à se peindre les bras presque jusqu'aux coudes.

Alors que les enfants continuaient à agiter leurs mains dans la peinture, il se tourna vers elle.

— Puis-je te parler une minute ?

Il fit un signe de la tête en direction de l'évier, plus loin.

Elle aurait voulu répondre « Mais de quoi ? », et pourtant repoussa la petite chaise sur laquelle elle était assise et se leva, à la fois impatiente et inquiète d'entendre ce qu'il avait à lui dire.

Lorsqu'ils se furent éloignés, il baissa la voix pour murmurer :

— Est-ce que Cassie parle ?

— Non. Pas autant que je sache. Mais elle répond silencieusement aux instructions. Et elle est très obéissante. Je pense qu'elle progresse. Je l'ai même vue sourire plusieurs fois.

— Ce sont des pas dans la bonne direction, se réjouit-il. Elle a probablement peur de faire quelque chose de mal et d'avoir des ennuis. Brady était vraiment un sauvage et je crains qu'elle ne s'attende à recevoir un coup sur la tête au moindre faux pas.

Elle fit la grimace.

— Cela me brise le cœur.

Ils restèrent ainsi pendant plusieurs minutes, côte à côte, regardant Cassie, qui semblait effectivement plus effrayée que réticente à se salir les mains.

— Comment va Eddie ? demanda-t-il.

— Très bien, mais je crois qu'il a peur de laisser Cassie hors de sa vue.

— Oui, c'est ce que je pense aussi. Il est son seul protecteur depuis près d'un an. Peut-être même davantage.

Elle savait ce que cela faisait d'être le seul soutien d'une autre personne.

— Tu as réussi à retrouver leur mère ?

— Pas encore. Mais j'ai le sentiment qu'elle n'est pas partie de son plein gré. Je vais demander à Jim s'il veut prélever un échantillon de l'ADN des enfants pour le comparer à celui des inconnues à la morgue.

— C'est tellement triste… Au moins, les enfants savent qu'ils sont tous les deux en sécurité ici.

— Je savais qu'ils allaient se sentir bien à Kidville, mais je serais encore plus heureux si Cassie commençait à parler.

— Moi aussi. Jim a discuté de sa situation avec le psychologue pour enfants et le Dr Wang lui a dit de ne pas s'alarmer. Que Cassie avait besoin de temps.

Il acquiesça, mais ses yeux restèrent concentrés sur la petite fille. Il semblait vraiment inquiet. C'était peut-être pour cela qu'il était passé à Kidville aujourd'hui.

Aussi stupide que cela puisse être, et même si elle détestait avoir à l'admettre, elle avait secrètement espéré qu'il vienne la voir.

— Je croyais que tu travaillais avec Jesse le mercredi, dit-elle.

— Oui, mais j'ai fait des heures supplémentaires au travail cette semaine et je l'ai manqué, alors je suis venu le voir aujourd'hui. Mais je voulais d'abord prendre des nouvelles de Cassie et d'Eddie. Après cela, j'emmènerai Jesse manger une glace.

— Je suis sûre que Cassie et Eddie aimeraient se joindre à vous.

— Ils ont des glaces presque tous les soirs pour le dessert.

— Je ne parlais pas de la friandise. Je voulais dire qu'ils aimeraient probablement passer du temps avec toi.

Il haussa les épaules.

— Ouais, tu as probablement raison. Mais je fais de réels progrès avec Jesse. Et jusqu'à présent, j'ai mis un point d'honneur à n'encadrer qu'un enfant à la fois.

Elle se demanda s'il avait la même philosophie concernant sa vie amoureuse — juste une femme à la fois. Mais elle garda la question pour elle.

— Allez, c'est l'heure de tout ranger et de nettoyer, s'exclama-t-elle, bien qu'elle ait souhaité continuer la conversation avec lui.

Il la suivit jusqu'à la table, qui était maintenant un véritable chaos. Cassie étudiait ses paumes et ses doigts bleus les sourcils froncés.

— Je viens de penser à quelque chose pour terminer mon dessin, dit Mason, les yeux brillants et le sourire contagieux. Tu peux me donner encore un peu plus de peinture ?

Elle déposa alors une dernière dose de vert sur son papier. Et le regretta immédiatement. Avant qu'elle n'ait le temps de s'éloigner, le garçon claqua ses mains sur son œuvre d'art et des éclaboussures de peinture partirent dans toutes les directions, y compris vers son visage.

— Terminé ! dit Mason.

Mais quand il leva les yeux vers elle, sa mâchoire se décrocha.

— Oh ! pardon.

Elle n'avait pas besoin de miroir pour savoir qu'elle était décorée d'une myriade de taches de rousseur... vertes.

Cassie semblait terrifiée, comme si elle s'apprêtait à ce que les portes de l'enfer s'ouvrent sous ses pieds.

Adam éclata de rire et Julie l'imita.

— Bravo, Mason, maintenant, je ressemble à une grenouille mouchetée de vert !

Mason rit sous cape.

— Oui, c'est ça. Comme celle de la chanson que vous avez chantée avec nous !

— C'est sûr, dit-elle. Peut-être que la prochaine fois, nous inverserons les cours et commencerons par la peinture pour faire ensuite de la musique. De cette façon, mes croassements seront plus réalistes.

— J'ai toujours aimé les grenouilles et les crapauds, dit Adam.

Ses magnifiques yeux bruns brillaient.

Elle jeta un coup d'œil à Cassie, qui semblait désormais plus curieuse qu'effrayée.

— Je pense que Mlle Julie fait une très jolie grenouille, ajouta-t-il.

— Ah oui ?

Elle sentit un large sourire s'étirer sur son visage. Sans plus attendre, elle tendit le doigt vers le dessin de Mason et traça une ligne verte sur le front d'Adam.

— Hey !

Incapable de laisser son œuvre inachevée, elle transforma la ligne en Z — pour Zorro.

Il plaça ses mains sur ses hanches, mais son expression n'était pas le moins du monde sévère.

— Je vais peut-être devoir t'arrêter pour dégradation d'un policier.

— Je ne pense pas que cette accusation tiendrait au tribunal.

Elle lui fit un clin d'œil puis se tourna vers les enfants qui riaient. Cassie arborait le plus grand sourire qu'elle ait jamais vu sur son visage.

— Laissons se nettoyer ces petits razmokets avant que nous ayons tous des ennuis, déclara Adam.

Quelques minutes plus tard, les mains des enfants étaient immaculées. Leurs vêtements ? Pas vraiment.

Lorsque la porte de la salle d'arts plastiques s'ouvrit de nouveau, Mme Wright entra dans la pièce. Elle jeta un coup d'œil sur la table en désordre et le sol éclaboussé de peinture, puis sur les adultes qui surveillaient les enfants.

— Oh ! bonté divine ! Vous n'avez quand même pas fait un combat de peinture ?

Julie sourit.

— Quelque chose comme ça, oui.

— Pourquoi ne pas emmener les enfants dehors pour la récréation, déclara l'institutrice en refrénant un fou rire. Peut-être que vous pourrez régler vos différends ?

Tout en riant, elle rassembla les enfants et sortit, la laissant seule avec Adam.

Ni l'un ni l'autre ne bougea. Ils semblaient être à court de mots. Elle, du moins, savait qu'elle l'était.

Il brisa finalement le silence :

— Je suis désolé de m'être moqué de toi, mais il faut bien admettre que c'était plutôt drôle.

— Je sais. Et quand j'ai vu que Cassie rigolait, j'ai voulu en rajouter. Quel soulagement de la voir enfin se détendre un peu !

— Parfois, se laisser aller à faire des choses stupides est une bonne chose. C'est vraiment libérateur. Comme la musique.

Elle ne pouvait que lui donner raison.

— Et que font les policiers pour s'amuser ?

— Nous faisons des combats de paintball.

Il éclata de rire puis ouvrit le robinet, humidifia une serviette en papier et se tourna vers elle.

Elle voulut prendre la serviette de ses mains, mais il l'arrêta.

— Laisse-moi faire, murmura-t-il.

Malgré tous les discours convaincants qu'elle s'était récités depuis son annulation de leur soirée le samedi, elle baissa les armes. Mais comment parviendrait-elle à contrôler ses émotions et ses sens en ébullition ?

- 5 -

Mercredi dernier, dans la salle d'arts plastiques à Kidville, alors que Julie était à quelques centimètres de lui, Adam avait été à deux pas de l'embrasser et de lui proposer un autre rendez-vous. Heureusement, il s'était figé et n'avait fait ni l'un ni l'autre.

Il avait peut-être été félicité à de nombreuses reprises pour son courage dans son travail, mais devant Julie, il devenait une poupée de chiffon. Elle l'effrayait. Ou plutôt, pour être plus précis, il s'effrayait lui-même.

Il ne s'était encore jamais senti aussi ambivalent à l'égard d'une femme, et pourtant il avait connu bien des relations féminines — pour peu que le terme ait été adéquat.

Mais elle n'était pas comme les autres. Elle était une énigme complète qu'il se sentait obligé de résoudre. C'est là que résidait le problème. Elle était le genre de femme qui méritait plus qu'une aventure, plus que du sexe, aussi étourdissant soit-il. Mais ce *plus*, il ne pourrait jamais le lui donner.

Le problème, c'était que vu comment il avait eu envie de l'embrasser, il n'était vraiment pas certain de pouvoir résister la prochaine fois. Pour cette raison, il avait décidé de garder ses distances avant de dire ou de faire quelque chose de stupide.

Malgré ces bonnes résolutions, voilà qu'en ce lundi après-midi il était de retour à Kidville. Il s'était dit que la visite inattendue lui donnerait l'occasion de prendre des nouvelles de Cassie et Eddie, pour voir comment les enfants se débrouillaient. Ce qui était sans conteste l'une de ses préoccupations… Mais il y en avait une autre.

Une autre qu'il ne savait pas mieux préciser. Par contre, il savait que la Bronco semblait s'être conduite toute seule jusqu'au foyer des enfants et qu'il n'avait absolument rien fait pour modifier son itinéraire.

Et s'il se sentait attiré par Julie ? Quel problème y avait-il après tout à profiter de sa compagnie ?

Après s'être garé, il se dirigea vers la salle de classe. Juste au moment où il atteignait la porte d'entrée, Karen sortit, suivie d'une file d'enfants.

— Jesse n'est pas là, lui dit Karen, supposant évidemment qu'il venait voir le garçon dont il était le mentor.

Il ne la corrigea pas.

— Où est-il ?

— À une visite avec son frère cadet. Il va beaucoup mieux depuis que tu l'as pris sous ton aile, nous avons donc pensé qu'il était temps de voir si cela avait une incidence sur ses rapports familiaux.

— J'étais arrivé à la même conclusion, donc ça me fait plaisir de l'entendre.

Il jeta un rapide coup d'œil aux enfants, réalisant que seulement la moitié d'entre eux étaient avec l'institutrice.

— Où sont tous les autres ?

— Je prends les deuxièmes et troisièmes années pour un cours d'éducation physique, dit-elle. D'ailleurs, si tu veux te joindre à nous, tu es le bienvenu. Ou alors à l'intérieur, c'est broderie de perles. Comme tu préfères.

Ce qui n'aurait pas dû être une décision difficile à prendre. Bien sûr qu'il était beaucoup plus intéressé par le sport que par les activités créatives, mais sans doute que Julie s'occupait de superviser les plus jeunes...

— Je voulais prendre des nouvelles d'Eddie et de Cassie, alors je vais aller dans la salle d'arts plastiques.

— Génial.

Karen l'étudia un moment.

— Ce n'est pas ta journée de visite habituelle, ou je me trompe ?

— Tu as raison. Mais chaque fois que je travaille le week-end, ils me donnent des congés supplémentaires.

— Et c'est bien que tu les passes avec nous.

Il fallait le dire à ses copains, Clay et Matt, qui commençaient à se plaindre de ne plus le voir...

Karen le gratifia d'un large sourire avant de conduire les enfants dont elle avait la responsabilité vers le terrain de base-ball.

Il entra dans la salle d'arts plastiques, où Julie et ses jeunes élèves enfilaient des perles de couleurs vives sur des fils de nylon rouge. Un panier contenant un rouleau de fil, une paire de ciseaux et un sac en plastique de perles supplémentaires était posé sur la table rectangulaire.

Elle leva les yeux de son projet, plongea son regard dans le sien et l'éblouit avec un sourire qui fit ressortir ses fossettes.

— Quelle surprise ! Tu arrives juste à temps pour voir les colliers que nous avons fabriqués !

— Très joli, dit-il.

Mais il ne parlait pas seulement des perles.

Chaque fois qu'il voyait Julie, même aujourd'hui, alors qu'elle était vêtue de façon décontractée, avec un T-shirt à manches longues jaune pâle, un jean bleu et une paire de baskets, il la trouvait de plus en plus attrayante. Il n'avait même plus besoin de l'imaginer vêtue d'une robe de soirée rouge et moulante pour qu'un fantasme sexuel brûlant prenne forme dans son esprit.

Elle repoussa la petite chaise sur laquelle elle était assise, se leva et s'approcha de lui en tenant le collier qu'elle avait créé.

— Voyons voir si la taille convient.

Dans un autre contexte, il aurait peut-être objecté et refusé de la laisser lui passer un collier autour du cou, mais vu que ses plaisanteries faisaient rire les enfants, et surtout Cassie, il se laissa faire.

— C'est parfait, dit-elle en l'ajustant, ses mains s'attardant sur ses épaules. Je l'ai fait précisément pour toi.

Hypnotisé par son parfum aux notes citronnées, il la remercia comme si elle avait dit la vérité alors qu'il se doutait que ce n'était pas le cas.

Elle se retourna pour faire face aux enfants.

— Allez, les enfants, on ramasse tout ce bazar pour pouvoir sortir sur le terrain de jeux, d'accord ?

— Est-ce qu'on va jouer à chat comme hier ? demanda Mason. C'était super drôle.

— Oui, je ne vois pas ce qui nous en empêche.

Elle se tourna vers lui.

— Tu serais d'accord pour une partie rapide, Adam ?
— Toujours.

Il lui fit un clin d'œil et elle répondit avec un délicieux petit sourire en coin.

Ce qu'elle n'aurait pas fait si elle avait eu conscience du genre d'idées que cela faisait germer dans son esprit...

Elle encouragea alors les enfants à faire le ménage.

— Mason et Eddie, je voudrais que vous vous occupiez des perles par terre !

Désireux de faire plaisir, Eddie s'agenouilla et se mit au travail. Mason, qui avait froncé les sourcils quand il avait entendu sa mission, poussa un soupir et chercha le panier sur la table.

— Voilà, dit-il à Eddie. Remets-les dans le sac.

Alors qu'il se retournait pour donner le panier à Eddie, il en perdit la prise et tout son contenu se répandit sur le sol.

Les perles voletèrent dans tous les sens, rebondissant, dérapant et roulant. Le sol était maintenant recouvert de myriades de petits bouts de plastique.

Mason en eut le souffle coupé.

— Je ne l'ai pas fait exprès, je suis désolé.
— Je sais, Mason. Je vais t'aider à les ramasser.

Soudain, elle glissa sur des perles et perdit pied.

Il tendit la main pour la soutenir, espérant pouvoir l'empêcher de trébucher, mais ses efforts lui firent perdre l'équilibre et ils tombèrent tous les deux. Faisant de son mieux pour la protéger, son épaule amortit le gros du choc lorsqu'ils atterrirent sur le linoléum.

— Est-ce que ça va ? demanda-t-il, sans la lâcher.
— Oui, je crois.

Elle resta immobile et le regarda comme si elle avait peur de changer de position et de mettre fin à leur étreinte maladroite.

Mais il s'en fichait. Cela faisait du bien de la serrer contre lui, de sentir la chaleur de son corps, le parfum de sa peau, de ses cheveux. Qu'importe aussi que des petites crapules soient en train de se délecter du spectacle.

Mason se mit à chanter :

— Julie et Adam sont assis dans un arbre...

Il fut tenté de conclure la performance en l'embrassant, mais la porte s'ouvrit et des pas résonnèrent dans la salle.

— Mon Dieu ! s'exclama Karen. Qu'est-ce qui s'est passé ?

— C'est sa faute !

Mason le désigna du doigt.

— Il a assommé Mlle Julie et ne l'a pas laissée se lever, même quand elle lui a dit qu'elle allait bien.

— En fait, dit-il, alors qu'il se mettait lentement debout, j'essayais d'empêcher Mlle Julie de tomber, mais cela n'a pas très bien fonctionné.

Il prit la main de Julie pour l'aider à se relever.

Les enfants éclatèrent de rire de nouveau, mais pour Julie la situation n'avait rien de drôle. Elle avait perdu pied en marchant sur quelques perles, mais une chute n'était rien par rapport au risque qu'elle courait si elle s'abandonnait à son attirance croissante pour Adam.

Lorsqu'elle prit la main qu'il lui offrit, elle en eut le souffle coupé. Sa paume était chaude, ses doigts soyeux, sa poigne forte…

Ses jambes vacillèrent, mais pas à cause de la frayeur qu'elle avait eue.

— Et si tu emmenais les enfants dans la cour de récréation ? demanda Karen. Je vais nettoyer ce bazar.

— Non, dit-elle. Je m'en occupe. Tu peux y aller avec Adam.

Elle avait besoin de rester seule quelques instants pour mettre de l'ordre dans ses idées.

Elle sentit une traction sur l'ourlet de son T-shirt et baissa les yeux pour voir Cassie la regarder.

— Je…, bredouilla la petite. Je vais vous aider.

Au son de cette petite voix fluette, elle faillit tomber

à nouveau à la renverse. Il était hors de question qu'elle refuse l'aide de Cassie. Pas quand il s'agissait des premiers mots qu'elle avait prononcés depuis qu'Adam l'avait amenée avec son frère à Kidville.

— Merci, Cassie. J'apprécierais vraiment ton aide, ma chérie. Mais promets-moi que tu feras attention à ne pas marcher sur des perles. Je ne veux pas que tu te blesses !

Cassie s'illumina, manifestement ravie d'avoir un travail aussi important à faire, puis elle s'agenouilla et commença à ramasser des perles égarées.

— Comme Julie a déjà quelqu'un pour l'aider à ranger ce bazar, dit alors Adam, allons au terrain de jeux.

— M. Hoffman supervise le match de foot, déclara Karen. Dis-lui que je viendrai le remplacer dans quelques minutes.

Quelques minutes plus tard, une fois qu'elles eurent nettoyé le sol, Karen commenta :

— Vous formez une bonne équipe, toi et Cassie.

— Oui.

Elle posa une main sur la petite épaule de Cassie et la pressa doucement.

— Je suis tellement contente que tu aies proposé de m'aider, ma chérie. Tu as été d'une grande aide. Pourquoi ne vas-tu pas jouer dehors, maintenant ?

Cassie sourit, visiblement ravie d'avoir été utile, puis se dépêcha de sortir par la porte. Une fois à l'extérieur, Karen ajouta :

— Avec Adam aussi tu formes une bonne équipe.

Elle aurait voulu le contester, mais elle se devait d'être honnête et d'admettre que l'institutrice disait vrai. Et ce en dépit de toutes les réserves qu'elle avait à propos d'Adam.

— J'ai du mal à y croire, poursuivit Karen. Tu as été la première à qui Cassie a parlé ! Enfin, elle commence à s'ouvrir un peu. Je ne pourrais pas être plus heureuse.

— Moi non plus.

— J'ai parlé à Mme Jamison, la thérapeute de l'équipe. Elle travaille avec Eddie et Cassie. Apparemment, elle a parlé à Eddie du silence de sa sœur et il lui a dit que Cassie, avant, était un vrai moulin à paroles. Sauf qu'un jour, Brady, l'homme avec qui ils vivaient, l'a frappée au visage et lui a dit de se taire. Puis il a menacé de l'assommer si elle rouvrait la bouche. Il semble qu'elle ait pris la menace au sérieux.

— Oui, c'est certain, soupira-t-elle. D'après ce que j'ai entendu dire, cet homme est une brute et peut-être même un meurtrier. J'espère qu'il restera en prison pendant longtemps.

— Moi aussi, dit Karen. Mme Kincaid, l'assistant sociale d'Eddie et Cassie, est en train de chercher le placement idéal pour eux.

— Je ne sais pas pourquoi elle ne se rend pas compte que Kidville est le meilleur endroit pour eux.

— Je suis d'accord avec toi, mais Mme Kincaid n'est pas convaincue que notre programme soit adapté. Elle pense qu'ils devraient vivre une vraie expérience familiale afin qu'ils sachent à quoi cela ressemble. De cette façon, quand ils seront grands, ils pourront à leur tour fonder un foyer aimant et stable.

C'était compréhensible, mais Mme Kincaid n'avait-elle pas compris que les enfants étaient heureux ici, qu'ils avaient commencé à créer des liens avec les Hoffman, leur institutrice... et elle-même ?

— Visiblement, ajouta Karen, les enfants ont encore

de la famille, mais le choix de les confier à des proches serait à mon sens vraiment discutable.

Karen fit un signe de tête et désigna la porte.

— Allez, je t'explique tout ça dehors. Il faut que je surveille la récréation.

Elle la suivit, mais alors qu'elles étaient en train de discuter, une bagarre éclata sur le terrain de handball.

Karen souffla dans le sifflet qu'elle portait autour du cou et se dirigea vers les deux garçons avant que la situation ne dégénère.

— Ça suffit !

Adam, qui parlait avec Eddie près des buts, se tourna et s'avança vers elle.

Elle le regarda s'approcher, sa démarche si sexy, son sourire désarmant.

— Je n'avais jamais eu pitié des professeurs quand j'étais enfant, déclara-t-il. Mais bon sang, je n'avais aucune idée de la dureté de leur travail !

Elle lui sourit.

— Tu as raison. Mais cela peut aussi être enrichissant. Comme aujourd'hui, lorsque Cassie a parlé pour la première fois.

— J'ai vu, c'est génial ! Elle semble vraiment avoir repris goût à la vie grâce à toi !

— Il faut simplement que tu saches, dit-elle en tapotant le collier fait main qu'il portait toujours, que c'est pour cela que j'ai mis ces perles autour de ton cou. Et c'est aussi pour cette raison que j'ai peint un Z sur ton visage l'autre jour. J'aime entendre les enfants rire, surtout Cassie.

Il sourit.

— Je ne l'avais pas encore remarqué, mais tu as vraiment un côté drôle.

— C'est vrai, mais il faut dire que c'est difficile de ne pas savoir lâcher prise lorsqu'on est musicothérapeute, avec toutes ces chansons et ces danses ridicules pour les enfants ! Parfois, comme aujourd'hui, il suffit d'improviser et de faire comme si tout allait bien.

Il l'étudia un instant, comme s'il essayait de comprendre ce qu'elle venait de dire. Quand il ouvrit finalement la bouche, ce fut pour lui poser une question.

— Qu'est-ce qui ne va pas ?

Elle soupira.

— Karen vient de me donner des nouvelles inquiétantes. Apparemment, Eddie et Cassie ont de la famille qui pourrait les récupérer.

— Et ça ne vaudrait pas mieux pour eux ?

— Oui, normalement, mais…

Elle prit une inspiration puis expira bruyamment.

— D'après ce que j'ai compris, le couple est un peu douteux.

— Qu'est-ce que cela signifie ?

— Je ne sais pas vraiment, mais apparemment leur oncle maternel est un ami du type avec qui ils vivaient.

— Brady Thatcher ? Le petit ami de leur mère qui est aujourd'hui en prison pour avoir maltraité les enfants ? Ce n'est pas bon signe.

— Ni le fait qu'ils ont insisté pour savoir ce que l'État payait aux parents d'accueil.

— Oui, tu as totalement raison, ça sent très mauvais.

— Et c'est pourquoi je vais proposer de prendre les deux enfants avec moi.

Il eut l'air surpris.

— Vraiment ? s'étonna-t-il. C'est une grande décision.

— Et qui pourrait ne mener à rien. Mme Kincaid

pense que les enfants seraient mieux avec un couple marié.

Il secoua lentement la tête.

— Quelles sont les chances pour que Jim puisse retarder cette femme jusqu'à ce qu'elle prenne sa retraite ? Le mieux serait d'ailleurs qu'il fasse intervenir la psy de Kidville.

— C'est le plan.

— Cela me semble une bonne chose.

Elle leva la main et croisa les doigts.

— J'espère juste que ça marchera.

— Moi aussi.

Elle se mordit la lèvre inférieure, craignant que les choses ne se passent pas comme elle le souhaitait.

— Au fait, dit-il, je vais me renseigner sur le couple qui veut récupérer les enfants.

— Merci. Je n'osais pas te le demander.

— Si Karen a raison, ils pourraient avoir des antécédents criminels. Et dans ce cas, cela pourrait résoudre tous nos problèmes.

— C'est ce que j'espère.

Elle se ravisa.

— Enfin, tu vois ce que je veux dire.

— Je vois très bien, oui.

À ces mots, il l'étudia de son regard intense et son expression s'adoucit.

— Et pour notre rendez-vous, alors, si on remettait ça à vendredi soir ?

Elle était là, la nouvelle invitation pour laquelle elle s'était préparée. Sauf qu'aucune des réponses qu'elle avait imaginées ne lui vint à l'esprit. Au lieu de cela, elle s'entendit répondre simplement :

— Bien sûr, pourquoi pas ?

— Super, je viendrai te chercher à 18 heures.

Alors qu'il se tournait pour s'éloigner, elle ajouta :

— Appelle-moi avant et je te donnerai mon adresse. Tu as mon numéro.

Mardi, Julie décida de faire de la place pour les enfants dans ses placards et dans la commode de la chambre d'amis. Son plan ne fonctionnerait peut-être pas, mais cela ne l'empêchait pas de montrer à la travailleuse sociale qu'elle était prête à les recevoir et qu'elle était en mesure de subvenir à leurs besoins, y compris affectifs.

Elle était en train de se diriger vers le couloir avec un sac-poubelle lorsque son téléphone portable sonna. Quand elle jeta un coup d'œil à l'écran, elle ne reconnut pas le numéro, mais répondit quand même.

— Allô ?

— C'est Adam.

— Où es-tu ? demanda-t-elle sans réfléchir.

— Quartier général de la police. Tu peux venir pour un déjeuner rapide à La Cocina, le restaurant mexicain du centre-ville ?

Un rendez-vous ? Même impromptu, cela lui faisait un immense plaisir.

— Oui, bien sûr.

— J'ai quelque chose à te dire.

Alors ce n'était pas un rendez-vous…

— J'ai vérifié les antécédents de Vivian et Larry Stanford, les membres de la famille de Cassie et Eddie qui veulent les héberger.

— Qu'as-tu trouvé ?

— Karen avait raison. Ils sont assez… fragiles. Je n'ai pas le temps de t'en dire plus maintenant. Je te parlerai au déjeuner. Ça te va 13 heures ou c'est trop tard ?

— Non, c'est parfait, je serai là.

En réalité, elle était si impatiente d'entendre ce qu'il avait à dire qu'elle se dépêcha de monter dans sa voiture.

Vingt minutes plus tard, elle était assise à une table en bois rouge à La Cocina, mais Adam était en retard.

Elle grignotait des chips avec du guacamole lorsqu'elle le vit entrer par la porte. Elle lui fit un signe de la main et il se dirigea vers elle.

— Pardon, je suis en retard.
— Pas de souci, dit-elle.
— Tu attends depuis combien de temps ?
— Pas longtemps, mentit-elle.

Il jeta un coup d'œil au panier de chips à moitié vite, puis arqua un sourcil, visiblement sceptique.

— Bon, bon, d'accord, j'ai un peu embelli la vérité, admit-elle. Je suis arrivée en avance, en fait, mais patienter ne m'a pas dérangée.

Il lui adressa un sourire éclatant et tira une lourde chaise rouge pour s'asseoir.

— En plus, j'ai bien peur de devoir repartir vite. Je dois retourner au siège pour une réunion.

— Tu as quand même le temps de manger quelque chose ?

— Oui, je meurs de faim. Je vais commander un burrito *carne asada* et payerai dès que notre commande arrivera.

— Demandons des notes séparées.

— Hors de question. C'est moi qui t'ai demandé de venir et en plus, je suis en retard, alors je t'invite.

Elle accepta d'un hochement de tête.

Après avoir passé leurs commandes, elle se pencha en avant, ses coudes reposant sur le bord de la table.

— Alors, qu'est-ce que tu as appris des Stanford ?

— Eh bien, ils ne sont pas vraiment des criminels endurcis. — Il attrapa une chip de maïs et la plongea dans la sauce. — Mais ils ne sont pas recommandables pour autant.

— Que veux-tu dire par là ?

— Leur casier est rempli de menus larcins. Vivian a aussi tout un tas de contraventions impayées et l'année dernière elle s'est disputée assez fort avec un voisin, tant et si bien qu'elle a ordre de ne plus l'approcher.

— Elle n'a pas l'air de pouvoir faire une bonne mère d'accueil, commenta-t-elle.

— Je suis d'accord. Elle ne serait pas un bon exemple pour les enfants.

Elle espérait que Mme Kincaid serait d'accord, mais comment savoir ce qu'elle allait décider ?

— Quant à Larry Stanford, il est passé deux fois devant un tribunal pour conduite en état d'ivresse. Il a même fait un peu de prison et n'a plus de permis. Il est censé assister aux réunions des Alcooliques Anonymes, mais je n'ai pas encore eu le temps de contacter son contrôleur judiciaire.

Même si elle espérait que ces découvertes affectent la décision de Mme Kincaid, elle aussi avait le sentiment que la travailleuse sociale allait sortir le couplet d'usage… Que M. Stanford avait payé sa dette envers la société et qu'il faisait de son mieux pour changer sa vie.

Elle soupira.

— J'ai également effectué une vérification de solvabilité, poursuivit-il. Vivian et Larry ne sont pas vraiment endettés, mais ils ont de gros problèmes financiers.

— Oui, puisqu'ils ont demandé combien ils recevraient en tant que parents d'accueil, je pense que l'argent est leur principale motivation.

— Je suis d'accord.

La serveuse arriva avec un bol de soupe, un sac en papier blanc avec le burrito d'Adam et l'addition. Il sortit sa carte de crédit de son portefeuille et la lui tendit.

— Pour tout dire, je ne suis pas sûr d'avoir découvert quoi que ce soit qui empêcherait un travailleur social à l'ancienne de leur accorder la garde, déclara-t-il.

Hélas, elle était du même avis. Dans son cœur, elle savait que les Stanford ne pourraient pas fournir un foyer convenable aux enfants, mais elle avait le sentiment que Mme Kincaid ne l'entendrait pas de cette oreille.

— Je suis désolé. J'aimerais avoir de meilleures nouvelles.

Elle écarta son bol de soupe. Elle n'avait plus faim. Et pas seulement à cause des chips qu'elle avait mangées plus tôt.

— Si ça peut te rassurer, murmura-t-il, moi aussi je m'inquiète pour ces enfants. J'ai parlé à Jim de Mme Kincaid ce matin. Selon lui, elle pense que Cassie irait mieux si elle n'était pas dans un groupe d'enfants aussi important. Elle aimerait les placer dans une vraie famille d'accueil le plus tôt possible.

— J'ai proposé de les prendre avec moi, rappela-t-elle.

— Oui, ça serait bien, si ça marche.

— Oui, mais je ne sais pas... L'attitude de Mme Kincaid me semble très paradoxale. D'un côté, elle se fiche des contraventions et des peines de prison pour conduite en état d'ivresse, et d'un autre, elle rechigne à confier ces enfants à une femme célibataire. C'est absurde.

— Peut-être que le tribunal ne sera pas d'accord avec elle.

— Possible, mais Mme Kincaid est tellement respectée que le tribunal pourrait au contraire donner l'agrément aux Stanford. C'est tellement dommage que je ne sois pas mariée. Cela pourrait tout changer. Là, j'aurais eu vraiment une chance.

Ils restèrent assis en silence pendant un moment.

— Dans combien de temps la décision sera-t-elle prise ? demanda-t-il.

— Mme Kincaid est censée prendre sa retraite dans quelques semaines et Jim m'a dit qu'elle était déterminée à trouver un placement pour tous les enfants dont elle s'occupe avant de quitter ses fonctions.

Elle poussa un profond soupir.

— Je ne comprends pas ce que cette femme a contre les parents isolés, mais je ne peux pas être quelque chose que je ne suis pas.

— Aucun fiancé en vue ?

En fait, si, un homme très tentant était assis en face d'elle. Mais il était hors de question qu'elle l'admette à voix haute.

— Non, dit-elle, je ne sors avec personne en ce moment. Mais peut-être que je peux convaincre Mme Kincaid qu'elle se trompe au sujet des parents célibataires. Mon père était dans l'armée et n'était pas souvent à la maison, ce qui fait que ma mère m'a pratiquement élevée seule. Et elle était une maman formidable. Nous étions vraiment proches.

Alors qu'elle soulevait son verre pour prendre une gorgée d'eau, il se leva.

— Je dois vraiment y aller, mais une idée étrange vient de me traverser l'esprit.

À ce stade, elle était prête à prendre en considération même les idées les plus farfelues.
— D'accord, dis toujours.
— Et si on se mariait ?

- 6 -

Julie faillit s'étouffer avec son verre d'eau.

— Tu plaisantes ?

— Je n'ai pas vraiment réfléchi à la question et je t'en parle comme ça vient, mais ça ne serait pas un vrai mariage. Personne n'aurait besoin de connaître le plan à part nous. Ensuite, une fois que tu auras obtenu la garde des enfants, nous pourrons demander une annulation. D'ici là, l'assistante sociale aura pris sa retraite.

Elle le fixait, incapable de prononcer un seul mot.

— C'est sans doute désespéré, je sais, poursuivit-il. Mais je ferais n'importe quoi pour que ces enfants aient un bon foyer, sûr et aimant. Et à mon avis c'est ce qu'ils auront avec toi.

Il hocha la tête vers l'entrée du restaurant.

— Je dois vraiment y aller, mais réfléchis-y. On pourra en parler plus tard.

Abasourdie par cette soudaine... demande, elle acquiesça en silence et le regarda se dépêcher de sortir du restaurant.

Si son idée l'avait stupéfiée, elle en avait été aussi très touchée.

Elle ne le connaissait pas depuis très longtemps mais elle ressentait pour lui bien plus qu'une simple attirance, ou de l'admiration. En fait, elle aurait très bien pu tomber éperdument amoureuse de lui… si ce n'était pas déjà le cas. Hélas, elle doutait qu'il ressente la même chose pour elle. Or, elle n'avait jamais envisagé d'épouser un homme sinon par amour.

L'orgueil la pressa de ne pas penser trop longtemps à la proposition qu'il venait de lui faire.

Mais quid d'Eddie et de Cassie ?

Elle aussi ferait n'importe quoi pour assurer la sécurité de ces enfants. Et si, finalement, il était l'homme de sa vie ? Il n'était peut-être pas amoureux d'elle maintenant, mais qui sait, peut-être qu'avec le temps ses sentiments pour elle allaient se développer ?

C'est bien ce qui arrivait tout le temps dans les livres et les films…

Alors qu'elle repoussait sa chaise et se levait, elle prit une décision.

S'il en reparlait, elle accepterait son plan. Avec un peu de chance, il changerait d'avis après avoir eu l'occasion d'y réfléchir.

Alors qu'Adam montait dans le véhicule de police qu'il avait conduit jusqu'à La Cocina, il laissa échapper un juron. Il parlait rarement sans réfléchir, mais les mots étaient sortis de sa bouche avant qu'il ait pu les arrêter. Et il n'avait aucune excuse…

L'idée d'un mariage de papier n'était pas forcément mauvaise, compte tenu de leurs motivations, et cela avait toutes les chances de fonctionner. Mais alors quoi ?

Ce n'était qu'une solution temporaire pour que Julie obtienne la garde d'Eddie et Cassie… et si cela lui faisait peur, la perspective que l'assistante sociale confie les enfants à des tuteurs qui pouvaient se révéler pires que Brady Thatcher l'effrayait.

Avec leur mère absente — non pas qu'il ait cru un

seul instant à l'histoire d'imprésario que Brady avait racontée aux enfants — les Stanford étaient la seule famille qui leur restait.

L'enquête sur sa disparition était en cours, comme il l'avait promis. Mais jusqu'à présent, cela n'avait donné aucune piste. Depuis qu'il soupçonnait un acte criminel, il s'était entretenu avec Jim et Donna, qui avaient approuvé qu'il prenne des échantillons d'ADN des enfants. Le plan consistait à les comparer aux bases de données de femmes non identifiées décédées depuis environ un an. Hélas, si son intuition était bonne, Eddie et Cassie seraient orphelins.

Il réfléchit à l'idée d'un faux mariage pendant le reste de la journée, et encore cette nuit-là, lors d'une filature imprévue. Et elle était toujours dans sa tête lorsqu'il se gara devant chez lui juste avant l'aube.

Alors qu'il ouvrait la porte d'entrée, un aboiement résonna. Apparemment, la bestiole effrayée était en train de devenir un véritable chien de garde.

— C'est moi, dit-il en entrant.

La chienne l'accueillit avec des petits jappements de joie et une queue qui remuait. Il se pencha pour la saluer avec une caresse sur sa tête poilue.

— Tu es contente de me voir, fifille ?

Un autre jappement lui confirma qu'elle l'était. Et cela le rendait heureux aussi.

L'animal avait vraiment vaincu sa peur et il en était fier. Qui pouvait dire quelles maltraitances elle avait subies lorsqu'elle était à la rue ? Curieusement, elle n'avait pas été méfiante envers Eddie et Cassie quand il les avait trouvés ensemble. Peut-être avait-elle eu le sentiment que ces deux compères étaient aussi traumatisés par la cruauté humaine qu'elle l'était…

Il la gratta derrière l'oreille puis, comme à leur habitude, il la récompensa avec un biscuit pour chiens, qu'elle engloutit en un quart de seconde.

Il rit.

— Je ne voulais pas te donner de nom, mais je crois que Biscuit t'ira à ravir.

Elle s'assit, sa queue balayant le sol.

— Alors va pour Biscuit.

Tout comme le chien, Eddie et Cassie semblaient eux aussi vaincre peu à peu leurs peurs. Et ils faisaient particulièrement confiance à Julie. Ce qui n'avait rien d'extraordinaire. Lui aussi était en train de baisser la garde avec elle.

Biscuit réagirait-elle à Julie de la même manière ? Est-ce que sa musique et ses chansons adouciraient la nervosité de cette petite chose poilue ?

Peut-être qu'il devrait l'inviter un soir pour voir…

Alors qu'il se dirigeait vers la cuisine, Biscuit l'accompagnant, il dit :

— Tu ne devineras jamais ce qui m'est arrivé aujourd'hui !

Biscuit sautillait à ses côtés comme si elle se fichait de ce qu'il avait fait. Elle était visiblement prête à le suivre n'importe où.

Il sourit. Il avait toujours admiré la loyauté et la confiance que pouvaient manifester les chiens.

Après avoir préparé la nourriture de Biscuit et rafraîchi l'eau de son bol, il jeta un coup d'œil au répondeur de Stan, dont le voyant rouge clignotait.

Étrange. Qui aurait pu appeler ce numéro ? L'entourage de Stan était au courant de sa mort. C'était probablement juste de la prospection.

Il secoua la tête et réfléchit de nouveau à sa demande en mariage. Ce qui aurait dû l'affoler.

Et pourtant, il se sentait maintenant très calme. Son inquiétude de tout à l'heure face à ce faux mariage semblait s'être dissipée. Ils pourraient toujours obtenir une annulation plus tard…

Il jeta un coup d'œil à l'horloge sur le micro-ondes. Il était un peu tard pour appeler Julie, mais ils n'avaient pas beaucoup de temps à perdre.

Si Mme Kincaid prenait sa retraite dans quelques semaines et que son objectif était de placer tous les enfants dont elle avait la responsabilité, alors les jours étaient comptés.

Il attrapa son portable et composa le numéro de Julie. Si elle avait une meilleure idée que la sienne, autant qu'il l'entende sans tarder.

Julie venait de glisser un marque-page dans le roman qu'elle était en train de lire et avait éteint la lumière de sa table de chevet lorsque son téléphone portable sonna. Adam.

— Salut, dit-il. J'espère que je ne t'ai pas réveillée.
— Non, je suis toujours debout.

Mais s'il avait appelé cinq minutes plus tard, cela n'aurait peut-être pas été le cas. Elle ralluma la lampe de chevet, puis écarta la couverture et s'assit sur le bord du lit.

— Tu as eu l'occasion de réfléchir à mon plan ? demanda-t-il.

En réalité, c'est à peu près tout ce qu'elle avait pu faire depuis leur déjeuner, avant de se décider à prendre un livre et essayer de se concentrer sur autre chose. Pour, si tout allait bien, passer une bonne nuit de sommeil.

— Oui, admit-elle. J'ai réfléchi.

— Et ?

— Si c'est ce que tu veux, j'accepte. Mais peut-être que cela suffira pour convaincre Mme Kincaid si nous ne faisons qu'annoncer nos fiançailles ?

Autant bien insister sur le fait qu'elle ne rêvait pas à un vrai mariage.

— C'est possible, commenta-t-il, mais j'ai le sentiment qu'elle va attendre que nous soyons officiellement mariés et installés pour nous accorder la garde des enfants.

— Je n'aime pas l'idée de mentir. Et si tu emménageais simplement avec moi pendant un moment et qu'on lui disait que nous sommes mariés ?

— Cela ne va pas coller. Elle travaille pour le comté, alors ça lui sera facile de consulter les registres.

— Bon. Et maintenant quoi, alors ?

— La meilleure chose à faire, et la plus rapide, serait de se marier devant un juge de paix au palais de justice.

Elle qui avait toujours rêvé d'un mariage à l'église…

— D'accord, dit-elle. Pensais-tu à une date précise ?

— Le plus tôt sera le mieux. Pourquoi pas jeudi après-midi ?

Sensationnel. Le surlendemain ? Les choses évoluaient si… vite. Mais s'ils avaient l'intention de convaincre Mme Kincaid que les enfants seraient mieux avec elle qu'avec les Stanford, ils n'avaient pas le temps de traîner.

— Pas de problème, on peut se retrouver là-bas.

— Génial. Maintenant, tout ce qui nous reste à faire, c'est nous décider pour une lune de miel.

Elle en perdit le souffle.

— Pour de vrai ?

— Pourquoi, tu es contre ?

Elle se leva et commença à faire les cent pas dans la chambre, essayant de reprendre ses esprits.

— Tu penses que nous devrions réellement...

Elle prit une profonde inspiration avant de poursuivre :

— Aller quelque part ?

— Oui, ce serait plus convaincant.

Voulait-il dire lune de miel et tout ce qui allait avec ? L'idée l'excita terriblement.

— Cela me semble une riche idée, mais tu sais qu'on ne peut obtenir une annulation que si le mariage n'est pas consommé ?

— Et alors, qui saura la différence ?

La chaleur inonda ses joues, son cœur se mit à tambouriner dans sa poitrine. Heureusement qu'ils n'étaient pas face à face, ou alors elle aurait eu du mal à ne pas se pendre à son cou pour l'embrasser.

Elle retourna au lit et s'assit sur le bord du matelas.

— Oui, tu as raison, personne ne le saura.

Il fit une courte pause avant d'ajouter :

— Nous pouvons parler des avantages d'un mariage de papier plus tard. Je te retrouve sur les marches du palais de justice jeudi à 13 heures.

— D'accord.

Elle jeta un coup d'œil à l'horloge du bureau. Dans moins de quarante-huit heures, elle serait mariée. Et même si ce mariage n'allait en rien ressembler à celui dont elle avait tant rêvé petite fille, elle ne pouvait s'empêcher d'être impatiente.

À la simple idée d'embrasser Adam, ses doutes s'étaient envolés. Elle n'allait pas pouvoir résister à son charme bien longtemps.

Le jeudi, Adam prit un jour de congé. Il avait également dit à Jim Hoffman qu'il allait se marier avec Julie, une annonce qui avait été accueillie avec joie.

— J'appellerai Mme Kincaid pour l'informer, déclara

Jim. Et je lui enverrai aussi une lettre de recommandation par mail afin qu'elle place les enfants avec vous. Espérons que cela suffise à la convaincre.

En réalité, il n'avait pas prévu de s'installer chez Julie. Les enfants vivraient avec elle, mais sans lui. C'était leur secret. Une fois que Mme Kincaid aurait pris sa retraite, cela n'aurait plus d'importance.

Après avoir parlé à Jim, il appela son sergent et lui fit savoir qu'il devait prendre quelques jours de congé, au cas où Julie et lui décideraient de partir en lune de miel.

Un sourire s'étira sur ses lèvres. Il voulait la taquiner quand il avait abordé le sujet, mais elle l'avait pris au sérieux, ce qui l'avait étonné. Lorsqu'il avait compris qu'elle n'était pas opposée à… ce qui pouvait se passer dans ce genre de situations, il avait cessé de plaisanter.

Et n'avait pas dormi pendant deux jours.

À présent, il se tenait sur les marches du palais de justice, luttant contre un bâillement et attendant sa fiancée de papier. Quand il l'aperçut enfin se diriger vers lui, vêtue d'une robe d'été blanche et d'un châle enroulé autour de ses épaules, il en eut le souffle coupé.

Elle était plus belle que jamais. Plus envoûtante aussi alors que ses talons claquaient sur les marches tandis qu'elle se dépêchait d'arriver à sa hauteur.

— Je suis désolée, dit-elle d'un ton trahissant sa nervosité, mais il y a eu un accident sur l'autoroute et il m'a fallu une éternité pour arriver ici.

— Aucun problème. Tu es superbe en blanc.

Elle haussa les épaules.

— Je me suis dit que je devais jouer le jeu jusqu'au bout.

En effet. Tout ce qui lui manquait, c'était un bouquet

de fleurs. Dommage qu'il n'ait pas pensé à en acheter un sur le chemin.

Il effleura alors ses lèvres des siennes. N'était-ce pas le geste attendu du futur marié amoureux face à sa fiancée ?

Elle se raidit.

— Je…

Ses yeux s'écarquillèrent.

— Mon Dieu, c'est tellement surréaliste !

Oui, c'était vraiment le mot qui convenait. Bizarrement, alors qu'il s'attendait à être un peu anxieux, il n'était pas le moins du monde mal à l'aise. Probablement parce qu'il se mariait pour de faux et qu'il le faisait pour les enfants.

— On y va ? demanda-t-il avant d'attraper sa main moite et tremblante.

Il la pressa doucement pour lui signifier son soutien, puis ils entrèrent dans le bâtiment.

Le juge de paix, un homme stoïque d'une soixantaine d'années, ne tarda pas à les déclarer mari et femme. Et encore quelques minutes plus tard, ils avaient obtenu leur certificat de mariage temporaire signé de sa main qui indiquait leurs noms et la date du jour.

— Le document juridique officiel devrait être prêt la semaine prochaine, indiqua le greffier à l'accueil.

Il le remercia, puis conduisit Julie à l'extérieur. Au lieu de parler réception ou lune de miel, ils traversèrent le parking en silence pour se rendre au bâtiment des services sociaux du comté qui abritait le bureau de Mme Kincaid.

Julie lui tendit le papier à l'encre à peine sèche.

— Ce n'est que le certificat temporaire, commenta

sévèrement Mme Kincaid. Ce document n'a aucune valeur légale.

— Nous ne voulions pas tarder pour offrir un foyer aux enfants, précisa Julie. Nous avons donc pensé que cela serait suffisant, en plus de la lettre de recommandation de Jim Hoffman.

Mme Kincaid, le nez pincé, étudia le certificat et pendant un instant il crut qu'elle avait deviné qu'il s'agissait d'un mariage bidon. Puis elle poussa un soupir.

— D'accord. Mais avant de vous donner l'agrément, j'aimerais voir la maison dans laquelle vivront les enfants.

— Nous vivrons dans la maison de Julie, s'empressa-t-il de déclarer. Et nous serons ravis de vous laisser vérifier le cadre de vie que nous souhaitons offrir aux enfants.

Mme Kincaid jeta un rapide coup d'œil à son agenda.
— Demain après-midi ?
— Le plus tard dans la journée sera le mieux, dit-il. De cette façon, nous serons sûrs d'être chez nous.

Une fois les courses faites et la maison préparée pour lui donner l'apparence d'un foyer prêt à accueillir une vie de famille.

Adam leva les yeux au ciel en observant la queue à la caisse. Seigneur, cette séance de shopping était épuisante, surtout pour quelqu'un qui n'avait pas dormi depuis plusieurs nuits à cause d'une filature et d'un mariage imprévu avec une belle musicothérapeute blonde. Mais le point positif, c'était qu'il n'avait pas eu le temps d'envisager les conséquences d'une éventuelle lune de miel.

Et il n'allait pas pouvoir le faire d'ici un moment. Du moins, pas avant d'être ruiné, car les courses d'une vraie fausse vie de famille n'étaient pas données. Quoique, cet aspect des choses ne le dérangeât pas : c'était de l'argent dépensé pour une bonne cause.

— Je pense à autre chose, dit soudain Julie, qui patientait à ses côtés.

Pourquoi n'était-il pas surpris ? Chaque achat semblait conduire à un autre.

— Qu'as-tu oublié ?

— Il y a un lit double dans la chambre que je convertis pour les enfants, mais Mme Kincaid insistera probablement pour que les enfants aient chacun leur chambre.

Elle avait probablement raison.

— Je suppose que cela signifie que notre prochain arrêt est un magasin de meubles ?

— Oui, mais que se passera-t-il s'ils ne peuvent pas livrer les lits avant l'arrivée de Mme Kincaid ?

— Il suffira de lui montrer la facture.

Il vit son front se plisser.

— Une femme raisonnable pourrait comprendre, mais je ne veux pas prendre de risque avec elle.

C'est alors qu'une idée germa dans son esprit.

— Je vais appeler un magasin de location de mobilier et commander deux lits jumeaux à livrer le plus tôt possible. Nous pourrons acheter quelque chose de permanent plus tard.

Elle le regarda, son sourire illuminant ses jolis yeux verts.

— C'est une solution parfaite.

Puis ses sourcils se froncèrent et son sourire s'effaça lorsqu'elle étudia son visage.

— Tes yeux sont rouges. Tes allergies sont-elles en train de poindre le bout de leur nez ?

Il n'avait pas besoin d'un miroir pour savoir de quoi elle parlait. Chaque fois qu'il clignait des yeux, ses paupières grattaient comme si ses globes oculaires avaient été remplis de sable.

— Ce ne sont pas des allergies. Je ne dors pas depuis quasiment trois jours.

— Tu devrais faire une sieste.

— Quoi ?

Il feignit une expression choquée.

— Et te laisser tout le boulot ?

Il plaça un doigt sous son menton et rit.

— Quel genre de gars penses-tu que je sois ?

Elle rit.

— Je pense que tu es un gars étonnant.

Il aimait quand elle riait. Il aimait ses lèvres douces sur lesquelles il aurait tellement voulu…

— Ce sera tout ? fit la caissière, le ramenant à la réalité.

Il était en public, il devait donc se contenir.

Heureusement, Julie ne relâcha pas son attention et mit la main dans son sac.

— Oui, tout est là.

Étouffant un bâillement, il sortit sa carte de crédit et la tendit à la caissière.

— C'est moi qui paye, tu as payé au magasin précédent.

Avant qu'elle puisse s'opposer, la transaction fut effectuée.

Il saisit alors les trois sacs.

— Je vais mettre tout cela dans mon coffre. Ensuite, j'appellerai la société de location pour voir si nous pouvons obtenir deux lits jumeaux et une livraison rapide.

— D'accord. Ensuite, j'irai à IKEA pour la literie. Encore un autre magasin et un autre achat ?

Il osa un sarcasme :

— À quel point es-tu censée être prête ?

— Peut-être que j'exagère, admit-elle, mais je préfère en faire trop plutôt que laisser croire à Mme Kincaid que nous ne pourrons pas nous occuper de ces enfants.

Il étudia les achats qu'ils avaient déjà faits. De quoi d'autre pourraient-ils éventuellement avoir besoin ? Ils avaient des jouets, plusieurs tenues, des sous-vêtements, des chaussettes, des pyjamas, une veilleuse…

— Et la nourriture ? demanda-t-il. Si Mme Kincaid est une enquêtrice expérimentée, elle vérifiera les armoires et le réfrigérateur. Je vais donc m'arrêter à l'épicerie.

— Bonne idée, mais assure-toi que c'est de la nourriture saine. Pas de bonbons ou de cochonneries ! Mme Kincaid pourrait nous faire une crise.

— Oui, tu as raison.

Mais cela ne voulait pas dire qu'il n'allait pas acheter quelques-unes de ses friandises préférées, même s'il devait les cacher dans le garage de Julie.

— Je te retrouve chez toi dans une heure environ.

— Super.

Malgré tous ses efforts pour contenir un autre bâillement, il échoua.

— Bon sang, dit-elle. Tu es vraiment fatigué.

Et elle était encore en deçà de la réalité. Ce qui risquait d'empirer une fois la nuit tombée.

— Tu es sûr de ne pas vouloir rentrer chez toi et faire une sieste ?

— Oui, certain, il y a trop à faire.

Et bien qu'il n'ait jamais pris d'engagement avec

aucune des femmes avec qui il était sorti, il avait fait une promesse à Julie. Il devait la tenir, au moins, jusqu'à ce qu'elle obtienne la garde des enfants.

Hors de question de laisser Eddie et Cassie partir chez les Stanford.

La carte de crédit de Julie avait beaucoup souffert aujourd'hui, même si Adam avait payé plus de la moitié de leurs achats.

Elle n'avait pas saisi à quel point avoir des enfants pouvait coûter cher, mais elle ne s'en plaindrait jamais. Fournir à Eddie et Cassie une maison et créer une famille pour eux valait bien la dépense.

En plus de cela, elle s'était bien amusée avec Adam pendant leur longue séance shopping. Ils étaient devenus une véritable équipe. Et peut-être qu'avec le temps ils deviendraient amants. Il se révélait déjà être un super bon ami.

Si les choses continuaient sur leur lancée, peut-être que leur faux mariage allait devenir réalité.

Elle n'avait pas besoin de fermer les yeux pour imaginer quatre personnes réunies dans la salle à manger, la porcelaine de sa mère ornant une table aux chandelles où fumaient de la dinde rôtie, de la farce au pain de maïs, de la purée de pommes de terre et une sauce savoureuse.

Et puis il y aurait Noël. Pour la première fois depuis ce qui lui semblait être une éternité, elle avait hâte d'emballer des cadeaux, de décorer un sapin et de suspendre des chaussettes au manteau de sa cheminée.

Elle venait à peine de se garer dans l'allée quand Adam s'arrêta sur le trottoir devant sa maison, sa Bronco chargée comme le traîneau du Père Noël.

— Bonne nouvelle, dit-il en se levant du siège

conducteur. La compagnie de location déposera les lits avant 21 heures ce soir.

— C'est un soulagement. Je vais laver les nouveaux draps d'ici là. Peux-tu le croire ? Tout se goupille parfaitement bien !

Alors qu'il retirait plusieurs sacs de son véhicule, son T-shirt s'étira sous la flexion de ses muscles parfaits. Elle sentit battre son cœur comme s'il venait de recevoir une décharge électrique. Il était gentil, serviable, beau et fort. Et viril à souhait…

— Il reste encore une chose à faire, dit-il en portant les sacs vers la porte d'entrée.

Elle ne savait pas de quoi il parlait.

— Tu es sûr ?

— Absolument. Je dois apporter quelques-unes de mes affaires ici. Car je ne sais pas si tu as remarqué, mais Mme Kincaid semblait remettre en question notre certificat de mariage. Elle voudra peut-être voir la preuve que je vis ici pour s'assurer que nous n'essayons pas de l'embobiner. Dès que j'aurai rentré les courses et les autres achats à l'intérieur, je passerai chez moi chercher quelques vêtements à mettre dans ton placard, ainsi que ma brosse à dents, mon kit de rasage et mon eau de toilette.

— Tu penses qu'elle va enquêter à fond ? s'inquiéta-t-elle.

— Si elle est aussi pointilleuse que tu sembles le penser, cela ne m'étonnerait pas. Et puisque nous sommes arrivés si loin, pourquoi prendre des risques ?

— Tu as raison.

Elle prit ses clés dans son sac à main et ouvrit la porte d'entrée. Elle parcourut rapidement le salon des yeux en se demandant ce que Mme Kincaid pourrait remarquer d'étrange.

Son regard se posa sur le manteau de la cheminée, où deux photographies encadrées — l'une du mariage de ses parents et l'autre de son père en uniforme — accompagnaient une horloge en laiton.

— J'aurai besoin d'ajouter quelques photos des enfants, mais je ne vais pas pouvoir les faire avant que Mme Kincaid arrive demain.

Elle laissa échapper un soupir nerveux.

— Détends-toi, dit Adam. Elle ne peut pas non plus s'attendre à des miracles, surtout si elle ne s'est pas encore décidée sur son agrément.

— Tu as raison. Je veux juste que tout soit parfait.

— Je sais.

Il effleura son front d'un baiser et une délicieuse vague de chaleur la parcourut tout entière.

— Ne t'inquiète pas. Une fois que les enfants vivront ici, tu pourras prendre beaucoup de photos et les mettre partout dans la maison. À part cette petite touche personnelle, tout est bon.

— Espérons que ce soit bon pour Mme Kincaid.

Parce qu'elle n'avait aucune idée de ce qu'elle ferait si cette femme ne trouvait pas sa maison assez accueillante pour Eddie et Cassie.

Une heure plus tard, Adam retourna chez Julie, dans sa petite mais charmante maison jaune avec ses dalles de brique rouge et sa porte verte. Une palissade blanche entourait un jardin simple, mais bien entretenu. Cela lui allait à merveille.

Il s'avança sur le trottoir avec un sac en papier dans une main et une valise dans l'autre et la laisse de Biscuit à un poignet. Il n'aimait pas laisser la chienne seule à la maison trop longtemps. Chaque fois qu'il prévoyait d'être absent, il demandait à une voisine de la surveiller, mais elle était partie en vacances depuis quelques jours.

Il bâilla lorsqu'il atteignit le porche. Le soleil s'était couché depuis longtemps. Il était mort de fatigue.

Il frappa à la porte.

Dès que Julie le vit sous le porche, elle le gratifia d'un sourire. Le cœur d'Adam fit un bond en avant, ce qui lui redonna de l'énergie.

— Tu es déjà là ! s'exclama-t-elle.

— Je t'ai dit que ça ne me prendrait pas longtemps. J'espère que ça ne te dérange pas que j'aie amené le chien.

— Non pas du tout.

Elle caressa Biscuit derrière les oreilles avant de s'écarter pour les laisser entrer.

— Tu as fait quelque chose pendant mon absence ?

— Oui, j'ai rangé les courses et j'ai lavé les nouveaux draps. J'ai encore un panier de vêtements à laver, plier et ranger. Mais tu avais raison, nous n'aurons probablement pas fini avant minuit.

Pourvu que cela ne prenne pas autant de temps !

Elle referma la porte et demanda :

— Je peux deviner ce qu'il y a dans la valise, mais qu'est-ce qu'il y a dans le sac en papier ?

— Je me suis arrêté en chemin pour nous acheter une bouteille de champagne et deux flûtes.

Un sourire s'étira sur son visage.

— Donc nous célébrons notre mariage ?

— Tu penses que c'est une mauvaise idée ? En outre, si nous laissons la bouteille vide et les verres à la vue de Mme Kincaid, cela rendra une nuit de noces plus crédible.

— On dirait que tu as pensé à tout.

— J'essaie. De plus, j'ai travaillé sur quelques dossiers de protection de l'enfance. Et je sais aussi ce que mes assistantes sociales recherchaient lors de la vérification de la maison dans laquelle je vivais.

Il hocha la tête en direction de la baie vitrée et de la cour.

— J'ai des chemises et des pantalons sur des cintres dans la voiture. Je vais les chercher et les apporter. J'espère que tu as de la place dans tes placards.

— Je vais faire de la place.

Elle regarda l'horloge sur le bureau.

— Il est presque 21 heures. Les lits devraient arriver bientôt.

Paroles prophétiques car quelques instants plus tard, un camion s'arrêtait dans la rue et on sonnait à la porte.

Pendant que les livreurs installaient les lits dans la chambre des enfants, il accrocha ses vêtements dans le placard de Julie. C'est alors qu'un bip retentit dans la buanderie.

— Oh ! c'est le sèche-linge. Les draps sont prêts. On va y arriver !

Après qu'ils eurent fini de préparer les lits — et avant qu'il ne s'effondre d'épuisement —, il sortit la bouteille du réfrigérateur, fit sauter le bouchon et remplit deux flûtes. Il revint dans le salon où Biscuit dormait devant un fauteuil. Julie se tenait près du foyer en train d'étudier une photo de famille.

Elle se détourna quand il entra et sourit quand elle vit ce qu'il tenait dans les mains.

— Allez, c'est l'heure d'une pause bien méritée, dit-il.

Elle le remercia, puis s'assit sur le canapé, lui laissant beaucoup de place libre. Il s'assit à côté d'elle, suffisamment proche pour capter son parfum de fleurs de citronnier et la toucher s'il en avait envie.

— C'était un grand jour, dit-elle en levant son verre. Et très chargé, mais je pense que nous sommes prêts pour la visite de Mme Kincaid demain. La chambre des enfants est magnifique et leurs nouveaux vêtements sont rangés. Il ne me reste plus qu'une lessive dans le sèche-linge et on en aura terminé.

Il leva sa flûte et étudia les bulles qui montaient à la surface avant de prendre une gorgée.

— Nous formons une bonne équipe, commenta-t-elle.

Oui, elle avait raison. Et pour l'essentiel, la journée avait été amusante, même le passage shopping, ce qu'il détestait habituellement.

Il fit tinter sa flûte contre la sienne.

— Aux enfants et à leur nouvelle maison !

Avant de tremper ses lèvres dans son verre, elle ajouta :

— Aux enfants et à toi aussi. Je ne pense pas que Mme Kincaid aurait même envisagé de les laisser vivre avec moi si nous ne nous étions pas mariés.

Elle le regarda un long moment sans dire un mot, puis reprit :

— Tu ne voudrais pas sortir avec les enfants ce week-end ? Ainsi, si Mme Kincaid leur parle, elle saura que nous proposons aux enfants des activités familiales et qu'ils seront heureux de vivre avec nous.

Ils seraient certainement heureux avec elle. Mais elle avait raison.

— Oui, super idée, allons camper samedi. Et

dimanche, nous pouvons les emmener faire du cheval dans le ranch d'un de mes copains.

Elle se mordit les lèvres.

— Tu sais, je n'ai pas l'habitude des sorties au grand air, mais je veux bien essayer.

— Tu ferais ça ? Dormir dehors sous une tente ?

— Pour Eddie et Cassie ? Oui, je ferais n'importe quoi.

L'idée de passer une soirée romantique avec elle, une fois les enfants endormis, sous un ciel étoilé, était plus que séduisante.

— Mais il faut que tu saches, poursuivit-elle, que je n'ai jamais campé du tout. Je vais essayer de ne pas être un boulet, mais tu devras me donner quelques indications.

— Il n'y a pas de grand secret. Prévois des vieux vêtements, des bottes ou de bonnes chaussures de randonnée et apporte un pull ou une veste. Il peut faire froid la nuit. Je vais m'occuper des tentes et de la nourriture.

Elle arqua un sourcil.

— Quel genre de nourriture ?

— Le plan est de pêcher notre dîner.

— Oh…

Elle fronça les sourcils et secoua lentement la tête.

— Tu n'aimes pas le poisson ?

— Si, mais je ne suis pas fan du sang et des tripes, alors je ne préfère pas avoir à les nettoyer. Mais je pourrai m'occuper d'autre chose.

— Ne t'inquiète pas, je m'occuperai de les vider. Mais si ça peut te rassurer, je prévois aussi des hot-dogs au cas où le poisson ne mordrait pas.

Il lui adressa un sourire enjoué.

— Tu n'as rien contre les hot-dogs, n'est-ce pas ?

— Non, ça je peux gérer, dit-elle en riant. Dis-moi ce que je peux apporter.

— Non, dit-il, je m'occupe de tout. Je vais même apporter de quoi faire des marshmallows grillés pour le dessert.

— Et voilà que j'ai l'eau à la bouche, maintenant. Et où allons-nous ?

— À Miller's Creek. On y allait souvent avec Stan. Ce sera un peu rustique, mais c'est ce qui rend la chose amusante.

Son front se plissa à nouveau.

— Que veux-tu dire par rustique ?

— Le terrain de camping dispose de toilettes, mais pas de douche. Et nous devrons cuisiner au feu de camp. Mais ne t'en fais pas, nous n'y passerons qu'une nuit. De plus, un peu de terre et de transpiration n'ont jamais fait de mal à personne.

— D'accord.

Il vérifia l'heure. Il était un peu tard, mais il appela quand même Jim Hoffman pour lui annoncer son plan. Comme il s'y attendait, Jim pensait que c'était une excellente idée.

— Je préviendrai les enfants au petit déjeuner demain matin, déclara Jim.

Après avoir raccroché, il demanda :

— Tu penses encore à autre chose que nous devrions faire avant l'arrivée de Mme Kincaid ?

— Non, quand la dernière lessive dans le sèche-linge sera terminée et rangée, nous pourrons aller nous coucher.

Il se glissa un peu plus près d'elle.

— Tu m'invites à rester ?

Elle s'immobilisa quelques instants puis s'humecta les lèvres.
— Oui, c'est ce que je fais.
— Tu m'en vois ravi. Vraiment.
— Je reviens tout de suite. Je vais vérifier le linge.
À ces mots, elle posa son verre sur la table basse et se précipita vers la buanderie telle une pouliche nerveuse.

- 7 -

La veille au soir, après avoir plié et rangé la dernière lessive, Julie était retournée dans le salon, impatiente de terminer la soirée avec Adam. Et elle l'avait retrouvé étendu sur le canapé et profondément endormi, Biscuit couchée au sol à côté de lui.

Elle avait été tentée de lui donner un petit coup de coude pour le réveiller et le conduire dans sa chambre, mais elle ne l'avait pas fait. Pas quand elle savait à quel point il était fatigué et à quel point il avait besoin de dormir. Elle lui avait donc apporté un oreiller et un couvre-lit fabriqué par sa mère. Elle avait essayé de glisser délicatement l'oreiller sous sa tête sans le réveiller, mais il n'avait même pas bougé quand elle avait déposé un baiser sur son front.

Après avoir fermé la maison à clé, elle avait pris une douche puis s'était couchée. Apparemment, elle était aussi épuisée, car elle s'était endormie immédiatement, pour ne se réveiller qu'au matin. Elle se rendit alors dans la cuisine pour préparer le petit déjeuner et allumer la cafetière.

En traversant le salon, elle contempla Adam encore couché sur le canapé. Ses cheveux ébouriffés de sommeil, son profil magnifique. Des émotions contrastées s'éveillèrent aussitôt en elle. De la tendresse, de l'émerveillement. Du désir.

Ils n'avaient pas encore couché ensemble, comme elle l'espérait, mais peut-être que la journée qui s'annonçait serait riche de surprises... En outre, pour leur première fois ensemble, il valait mieux qu'ils soient parfaitement réveillés et au mieux de leur forme.

Biscuit, qui gisait toujours sur le sol à côté du canapé, bâilla puis s'étira en grognant.

— Allons, murmura-t-elle. Je vais te laisser sortir dans la cour.

Elle ouvrit la porte coulissante de la véranda à la chienne et la referma. Elle avait à peine fait un pas vers la cuisine que son téléphone portable sonna. Elle faillit sursauter, puis prit sa voix la plus enjouée pour répondre.

— Allô !

— Mme Santiago ? demanda la voix de Mme Kincaid, qu'elle reconnut immédiatement, à l'autre bout du fil.

Elle sentit le rouge lui monter aux joues. Mme Santiago... Adam était son mari. Une bouffée d'euphorie la saisit, mais la réalité ne tarda pas à la rattraper. Elle jeta un coup d'œil à l'horloge sur le manteau de la cheminée. Mme Kincaid devait arriver dans une heure. Est-ce qu'elle voulait venir plus tôt ?

— Oui, c'est moi.

— J'ai bien peur de devoir reprogrammer ma visite. Une des filles dont j'ai la responsabilité m'a appelée en larmes il y a quelques minutes. Ce n'est pas une urgence réelle, mais cette enfant est trop sensible et a besoin d'être rassurée.

— Je comprends.

— J'ai des rendez-vous à touche-touche toute la journée, mais je pourrai venir lundi matin.

— Je vous remercie. Je…

Elle se racla la gorge et se corrigea.

— Nous vous en sommes très reconnaissants.

Après avoir mis fin à l'appel, elle se tourna vers le canapé où Adam était désormais assis.

— Que se passe-t-il ? demanda-t-il en se frottant le front avec une main, repoussant une mèche de cheveux.

— Mme Kincaid ne peut pas venir ce matin et a reporté à lundi.

— Au moins, nous sommes prêts.

— C'est vrai.

— Et c'est tout aussi bien, ajouta-t-il, car j'ai des projets pour ce soir qui pourraient s'étendre jusqu'à demain matin.

Son cœur s'emballa.

— Je t'emmène dîner. Et je t'apporterai le petit déjeuner au lit si tu veux.

— Oh ! c'est une merveilleuse idée, s'exclama-t-elle.

— Ce n'est pas exactement la lune de miel dont nous avons parlé, mais c'est le mieux que je puisse faire, vu les circonstances.

— Cela me semble parfait.

— Bien. Je viendrai te chercher vers 18 heures. En attendant, je vais ramener Biscuit à la maison. J'ai des choses à faire chez moi.

Il lui adressa un sourire éblouissant et attrapa ses clés.

Elle sourit en le voyant appeler Biscuit et sortir avec elle. Il avait une réelle affection pour ce chien. Heureusement qu'elle n'était pas restée sur sa première impression lors du gala de charité. Il ferait un merveilleux père de famille, elle le savait. Et il n'était pas qu'un séducteur. Il était un homme et un mari qu'elle pouvait aimer de tout son cœur.

La première chose que fit Adam lorsqu'il rentra chez lui fut d'aller sur Internet pour réserver au nouveau restaurant, Chez Sebastian, en ville. Il était impatient d'emmener Julie dans cet établissement élégant.

Après avoir préparé un bol de croquettes pour Biscuit, alors qu'il buvait un grand verre pour se désaltérer, il aperçut la lumière rouge qui clignotait sur le répondeur téléphonique de Stan. Il traversa la pièce et appuya sur le bouton de lecture pour voir qui avait appelé.

— Salut, Stan. C'est Lisa. Je n'ai pas pu assister au gala comme prévu au début du mois, donc je n'ai pas encore rencontré Adam. Et j'ai bien peur d'avoir égaré son numéro. Tu peux lui faire savoir que je serai en ville pendant une semaine ?

Elle avait ensuite laissé son numéro de téléphone qu'il nota sur un post-it. De toute évidence, Lisa ne savait pas que Stan était décédé et il devrait l'en informer. Mais, pour une raison quelconque, il n'était pas pressé de la rappeler. La journée passa à toute vitesse. Après avoir effectué quelques courses, il rentra chez lui juste avant 17 heures.

Il prit une douche, se rasa et s'habilla, optant pour une veste décontractée. Puis il se rendit chez Julie. Lorsqu'il gara sa Bronco au bord du trottoir, il prit un moment pour étudier ce quartier calme où se succédaient des jolies maisons construites dans les années 1950. Un bel endroit où vivre. Où élever des enfants.

Il secoua la tête. Mais à quoi pensait-il ? Il ne vivrait jamais ici. Pas pour de vrai.

D'un bon pas, il se dirigea vers la porte.

Étant un peu en retard, il ne fut pas étonné de trouver

Julie fin prête. Par contre, il ne s'attendait pas à une telle tenue… Une petite robe noire moulante et des talons. Ce n'était pas du niveau du costume de princesse de l'espace de leur première rencontre, mais c'était quand même très sexy. Et bien plus chic.

— Je me demandais si tu t'étais perdu, dit-elle.

Il avait clairement perdu la tête en la voyant.

— Tu es superbe, dit-il.

— Merci. Tu n'es pas mal non plus.

— Tu es prête ?

À ces mots, elle attrapa un petit sac à main posé sur une table près de sa porte.

— Oui.

— Alors partons, dit-il.

Après qu'elle eut fermé sa porte à clé, il posa doucement une main sur son dos et l'escorta jusqu'à la voiture.

Lorsqu'il s'arrêta pour lui ouvrir la portière, il huma son parfum si excitant.

Il sentit le désir bouillonner dans ses veines et fit de son mieux pour contrôler son trouble afin de coller à l'image de preux chevalier qu'il s'était imaginée pour ce soir.

— J'espère que tu as faim, dit-il. J'ai entendu dire que Sebastian proposait un menu extraordinaire.

— Oui, très. Pour tout te dire, je n'ai pas eu le temps de déjeuner. Et toi, tu as faim ?

— Tu rigoles ! Je suis affamé.

Malheureusement, il ressentait un autre appétit pour lequel des plats de gourmet seraient sans remède…

Julie ne s'était jamais sentie aussi spéciale de toute sa vie. Adam lui avait ouvert la porte de la voiture, à la fois chez elle et à leur arrivée chez Sebastian pour le dîner. Il avait même retiré sa chaise lorsque le maître d'hôtel les avait escortés jusqu'à une table aux chandelles drapée de blanc.

Elle avait eu quelques relations sentimentales à la fac. Elle aurait même pu épouser Jake s'il n'était pas rentré dans l'armée. Non pas qu'elle n'ait pas apprécié les militaires. Elle avait le plus grand respect pour eux. Mais les crises violentes de son père et sa dépression lui avaient fait beaucoup de mal. Et elle s'était promis de ne jamais revivre une telle situation en évitant les hommes aux emplois dangereux.

Mais après ce soir, elle était prête à changer d'avis. Elle n'avait jamais fréquenté quelqu'un qui avait des manières si impeccables. Ni quelqu'un d'aussi beau qu'Adam.

Assise en face de lui, profitant de l'ambiance romantique et d'un repas absolument délicieux, elle se sentait comme une princesse.

Après que le serveur eut apporté leurs assiettes, il demanda :

— Alors, tu aimes travailler à Kidville ?

— C'est parfois difficile, mais c'est aussi très enrichissant. J'aimerais beaucoup être employée, mais je suis ravie de faire du bénévolat.

— Tu as trouvé un autre emploi ?

— Non, pas encore, mais j'ai un entretien demain matin. Ce serait une bonne position, mais j'espère qu'il y aura une ouverture à Kidville. Je suis vraiment proche de Karen. Et je ne peux pas m'imaginer meilleurs patrons que les Hoffman.

— Après le rodéo de charité qui aura lieu ce printemps, les choses devraient s'arranger pour les Hoffman sur un plan financier.

— Oui, c'est ce que Jim m'a dit.

Elle prit alors une gorgée de vin.

— Tu dois aimer Kidville aussi, commenta-t-elle. Tu y fais du bénévolat depuis environ six mois.

— Oui, je suppose que c'est ma façon de rendre la pareille.

Sa fourchette s'arrêta un instant au-dessus de son assiette. Avait-il eu une enfance difficile ? Jamais elle ne l'aurait imaginé ! Elle sut heureusement rapidement se reprendre.

— Tu étais en famille d'accueil ?

— Ouais et j'étais une petite terreur. Tout comme Jesse. J'avais des problèmes de confiance.

Il haussa les épaules.

— Quoi qu'il en soit, après ma rencontre avec Stan, ma vie a changé. Et j'ai commencé à faire de meilleurs choix.

— C'est le Stan qui était ton colocataire ?

Il acquiesça.

— Je… Euh…

Ses mots faiblirent, puis il se racla la gorge et poursuivit :

— Je dois beaucoup à cet homme. Et j'essaie donc de donner le même exemple aux enfants que celui qu'il m'a donné.

— Je suis impressionnée.

— Il ne faut pas. Je ne suis pas parfait, tu sais. Disons que je m'en suis bien sorti.

Il essayait peut-être de minimiser son propre rôle, sa volonté et sa détermination à la transformation de sa vie, mais elle trouvait son histoire admirable. Il y avait décidément beaucoup à aimer chez Adam Santiago.

— Cela a dû être particulièrement dur pour toi

quand Stan est mort, dit-elle. Je ne savais pas qu'il était tellement plus qu'un ami et un colocataire.

Il se limita à acquiescer en silence. Quelques instants passèrent avant qu'il parle à nouveau.

— Cela fait du bien de s'occuper d'un enfant comme on s'est occupé de moi. En fait, si tout se passe bien, Jesse risque de se retrouver dans la même famille d'accueil que son frère, ce qui était mon objectif.

— Je comprends ce que tu veux dire. Je ne pensais pas devenir si proche d'Eddie et de Cassie. Cela me fait chaud au cœur de les voir sourire et de les entendre rire, surtout Cassie.

— Si notre plan fonctionne, ils finiront par vivre avec toi.

— J'espère que oui. J'irai même jusqu'à les adopter. Mais avec leur mère...

Elle ne vit pas la nécessité de finir sa phrase. Il savait ce qu'elle voulait dire.

— J'ai un ami qui effectue les tests ADN, mais cela prend du temps.

— Je serais heureuse d'être leur mère adoptive, ajouta-t-elle.

Ils finirent le reste de leur repas en silence, bien qu'elle le surprît en train de l'étudier à plusieurs reprises au-dessus de son verre.

— Qu'est-ce qui ne va pas ? demanda-t-elle.

— Rien, absolument rien, dit-il dans un souffle.

Il lui adressa l'un de ses charmants sourires et une douce sensation se déversa dans sa poitrine.

Après qu'il eut payé l'addition, elle le remercia pour cet excellent dîner.

— Tout le plaisir est pour moi.

Comme il l'avait fait à l'aller, il lui ouvrit toutes les portes. Celle du restaurant puis celle de la Bronco.

— J'aime beaucoup ta voiture, dit-elle durant le court trajet. Elle est vintage, non ?

— Oui. Stan et moi l'avons remise à neuf un été.

Il la fascinait énormément. En fait, durant toute la soirée, elle était allée de surprise en surprise. Mais la plus stupéfiante de toutes survint lorsqu'ils arrivèrent devant chez elle et qu'il lui demanda :

— Je peux t'embrasser ?

C'était la première fois qu'Adam demandait à une femme s'il pouvait l'embrasser, la seule fois de sa vie où il ressentait le besoin de le faire. Il savait toujours quand une femme désirait être embrassée et il ne faisait aucun doute que Julie le voulait. Mais il avait commencé la soirée en parfait gentleman et il avait bien l'intention de la terminer sur ce mode.

Il vit un lent sourire s'étirer sur ses joues roses.

— Tu viens de lire dans mes pensées.

Il lui passa les bras autour de la taille, mais il ne la rapprocha pas trop vite de lui. Il préféra la prendre simplement dans ses bras et savourer son parfum de fleurs de citronnier avant de prendre sa bouche.

Le baiser commença lentement et tendrement, mais quand elle écarta les lèvres, il perdit tout contrôle.

Comment quelque chose qui avait commencé si innocemment, si doucement, pouvait devenir si sexy et torride ?

Il n'en avait aucune idée. Mais il savait une chose. Il était décidé à profiter de chaque instant. Il voulait se noyer dans ses lèvres, dans sa bouche. Faire danser sa langue contre la sienne. Il voulait la boire jusqu'à la lie.

Elle fut la première à s'éloigner, les yeux brillants de mille émotions.

— Je... Euh... Je ne sais pas quoi dire.

Et lui, alors ? Pour un gars qui avait lancé l'idée de passer une vraie lune de miel, il se retrouvait à en avoir peur. Qu'attendrait-elle de lui ?

Elle se mordit la lèvre inférieure puis sourit timidement.

— Tu veux entrer ?

Plus que tout. Mais s'il le faisait, il ne pourrait plus revenir en arrière. Il le savait. Après l'avoir embrassée, il en voulait plus ce soir. Beaucoup plus.

Même si elle en avait envie — et il le sentait — faire l'amour avec elle allait vraiment changer la donne. Et il ne fallait vraiment pas se lancer dans une telle aventure sans réfléchir.

— J'aimerais beaucoup, dit-il, mais j'ai besoin de rentrer à la maison. Il est tard et les derniers jours de travail ont été éprouvants. Il faut que je dorme.

Il ne mentait pas, mais il était aussi sûr que les souvenirs de ce baiser allaient le tenir éveillé pendant un certain temps.

Elle poussa un soupir, détourna les yeux un instant avant de les fixer de nouveau sur lui.

— J'ai eu des périodes comme ça, dit-elle avec un petit sourire. À la fac, pendant mes stages et quand j'étais serveuse, alors je comprends. Peut-être la prochaine fois.

Y aurait-il même une prochaine fois ?

Devrait-il y en avoir une ?

— Bien sûr, dit-il.

Plutôt que de risquer un autre baiser d'adieu qui

affaiblirait sa résolution, il se tourna et se dirigea vers son véhicule.

C'était la fin officielle de la soirée.

Il aurait dû être fier de son attitude. Alors pourquoi le regret le déchirait-il en deux ?

Après s'être retirée dans la maison, Julie resta dans son salon, effleurant ses lèvres d'un doigt, mémorisant la sensation du baiser d'Adam.

C'était arrivé naturellement, doucement et tendrement. Mais en quelques secondes, il avait manifesté une passion à laquelle elle ne s'attendait pas. C'était une expérience qu'elle n'avait jamais encore vécue.

Il l'avait embrassée comme un fou, jusqu'à lui faire trembler les genoux. Jusqu'au point de non-retour… Ou presque.

Qu'il soit vêtu d'un costume de Zorro ou de son uniforme de policier, ou qu'il passe du temps avec les enfants de Kidville, il n'était pas le célibataire endurci et joueur qu'elle avait cru voir en lui. Non, c'était un homme généreux. Un homme bien.

Il était aussi manifestement plus expérimenté qu'elle sur le plan sexuel et ce baiser avait suffi à lui faire comprendre que faire l'amour avec lui serait extraordinaire.

Alors pourquoi n'avait-il pas voulu entrer ?

Bien sûr, il avait dit qu'il était fatigué et elle le croyait. Il s'était aussi comporté en parfait gentleman ce soir. Pourtant, quelque chose semblait… comme éteint en lui.

Ou était-il simplement déçu qu'elle n'ait pas davantage parlé de la lune de miel ?

Bon, elle se prenait décidément trop la tête. Il était déjà allé bien au-delà de ses attentes en l'épousant pour qu'elle puisse garder les enfants.

Elle savait ce qu'elle ressentait pour lui, mais il n'était peut-être pas aussi sûr de son côté. En outre, il était trop tôt dans la relation pour savoir avec certitude ce qui était en train de se passer réellement entre eux. Il fallait qu'elle patiente et qu'elle laisse les choses se faire. Jour après jour.

Lorsque Julie arriva à Kidville le vendredi après-midi, elle aperçut la Bronco d'Adam sur le parking. Tandis qu'elle se dirigeait vers la salle de classe, le son des voix d'enfants et des discussions joyeuses l'orienta vers le terrain de jeux.

Elle ne le vit pas tout de suite, mais après avoir scruté le terrain, elle l'aperçut en train de parler à Jesse près de la fontaine. Son cœur s'accéléra subitement.

— Hé, mademoiselle Julie ! appela Eddie du haut du toboggan. Vous êtes en retard ! Cassie et moi étions inquiets.

Elle sourit et s'approcha du petit garçon.

— C'est parce que j'ai eu un entretien pour un emploi à Brighton Valley.

Ses yeux s'écarquillèrent et son sourire disparut.

— Mais vous travaillez ici. Vous ne pouvez pas travailler ailleurs !

Comment pouvait-elle lui expliquer qu'elle avait une hypothèque à payer, même si ses traites étaient modestes ?

— Tu me verras toujours ici, dit-elle. Ne t'inquiète pas. J'adore jouer de la guitare et chanter avec vous.

En réalité, elle ne savait pas à quoi son emploi du temps allait ressembler si elle était embauchée par The Travelling Minstrels, une association qui fournissait des musicothérapeutes à divers hôpitaux de convalescence pour vétérans, ainsi qu'à plusieurs écoles de la région.

— Devinez quoi, dit Eddie. Mme Kincaid est venue me voir avec Cassie aujourd'hui. Elle a dit qu'elle allait nous trouver une maison, mais nous ne voulons pas aller ailleurs. Nous aimons beaucoup Kidville. Voulez-vous s'il vous plaît lui dire de nous laisser rester ici ? Je sais qu'elle ne m'écoutera pas, mais peut-être qu'elle écoutera un autre adulte.

Elle n'osa dire aux enfants qu'elle faisait déjà de son mieux pour convaincre Mme Kincaid de les laisser vivre avec elle, car si les choses ne se passaient pas bien, ils seraient déçus. Et ils avaient sans doute été déjà bien trop souvent abandonnés dans leur petite vie.

— Bien sûr, je vais lui téléphoner.

— Pas besoin, dit Eddie. Elle est au bureau avec Mme Hoffman. Vous pouvez donc lui dire que nous ne voulons pas d'un autre endroit où vivre. Vous êtes une adulte, alors elle doit vous écouter.

— D'accord, dit-elle. Je vais lui parler.

Eddie s'illumina puis glissa sur le toboggan, puis il se mit à courir vers la balançoire.

Avant de se rendre au bureau, elle s'arrêta un moment pour informer Karen de ses projets.

Elle jeta un coup d'œil à Adam qui regardait dans sa direction. Si les choses se passaient bien entre eux, comme elle l'espérait, les enfants auraient également une place dans sa vie. Mais elle n'avait pas la moindre idée de ses sentiments à ce sujet. En plus de tout le reste.

Lorsque la porte du bureau s'ouvrit brusquement et que Julie en sortit, Adam fut tenté de s'approcher d'elle et de l'intercepter avant qu'elle n'atteigne le terrain de jeux, mais il resta à proximité des balançoires. Et c'était aussi bien, car elle se dirigeait vers lui.

Eddie descendit de la balançoire et se dépêcha d'aller à sa rencontre.

— Vous avez parlé à Mme Kincaid, mademoiselle Julie ? Qu'est-ce qu'elle dit ?

— Qu'elle réfléchit.

La lèvre d'Eddie trembla et ses yeux se remplirent de larmes.

— Mais ça veut dire qu'elle pourra toujours nous faire partir et je ne veux pas aller ailleurs ! Et s'ils ne sont pas gentils avec moi et Cassie dans la nouvelle famille d'accueil ? Pourquoi ne pouvons-nous pas rester à Kidville ?

Adam ne blâmait pas le gamin d'avoir peur de s'installer avec de parfaits inconnus. Avant de venir à Kidville, la vie avait été misérable pour lui et Cassie, et maintenant qu'ils étaient installés ici, ils se sentaient en sécurité.

Elle posa la main sur l'épaule d'Eddie.

— Je fais tout ce que je peux. Je te le promets. Je n'ai pas arrêté de lui dire qu'un nouveau déménagement n'était pas une bonne idée, à moins que ce ne soit avec une personne que vous connaissiez et aimiez déjà.

Eddie hocha la tête mais ne parut pas convaincu.

— Mais j'ai une surprise pour toi, dit-elle. J'ai demandé à Mme Hoffman si vous pouviez passer le week-end avec moi et elle a pensé que c'était une idée merveilleuse.

Le visage du garçon s'éclaira.

— C'est vrai ? Et Cassie aussi ?

— Bien sûr !

Adam éclata de rire.

— Il s'avère que j'ai eu une petite conversation avec M. Hoffman aussi, dit-il. Et j'ai demandé si je pouvais vous emmener camper samedi. Je connais un lac génial où nous pourrons pêcher. Ce ne serait que pour une nuit, mais ce serait amusant.

— Sensationnel !

Eddie renifla, puis leva le bras et essuya ses larmes avec la manche de sa chemise.

— Ce serait bien cool. Je n'ai jamais fait du camping avant. Et Cassie non plus.

Il savait que ce n'était qu'un week-end, mais il aimait voir ce gamin heureux.

Eddie devint subitement sérieux.

— Mais le camping, ce n'est pas que pour les garçons ?

— Non, dit-il. En fait, Mlle Julie va venir avec nous aussi.

Eddie leva les yeux vers elle.

— Cool ! Je vais le dire à Cassie.

À ses mots, il s'éloigna, les laissant seuls.

— Apparemment, nos projets du week-end sont un grand succès, commenta-t-il.

— Oui et Eddie n'est pas le seul à aimer cette idée. Mme Kincaid semblait ravie d'apprendre que nous emmenions les enfants pour le week-end. Elle a même dit qu'elle essayerait de passer.

— Super. Je vais essayer d'organiser aussi une visite au ranch de mon pote Matt dimanche. Nous allons donc avoir un emploi du temps chargé. Mme Kincaid pourrait ne pas nous trouver à la maison.

— Elle a dit qu'elle appellerait d'abord. En tout cas, j'ai eu une autre idée. Et si tu venais ce soir à la maison pour dîner avec les enfants et moi ? Je fais des spaghettis.

— Génial. Les enfants vont bien s'amuser.

- 8 -

Lorsque Adam rentra du travail plus tard ce vendredi soir, il avait une faim de loup et était impatient de déguster les spaghettis promis par Julie. Et à vrai dire, il avait également hâte de passer la soirée avec elle et les enfants.

Il avait à peine ouvert la porte que Biscuit lui fit la fête en remuant la queue. Il se baissa pour lui donner un peu d'affection et, toute contente, la chienne lui lécha la main.

Une fois pénétré à l'intérieur, il remarqua que le voyant rouge sur le répondeur téléphonique de Stan clignotait.

Quelqu'un avait laissé un nouveau message.

— Salut, Stan. C'est Lisa. C'est vendredi matin. Je ne serai en ville que ce week-end et j'espérais pouvoir enfin rencontrer Adam. Est-ce que l'un d'entre vous pourrait m'appeler ? Tu as mon numéro.

Bon sang, il avait oublié de l'appeler. Et il avait effectivement son numéro. Non, il n'avait vraiment plus aucune envie de la rencontrer. Mais de toute façon, il devait lui parler de Stan.

Elle devait être encore en vol, car il tomba directement sur sa messagerie vocale.

— Salut, Lisa. C'est Adam. Bon, on dirait qu'on

n'arrête pas de se croiser et le destin a encore frappé. Mon week-end est chargé, mais j'aimerais vraiment pouvoir te parler.

Réalisant qu'il ne pouvait pas lui annoncer la mort de Stan par répondeur interposé, il ajouta :

— Rappelle-moi et dis-moi quand tu es disponible pour un café ou un verre.

Après avoir raccroché, son estomac se serra et un nuage d'inquiétude s'empara de lui. Peut-être que Lisa allait penser qu'il s'intéressait à elle…

Dans ce cas, que devrait-il lui dire ? Qu'il avait changé d'avis ? Qu'il n'était plus disponible ?

Il passa une main dans ses cheveux. Il n'avait plus envie de sortir avec qui que ce soit ces jours-ci, à moins que ce ne soit Julie.

Il avait déjà du mal à la chasser de ses pensées, mais depuis qu'il l'avait embrassée, c'était bien simple, elle l'obsédait. Comment un baiser pouvait-il être à la fois tendre et torride ? Bouleversant et sexy ?

Pour aggraver les choses, il savait qu'elle avait touché une corde sensible au fond de lui, quelque chose qu'il ne comprenait pas et qu'il pouvait encore moins nommer.

Jusqu'ici, avec les femmes, il avait fait confiance à son instinct et s'était toujours arrêté dans les relations amoureuses avant de faire quelque chose qu'il risquait de regretter plus tard. Cependant, pour une raison quelconque, dépasser ses limites avec Julie ne semblait pas le déranger. Pas autant que cela aurait pu le faire par le passé. Avec les autres.

Avant de rencontrer Julie, il aurait décliné l'invitation à un dîner familial avec deux enfants. Mais pour une raison folle, ce soir, il était vraiment impatient d'y être. De plus, tant que Cassie et Eddie seraient dans les parages, il ne se jetterait pas sur Julie.

Mais cela ne voulait pas dire qu'il ne prévoyait pas de partager une bonne bouteille de vin avec elle après avoir mis les enfants au lit...

À 17 h 45, Adam se gara le long du trottoir devant la maison de Julie. Avant de sortir, il regarda dans le rétroviseur et fit un clin d'œil à la chienne assise à l'arrière, portant un collier rouge d'où pendait une laisse.

— Nous y sommes, annonça-t-il.

La queue de Biscuit tapa contre la banquette en cuir comme si elle savait que ses amis l'attendaient à l'intérieur de la maison. Il espérait que Julie n'allait pas lui en vouloir d'avoir amené la bestiole sans lui demander la permission au préalable, mais il pensait que ce serait une bonne surprise pour Eddie et Cassie.

Au moment où il allait ouvrir la portière côté conducteur, son téléphone portable sonna. Il jeta un coup d'œil à l'écran.

C'était son pote, Matt.

— Salut, quoi de neuf ? demanda Matt. Tu m'as appelé ?

— Oui, ton oncle m'a dit que tu étais en ville et je me suis demandé si je pouvais amener des amis chez toi et les emmener visiter le ranch et faire du cheval dimanche.

— Bien sûr. Qui sont ces amis ?

— Deux enfants de Kidville et la femme qui espère devenir leur famille d'accueil.

— Ce serait génial. Je travaille sur la promo du Rocking Chair Rodeo, je pourrais donc prendre quelques photos que nous pourrons ensuite utiliser.

— Pas de problème, dit-il.

— Au fait, j'allais justement me rendre au Stagecoach Inn pour siffler quelques bières. Tu as le temps de me retrouver là-bas ?

— J'aimerais bien, car ça fait longtemps qu'on ne s'est pas vus, mais j'ai prévu de passer la soirée avec les deux enfants.

Biscuit aboya, visiblement impatiente de jouer avec Eddie et Cassie.

— C'était quoi ce bruit ? demanda Matt.

— Une chienne. Je joue les dog-sitter en ce moment.

— Tu plaisantes ? Toi ? Monsieur Je-Ne-Veux-Pas M'engager ? Le même qui disait ne pas vouloir d'animal de compagnie pour ne pas risquer de chambouler sa vie de célibataire ?

— Ouais, ne t'inquiète pas. Je ne suis pas encore passé du côté obscur. Au moins pas encore. Et pas seulement avec le chien.

— Qui t'a demandé de t'occuper du chien ?

— Personne, en fait. Je suis tombé sur elle, une chienne égarée et capricieuse, alors je travaille à la domestiquer pour qu'elle puisse être adoptée par une famille.

Il jeta un coup d'œil dans le rétroviseur.

— Je prévois juste de la garder jusqu'à ce qu'elle soit prête à vivre avec des enfants.

Matt éclata de rire.

— Adam SPA, c'est ton nouveau nom ?

— Pas vraiment. Mais cela me rappelle que j'ai un truc à faire la semaine prochaine qui pourrait me prendre quelques jours. Ça te dérangerait de la garder pendant mon absence ?

— Si elle est si craintive que tu le dis, tu crois qu'elle va supporter la vie au ranch ?

— Ouais, je ne me fais pas de souci. En plus, ton chien de berger est devenu trop vieux pour lui donner beaucoup de fil à retordre.

Matt resta un instant silencieux puis ajouta :

— Nous avons dû euthanasier Lulu Belle la semaine dernière.

— Oh ! je suis désolé d'entendre ça.

— Oui, c'était une décision difficile. Le vétérinaire a dit qu'elle avait un cancer et que son état ne pouvait qu'empirer. Nous ne voulions pas qu'elle souffre.

Il jeta un coup d'œil vers la banquette arrière d'où le regardait la petite chienne allongée sur ses flancs, la langue pendante et les yeux brillants. Son cœur se serra à l'idée qu'elle disparaisse de sa vie.

— Lulu Belle et ton oncle étaient inséparables, dit-il. Je parie que ça ne doit pas être facile pour lui.

— Oh oui, il est plutôt sinistre ces temps-ci. Comme le ranch, d'ailleurs. Je voudrais prendre un autre chien, mais oncle George a dit qu'il avait besoin de temps pour faire son deuil.

— Si tu veux, je peux demander à quelqu'un d'autre pour la chienne la semaine prochaine.

Il pensa qu'il pourrait demander à Julie.

— Non, non, protesta Matt. Je pense que ce serait bien pour oncle George d'avoir un autre chien à garder pendant un jour ou deux.

— On en reparlera dimanche, conclut-il. Salut mon vieux.

— Attends, parle-moi de cette mystérieuse femme qui t'accompagnera.

Il pouvait tout dire à Matt, mais il n'allait pas admettre qu'il s'était marié, même si ce n'était qu'un arrangement temporaire.

— C'est juste une amie, dit-il.

— Une amie séduisante ?

Il connaissait bien Matt : son ami était un petit sournois. Il n'avait pas son pareil pour dénicher des informations qu'il s'était promis de cacher.

— Oui, admit-il. Mais ne va pas trop vite en besogne.

Matt pouffa.

— Pour toi, ça a l'air sérieux.

Voilà qu'il avait révélé plus que ce qu'il voulait, alors il changea de sujet.

— Et le rodéo, quand arrive-t-il en ville ?

— Nous avons eu quelques problèmes, alors on va devoir le reporter jusqu'à fin mars. Mais les choses sont revenues sur de bons rails maintenant. Nous avons déjà passé une commande d'affiches auprès de l'imprimeur et, une fois qu'elles seront prêtes, nous les placerons dans tous les endroits à la mode de la région. Pourquoi ne viendrais-tu pas avec tes amis ? Je peux te prévoir des entrées VIP.

— Oui, c'est une super idée. Eddie adorerait les vrais cow-boys.

— Alors c'est comme si c'était fait. Bon, je dois y aller. Mon oncle veut manger une côte de bœuf ce soir, alors je ferais mieux de m'occuper de lancer le barbecue.

Après avoir mis fin à l'appel, il sortit de la voiture et se dirigea vers le porche de Julie, la laisse de Biscuit dans une main et une bouteille de merlot dans l'autre.

Il sonna, s'attendant à ce que Julie réponde. Mais quand la porte s'ouvrit, Eddie et Cassie l'accueillirent avec un grand sourire.

Quand ils virent Biscuit, ils ne purent contenir leur

joie et s'agenouillèrent pour saluer leur amie à quatre pattes, tout aussi heureuse de les retrouver.

Quelques minutes plus tard, Julie arriva dans l'entrée. Elle était vêtue de façon décontractée, avec un pantalon de yoga noir qui lui moulait divinement les jambes et les hanches. Ses cheveux blonds, brillants et bouclés aux extrémités, tombaient en cascade sur ses épaules.

Elle lui jeta un coup d'œil puis regarda Biscuit.

— Regardez qui est là !

Il lui offrit un sourire timide.

— J'espère que mon invitée surprise ne te dérange pas.

— Bien sûr que non.

Elle sourit puis s'adressa aux enfants.

— Et si vous preniez Biscuit pour aller jouer dans la cour ?

— Bonne idée, dit Eddie. Allez, Cassie, viens !

Alors que les enfants conduisaient le chien vers la porte coulissante qui donnait sur le petit patio, elle reporta son attention sur lui, mais resta silencieuse.

Il haussa les épaules.

— Je savais que les enfants allaient être heureux que je vienne avec la chienne, mais j'aurais dû te demander d'abord. Je suis désolé. J'espère que tu ne vas pas nous mettre tous les deux à la porte !

Elle éclata de rire.

— Ne dis pas de bêtise. J'aime les animaux, en particulier les animaux doux et gentils comme Biscuit.

Il lui tendit la bouteille de merlot.

— Je me suis aussi dit qu'un peu de vin irait bien avec le dîner.

— Oui, ce sera parfait avec les spaghettis. Merci beaucoup.

Elle hocha la tête en direction de la cuisine.

— Je dois vérifier quelque chose sur le feu et je vais en profiter pour déboucher la bouteille et nous servir deux verres. Pendant ce temps, fais comme chez toi et va t'installer dans le salon. Ce ne sera pas long.

Comme il ne voulait pas rester seul sur le canapé, même pour un court moment, il la suivit dans la cuisine.

Un arôme généreux de tomates, de basilic et d'épices lui emplit alors les narines.

Elle se posta devant la cuisinière et souleva le couvercle d'une casserole où mijotait une sauce généreuse. Elle jeta un coup d'œil par-dessus son épaule et le gratifia d'un joli sourire qui le laissa bouche bée.

— Quelque chose ne va pas ? demanda-t-elle.

Il devait avoir l'air ahuri d'un adolescent transi, alors il se mit à rire.

— Non, tout va bien.

En réalité, tout semblait juste. Naturel. Évident.

— Je vais ouvrir le merlot, dit-il. Tu as un tire-bouchon ?

— C'est dans le tiroir à gauche de l'évier.

— Et les verres ?

— Dans l'étagère supérieure du placard, à droite du réfrigérateur.

Après avoir ouvert le vin, rempli deux verres et en avoir tendu un à Julie, il demanda :

— Est-ce que je peux faire quelque chose pour t'aider ?

— Non, tout est sous contrôle.

Elle baissa le feu pour laisser mijoter la sauce. Quand elle se retourna, elle prit son verre dans une main.

— Puisque les enfants sont dehors avec le chien, autant prendre ce verre dans le salon.

— Bonne idée.

Il la suivit et s'assit sur le canapé à côté d'elle. Il n'avait jamais été à court de mots auparavant, mais il ne savait pas quoi dire. Ce qui se passait était à la fois excitant et effrayant.

— Les enfants ne sont là que depuis quelques heures, commença-t-elle, et la maison semble déjà si animée.

Elle se tourna vers lui et sourit.

— J'aime les avoir ici. Et je donnerais n'importe quoi pour que Mme Kincaid accepte de les laisser vivre avec moi.

— Comment pourrait-elle dire non ?

Il prit une gorgée de son vin, puis posa le verre sur l'un des napperons de la table basse.

— Ça va marcher. Je vais lui communiquer les résultats de cette vérification des antécédents des Stanford.

— J'espère tellement que tu aies raison. Si les enfants étaient assez grands pour prendre une décision, je pense qu'ils aimeraient vivre avec moi.

Il posa la main sur son genou et le pressa doucement.

— Pour tout te dire, j'aurais adoré avoir une mère d'accueil comme toi.

Elle se rapprocha et la tendresse qu'il lut dans ses yeux le bouleversa.

— Comment était ta famille d'accueil ? demanda-t-elle.

Une question pour le moins inattendue. Il ne savait pas s'il devait être soulagé ou inquiet. Il ne parlait généralement pas de son passé. Normalement, il aurait interrompu la conversation ou prétexté une envie de prendre l'air pour surveiller les enfants.

Mais pour une raison quelconque, il décida d'être honnête.

— Laquelle ?

Ses sourcils se froncèrent.

— Combien de familles d'accueil as-tu connues ?

— J'en ai eu deux avant de me retrouver avec Stan. La première n'était pas mal. Le père d'accueil était dans l'armée et son épouse était une enseignante en éducation spécialisée. Mais lorsqu'il a reçu l'ordre de s'installer dans une base en Allemagne, il a emmené sa femme et je suis retourné dans le système.

— Cela a dû être difficile.

Oui, mais il n'était pas prêt à l'admettre. Pas encore. Il avait déjà dévoilé trop de ses vulnérabilités.

— La deuxième famille vivait à Wexler et m'a inscrit au lycée. La meilleure partie de cette époque, je l'ai passée à me faire les deux bons amis que j'ai encore. C'est dommage que la famille d'accueil numéro deux ne l'ait pas vu de cette manière.

— Ils ne voulaient pas que tu aies des amis ?

Elle s'avança davantage vers lui, son genou touchant le sien. Il n'avait jamais eu aussi chaud de toute sa vie.

Il se racla la gorge pour essayer de chasser les pensées érotiques qui se précipitaient dans son esprit et ajouta :

— Non, mais ils n'aimaient pas ces amis en particulier. Ils pensaient que Clay Masters et Matt Grimes étaient des sauvageons.

— C'est ce qu'ils étaient ?

Il éclata de rire.

— À l'époque ? Oui, je dois admettre que nous l'étions. Nous avons eu pas mal de soucis à l'école et à la maison.

— Graves ?

Il haussa les épaules.

— Nous avons réussi à éviter la maison de correction. Mais de justesse.

— Heureusement.

— En fait, le père d'accueil numéro deux attendait beaucoup des enfants dont il avait la garde. Il m'a privé de sortie et m'a interdit de revoir Clay et Matt.

— Je suppose que ça ne t'a pas plu.

— Exactement. Et à l'époque, j'étais tellement stupide que je me suis dit qu'être SDF n'était pas pire que me plier à des règles strictes de conduite. Alors un soir, j'ai glissé des affaires dans un sac à dos, je suis passé par la fenêtre et je suis parti.

— Pour aller où ?

— J'ai passé deux nuits dans la grange de Matt, mais il vivait avec son oncle George. Et un matin, George m'a trouvé et a piqué une crise. Alors j'ai décampé. La nuit suivante, un policier m'a trouvé à errer dans Wexler Park bien après le couvre-feu. Mais au lieu de me passer les menottes, il m'a invité dans un restaurant où j'ai pu manger quelque chose de chaud et de copieux.

— C'était Stan ?

Il acquiesça.

— Un lien s'est immédiatement créé entre nous. Il m'a pris sous son aile et avant même que je le comprenne, il était devenu mon troisième père adoptif. Le dernier.

— Parle-moi de Stan. Quel genre d'homme était-il ?

— Un type super. Beau, grand et ténébreux. Il avait la quarantaine quand je l'ai rencontré et il avait toujours voulu fonder une famille, sauf qu'il n'arrivait pas à s'engager avec une femme. Il n'avait jamais trouvé la bonne.

— Tu as eu de la chance, soupira-t-elle.

— De croiser Stan ? C'est sûr. Il s'est dévoué pour moi et je me suis immédiatement accroché à lui. J'étais peut-être un rebelle dans l'âme, mais je n'étais pas stupide. J'ai compris que j'avais enfin quelqu'un qui se souciait vraiment de moi.

— Je suppose que c'est pour cela que tu es entré dans la police. Tu voulais suivre ses traces.

— Oui. Stan était un excellent modèle.

Mais il n'avait pas simplement imité Stan dans son choix de carrière. Il était un célibataire endurci, comme Stan. Car, tout comme lui, il ne croyait pas aux contes de fées.

— Je ferais mieux de vérifier la sauce et de mettre les pâtes à cuire, dit-elle. Ensuite, je demanderai aux enfants d'aller se laver les mains avant de passer à table.

— Bonne idée. Mais si tu veux, je m'occupe des enfants.

Elle le gratifia d'un sourire qui le réchauffa de la tête aux pieds. Un désir sourd s'empara de lui. Mais il savait qu'il ne l'assouvirait pas ce soir. Pas avec les enfants dans la maison. Ce qui ne l'empêchait pas de penser qu'il s'apprêtait à passer une soirée inoubliable. Ce qu'elle était déjà.

Alors qu'il savourait l'odeur suave des tomates, du basilic et des épices, il comprit que quelque chose était en train de changer en lui. Ce n'était finalement pas si désagréable de retrouver sa femme et ses enfants après une dure journée de travail.

Avait-il rencontré sa propre Darlene ? Avait-il trouvé ce que Stan avait perdu si vite ?

Julie était aux anges, Adam et les enfants avaient dévoré ses spaghettis et leur appréciation lui faisait un immense plaisir.

— Attention, je vais vite m'habituer à ces bons petits plats, plaisanta-t-il. Je mange beaucoup trop de fast-food au travail et, même si je sais cuisiner, je ne suis pas toujours à la maison au moment des repas.

Elle avait déjà pensé qu'il était l'incarnation d'un célibataire invétéré, mais il lui avait montré un autre visage. Il était si bon avec les enfants et il avait pratiquement adopté le chien errant, même s'il n'osait pas encore l'avouer.

N'était-ce pas un signe qu'il était prêt à tomber amoureux un jour et à fonder une famille ?

Elle n'osait pas espérer autant, du moins pas encore. Mais sa vie avait bien changé depuis qu'elle l'avait rencontré et était devenue son amie. Et maintenant, elle était aussi sa femme, même si leur mariage n'était pas censé durer…

À la fin du dîner, elle servit de la crème glacée à la fraise. Adam et les enfants l'aidèrent à faire la vaisselle, puis ils se retrouvèrent tous au salon pour regarder un dessin animé à la télévision.

De temps en temps, elle lui jetait un coup d'œil. Il semblait apprécier le film autant que les enfants.

Pendant une partie particulièrement amusante, il se tourna vers elle, baissa la voix et dit :

— C'est dingue. Je ne pensais pas pouvoir m'amuser autant en regardant un dessin animé conçu pour les enfants.

— Je pense que l'idée est de séduire à la fois les enfants et leurs parents. De cette façon, papa et maman sont plus à même de payer le prix du cinéma.

— C'est juste, je n'y avais jamais pensé.

À la fin du dessin animé, elle annonça aux enfants qu'il était temps de se brosser les dents et de se préparer pour la nuit.

— Adam et Biscuit restent là aussi ? demanda Eddie.

Ses joues se réchauffèrent et elle ne put que lancer un regard à Adam, qui répondit pour eux deux.

— Non, dit-il, Biscuit et moi allons bientôt rentrer à la maison. Mais ne vous inquiétez pas. Nous n'avons pas fini de nous voir et de nous amuser. Demain, nous partons pour le camping et nous irons faire de l'équitation dimanche.

— C'est cool !

Eddie se tourna vers sa sœur, qui hochait la tête avec enthousiasme, puis s'adressa à Adam.

— Il nous faudra des bottes de cow-boy ? Car si c'est le cas, nous n'en avons pas.

— Non, pas pour cette fois.

Alors qu'elle allait accompagner les enfants dans leur chambre, il se tint derrière elle et dit :

— Il reste du vin. Tu veux le finir ?

— Que dirais-tu plutôt d'une tasse de décaféiné ? Je peux lancer la cafetière après avoir couché les enfants.

— D'accord, mais je m'en occupe.

— Le café et les filtres sont dans le placard.

— Comment aimes-tu ton café ?

— Avec un nuage de lait et deux sucrettes. Le lait est dans le réfrigérateur et le sucre sur le comptoir.

— C'est comme si c'était fait.

En redescendant après avoir mis les enfants au lit, elle sentit le divin fumet d'une cafetière chaude. Elle retourna alors dans le salon, où il l'attendait une tasse de café à la main.

Elle le remercia puis s'installa sur le canapé. Elle avait prévu de garder une distance de sécurité cette fois-ci, mais finit par s'asseoir assez près pour pouvoir le toucher.

— Qu'est-ce que tu feras de la chienne pendant ton absence le week-end prochain ?

— C'est bon, j'ai demandé à Duck de la surveiller pendant mon absence.

— Duck ? s'esclaffa-t-elle. Comme Daffy Duck ?

Il haussa les épaules.

— Je suis désolé, c'est son surnom.

Son sourire lui donnait un air si jeune et tendre.

— C'est comme ça que j'appelle Matt Grimes, mon vieux copain de lycée. Nous avions tous des surnoms à l'époque, et de temps en temps, ils reviennent dans nos conversations.

Elle leva sa tasse. Elle n'avait pas encore goûté son café, mais à la couleur crème, elle se rendit compte qu'il l'avait préparé comme elle l'aimait. Elle souffla sur le bord avant d'en prendre une gorgée. Délicieux. Tout simplement parfait.

— C'est bien que tu sois toujours en lien avec tes amis du lycée.

— Oui, c'est vrai. Mais on ne se voit pas aussi souvent qu'auparavant.

— Pourquoi vous ne vous voyez pas autant qu'avant ?

— Matt vit toujours officiellement au Double G, un ranch de Brighton Valley, mais il est cow-boy professionnel et il est souvent par monts et par vaux.

— À l'époque, poursuivit-il après un moment de silence, avec Bullet, nous étions un peu jaloux de son succès auprès des filles.

— Bullet ?

— Clay Masters. Une terreur de l'équipe de foot.

Elle en apprenait de plus en plus sur l'homme qu'elle avait trop vite jugé lors de leur première rencontre. Et elle voulait en savoir encore davantage. Son passé, sa vie quotidienne. Jusqu'à s'imaginer des projets d'avenir avec lui.

— Et toi, pourquoi ils t'ont appelé Pancho ? Tu t'appelles Adam.

— Je vais te dire comment cela est arrivé. Au collège, j'étais le sauvageon le plus fou du groupe. Une vraie tête brûlée. Alors un jour, après une conférence en classe d'histoire américaine, ils m'ont surnommé Pancho Villa. Pancho pour faire court.

— D'accord, j'ai compris.

Elle comprenait aussi comment il s'était transformé en grande partie grâce à Stan.

— Alors l'adolescent rebelle s'est calmé et est devenu un policier faisant respecter la loi ?

— Oui, on peut dire ça.

Il sirota une gorgée de café et elle fit de même, se délectant du breuvage qui semblait avoir un meilleur goût que d'habitude.

Ils restèrent assis tranquillement pendant un moment, chacun perdu dans ses pensées.

Alors que les aiguilles de l'horloge tournaient lentement sur le manteau de la cheminée, elle se rendit compte qu'elle ne s'était jamais sentie aussi bien. Tellement bien.

C'était si agréable d'être en sa compagnie en sachant les enfants endormis dans leurs lits. Il était fort et courageux. Un homme sur lequel elle pouvait compter. Un mari dont elle était peut-être déjà amoureuse.

Et il devait aussi être un amant extraordinaire…

Comment ses pensées avaient-elles dérivé de cette façon ? Est-ce qu'il pensait à l'embrasser à nouveau ?

— Nous avons passé une bonne soirée, dit-il.

— Oui, c'est ce que je pense aussi.

Il poussa un soupir.

— Je devrais probablement y aller.
— Vraiment ?
Ses joues se réchauffèrent.
Était-elle en train de l'inviter à passer la nuit avec elle ? Elle l'aurait probablement fait si les enfants n'étaient pas là. Elle ne voulait pas risquer de dérapages avant que Mme Kincaid prenne sa décision.
— Je veux dire, est-ce que tu dois vraiment y aller maintenant ?
— Je devrais. Sinon, je vais oublier que les enfants sont à la maison. Et je détesterais qu'ils se réveillent et nous trouvent en train de nous embrasser… Ou autre. Je n'ai pas envie qu'ils racontent quoi que ce soit à l'assistante sociale qui pourrait lui faire prendre une autre décision que celle que tu attends. Je m'en voudrais pour le restant de mes jours.
— C'est vrai. Mais sache que s'il n'y avait pas cette histoire de garde en jeu, je t'aurais invité à rester.
— Et j'aurais accepté sans la moindre hésitation, dit-il dans un souffle.
Puis il se leva.
— Je viendrai vous chercher demain à 10 heures pour le camping.
— D'accord.
À ces mots, elle se leva à contrecœur du canapé et l'accompagna jusqu'à la porte.
Il ne lui restait plus qu'à attendre le sommeil pour retrouver ses fantasmes et espérer qu'ils ne tardent pas trop à se réaliser.

- 9 -

Julie n'avait peut-être aucune expérience du camping, mais cela ne voulait pas dire qu'elle ne pouvait pas effectuer une recherche sur Internet pour en apprendre les rudiments. Ce n'était peut-être qu'un séjour d'une nuit, mais elle ne voulait pas décevoir Adam.

Ainsi, samedi matin, quand il arriva chez elle pour la chercher avec les enfants, elle n'était pas seulement habillée et prête à partir, elle se tenait devant le porche. À côté d'elle, il y avait un sac à dos contenant tout ce dont ils pourraient avoir besoin : écran solaire, insectifuge, lingettes antibactériennes, serviettes en papier, deux grandes gourdes d'eau, des barres de céréales, deux sacs en plastique, des vêtements de rechange et une trousse de toilette. Elle espérait n'avoir rien oublié…

— Bonjour, dit-il en s'extirpant du siège du conducteur.

Il était vêtu d'un jean, d'une chemise en flanelle et était chaussé de bottes de randonnée. Sur son visage, il arborait un sourire éclatant qui lui mit du baume au cœur.

— C'est super que tu sois prête, commenta-t-il. Je vois en plus que tu as la tenue parfaite pour le camping.

Elle baissa les yeux sur sa vieille paire de baskets, ainsi que sur son jean délavé et son sweat-shirt trop grand. Puis elle le regarda se diriger vers elle.

— Je n'allais pas quand même étrenner de nouveaux habits, vu que nos activités risquent d'être salissantes, s'amusa-t-elle.

Il la rejoignit sous le porche et attrapa son sac à dos, mais avant de retourner à la voiture, il s'arrêta et la balaya du regard. Une lueur d'appréciation éclaira ses yeux.

— Tu es belle.

Un sentiment de fierté gonfla sa poitrine. Elle était peut-être vêtue de vêtements froissés, mais elle avait quand même pris le temps d'appliquer un peu de maquillage : du mascara waterproof et un brillant à lèvres cerise.

— Merci. Tu n'es pas mal non plus.

Elle lutta contre son attirance et appela les enfants, qui étaient encore à l'intérieur en train de finir leur petit déjeuner à la table de la cuisine.

— On arrive ! cria Eddie tandis qu'il se précipitait avec sa sœur vers la voiture.

Biscuit les attendaient à l'arrière.

Après avoir fermé la porte à clé, elle porta son sac de sport à la voiture et le tendit à Adam.

— Les chiens sont-ils autorisés sur le camping ? demanda-t-elle alors qu'il essayait de fourrer le sac, ainsi que les deux sacs à dos des enfants, dans le coffre déjà plein du véhicule.

— Oui, s'ils sont en laisse. Je me suis dit que les enfants seraient heureux d'avoir Biscuit avec eux.

Elle jeta un coup d'œil au toit de la voiture, où il avait sécurisé deux longues boîtes avec des sangles élastiques vertes sur la galerie.

— Tu es certain qu'on ne passe qu'une nuit ? On dirait qu'on part en expédition pour une semaine !

— Oui, confirma-t-il. Mais j'ai apporté deux tentes, des sacs de couchage, une trousse de secours, du bois pour le feu et de la nourriture.

Ils se mirent en route et environ trente minutes plus tard, alors que la Bronco soulevait la poussière et rebondissait le long d'une route en terre battue menant à Miller's Creek, elle s'exclama :

— Bonté divine, tu ne te moquais pas de moi en disant que l'endroit était rustique !

— C'est tout ce que j'aime.

Elle sourit. Pour un gars qui avait remis à neuf un véhicule vintage et le gardait propre et brillant, il ne semblait pas s'inquiéter des nids-de-poule ni de la poussière.

Il dirigea le véhicule vers la gauche et passa sous une arche en bois patiné. Son lettrage, autrefois peint en noir, n'était plus lisible.

— Pour moi, cet endroit est le secret le mieux gardé de Wexler.

Elle regarda le paysage — un lac qui n'était pas plus grand qu'un étang, des cornouillers qui bruissaient sous le vent. Elle n'est peut-être pas une adepte du camping, mais si elle devait passer une nuit à l'extérieur, ce serait un endroit très agréable pour le faire.

— C'est vraiment beau ici.

Elle compta dix emplacements de camping, dont deux seulement étaient occupés. L'un accueillait un couple de personnes âgées dans un petit mobile-home avec un auvent bleu fané par le soleil et l'autre des adolescents avec une simple tente verte. Elle repéra également un petit bâtiment en béton qui devait sans doute être les toilettes.

Il se rendit vers l'emplacement le plus éloigné et se

gara. Puis il se retourna vers la banquette arrière et demanda aux enfants :

— Alors, qu'en pensez-vous ?

Eddie, qui avait étudié les environs les yeux écarquillés, se tourna vers sa sœur.

— C'est génial, hein, Cassie ? Ça va être super cool.

La petite fille hocha sagement la tête. Même la chienne, avec sa langue pendante, semblait être du même avis.

— Quand allons-nous installer les tentes ? s'impatienta Eddie.

— Bientôt, lui répondit-il, mais d'abord, il va falloir faire faire sa promenade à Biscuit.

Cassie tira sur sa manche.

— Je… je…, bredouilla la petite. Je le ferai.

Il sourit et plaça une main sur sa tête, caressant ses mèches blondes.

— Ce serait génial. Merci, ma chérie.

À ces mots, il se tourna vers Julie.

— Ça te dérangerait de l'accompagner ?

— Pas du tout !

Elle jeta un coup d'œil aux boîtes sur le toit de la Bronco.

— Mais tu as beaucoup de choses à décharger, tu ne veux pas qu'on t'aide ?

— Non, ce n'est pas nécessaire.

Il posa une main sur l'épaule du petit garçon.

— La moitié du plaisir du camping, c'est l'installation de la tente. Et comme ça, avec Eddie, on restera entre hommes.

Elle leva les yeux au ciel.

— Merci de nous exclure, plaisanta-t-elle. Mais ce n'est pas grave, nous allons profiter du paysage.

— Très bien.

Il souleva alors la portière arrière de la Bronco puis abaissa le hayon. Le véhicule était plein à craquer. Il y avait même une glacière qui devait sans doute contenir de la nourriture.

Elle hésita encore une fois.

— Tu es sûr que nous ne pouvons pas vous aider ?
— Oui, certain.

Il se tourna vers Eddie et lui fit un clin d'œil.

— On gère, mon bonhomme, n'est-ce pas ?

Eddie hocha la tête fermement, un air sérieux gravé sur son visage.

Elle était réticente à partir, le spectacle des muscles d'Adam en action n'avait rien de désagréable. Mais promener Biscuit lui donnerait aussi l'occasion de parler à Cassie. Et si elle avait de la chance, elle pourrait inciter la petite fille à s'ouvrir encore davantage et à oser plus que quelques mots à la fois.

— À plus tard, alors.

Elle prit la laisse du chien puis attrapa la main de Cassie.

— Allez, chérie. Voyons ce qui nous entoure.

En marchant le long du ruisseau, elles écoutèrent le bruit de l'eau vive, des brindilles qui se cassaient sous leurs pieds et des croassements des corbeaux.

Alors qu'elle prenait une profonde inspiration, savourant l'air frais et la chaleur du soleil sur son visage, Cassie poussa un cri de surprise et pointa le doigt vers l'avant.

— Regarde.

Elle se figea, craignant un serpent, un lézard ou peut-être même un ours.

— Qu'est-ce qu'il y a ?

— Un joli caillou.

Cassie lâcha sa main et se précipita vers une petite pierre rougeâtre. Elle la souleva du sol, l'étudia avec prudence puis se tourna vers elle en souriant.

— Tu as raison, dit Julie. C'est très joli. Et ça a la forme d'un cœur.

— Je sais !

Cassie contempla sa précieuse trouvaille.

— On n'a qu'à le ramener au camp avec nous. Peut-être que tu pourrais ramasser d'autres choses qui seront autant de souvenirs de ce que nous avons fait aujourd'hui ?

Quinze minutes plus tard, leurs poches remplies de pierres pour leur collection, Cassie et elle rentrèrent au camping, où Adam avait déjà installé deux petites tentes. Une pour elle et Cassie, l'autre pour Eddie et lui.

— C'est beau, dit-elle.

Elle parlait autant du campement que du beau gosse aux cheveux noirs qui était en train de soulever la dernière boîte de la galerie. Ses muscles se contractaient et la brise hérissait ses cheveux noirs. Il était fort, confiant et beau. Il ferait un mari parfait. Et pas seulement sur le papier.

Après avoir placé la glacière sur la table de pique-nique en bois, à côté de quelques cannes à pêche et de plusieurs lanternes à piles, il tendit un sac de couchage à Eddie.

— Tiens, il faut en mettre deux dans chaque tente.

Ensuite, il passa un autre sac de couchage à Cassie.

— Tu veux bien aider ton frère, ma chérie ?

La petite hocha la tête avec impatience, puis se dépêcha de faire ce qu'on lui avait demandé.

Heureuse que tout se passe pour le mieux, Julie se

dirigea vers la table de pique-nique et étudia le contenu des sacs et de la glacière. En plus des hot-dogs, du ketchup, de petites briquettes de jus de fruits et de lait, il avait apporté une bouteille de vin blanc.

Ses joues s'empourprèrent. La journée avait bien commencé et la nuit s'annonçait encore meilleure.

Quand les enfants eurent terminé la préparation des sacs de couchage, elle fit de son mieux pour dissimuler ses pensées et masquer le sourire qui lui revenait à chaque fois qu'elle pensait au coucher du soleil et au lever de la lune.

— J'aime beaucoup ce coin, dit Eddie en donnant un petit coup de coude à sa sœur. N'est-ce pas, Cassie ?

Elle acquiesça sans dire un mot. Ce n'était pas grave. Non seulement elle avait recommencé à parler, et le faisait de plus en plus souvent, mais elle semblait aussi reprendre confiance et affichait une mine plus détendue et heureuse que lorsqu'elle était arrivée à Kidville.

Eddie demanda alors à Adam :

— À quoi sert le gros sac-poubelle ?

— Nous devons nettoyer après notre passage. Il ne faut laisser aucun détritus.

Responsable. Travailleur. Un gars qui se souciait des enfants. Adam s'était avéré être le genre d'homme qu'elle avait toujours rêvé de rencontrer. Sans compter qu'il était beau à se damner.

Pour une novice en camping, elle avait hâte de vivre une nouvelle aventure, de regarder le soleil se coucher et, quand la nuit tomberait, de s'asseoir autour d'un feu de camp. Même si elle aimait être avec Eddie et Cassie, elle attendait avec impatience le moment où ils se coucheraient et où elle pourrait passer le reste de la soirée seule avec Adam.

Adam avait passé un très bon moment à la pêche.

— Alors, ça t'a plu ? demanda-t-il à Eddie alors qu'ils rentraient au campement.

— Oui, c'était amusant, mais nous n'avons attrapé aucun poisson pour le dîner, déplora l'enfant.

— Peut-être que la prochaine fois ils mordront et nous en attraperons tout un banc. Mais ne t'inquiète pas, nous allons faire le plein de hot-dogs !

— Mais comment ? Je n'ai vu ni casseroles ni poêles.

— Tu verras, j'ai ma méthode. J'ai apporté des cintres en métal.

Le garçon plissa le front, clairement confus.

— Hein ?

— Il suffit de défaire les cintres, expliqua-t-il en souriant, de planter une saucisse au bout et de les rôtir au-dessus du feu de camp. Tu verras, ça sera encore plus amusant que de pêcher.

De fait, une fois qu'il eut fait un bon feu de bois et défait quatre cintres, il montra aux enfants et à Julie comment insérer l'extrémité du fil de fer dans la saucisse et le maintenir au-dessus des flammes.

— Hé, dit Eddie. C'est marrant ! Et tenir ce fil c'est un peu comme une canne à pêche. Mais au lieu d'un poisson, j'ai eu une saucisse.

Adam jeta un coup d'œil à Julie, assise à côté de Cassie. Ses cheveux blonds avaient été tirés en queue-de-cheval et ses joues étaient rouges. Ses yeux brillaient. Une fille jolie, sage, simple. Il n'était plus question de l'éviter, comme il l'avait au départ envisagé. Et ce soir, il n'avait qu'une envie, s'asseoir à côté d'elle, regarder les flammes vaciller tandis que le feu s'éteignait, et compter les étoiles.

Mais qu'était-il en train de lui arriver ?

Il regarda Biscuit, qui, assise à côté de lui, les surveillait en bon chien de famille. Il sortit une saucisse de son paquet et la lui offrit. Elle la renifla puis recula. Elle répéta le même mouvement avant de céder et de prendre la viande qui la faisait manifestement saliver. Et l'engloutit en un rien de temps.

Elle en avait parcouru, du chemin. Tout comme Eddie et Cassie, qui souriaient, rigolaient et bavardaient comme tous les enfants de leur âge. Ceux qui avaient eu la chance de grandir dans des maisons accueillantes avec des parents aimants. Penser à leur métamorphose et savoir qu'il avait joué un rôle le fit sourire et lui emplit la poitrine de fierté.

Après la dégustation des hot-dogs, il leur montra comment faire des marshmallows rôtis pour le dessert.

— Je pourrais vivre ici pour toujours, dit Eddie en léchant ses doigts collants.

Cassie leva les yeux vers le ciel nocturne, vers les étoiles scintillantes au-dessus de sa tête.

— Moi aussi, dit-elle. C'est le jour le plus rigolo de ma vie.

Elle le regarda et commenta dans un souffle :

— C'est vraiment un jour spécial.

À ces mots, elle le gratifia d'un sourire qui lui donna le sentiment d'être vraiment spécial lui aussi.

Après avoir aidé les enfants à se laver les mains et le visage, gluants de sucre et de jus de saucisse, elle ajouta :

— La prochaine fois, j'apporterai ma guitare.

Eddie désigna la Bronco.

— Alors il faudra venir avec deux voitures, car je ne pense pas qu'on pourra y faire rentrer quoi que ce soit d'autre.

— Tu es un fin observateur, confirma-t-il.
— J'aime quand tu joues de la musique, dit Cassie.
— Moi aussi. En même temps, nous n'avons pas besoin d'un instrument pour chanter, poursuivit-elle. Je vais te montrer.

Elle commença la chanson qu'elle leur avait enseignée, à propos d'une petite grenouille tachetée, leur préférée, puis elle leur enseigna des comptines encore plus farfelues, comme l'histoire d'une cacahuète sur une voie ferrée et celle d'une vieille femme qui avale une mouche.

Il se retrouva à profiter de la nuit d'une manière qu'il n'aurait jamais pu imaginer. Et bien que celle-ci ait été bien moins aventureuse que les nombreuses excursions qu'il avait faites avec Stan en dormant dans ce même camping, il savait qu'elle allait devenir un merveilleux souvenir. Un souvenir à part.

Les enfants se mirent à bâiller. Julie se leva pour les conduire aux toilettes. À leur retour au campement, elle leur demanda d'enfiler leur pyjama et alla ensuite les border dans leur sac de couchage.

Il aurait probablement dû l'aider pour ce rituel du soir, mais il ne se sentait pas sur son territoire, alors il prit la chienne pour l'emmener faire une promenade.

À son retour, il trouva Julie assise près du feu de camp et plaça sa chaise à côté de la sienne.

En matière de romance, il n'avait besoin d'aucun accessoire, mais là, c'était différent. Julie était différente.

Il se dirigea alors vers la glacière et sortit la bouteille de chardonnay qu'il avait préparée.

— Que dirais-tu d'un petit verre de vin ? Je ne savais pas comment les choses allaient se passer aujourd'hui et j'ai pensé que nous aurions peut-être voulu nous détendre.

— Je suis détendue, mais je ne suis pas contre un verre de vin.

— Par contre, je n'ai que des gobelets jetables.

— Pas de problème, je ne m'attendais pas à des chichis, ce soir.

Il remplit deux gobelets, puis lui en tendit un avant de reprendre place à côté d'elle. Quand elle le regarda en souriant avec ses yeux brillants, il eut l'impression d'avoir le souffle et les jambes coupés. Pourquoi avait-il un jour pensé qu'elle n'était pas une femme pour lui ? C'était bien simple, il semblait avoir tout oublié sauf son nom.

Jusqu'à ce soir, il avait regretté le baiser qu'ils avaient échangé. Pas parce qu'il n'avait pas été excitant, mais parce qu'il l'avait été, terriblement. Avec le chant des grillons et la lumière des flammes léchant les bûches sur le feu de camp, le moment lui sembla idéal pour en partager un autre.

L'Adam d'autrefois, celui qu'elle ne connaissait pas, n'y aurait pas réfléchi à deux fois. Il aurait su quoi faire. Mais ce nouvel homme, celui qu'il essayait d'être, n'était vraiment plus sûr de rien ces jours-ci. Y compris de lui.

Julie posa son gobelet de vin et se leva pour aller voir les enfants. Ils étaient silencieux depuis quinze bonnes minutes. Et comme elle s'y attendait, ils dormaient à poings fermés, pas le moins du monde dérangés par les lanternes à piles qui projetaient leur douce lumière blanche à l'intérieur des tentes.

Lorsqu'elle revint au feu de camp et se dirigea vers la chaise de jardin qu'elle venait de quitter, Adam lui demanda :

— Ils dorment ?

— Oui, et je crois que ça ne leur a pas pris beaucoup de temps. Ils étaient épuisés.

Sa chaise lui sembla subitement un peu plus proche de la sienne. Elle devait sans doute halluciner ou prendre ses désirs pour des réalités. Mais elle n'était pas du tout dérangée par leur proximité, au contraire.

— C'était de la bonne fatigue, ajouta-t-elle.

— Oui, confirma-t-il, ils avaient l'air vraiment heureux aujourd'hui.

— C'est sûr.

Elle jeta un coup d'œil à Biscuit, qui était recroquevillée près du feu. La pauvre chienne, aussi, s'était bien dépensée. Elle, en revanche, avait encore de l'énergie à revendre.

Elle prit une gorgée de vin.

— Je peux comprendre pourquoi tu aimes le camping, surtout ici. C'est tellement paisible !

— Oui, quand tu es un enfant malheureux, cela fait des merveilles.

Elle se retourna, son genou effleurant sa cuisse. Une chaleur qui n'avait rien à voir avec le feu de camp l'irradia.

— Tes premières années ont dû être assez difficiles, dit-elle.

— Oui, on peut le dire. Je n'ai jamais eu de vraie maison.

— Comment ?

— Disons que ma mère n'a jamais couché avec un homme qu'elle n'a pas épousé. Et les hommes semblaient entrer et sortir de nos vies comme dans un moulin.

En comparaison, sa vie à elle avait été bénie, bien

que les traumatismes de son père après la guerre n'aient pas été une sinécure.

— Je suppose que ton père était absent.

— Complètement. Je ne l'ai jamais connu, avoua-t-il. Il est parti quand j'étais petit. Quand j'ai eu quatre ans, maman a épousé un alcoolique. Il mettait de la nourriture sur la table et nous garantissait un toit au-dessus de nos têtes, mais dès qu'il rentrait à la maison, chaque soir, il ouvrait un pack de bière, se calait devant la télévision et buvait jusqu'à tomber ivre mort. Le deuxième mariage de maman aurait peut-être duré si le gars n'avait pas décidé de changer de routine un soir. En rentrant, il s'est arrêté dans un bar du quartier. Plusieurs heures et une dizaine de verres plus tard, il est décédé dans un accident de voiture. Son taux d'alcool étant deux fois supérieur à la limite légale.

Elle fit la grimace.

— C'est atroce.

— D'une certaine manière, oui. Mais il avait une police d'assurance qui payait l'hypothèque et il a laissé à ma mère un petit pécule.

— Je suppose qu'à quelque chose malheur est bon, soupira-t-elle.

Il eut un petit rire sec.

— Oui, on aurait pu avoir la belle vie si ma mère ne s'était pas remariée. Mon deuxième beau-père était un séducteur avec une dépendance au jeu. Quand sa chance a tourné, il a ruiné ma mère. Après leur divorce, elle a dû trouver deux emplois pour joindre les deux bouts. Et j'ai dû apprendre à me débrouiller seul.

— Pas étonnant que tu aies un faible pour les enfants bringuebalés par la vie.

— Ouais.

Il étudia les flammes qui s'éteignaient. Quelques bûches se trouvaient à côté du foyer, mais il ne bougea pas.

— Si ma mère était restée célibataire, nous aurions tous les deux été mieux lotis, mais le type suivant avait également un problème d'alcool. Et lui, quand il buvait, il devenait méchant. Au lieu de rester devant la télé pour la nuit, il se mettait en colère sans raison et frappait tous ceux qui passaient à sa portée.

— Je suis désolée.

Il détacha son regard du feu.

— Oh ! ça arrive. Il y a beaucoup d'enfants qui ont eu une vie bien pire que la mienne. Au moins, dans mon cas, les voisins ont fini par appeler la police et les services de protection de l'enfance sont intervenus pour me placer en famille d'accueil.

Son cœur se serra de chagrin pour le petit garçon qu'il avait été, mais se gonfla ensuite de fierté pour l'homme qu'il était devenu malgré tout.

— Allez, ça suffit, conclut-il. Tu as eu une enfance enchantée et je ne veux plus t'ennuyer avec mes sales histoires.

— Je ne m'ennuie pas le moins du monde. Mais pour information, si mes premières années ont été merveilleuses, ma vie a mal tourné après le décès de ma mère.

— De quoi est-elle morte ?

— Elle a eu une forme très agressive de cancer du pancréas et est décédée un mois après le diagnostic.

Elle leva les yeux au ciel, comme si sa mère pouvait la regarder de là-haut.

— Quel âge avais-tu ?

— Quinze ans. L'armée a renvoyé mon père à la maison à temps pour les funérailles, mais je l'ai à peine reconnu. Il était maigre, pâle et il y avait comme un air de folie dans ses yeux. Sur le moment, je me suis dit que c'était à cause du chagrin. Ce qui était probablement vrai, en partie. Sauf que je ne savais pas qu'il souffrait aussi de stress post-traumatique.

Une confession qui lui vint le plus naturellement du monde. Les mots et les souvenirs semblaient couler d'eux-mêmes.

— Mon père avait des accès de violence très impressionnants. J'ai fait de mon mieux pour garder la paix à la maison. Mais souvent j'ai eu peur que les voisins se plaignent ou qu'ils appellent la police. Je crevais de trouille à l'idée de finir en famille d'accueil.

— Cela a dû être très dur pour toi.

— C'est vrai, mais j'ai vite remarqué que lorsque je jouais de la guitare et chantais il se calmait.

— C'est ce qui t'a fait devenir musicothérapeute ?

— Oui. C'est un bon choix de carrière, je suppose. Enfin, si tu ne veux pas faire fortune.

Elle poussa un léger soupir.

— Reste que je suis heureuse d'avoir pu donner à mon père un peu de répit après ses cauchemars. Sauf que le calme ne durait jamais très longtemps.

— Ton père a-t-il éventuellement obtenu l'aide d'un professionnel ? Le service des vétérans a des programmes assez efficaces.

— Je l'ai supplié de parler à quelqu'un, oui, mais il n'a jamais voulu. Il me disait qu'il allait bien, qu'il pouvait se débrouiller seul. Sauf qu'un jour, lorsque j'étais en première année de fac, je crois qu'il a décidé que la vie ne valait plus la peine d'être vécue. Je suis rentrée à la maison un après-midi pour le retrouver mort d'une overdose de médicaments. Il m'a laissé un mot où il s'excusait d'être un raté et un fardeau.

— Je suis tellement désolé.

— Moi aussi. Cela m'a semblé si injuste. Pour lui, pour moi. Mais j'ai fait de mon mieux pour m'en sortir. Il m'a laissé la maison, qui est à moi désormais. Comme l'hypothèque. Et les traites sont gérables. Et puis j'ai toujours un compte d'épargne pour m'aider jusqu'à ce que je commence à travailler à temps plein.

Il tendit le bras et prit sa main dans la sienne, ce qui la surprit et la ravit. Elle était incapable de se souvenir d'un autre moment comme celui-ci, où elle s'était sentie en confiance avec quelqu'un. Mais elle ne ressentait pas que de l'amitié pour lui, elle le savait bien…

— Tout va s'arranger.

Il pressa doucement sa main, comme pour insister sur la sincérité de ses paroles. Elle voulait y croire de toutes ses forces.

Il se pencha alors vers elle et captura ses lèvres pour un baiser profond. Puis elle se perdit dans ses bras. Certes, elle avait été effrayée au départ par les sentiments qu'il faisait naître en elle. Il n'était pas un homme pour elle, elle n'avait cessé de se le répéter. Mais peut-être qu'elle s'était trompée.

Jamais de sa vie elle n'avait été aussi heureuse à l'idée d'avoir tort.

Adam pencha de nouveau la tête vers Julie pour l'embrasser doucement. Mais au moment où il allait reprendre son souffle, sa langue se fraya un chemin dans sa bouche.

Une intense chaleur lui traversa les veines.

Sa bouche avait le goût de guimauves grillées. Il avait soif d'elle. Il voulait plus.

Il ferma les yeux, lui caressa le dos puis passa ses mains sous son sweat-shirt ample et sentit qu'elle l'attendait, qu'elle était prête pour ses caresses.

C'est alors que la chienne jappa et le ramena à la réalité. Aux enfants qui dormaient à quelques mètres. Et s'ils se réveillaient ? Il ferait mieux de ralentir le rythme.

Et pourtant, ses mains semblaient échapper à son contrôle, incapables de quitter sa peau douce et chaude.

Les jappements de la petite bestiole devinrent insistants. Biscuit était-elle jalouse de l'attention qu'il accordait à Julie ?

Elle mit alors fin au baiser avant qu'il ait eu la chance de rouvrir les yeux.

— Pardon, je…

Elle se redressa sur son siège et regarda la chienne aux yeux de biche qui était assise à leurs pieds.

— Je crois que Biscuit pense que nous l'ignorons.

C'était peut-être le cas. Julie avait capté toute son attention. Où cette femme avait-elle appris à embrasser comme ça ?

Elle se retourna et le regarda. Elle avait les joues et les lèvres rougies. Elle sourit timidement.

— Biscuit est visiblement très attachée à toi.

Peut-être. Mais il n'était pas du genre à s'attacher aux animaux.

Ni aux femmes.

Du moins, c'est ce qu'il avait toujours pensé. Avant qu'une tempête nommée Julie débarque dans sa vie et balaye toutes ses certitudes au passage.

Une tension soudaine lui noua la poitrine. Il fit de son mieux pour l'ignorer.

— Tu sais, dit-elle sans se départir de son joli sourire, je vais aimer être mariée avec toi.

— Moi aussi. Au moins, tant que ça durera.

Il vit une ombre passer sur son visage. Avait-il dit quelque chose de mal ?

Au moins, il avait dit la vérité. Était-il prêt pour quelque chose d'important ? Quelque chose qui l'engagerait à vie ? Pour un vrai mariage ?

— Je... Euh..., bredouilla-t-il.

Mais que lui arrivait-il ? Il ne s'était encore jamais retrouvé sans voix dans ce genre de moment. Et il ne pouvait pas se le permettre. Il s'était toujours efforcé d'éviter tout malentendu avec les femmes. Raison pour laquelle il avait proposé d'annuler le mariage une fois que Julie obtiendrait la garde des enfants.

Avait-elle oublié ?

Elle se mordit la lèvre. Elle jeta alors un coup d'œil sur une tente, puis sur l'autre.

— Bon, je ne bois pas souvent d'alcool, marmonna-t-elle. Et ce vin m'a vraiment cassée. Je ferais mieux d'aller me coucher. Sans compter que les Hoffman s'attendent à ce que nous surveillions Eddie et Cassie.

— Tu as raison.

Il se passa la main dans les cheveux, soudain conscient de la distance qu'il venait de créer entre eux.

Elle se leva et s'étira. Puis bâilla. Sa fatigue était-elle réelle ou feinte ? Il ne put le dire.

— À demain matin.

— Bonne nuit.

Il la regarda ouvrir la porte en toile et pénétrer à l'intérieur de la tente qu'elle partageait avec Cassie, mais elle n'alluma pas sa lanterne. S'était-elle effondrée sur son sac de couchage, épuisée ?

Cela lui semblait peu probable.

Devait-il aller voir si tout allait bien ? Peut-être, mais s'il le faisait, il allait aussi devoir lui parler. Et il en était incapable.

Biscuit plaça son menton sur son genou, comme si elle sentait sa détresse et voulait lui apporter son soutien. Il lui caressa la tête pendant qu'il fixait la tente de Julie.

Il fallait trouver une explication à sa réaction maladroite, mais la seule qui lui vint à l'esprit, c'était que ses sentiments pour Julie l'effrayaient. Et que l'idée de perdre son indépendance le paralysait. Il resta donc à sa place, assis près d'un feu presque éteint, à regarder les volutes de fumée monter au ciel.

Et à se demander ce qu'il allait faire avec Julie.

au beau milieu de nulle part. Si seulement elle pouvait déguerpir…

En fait, si Eddie et Cassie n'étaient pas là, elle aurait…

Quoi ? Traversé en pleine nuit le comté à pied pour rentrer chez elle et laisser éclater sa colère ?

Elle était peut-être inexpérimentée dans ses relations avec des hommes comme Adam, mais elle n'était pas stupide au point de se perdre dans le noir. Elle allait devoir ronger son frein. Le lendemain, elle laisserait passer la matinée, se montrant joyeuse avec les enfants — et avec Adam — jusqu'à ce qu'il les dépose chez elle. Et jamais elle ne lui montrerait ce qu'il avait pu signifier pour elle.

Adam n'avait aucune idée du temps qu'il avait passé près du feu de camp la nuit dernière, mais il était resté assis bien après l'extinction des flammes. Quand il était enfin retourné à sa tente, le sommeil l'avait évité pendant ce qui lui avait semblé une éternité.

Mais au matin, alors que, réunis pour le petit déjeuner, ils mangeaient leurs céréales et leurs fruits, il avait fait de son mieux pour prétendre que rien ne s'était passé entre lui et Julie. Ce qui n'avait pas été difficile, car elle avait visiblement fait la même chose.

Peut-être s'était-il trompé ? Elle était peut-être fatiguée et n'avait pas été offensée par sa réaction ? C'est ce qu'il espérait, car il ne voulait pas s'excuser, s'expliquer ni se poser la moindre question sur la direction à prendre.

Parce qu'il ne savait vraiment pas quoi lui dire quant à l'avenir de leur mariage de papier. Il avait toujours cru au temporaire plutôt qu'à la durée. Mais aujourd'hui, une femme lui faisait douter de sa philosophie de vie.

Dès qu'il s'était garé devant sa maison, elle était sortie

du véhicule avant même qu'il eût coupé le contact et ouvert la porte du passager.

— Allez, les enfants. On prend une douche et on se prépare pour aller au ranch ! dit-elle sans se retourner.

Pendant que les enfants sautillaient hors de la voiture, il sortit à son tour, ouvrit le hayon arrière et retira leurs deux sacs à dos et celui de Julie du coffre.

Quand elle le lui prit, elle lui sourit. Enfin.

— Le camping était amusant. Peut-être que nous pourrons le refaire un jour ?

Les mots semblaient sortir automatiquement de sa bouche.

— Ouais, bien sûr.

Il passa les doigts dans ses cheveux.

— Je vais rentrer chez moi et décharger la voiture. Je reviens vous chercher après le déjeuner.

— Nous serons prêts.

À ces mots, elle se dirigea vers la porte.

Il aurait dû être heureux d'avoir réussi si facilement à éviter une discussion gênante, sauf qu'en réalité… c'était elle qui l'avait ignoré. Et cela le dérangeait bien plus qu'il n'était prêt à l'admettre.

Une fois rentré chez lui, Adam alla directement vers le réfrigérateur et en sortit une bouteille d'eau. Alors qu'il prenait une longue gorgée rafraîchissante, il remarqua le voyant rouge clignotant sur le répondeur téléphonique de Stan, indiquant un nouveau message.

Lisa avait probablement écouté le message qu'il lui avait laissé et le rappelait. Mais il n'était pas pressé d'entendre ce qu'elle avait à dire. Alors il prit un autre verre d'eau, puis donna à manger à Biscuit avant de traverser la pièce et d'appuyer sur le bouton de lecture.

Il ne savait absolument pas quoi lui dire. Peut-être

allait-il inventer un imprévu. Ou plutôt mentionner la *personne* imprévue qui faisait qu'il ne pouvait plus sortir avec elle. Sauf que Lisa n'avait pas appelé. Ou, du moins, elle n'avait pas laissé de message.

Le message était celui d'un télévendeur offrant à Stan un week-end tous frais payés à Las Vegas s'il écoutait une courte annonce…

Non merci. Effacer.

Il venait de se détourner du répondeur téléphonique lorsque son téléphone portable sonna. Il l'attrapa rapidement et répondit à l'appel.

— Salut, Adam ! Quoi de neuf ?

Chaque fois qu'il ne reconnaissait pas la voix d'une femme, sa réponse typique était de tenir des propos génériques jusqu'à ce qu'un indice de l'identité de son interlocutrice apparaisse. Sauf qu'il n'était pas d'humeur à jouer à ce genre de jeu aujourd'hui.

— Qui est-ce ? demanda-t-il tout de go.

— C'est moi, Tanya ! Qu'est-ce que tu fais ? Tu ne voudrais pas sortir en ville ce soir ? Ou peut-être juste passer une soirée tranquille chez moi ?

Même s'il avait de nombreuses fausses excuses en réserve, il préféra l'honnêteté.

— Merci pour la proposition, Tanya, mais je vais devoir décliner. Je sors avec quelqu'un maintenant.

— Juste *un seul* quelqu'un ? Oh ! c'est du sérieux, alors !

Il ne savait pas trop ce qui était en train de se passer entre lui et Julie, mais elle était la seule femme qui l'intéressait.

— On verra comment les choses évolueront.

— D'accord, dit Tanya. Mais si les choses n'évoluent pas comme tu veux, tu m'appelles, d'accord ?

— Oui, bien sûr.

Pourtant, pour une raison quelconque, il n'avait plus envie de jouer à ce jeu. Et il espérait vraiment que les choses aillent dans la bonne direction avec Julie.

Après avoir raccroché, il se tourna pour voir Biscuit assise au milieu de la cuisine, le regardant avec ses grands yeux bruns.

— Quoi, quel est le problème, ma fille ? Tu t'attendais à ce que je dise ou fasse quelque chose de stupide ?

Sa queue balaya le sol.

— D'accord, dit-il, je vais l'avouer. Julie est la seule femme que je souhaite voir en ce moment ! Alors, qu'est-ce que tu en dis ? Je suis sûr que tu n'aurais jamais cru que je puisse changer de mode opératoire avec les femmes ! Je t'ai bien eue !

Biscuit agita la queue encore plus frénétiquement. Comme si elle avait compris ce qu'il venait de lui dire.

— En fait, continua-t-il, je crois que l'on peut dire que Julie a quelque chose de magique… qui a changé la donne. Et apparemment, les enfants aussi.

Biscuit laissa échapper un petit jappement.

— Quoi ? Quel est le problème ?

La chienne pencha la tête sur le côté.

— Est-ce que j'ai oublié quelqu'un ?

Il sourit.

— D'accord, très bien, toi aussi tu es magique.

Punaise… Qu'est-ce qui lui arrivait ? Non seulement il parlait à un chien, mais il s'attendait presque à ce qu'elle lui réponde ! S'il ne faisait pas attention, il parlerait de Biscuit comme d'un bébé en fourrure en moins de deux.

Bon, il devait bien l'admettre, c'était ce que Biscuit était déjà devenue. Et les enfants l'avaient aussi vraiment fait changer. Et malgré sa réaction au commentaire de Julie concernant leur faux mariage, la nuit dernière, il n'était vraiment plus sûr de vouloir utiliser des mots comme *temporaire* concernant leur situation.

Sa décision était prise : après avoir emmené les enfants au Double G et une fois qu'il les aurait déposés à Kidville, il emmènerait Julie chez lui, s'excuserait de ses mots malencontreux et lui avouerait ce qu'il ressentait vraiment pour elle.

Elle lui brûlait le cœur depuis la première fois qu'il l'avait vue. Le temps était venu de le lui dire.

Et au lieu de faire semblant qu'ils étaient mariés et qu'ils vivaient ensemble, il lui proposerait de vivre ensemble pour de bon. Si elle le voulait, il était prêt à concrétiser leur mariage.

- 11 -

Adam avait les mains crispées sur le volant lorsqu'il revint chez Julie. Il aurait pu prendre Biscuit avec lui. Le chien avait d'ailleurs pleuré quand il était parti, mais il ne pouvait s'occuper des enfants pendant leur séance d'équitation et s'inquiéter pour le chien en même temps.

Il avait fait une valise et quelques cartons et les avait placés à l'arrière de la Bronco — au cas où elle serait prête à le laisser s'installer. Étonnamment, plus il y pensait, plus il appréciait l'idée. Il jeta un coup d'œil au tableau de bord, alluma la radio et chercha une station qui passait de la musique entraînante. Puis continua la route jusque chez Julie.

Alors qu'il n'était qu'à trois kilomètres, son téléphone portable sonna. Il activa le haut-parleur et répondit.

— Adam, c'est Martin Chiang.

C'était son ami qui travaillait au laboratoire ADN.

— Quoi de neuf, Martin ?

— Comme vous le soupçonniez, ces enfants sont vraiment frères et sœurs, ils ont les mêmes parents. Mais nous avons également analysé l'ADN que vous avez fourni. Il correspond au cadavre d'une femme anonyme qui a été trouvé au fond d'un canyon à une vingtaine de kilomètres de Wexler.

— Assassinée ?

— Les preuves ne sont pas concluantes. Mais maintenant que nous avons un nom, Wanda Cramer, nous pouvons enquêter davantage.

— Merci, Martin. J'ai un suspect qui se révélera probablement être le coupable. Il est en détention en ce moment. Qui dirige l'enquête ?

— Tina Singh.

— Merci. Je vais lui téléphoner.

Il n'avait aucune idée de la manière dont il allait annoncer la nouvelle à Eddie et Cassie. Comment leur dire que leur mère était morte ? Mais il leur devait la vérité. Il ne voulait pas qu'ils pensent qu'elle les avait abandonnés.

Après avoir appelé Tina et lui avoir dit que Brady Thatcher était le suspect numéro un, il composa le numéro de Julie.

Il lui raconta tout d'un seul trait, dès qu'elle décrocha le téléphone.

— C'est terrible.

— Oui, ça l'est. Je vais devoir l'annoncer aux enfants.

— Je sais. Mais il faudrait peut-être mieux attendre la visite de Mme Kincaid.

— Bonne idée. J'arrive bientôt et nous pourrons en parler davantage à ce moment-là.

Lorsque l'appel prit fin, il se concentra sur la route. Devant lui, le feu passa au vert, ce qui signifiait qu'il n'avait pas besoin de ralentir.

Il n'avait pas encore atteint l'intersection qu'une Ford Mustang s'écrasa contre sa Bronco. Il n'eut même pas le temps d'évaluer ses blessures que le monde autour de lui s'assombrit.

Quelques minutes plus tard — ou bien quelques

heures ? — une voix familière l'appela et le sortit du brouillard.

— Est-ce que ça va, mon pote ?

Il ouvrit les yeux. Il n'était plus assis au volant de son véhicule mais se trouvait désormais sur le bord de la route. Un ambulancier était agenouillé à côté de lui.

La voix masculine parla à nouveau. Il plissa les yeux vers la silhouette floue qui se rapprochait.

— Qui… ? bredouilla-t-il.
— Pancho, c'est moi. Bullet.

Son vieux copain de lycée. Clay Masters de son vrai nom, aujourd'hui pilote d'hélicoptère-ambulance. Il ferma les yeux et se concentra pour que sa vision s'éclaircisse.

— Je vais t'emmener au centre médical de Brighton Valley, dit Clay.
— L'hôpital ? Pourquoi ? Qu'est-il arrivé ?
— Tu as eu un accident, précisa Clay. Et il semble que tu aies subi une commotion cérébrale, sans parler de quelques vilaines coupures qui nécessitent des points. Tu as aussi perdu beaucoup de sang.

Il essuya sa paume sur son front en sueur, mais lorsqu'il la regarda, il se rendit compte que ce n'était pas de la transpiration qui coulait sur ses tempes, mais du sang.

Sa tête lui faisait un mal de chien et il n'arrivait pas à reprendre ses esprits. Il mit alors la main dans sa poche, trouva son portable et le tendit à son vieil ami de lycée.

— Appelle Julie.
— Qui c'est ?
— Elle…

Il prit une profonde inspiration, souffla, referma les paupières.

— C'est ma femme.

— Merde, pesta Clay. Ce n'est pas bon signe. Il hallucine.

Il n'avait aucune idée à qui parlait Clay. Un ambulancier, supposa-t-il. Mais il n'osait pas ouvrir les yeux, car cela lui faisait trop mal à la tête.

— C'est compliqué, Clay. Appelle-la. Ses coordonnées sont dans mon téléphone. Dis-lui ce qui s'est passé.

— D'accord.

— Dis-lui aussi d'aller chercher le chien chez moi.

— Quoi, tu as un chien ? Je ne peux pas y croire.

— Oui, j'ai rejoint les rangs des gens qui ont des bébés en fourrure. Je vais devoir te présenter Biscuit un de ces jours.

Clay s'esclaffa.

— D'accord, tu délires sec.

— Mais c'est la vérité, ajouta-t-il en grimaçant. Donne mon adresse à Julie. Et dis-lui aussi où je cache le double des clés.

— Tu es sûr ? demanda Clay. Je veux dire, tu as une blessure à la tête, ce n'est peut-être pas le moment de prendre une décision que tu pourrais regretter.

— T'inquiète, je n'ai jamais été aussi sûr de moi.

Et il avait fallu un accident et une blessure à la tête pour qu'il prenne enfin conscience de ses sentiments.

— Crois-moi, mon pote, je sais ce que je fais.

— Bon sang, ton cas est désespéré, pouffa Clay.

— Merci, dit-il avant de s'évanouir de nouveau.

La nouvelle d'Adam concernant la mère des enfants avait non seulement surpris et attristé Julie, mais elle l'avait convaincue qu'ils formaient toujours une équipe, même si leur mariage était faux. Au lieu de regretter d'avoir accepté de l'accompagner au ranch, elle l'attendait avec impatience.

Il avait dit qu'il arriverait bientôt, mais quarante-cinq minutes plus tard, elle ne l'avait toujours pas vu. Sans doute une urgence l'avait rappelé au travail, alors elle ne commença à stresser que lorsqu'une heure d'attente en devint deux.

Elle attrapa son téléphone portable pour l'appeler, mais avant même qu'elle n'ait composé son numéro, l'appareil sonna et elle faillit le laisser tomber par terre. Le cœur battant, elle répondit sans même prendre le temps de vérifier le numéro qui s'affichait sur son écran.

— Allô !
— Julie ?
— Oui… ?
— Je suis Clay Masters, un ami d'Adam. Il va bien, mais il a eu un accident de voiture cet après-midi et il est à l'hôpital.
— Oh ! non !

Ses genoux faillirent se dérober et elle plaça une main sur sa poitrine.

— Comme je l'ai dit, tout ira bien. Il a des lacérations que le médecin a recousues et une mauvaise commotion cérébrale. Le médecin veut le garder quelques nuits à cause du traumatisme à la tête. Mais c'est juste une précaution.

La pièce commença à tourner autour d'elle.

— Est-ce que ça va ? demanda Clay avec inquiétude.

Elle se ressaisit. Elle devait se montrer courageuse pour Adam.

— Pardon, je suis désolée, bredouilla-t-elle. C'est juste que je… Où est-il ?

— Au centre médical de Brighton Valley. Il veut que vous alliez chercher son chien et que vous en preniez soin.

— Bien sûr.

— Il est désolé de ne pouvoir emmener les enfants au ranch aujourd'hui et souhaite que vous leur présentiez ses excuses. Il promet de reporter le rendez-vous dès que possible.

— C'est bien, dit-elle. Les enfants vont comprendre.

— J'ai déjà contacté Matt pour le prévenir.

— Merci. D'accord, j'apprécie. Je le ferai savoir aux enfants et j'irai chercher Biscuit.

— Bien. Je lui dirai que tout est sous contrôle.

Était-ce le cas ?

Son cœur cognait très fort dans sa poitrine et les murs semblaient se resserrer autour d'elle. Hier soir, elle était blessée et en colère et ce matin elle était résignée. Mais maintenant, la peur de perdre Adam avait tout balayé.

Clay avait dit qu'il irait bien, mais elle voulait en avoir le cœur net. Mais il fallait faire les choses dans l'ordre.

Elle se rendit au salon où les enfants regardaient la télévision.

— Eddie, Cassie, j'ai besoin de vous parler. On éteint la télévision, d'accord ?

Ils s'exécutèrent sans broncher et se tournèrent vers elle, les yeux écarquillés.

— Je crains que nous ne puissions pas aller au ranch aujourd'hui. Adam a eu un accident de voiture.

Les deux enfants restèrent cois, visiblement choqués. Des larmes coulèrent dans les yeux de Cassie et ses lèvres tremblèrent.

— Ne t'inquiète pas, dit-elle en faisant de son mieux pour paraître optimiste. Il n'a pas très mal. Et il voulait que vous sachiez qu'il vous emmènera au ranch la semaine prochaine.

— Alors il faut qu'on retourne à Kidville maintenant ? demanda Eddie.

— Oui, mais uniquement parce que je veux parler au médecin d'Adam et voir s'il y a quelque chose de particulier à faire pour lui.

— Tu promets ? s'inquiéta Cassie. Il va aller bien ?

— Oui, je promets.

Elle espérait seulement que Clay lui avait dit la vérité...

Non, il irait bien. Et elle aussi. Apprendre qu'il avait été blessé, qu'il avait peut-être même failli mourir, mettait tout en perspective.

Hier soir, elle avait été blessée de penser qu'il attendait l'annulation de leur mariage avec impatience. Elle s'était monté la tête toute seule.

Ils allaient en parler et tout se remettrait en place.

Sans attendre une seconde de plus, elle saisit son sac à main, ferma la maison et installa les enfants dans sa voiture. Une fois sur la route, elle appela Kidville et informa Jim Hoffman de l'accident.

— Oh non ! s'exclama Jim. Je suis désolé d'apprendre ça !

— Les enfants sont déçus, mais ils comprennent. Je leur ai dit que nous avions simplement reporté la visite au ranch.

Elle se mordit la lèvre inférieure alors qu'un nouveau plan prenait forme dans son esprit.

— Cela vous dérangerait-il si je venais les chercher ce soir, lorsque j'aurai rendu visite à Adam ? Ils peuvent passer la nuit avec moi à nouveau, si cela vous convient.

— Oh ! je suis sûr qu'ils en seront très heureux.

— Génial.

Cela signifiait également que les enfants seraient chez elle lors de la visite de Mme Kincaid, bien que ce ne soit pas pour cette raison qu'elle voulait les ramener à la maison. Elle voulait qu'ils soient tous ensemble pendant l'hospitalisation d'Adam.

Après son arrivée à Kidville, elle accompagna Eddie et Cassie au bureau, où les Hoffman les attendaient.

— Tu salueras Adam de notre part, dit Jim. Et tu lui diras qu'on pense fort à lui.

— Comptez sur moi.

Une fois dans la voiture, elle régla son GPS et vingt minutes plus tard, elle se garait dans une ruelle ombragée devant l'adresse qui lui avait été donnée. Elle étudia la jolie demeure ornée de stuc vert et blanc. Elle s'attendait à un repaire de célibataire, pas à une maison traditionnelle située dans un quartier grouillant de familles !

Elle laissa sa voiture ouverte, pensant que la prudence n'était pas nécessaire dans cette partie de la ville, d'autant plus qu'elle n'avait pas l'intention de rester longtemps à l'intérieur.

À l'aide de la clé d'Adam, elle ouvrit la porte d'entrée et le chien aboya.

— C'est seulement moi, chérie. Ne t'inquiète pas, ce n'est pas un voleur.

Comme si elle reconnaissait sa voix, Biscuit se précipita pour lui faire la fête en remuant la queue.

— Comment ça va ? demanda-t-elle en se penchant pour frotter la tête de la petite chienne. Tu as cru qu'on t'avait oubliée ?

Biscuit remua la queue de plus belle, visiblement heureuse de voir quelqu'un qu'elle connaissait.

Après avoir caressé le chien sur le ventre, elle erra dans le salon en observant sa décoration typiquement masculine : un canapé en cuir marron, un mobilier en bois sombre, une bibliothèque remplie de romans de Tom Clancy, John Grisham et Stephen King.

Elle se rendit à la cuisine pour donner à Biscuit de l'eau fraîche et des croquettes. Une fois les bols du chien remplis, elle avisa le plan de travail, qui ne semblait servir que très rarement. Une cafetière était le seul appareil d'électroménager visible sur le comptoir.

Un téléphone, un bloc-notes et un répondeur à l'ancienne étaient posés sur un bureau dans un coin. Son voyant clignotait pour indiquer qu'Adam avait des messages. Elle venait de revenir sur ses pas lorsque le téléphone sonna. Après la troisième sonnerie, le répondeur s'enclencha.

C'est alors qu'elle entendit une voix de femme.

— Salut, Adam. C'est Lisa qui te rappelle. Tu m'as demandé de te donner quelques dates pour qu'on dîne ou autre chose.

Elle fit une pause puis laissa échapper un petit rire.

— Quoi qu'il en soit, mon vol a été annulé et je suis donc libre les lundis, jeudis et vendredis soir de la semaine. J'ai vraiment hâte de te voir. Tu as mon numéro. Appelle-moi.

Le ciel lui tomba sur la tête. Elle retourna au bureau où Adam avait crayonné le nom de Lisa sur un post-it, suivi d'un numéro de téléphone local.

La gorge serrée, elle posa une main sur le bord du bureau pour ne pas perdre l'équilibre tandis que les souvenirs de leur brève histoire se bousculaient dans son esprit.

Finalement, elle avait eu raison dès le départ quand elle l'avait pris pour un séducteur.

Mais alors pourquoi l'avait-il épousée ?

Pour les enfants. Comme il l'avait toujours dit. Il n'avait jamais suggéré que leur mariage durerait. Quelle naïve elle faisait ! Seigneur, comment avait-elle pu espérer que cela puisse devenir réalité ?

Elle avait succombé à son charme et à ses mensonges. Et, comme une imbécile, elle avait tout gobé, tombant amoureuse de cette belle histoire, bien trop belle pour être vraie. Mais le temps de la crédulité était terminé.

Les larmes lui montèrent aux yeux tandis qu'une graine de colère germait en elle.

Oui, elle avait été naïve et elle avait été blessée. Mais elle ne pouvait que s'en vouloir à elle-même pour avoir cru qu'il pouvait être un homme à marier.

Il fallait encore attendre que Mme Kincaid donne son accord pour la garde des enfants, mais une fois l'agrément obtenu, elle exigerait immédiatement l'annulation de leur mariage.

- 12 -

Adam était resté à l'hôpital pendant trois jours. Il pensait que Julie lui rendrait visite, mais elle ne s'était jamais présentée.

Il avait essayé de l'appeler plusieurs fois, puis avait laissé tomber, pour ne pas lui faire croire qu'il était en manque. Mais qui voulait-il leurrer ? Il avait vraiment envie de la voir. Ou juste entendre sa voix.

Elle avait probablement voulu le laisser tranquille pendant sa convalescence. Et en plus de cela, elle avait une priorité : la visite de Mme Kincaid. Tout de même, il avait joué un grand rôle dans la préparation de sa maison, alors pourquoi n'avait-elle pas pris la peine de lui téléphoner ou de lui envoyer un texto pour lui dire comment les choses s'étaient passées ?

Il n'avait voulu déranger aucun de ses amis en demandant à l'un d'eux de le ramener chez lui. Matt était dans une tournée de rodéo cette semaine et Clay était en service. Il avait donc commandé un Uber pour rentrer. Pendant un instant, il avait pensé à donner l'adresse de Julie au chauffeur, car c'est là qu'il aurait préféré poursuivre sa convalescence. Sauf qu'il ne pouvait pas débarquer sans prévenir... Sans compter qu'il préférait en général rester seul lorsqu'il ne se sentait pas au top de sa forme.

Mais quand il ouvrit la porte d'entrée et entra dans le salon, le silence le frappa. Pas d'aboiements. Pas de gémissements.

Pas de Julie, bien sûr.

De toute évidence, elle avait emmené Biscuit chez elle, comme il le lui avait demandé. Et comme il s'y attendait, quand il entra dans la cuisine, les gamelles d'eau et de nourriture du chien avaient disparu. À leur place se trouvaient la clé de sa maison et un mot.

« Le chien est avec moi.
Julie. »

Quoi ? Rien d'autre ? Aucun mot tendre ?

Il sortit son téléphone et composa le numéro qu'il voulait appeler depuis des jours. Peut-être que leur mariage était factice, mais ne lui devait-elle pas… quelque chose ?

Une explication ?

Un « Comment ça va ? ».

Dans ce cas, il aurait pu lui dire que si physiquement il se sentait mieux, à cause d'elle et de son silence, il était une épave.

Mais plutôt que de montrer qu'il était blessé — et il l'était, même s'il avait un mal de chien à l'admettre — quand elle décrocha, il préféra jouer la légèreté.

— Ne paye pas la rançon, chérie ! J'ai réussi à m'échapper.

Mais elle ne rit pas.

Peut-être qu'elle n'avait pas trouvé sa tentative d'humour amusante. Il essaya une autre approche.

— Comment ça s'est passé avec Mme Kincaid ?

— Mieux que prévu. Elle va envoyer son rapport

recommandant qu'Eddie et Cassie viennent vivre avec moi.

C'était génial. Alors pourquoi ne semblait-elle pas un peu heureuse ?

— Qu'est-ce qui ne va pas ? osa-t-il enfin demander.

— L'annulation de notre mariage va prendre trop de temps.

Il se raidit. S'il s'attendait à ça…

Bon, certes, c'était lui qui avait suggéré un faux mariage, suivi d'une annulation. Ce qu'il avait l'intention d'obtenir. Mais pourquoi si vite ?

Et le ton de sa voix… Si glacial, si distant, il n'augurait rien qui vaille.

— Tu ne penses pas que nous devrions attendre un peu avant l'annulation ?

— Seulement jusqu'à vendredi après-midi, précisa-t-elle. Le lendemain de la retraite officielle de Mme Kincaid.

Encore une réponse qui lui fit l'effet d'un coup de poing dans le ventre.

— D'accord, Julie. Tu peux rembobiner, s'il te plaît ? Pourquoi es-tu en colère ? Dis-moi ce que tu as sur le cœur.

— Rien, vérifie ton répondeur. Et ton bloc-notes.

À ces mots, elle raccrocha, le laissant abasourdi. Et sans voix.

Bon sang. Avait-elle écouté ses messages pendant qu'elle était chez lui ?

Il se dirigea vers le répondeur téléphonique de Stan et vit que le voyant clignotait. Il appuya sur le bouton de lecture.

— Vous avez un nouveau message et un message sauvegardé.

Bip.

Il savait ce que le message sauvegardé disait. Et si l'autre était nouveau, elle ne l'avait pas encore écouté. Ou bien, quelqu'un avait appelé pendant qu'elle était chez lui et elle l'avait entendu sur le moment. Oui, c'était sans doute ce qui s'était passé. Et ce qui l'avait mise hors d'elle.

— Salut, Adam. C'est Lisa qui te rappelle. Tu m'as demandé de te donner quelques dates pour qu'on dîne ou autre chose.

Lisa rigola, un rire qui lui serra le ventre.

— Quoi qu'il en soit, mon vol a été annulé et je suis donc libre les lundis, jeudis et vendredis soir de la semaine. J'ai vraiment hâte de te voir. Tu as mon numéro. Appelle-moi.

Il jeta un coup d'œil au bloc-notes où il avait écrit son nom et son numéro.

Bon, alors maintenant il savait pourquoi Julie était en colère. Mais que devait-il faire ?

Vu la tournure que prenaient les choses, il tenta de s'accrocher à l'idée que son indépendance resterait intacte. Sauf que cela ne servit à rien : un sentiment de solitude lui emprisonna le cœur.

Il effaça le message de Lisa, regrettant le besoin qu'il avait eu de l'appeler. Puis, comme il le faisait lorsqu'il se sentait confus ou mal à l'aise, il écouta le message de Stan.

— Salut, Adam. Je ne serai pas à la maison ce soir. Je vais emmener Darlene en ville. Cette fille est peut-être la seule au monde à pouvoir faire changer d'avis le vieux célibataire endurci que je suis. Oh ! oui, je sais, tu penses que je me ramollis, mais moi qui ne me suis jamais marié, après avoir rencontré Darlene, j'ai envie de passer le reste de ma vie avec elle. Peut-être que le moment est venu pour toi de trouver ta Darlene.

Il eut alors l'impression qu'un éclair venait de le frapper.

Oui, il avait trouvé sa Darlene, mais il l'avait perdue.

Que pouvait-il faire pour la récupérer ?

Julie n'avait pas encore fait venir les enfants chez elle, car l'ordonnance du tribunal n'avait pas encore été officiellement envoyée, mais lorsqu'elle leur avait annoncé la nouvelle, ils avaient tous les deux crié de joie.

Elle avait envisagé de rendre Biscuit à Adam, car il était rentré de l'hôpital depuis deux jours. Mais comme il n'avait rien dit à ce sujet, elle garderait la chienne jusqu'à ce qu'il le fasse.

La dernière fois qu'elle lui avait parlé, elle avait réussi à rester distante. Mais chaque jour qui passait, son cœur se brisait un peu plus. Elle était convaincue d'avoir fait le bon choix, mais cela ne la soulageait pas le moins du monde.

Elle n'avait pas encore décroché d'emploi à temps plein. Les Hoffman lui avaient proposé un poste à temps partiel, ce qu'elle avait accepté pour plusieurs raisons. D'abord, elle aimait tout le monde à Kidville. Deuxièmement, elle avait besoin d'un revenu régulier. Plus important encore, ne travailler que quelques jours par semaine lui donnerait plus de temps avec Eddie et Cassie, ce qui allait les aider à s'adapter à leur nouveau domicile, à leur nouvelle situation de famille. L'hypothèque était presque totalement payée, la banque accepterait sans doute si elle demandait un nouveau prêt.

Alors pourquoi avait-elle le sentiment de marcher dans une poisse épaisse et collante ces deux derniers jours, au lieu d'être heureuse, légère et confiante ?

Jeudi matin, quelqu'un sonna à sa porte et la tira de ses sombres pensées.

Elle ouvrit la porte et faillit tomber à la renverse.

Adam se tenait sur le perron, plus séduisant que jamais.

— J'ai besoin de te parler, dit-il.

Elle eut envie de lui claquer la porte au nez, mais elle se décida à l'écouter. Sans l'inviter à l'intérieur, cependant.

— Je suis désolé de ne pas avoir joué franc jeu avec toi.

Elle croisa les bras.

— Alors tu admets avoir vu d'autres filles pendant notre mariage ? Oui, je sais que ce n'était pas un vrai mariage. Mais je m'attendais à ce que tu me respectes jusqu'à la fin.

— Tu voulais que cela se termine ? s'étonna-t-il.

— Oui, c'était le plan.

En vérité ? Pas le moins du monde. Du moins, elle avait espéré que cela ne soit pas le cas. Elle haussa les épaules comme si elle n'en avait rien à faire, comme si ses bras croisés n'étaient pas en train de maintenir son cœur brisé en un seul morceau.

— Je n'ai jamais caché aimer ma vie de célibataire, précisa-t-il. Beaucoup. Et ensuite, tu es entrée dans ma vie et tu as tout chamboulé. Mais je n'ai vu personne d'autre depuis que je t'ai rencontrée et je n'en ai jamais eu envie. Je te le jure.

Elle roula des yeux et souffla.

— Tu as écouté tes messages sauvegardés ?

— Oui, je l'ai fait. Et je peux tout t'expliquer. Tu sais qu'avant sa mort, Stan avait essayé de m'arranger un rendez-vous avec Lisa, mais nous n'avons jamais pu trouver le temps. Je ne l'ai jamais rencontrée en personne.

— Mais tu avais l'intention de...

— Non, plus maintenant, coupa-t-il. Il y a quelque temps, je l'ai rappelée et je suis tombé sur sa messagerie vocale. J'ai laissé un message, mais je me suis rendu compte que je ne voulais pas sortir avec elle, ni avec qui que ce soit d'ailleurs. J'ai changé, Julie. Tout a changé depuis que je t'ai rencontrée.

Elle voulait le croire, mais son instinct, qu'elle aurait dû écouter depuis le début, ne la laissait pas lui faire confiance.

— J'essaie de dire que je t'aime, Julie. Tu m'as secoué au plus profond de moi-même. Ma vie de célibataire est terminée.

Il mit la main dans sa poche et en sortit une clé flambant neuve.

— Qu'est-ce que c'est ?

Elle l'étudia comme si elle n'avait jamais rien vu de tel. Et, en un sens, c'était le cas.

— J'ai fait une copie de la clé de ma maison pour pouvoir te la donner.

Le silence les enveloppa tandis qu'une bataille se livrait en elle. Son cœur battait à ses tempes et elle ne comprenait plus rien.

— Je veux que notre mariage soit réel, déclara-t-il. Je n'ai jamais eu de vrai foyer, de vraie famille. Même si j'étais heureux de vivre avec Stan, ce n'était pas la même chose. Donc, je n'ai jamais su ce qui me manquait avant de vous rencontrer, toi et les enfants.

Un gémissement se fit entendre derrière elle et Biscuit se faufila entre ses jambes.

— Oups, dit-il. Je ne voulais pas laisser de côté le chien de la famille. Je veux tout, Julie. Pas toi ?

Si, elle le voulait. La bataille en elle était terminée. Son cœur avait gagné. Les larmes jaillirent de ses yeux.

— Je t'aime aussi, dit-elle avant de s'écarter et de le laisser entrer dans sa maison, dans son cœur et dans sa vie.

Une fois à l'intérieur, Adam la prit dans ses bras et l'embrassa avec tout l'amour qu'il avait dans son cœur. Quand ils reprirent leur respiration, il mit un genou à terre, mit la main dans sa poche, en sortit une boîte en velours noir et la lui tendit.

Ses doigts tremblèrent quand elle l'ouvrit et vit le diamant scintillant qu'il avait acheté le matin même.

— Veux-tu m'épouser ? demanda-t-il.
— En fait…

Son sourire était plus étincelant que le diamant qui était toujours dans son écrin.

— Nous sommes déjà mariés, poursuivit-elle.
— Oui, légalement. Mais je veux faire les choses bien, cette fois. Avec une vraie demande, une bague de fiançailles, une robe blanche, un mariage à l'église et un gâteau. Le tout suivi d'une lune de miel de rêve.

Elle retira la bague de la boîte et la glissa à son doigt. Elle l'admira un instant, puis le gratifia d'un sourire éblouissant.

— Est-ce que ça t'irait si on inversait un peu les choses ?

À ce stade, il ne se souciait guère d'ordre, tant qu'elle acceptait de devenir sa femme, sa partenaire de vie et son amante.

— Qu'est-ce que tu proposes ?

Un sourire malicieux glissa sur ses lèvres.

— Est-ce qu'on peut commencer par la lune de miel ? Par exemple, tout de suite ?

Il se leva et la prit dans ses bras.

— Il n'y a rien d'autre qui me ferait plus plaisir.

À ces mots, il plaça sa bouche sur la sienne comme s'ils n'avaient jamais été séparés, comme s'ils n'avaient jamais douté de leurs sentiments l'un pour l'autre.

Ils continuèrent à s'embrasser et à se caresser jusqu'à ce que, essoufflée, elle s'éloigne d'un pas.

— Devrions-nous aller dans la chambre ?

Il ne pouvait pas être plus… prêt.

— Oh oui, susurra-t-il. Mais si tu veux tout savoir, je pourrais te faire l'amour n'importe où. Ici, sur le sol du salon, sur la table de la cuisine ou même sous une tente à Miller's Creek.

Elle éclata de rire.

— Je ressens la même chose. Mais un lit pourrait être une meilleure option pour notre première fois.

— Vos désirs sont des ordres, ma chère.

Il attrapa sa main et la conduisit dans la chambre. Alors qu'ils se tenaient près du lit, elle sortit du tiroir de sa table de chevet une boîte de préservatifs et en plaça un près de la lampe.

— Bonne idée.

Il l'embrassa à nouveau, longtemps et profondément, puis l'attira contre lui, pour lui faire sentir toute son excitation.

Elle se frotta contre son sexe dressé, puis retira son T-shirt rose et son soutien-gorge en dentelle blanche. Il en eut le souffle coupé.

Il la regarda, brûlant de désir, et fut submergé d'une

émotion indescriptible en découvrant ses seins généreux aux aréoles sombres qui imploraient sa bouche.

Il se pencha et prit un mamelon entre ses lèvres. Ses ongles s'enfoncèrent dans sa peau, exquise torture qui ne fit que l'exciter davantage.

Il la souleva dans ses bras et la posa sur le lit, ses cheveux blonds étalés sur l'oreiller. Après avoir enlevé ses vêtements, il la rejoignit, attirant son beau corps contre le sien, peau contre peau, cœur contre cœur.

Ils continuèrent à s'embrasser, se goûter et se caresser.

— Attends, chuchota-t-elle.

Elle roula sur le côté du lit et attrapa un préservatif, qu'elle lui offrit.

Il déchira le sachet et le déroula à sa place. En le chevauchant, elle attrapa son érection et le guida droit où il voulait être.

Le monde s'arrêta de tourner. Il entra en elle et son corps répondit au sien. Plus rien n'avait d'importance. Plus rien, sauf l'amour qu'ils faisaient, le vœu éternel qu'ils se promettaient.

Alors qu'elle atteignait l'orgasme, elle cria et s'abandonna contre lui. Il frissonna et se relâcha avec elle dans une extase qui lui sembla irréelle. Mais elle ne l'était pas. Rien d'autre n'était plus réel que ce moment. Que cet amour.

Le temps que leur cœur reprenne un rythme normal, ils restèrent allongés l'un contre l'autre, comme baignés dans une étrange lumière céleste.

— Tu sais, chuchota-t-il, j'ai eu des relations sexuelles bien des fois dans le passé, mais je n'avais jamais fait l'amour auparavant. Pas comme ça. C'était incroyable.

— Adam, je suis si heureuse.

Elle se blottit contre lui.

— Est-ce que ça veut dire que tu aimerais emménager avec moi ?

— Absolument.

— Et que tu es d'accord pour être un père adoptif ?

— Oui, dit-il. Et un vrai aussi.

Elle se releva sur un coude, ses cheveux brillants glissant sur son épaule.

— Quoi, tu voudrais avoir un bébé ?

— Oui.

Il rêvait de la voir enceinte un jour, d'imaginer leur enfant grandir en elle.

Elle s'esclaffa d'un rire aussi cristallin qu'une pierre précieuse.

— Ne mettons pas la charrue avant les bœufs, il faut d'abord essayer d'adopter Eddie et Cassie.

Il glissa une mèche de cheveux derrière son oreille.

— Tu vas être une mère géniale. Et une épouse merveilleuse.

— Toi aussi, tu seras un bon père et un bon mari.

Oui, il allait tout faire pour lui prouver qu'il méritait sa confiance.

Il l'embrassa à nouveau, lentement et tendrement. Leur mariage promettait d'être une grande aventure. Une aventure de bonheur, d'amour, destinée à durer pour toujours.

Ne manquez pas dès le mois prochain
dans votre collection

Passions

votre nouvelle série

Les liens du cœur

Quand la légende de Wedlock Creek apporte le plus précieux des bonheurs...

2 romans
chaque mois de juin à juillet 2019

www.harlequin.fr

Retrouvez en juin 2019,
dans votre collection

Passions

Un enfant pour Sophie, de Sheri WhiteFeather - N°797

Lorsque Tommy, bourreau des cœurs, lui propose de concevoir avec [elle] l'enfant qu'elle désire tant, Sophie est désemparée. Cette proposition aussi soudaine qu'inattendue de la part de son plus proche ami. Acce[pter] risque de mettre à mal leur amitié ou, pire encore, de créer une confus[ion] des sentiments… Dès lors, il devient déraisonnable de songer à dire [oui] à Tommy.

Passion à Wickham Falls, de Rochelle Alers

Si Natalia a quitté sa place de rêve aux urgences de Philadelphie p[our] s'installer dans la petite ville de Wickham Falls, c'est pour fuir l'oppres[sion] de son ex-compagnon, Daryl. Rien de tel que de regagner le calme [des] Appalaches, une terre qui lui a tant manqué, et la gentillesse de [ses] nouveaux patients, pour se ressourcer. Pourtant sa rencontre avec [l'un] d'eux, le shérif Seth Collier, vient de faire vaciller toutes ses certitude[s,] mettant de nouveau son cœur en émoi…

Un secret à haut risque, de Fiona Brand - N°798

Damon Smith, ici ? Zara reste interdite, en voyant le magnat de la séc[urité] qu'elle a fui sans plus d'explication, sur le seuil de sa porte. Elle [qui] pensait l'avoir semé pour ne pas avoir à lui confesser le mensonge [de] son identité et sa grossesse, se retrouve piégée. Piégée face à l'ho[mme] qu'elle aime et qui la détestera à tout jamais lorsqu'elle lui apprendr[a la] vérité…

Le prodige de l'amour, de Helen Lacey

Furieuse contre Jake Brockton, Valene ne décolère pas. Le séduisant c[ow-]boy qu'elle a rencontré en ligne quelques semaines plus tôt n'a cess[é de] lui mentir alors qu'elle le pensait sincère. Ni simple cow-boy ni célib[ataire] endurci, il se révèle riche héritier et jeune papa. Comment pourrai[t-elle] alors le croire lorsqu'il lui jure être fou amoureux d'elle ?

ritière de Vegas, de Maureen Child - N°799

oie blanche ? C'est ainsi que Cooper Hayes, l'homme avec qui entretient une liaison passionnée et cogérant de l'empire hôtelier de père, la considère ! Elle, qui a apporté tant d'idées novatrices pour lopper la chaîne d'hôtels de luxe dont elle est l'héritière. Aurait-elle smé la magie qui circule entre eux alors que Cooper la manipule is le début de leur relation ?.

etour d'un amour, de Kimberley Troutte

hew Harper... Vivant ? Face à l'homme qu'elle a aimé dix ans plus qu'elle pensait disparu en Afghanistan Julia perd tous ses moyens. tant plus que l'événement qui les rassemble aujourd'hui les oppose : eut préserver l'espèce des pluviers que le projet immobilier des Harper n péril. D'ailleurs, ce Matt, dont elle élève seule à présent le fils, est-il ent celui avec qui elle a partagé une idylle ?

ération bague au doigt, de Maisey Yates -N°800

d Isaiah Grayson, son patron, exige qu'elle poste une petite annonce se trouver une épouse, Poppy s'indigne. Même si cela fait dix ans e joue sa secrétaire, il est hors de question qu'elle gère sa vie onnelle, et encore moins qu'elle fasse passer des entretiens aux futures dates, comme il le lui demande. Ne voit-il pas que la seule qui le aisse parfaitement et qui sache comment le rendre heureux, c'est *elle* ?

amille dont elle rêvait, de Judy Duarte

le regard inquisiteur de Carlo Mendoza, vice-président du domaine e Fortune, Schuyler vacille. Carlo, persuadé qu'elle est l'hôtesse qu'il nmandée pour une rencontre sur le domaine, lui demande ni plus ni de jouer son rôle : être professionnelle et démarcher les clients. Un rôle chuyler ne se sent pas la force de refuser car il lui permettrait de faire tement connaissance à la fois avec les Fortune, sa famille biologique, aussi avec Carlo qui exerce sur elle une attraction irrésistible

---

x berceaux pour une mère, de Melissa Senate - 01

LES LIENS DU CŒUR 1/4

ns-nous. *Pour les bébés.* Lorsque Liam Mercer, qu'elle rencontre d'hui pour la première fois, lui propose de l'épouser, Selby est urdie. Le mariage est une option qu'elle n'avait jamais envisagée pour er le malheur qui les touche tous deux depuis que leurs nourrissons ont angés à la maternité, six mois plus tôt. Et si Selby ne peut abandonner ant qu'elle élève depuis sa naissance, ni celui qui porte ses gènes, le pour autant confier son cœur à un parfait inconnu ?

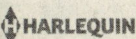 

Des triplés pour un détective, de Melissa Senate

SÉRIE: LES LES LIENS DU CŒUR 2/4

Se réveiller une alliance au doigt dans le lit d'un séduisant inconnu, Reed, si ses souvenirs sont exacts –, Norah n'aurait pu imaginer p lendemain de soirée. Seulement voilà, quand Reed lui explique que mariage lui permettrait de toucher un héritage familial et qu'il pron de lui venir en aide pour élever ses trois petites filles, Norah hésite l'union serait temporaire et cela la soulagerait grandement, mais serait-ce pas une folie ?

La captive des dunes, de Olivia Gates N°802

SÉRIE: LES PRINCES DU ZOHAYD

Harres aal-Shalaan : un nom qui fait vibrer Talia autant qu'il l'inquiè Car le prince du Zohayd, l'homme qui lui a sauvé la vie au péril de sienne, est aussi un ennemi de sa famille. En fait, Talia n'a jamais dans une situation aussi délicate. Perdue en plein désert avec lui, doit se concentrer sur l'essentiel : rejoindre l'oasis la plus proche, Harres et elle pourront se réfugier. À l'abri de cet océan de sable, m aussi du feu qui la dévore au contact d'Harres, et auquel elle se de résister...

La maîtresse des sables, de Olivia Gates

SÉRIE: LES PRINCES DU ZOHAYD

Depuis qu'Amjad aal-Shalaan, héritier du trône du Zohayd, lui a sauvé vie, Maram rêve en secret de s'unir à lui. Hélas, le « Prince Fou », con on le surnomme, méprise les femmes et ne lui a jamais manifesté le moin intérêt. Mais un jour, lors d'une terrible tempête de sable, ils se retrouven tête à tête dans un refuge au milieu des dunes. Dans ce lieu isolé, empr de la chaleur du désert et où personne ne peut les trouver, Maram l'espoir la gagner. Se pourrait-il qu'elle ait enfin la chance de conqu l'homme qu'elle aime avec passion ?

Composé et édité par HarperCollins France.

Achevé d'imprimer en avril 2019.

Barcelone

Dépôt légal : mai 2019.

Pour limiter l'empreinte environnementale de ses livres, HarperCollins France s'engage à n'utiliser que du papier fabriqué à partir de bois provenant de forêts gérées durablement et de manière responsable.

Imprimé en Espagne.